As the poets have mournfully sung,
Death takes the innocent young,
The rolling in money,
The screamingly funny,
And those who are very well hung.

W.H. AUDEN

Herzen und Blümchen

Die Valentinskarte war ein handgearbeiteter Mischmasch aus viktorianischen Engelsputten, gepreßten Blumen und rotem Glitter. Mary Ann Singleton schrie nach dem ersten Blick, den sie darauf geworfen hatte, begeistert auf.

»Mouse! Das ist ja herrlich. Wo, um alles auf der Welt, hast du diese kostbaren kleinen ...?«

»Mach's erst mal auf.« Er grinste.

Sie wandte sich dem Inneren der illustriertengroßen Karte zu und fand in Art-deco-Buchstaben die Botschaft:

MEINE GUTEN VORSÄTZE ZUM VALENTINSTAG.

Darauf folgten zehn numerierte Freiräume.

»Verstehst du?« sagte Michael. »Du sollst das selbst ausfüllen.«

Mary Ann beugte sich zu ihm und gab ihm einen flüchtigen Kuß auf die Wange. »Bin ich schon so runtergekommen, oder wie soll ich das sonst verstehen?«

»Du liegst ganz richtig. Schließlich verschwende ich keine Zeit an angepaßte Leute. Willst du mal *meine* Liste sehen.«

»Verwechselst du das nicht ein bißchen mit Silvester und den Vorsätzen zum neuen Jahr?«

»Bestimmt nicht. Neujahr ist dagegen völlig harmlos, da geht es doch nur um diese lächerlichen Geschichten mit

Rauchen, Essen und Saufen. Hier aber – du verstehst das sicher richtig – handelt es sich um die Hardcore-Entschlüsse, die Vielleicht-diesmal-Entschlüsse, die einem bei Abschieden einfallen, die, die man an bezaubernden Abenden faßt – ganz wie im Film oder im Schlager.«
Er griff in die Tasche seiner Pendleton und reichte ihr ein Stück Papier:

Michael Tollivers Vorsatz,
1977 dreissig schlimme Gewohnheiten abzulegen

1. Ich werde niemanden mehr als »Nellie« oder »Butch« beschimpfen, es sei denn, jemand heißt so.
2. Ich werde Frauen, die mich mögen, nicht gleich unterstellen, daß sie Tuntenmuttis sind.
3. Ich werde endlich die Hoffnung aufgeben, Jan-Michael Vincent in der Sauna zu treffen.
4. Ich werde in Zukunft Poppers nur noch durch den Mund einatmen.
5. Ich werde beim Verein Christlicher Junger Männer nicht mehr länger als eine halbe Stunde unter der Dusche bleiben.
6. Ich werde endlich aufhören, mir darüber Gedanken zu machen, welche sexuelle Vorliebe ich mit meinem Taschentuch signalisieren sollte, wenn ich eines hätte.
7. Ich werde irgendwann eine fünfzigjährige Tunte zu einem Drink einladen.
8. Ich werde mich nicht hartnäckig auf die Hoffnung versteifen, daß sich attraktive Männer als dumm und langweilig entpuppen.

9. Ich werde in Zukunft auch auf der Klappe meinen richtigen Namen angeben.
10. Ich werde wieder zur Religion zurückkehren, indem ich Konzerte in der Grace Cathedral besuche.
11. Ich werde dabei in der Kirche die Finger von den Männern lassen.
12. Ich werde *keinem* meine Stimme für die Wahl einer schwulen Miss Amerika geben.
13. Ich werde mich mit einem Heteromann befreunden.
14. Ich werde mich über die Art, wie er geht, auf keinen Fall lustig machen.
15. Ich werde ihm nichts über Alexander den Großen, Walt Whitman und Leonardo da Vinci erzählen.
16. Ich werde für keinen Politiker stimmen, der mit dem Ausdruck »schwule Gemeinde« hausieren geht.
17. Ich werde mir das Weinen in rührseligen Filmen abgewöhnen.
18. Ich werde keine Vergleiche mehr anstellen, wie groß *er* ist, völlig egal, wer mich danach fragt.
19. Ich werde in Zukunft den Desinfektionspuder gegen Filzläuse nicht wieder verstecken.
20. Ich werde mir kein Lacoste-Hemd, kein Marimekko-Kissen, keine Jacke eines prämierten Sportlers aus dem Secondhandladen und auch kein T-Shirt für einen All-American Boy kaufen. Außerdem verzichte ich darauf, mir eine Rasierklinge um den Hals zu hängen, und auf Jeans-Accessoires jeder Art.
21. Ich werde endlich lernen, alleine zu essen.
22. Ich werde mich nicht in Phantasievorstellungen über Feuerwehrmänner stürzen.

23. Ich werde niemandem zu Hause länger vorlügen, daß ich bislang nur noch nicht die richtige Frau gefunden habe.
24. Ich werde im Anzug über die Castro Street gehen und mich dabei wohl fühlen.
25. Ich werde darauf verzichten, Bette Davis, Tallulah Bankhead, Mae West oder Paul Lynde zu imitieren.
26. Ich werde an einem Abend nicht mehr als einen Schokoladenriegel essen.
27. Ich werde mich selbst akzeptabel finden.
28. Ich werde irgend jemand Netten treffen – nicht in einer Bar, in der Sauna oder beim Rollschuhlaufen – und mich hoffnungslos, aber ganz konventionell in ihn verlieben.
29. Ich werde nicht »Ich liebe dich« sagen, bevor nicht er das tut.
30. Den Teufel werde ich tun.

Mary Ann ließ die Liste sinken und schaute Michael an. »Du hast dreißig gute Vorsätze. Wie kommt es dann, daß du mir nur zehn zugebilligt hast?«
Er grinste. »Für dich sind die Dinge halt nicht ganz so schwierig.«
»Und du meinst, das stimmt, du schwules Chauvinistenschwein!«
Sie begann, sich mit einem Kugelschreiber bewaffnet auf die Valentinskarte zu stürzen und die vier ersten Freiräume auszufüllen. »Also *hier* der Versuch für Anfänger!«

1. Ich werde dieses Jahr meinen Mr. Richtig treffen.
2. Er wird nicht verheiratet sein.
3. Er wird nicht schwul sein.

4. Er wird kein Kinderschänder sein.

»Ich verstehe«, stellte Michael hinterhältig lächelnd fest. »Du willst also wieder nach Cleveland zurück, oder?«

Neubeginn

Sie würde *nicht* nach Cleveland zurückgehen, nicht nach Hause zu Mommy und Daddy rennen. So viel wußte sie schon, immerhin. Trotz aller Schicksalsprüfungen und Heimsuchungen war sie gern hier in San Francisco und mochte ihre Behelfsfamilie in Mrs. Madrigals gemütlichem alten Appartementhaus in der Barbary Lane.

Was bedeutete es schon, daß sie immer noch Sekretärin war?

Was bedeutete es schon, daß sie ihren Mr. Richtig immer noch nicht getroffen hatte ... sogar noch nicht einmal einen Mister annähernd Richtig?

Was bedeutete es schon, daß Norman Neal Williams, die einzige In-etwa-Romanze ihres ersten halben Jahres in der Stadt, sich als Privatdetektiv entpuppt hatte, der sich heimlich als Akteur in Kinderpornos betätigte und schlußendlich am Heiligabend tödlich von einem Kliff ins Meer gestürzt war?

Und welche Rolle spielte es, daß sie niemals die Nerven hatte, jemand anderem als Mouse über Normans Tod zu erzählen?

Mouse würde dazu nur sagen: »Fast *alles* ist immer noch besser als Cleveland!«

Mouse war mittlerweile, wie sie feststellte, ihr bester Freund geworden. Er und seine häufig abwesende, aber nette Wohnungsgenossin, Mona Ramsey, standen Mary Ann als Berater und Kumpane während ihrer manchmal so großartigen, manchmal ach so qualvollen Einführung in die Niederungen von San Francisco zur Seite.
Selbst Brian Hawkins, der unter sexuellem Hockdruck leidende Kellner, dessen Annäherungsversuche Mary Ann am Anfang geradezu abstoßend erschienen waren, hatte in letzter Zeit begonnen, ungeschickte, aber liebenswerte Auftakte zu einer Freundschaft zu starten.
Das war jetzt ihr *Zuhause* – dieses verwitternde, efeuumrankte Relikt aus alten Tagen, das in der Barbary Lane Nummer 28 lag –, und die einzige Elternfigur in Mary Anns Leben im Hier und Jetzt war Anna Madrigal, ihre Vermieterin, deren androgyner Charme und exzentrisches Benehmen auf dem Russian Hill geradezu legendär waren. Mrs. Madrigal war ihrer aller wahre Mutter. Sie beriet sie, schimpfte mit ihnen und hörte unerschütterlich zu, wenn sie die Geschichten ihrer Liebesenttäuschungen erzählten. Wenn alles andere fehlschlug (und selbst wenn nicht), belohnte sie ihre »Kinder« mit selbstgerollten Joints aus Eigenanbau, die sie an die Tür zum Appartement des jeweiligen Schützlings heftete. Mary Ann hatte mittlerweile gelernt, Gras zu rauchen wie eine altgediente Kifferin. Tatsächlich hatte sie vor kurzem ernsthaft überlegt, sogar in ihrer Mittagspause bei Halcyon Communications zu rauchen. So groß war die Qual, die sie unter dem neuen Regime, der Leitung von Beauchamp Day, empfand, diesem frechen Jungmitglied der oberen Zehntausend,

dem der Vorsitz über die Geschäftsführung der Werbeagentur nach dem Tod seines Schwiegervaters, Edgar Halcyon, zugefallen war.

Mary Ann hatte Mr. Halcyon sehr gemocht.

Und zwei Wochen nach seinem vorzeitigen Abgang (am Heiligen Abend), erfuhr sie, wie sehr auch er *ihr* zugetan gewesen war.

»Rühr dich bloß nicht vom Fleck«, wies sie Michael freudestrahlend an. »Ich habe auch ein Valentinsgeschenk für *dich!*«

Sie verschwand im Schlafzimmer und kam nach kürzester Zeit mit einem Briefumschlag in der Hand zurück. In ausdrucksvoller Handschrift stand darauf Mary Anns Name geschrieben. Auch der Inhalt war handgeschrieben:

> Liebe Mary Ann,
> jetzt brauchst Du wirklich ein bißchen Ablenkung. Das Beigefügte ist für Dich und einen Freund gedacht. Fahr irgendwo hin, wo es sonnig ist, und laß Dich von dem kleinen Bastard nicht allzu sehr ärgern.
>
> Immer
>
> E.H.

»Ich schnall das nicht«, gestand Michael. »Wer ist E.H.? Und was war in dem Umschlag?«

Mary Ann platzte schon fast. »Fünftausend Dollar, Mouse! Von meinem alten Boß, Mr. Halcyon! Sein Rechtsanwalt hat mir das letzten Monat gegeben.«
»Und wer ist dieser ›kleine Bastard‹?«
Mary Ann lächelte. »Mein *neuer* Boß, Beauchamp Day. Mouse, sieh mal hierher: Ich habe zwei Tickets für eine Kreuzfahrt nach Mexiko auf der *Pacific Princess* bestellt. Würde es dir denn gefallen, mich dabei zu begleiten?«
Michael starrte sie mit heruntergesacktem Kiefer an. »Willst du mich auf den Arm nehmen?«
»Nein.« Sie kicherte.
»Verdammt noch mal!«
»Du kommst mit?«
»Ob ich *mitkomme?* Wann? Wie lange?«
»In einer Woche – für elf Tage. Wir müssen uns aber eine Kabine teilen, Mouse.«
Michael hüpfte hoch und umschlang sie mit seinen Armen. »Verdammt noch mal, dann werden wir die Leute halt nur schichtweise verführen!«
»Oder wir finden einen netten Bisexuellen.«
»Mary Ann! Ich bin schockiert!«
»Oh, *das freut mich aber!«*
Michael hob sie hoch. »Wir werden braungebrannt werden wie Kaffebohnen – und einen Lover für dich finden ...«
»Und einen für dich.«
Er setzte sie wieder ab. »Immer nur ein Wunder nach dem anderen, wenn ich bitten darf.«
»Aber, Mouse, sei doch nicht immer so negativ.«
»Nein, nur realistisch.« Er litt immer noch an den Folgen

seiner Kurzaffäre mit Dr. Jon Fielding, einem gutaussehenden blonden Gynäkologen, der sich entschlossen hatte, Michael als potentiellen Liebhaber fallenzulassen, als er ihn dabei entdeckte, wie er im »The Endup« an einem Tanzwettbewerb in Unterhosen teilnahm.

»Sieh mal«, stellte Mary Ann unparteiisch fest, »wenn *ich* dich schon für wirklich attraktiv halte, dann muß es doch gerade in *dieser* Stadt eine ganze Menge Männer geben, die das auch finden.«

»Na ja«, stellte Michael wehmütig fest. »Tunten, die auf *groß* stehen.«

»Ach, sei doch nicht albern!«

Manchmal machte sich Michael aber auch noch über die dümmsten Dinge Gedanken. Er ist doch mindestens ein Meter achtzig, dachte sich Mary Ann. Das reicht doch wirklich für jeden.

Trauerflor

Frannie Halcyon war total zerstört. Acht Wochen nach dem Tod ihres Mannes schleppte sie sich noch immer durch das riesige, verwinkelte alte Haus in Hillsborough und stellte sich die düstere Frage, ob es endlich an der Zeit sei, sich um einen Grundstücksverkauf zu bemühen.

O Gott, wie hatte sich das Leben doch verändert!

Sie stand morgens später auf, manchmal erst nachmittags, in der vergeblichen Hoffnung, daß ein kürzerer Tag doch irgendwie voller erscheinen müßte. Ihre ausgedehnten Frühstücksrituale auf der Terrasse gehörten der Vergangenheit an, ein überlebtes Ritual, das bei ihr genauso sicher und schnell versagt hatte, wie das Edgars kranke Nieren getan hatten.

Jetzt hatte sie statt dessen ihre ausgedehnten Mai-Tai-Nachmittage.

Manchmal natürlich erschien es ihr wie ein tröstender Lichtstrahl, daß sie bald Großmutter sein würde. Und das gleich *doppelt*, um genau zu sein. Ihre Tochter DeDe – die Frau des neuen Präsidenten der Halcyon Communications, Beauchamp Day – erwartete Zwillinge.

Das war der letzte Befund, den Dr. Jon Fielding, DeDes charmanter junger Frauenarzt, gestellt hatte.

Aber DeDe vergönnte ihrer Mutter noch nicht einmal die schlichte Befriedigung, über die neuen Erben auch nur zu *sprechen*. Wie Frannie feststellen mußte, war sie geradezu aufreizend mürrisch, wenn es um dieses Thema ging. Und das kam der Stammesmutter doch ziemlich eigenartig vor.

»Und warum darf ich nicht wenigstens *ein bißchen* schwärmen, DeDe?«

»Weil du es *benutzt*, Mutter.«

»Ach, Unsinn!«

»Du benutzt es als Entschuldigung dafür – ich weiß nicht –, als eine Entschuldigung dafür, nicht wieder dein eigenes Leben führen zu müssen.«

»Ich bin nur noch eine halbe Person, DeDe.«

»Daddy ist *tot*, Mutter, damit mußt du dich endlich abfinden.«

»Dann laß mich doch endlich damit anfangen, für die Babys einzukaufen. Es gibt da einen *hinreißenden* Laden am Ghirardelli Square. Es heißt Bebe Pierrot, und ich bin sicher, ich könnte ...«

»Wir wissen doch noch nicht einmal, ob es Jungen oder Mädchen werden.«

»Gelb wär doch dann einfach süß.«

DeDe runzelte die Stirn. »Gelb *verabscheue* ich geradezu.«

»Du magst gelb. Du hast gelb immer schon gemocht. DeDe, Liebes, was ist denn nur los?«

»Nichts.«

»Mich kannst du nicht belügen, DeDe.«

»Mutter, bitte ... können wir nicht einfach ...?«

»Ich brauche das Gefühl, daß ich gebraucht werde, Liebes. Kannst du das nicht verstehen? Niemand braucht mich mehr.« Die Stammesmutter begann zu schniefen.

DeDe langte zu ihr hinüber und nahm ihre Hand. »Deine Wohltätigkeitsvereinigungen brauchen dich, und auch das Legion of Honor Museum braucht dich.«

Frannie lächelte bitter. »Genau so läuft es dann auch. Wenn du jung bist, dann braucht dich die Familie, und wenn du alt bist, sind es nur noch die Museen.«

DeDe rollte wütend die Augen. »Sieh mal, wenn du dich entschlossen hast, in Selbstmitleid zu baden, dann gibt es keine einzige verdammte Kleinigkeit, die ich für dich tun könnte. Es ist nur so *schade*, das ist alles.«

Frannies Augen waren jetzt voller Tränen. »Was, um Himmels willen, erwartest du denn von mir?«

»Ich erwarte von dir ...« DeDe schlug den Ton einer Tochter an, die sich Sorgen um ihre Mutter machte. »Ich erwarte von dir, daß du anfängst, wieder gut zu dir selbst zu sein. Hau ein bißchen auf den Putz. Trete einem Backgammonklub bei. Schreib dich bei Janet Sassoon für Übungen ein. Überrede Kevin Matthews, dich ins Konzert mitzunehmen, um Himmels willen! Sein Liebhaber ist bis Juni auf Hydra.«

»Ich weiß ja, daß du recht hast, aber ich ...«

»Schau dich doch mal an, Mutter! Du hast genug Geld ... eigentlich könntest du überall, wenn ich's recht bedenke, ein paar Abnäher vertragen!«

»DeDe!« Die Unverschämtheit ihrer Tochter warf sie schier um.

»Ich meine das wirklich so! Warum denn nicht, um Himmels willen? Dein Gesicht, dein Busen und dein Hintern... das ist doch alles die reinste Katastrophe! Was, verdammt noch mal, hast du denn noch groß zu verlieren?«

»Ich finde einfach, daß sich das nicht schickt für eine Frau wie ...«

»Was soll das heißen, daß es sich nicht schickt? Mutter, hast du Mabel Sussman in der letzten Zeit gesehen? Ihr Gesicht ist glatt wie ein Kinderpopo! Shugie erzählt, sie hat da einen traumhaften Typen in Genf gefunden, der das alles mit Hypnose gemacht hat!«

Frannie blinzelte ungläubig. »Aber, da muß doch *irgendeine* Art von Operation stattgefunden haben.«

»Nein, keine. Alles reine Hypnose – so wenigstens *schwört* Shugie auf einen ganzen Stapel von *Town and Country.*« DeDe kicherte bösartig. »Würdest du denn vor Begeisterung nicht glatt *umfallen,* wenn in den nächsten Tagen einmal jemand plötzlich in die Hände klatschen oder ein geheimes Wort sagen würde, oder sonstwas, und die ganze Sache würde wie ein Soufflé zusammenfallen?«

Frannie konnte einfach nicht anders, sie mußte lachen.

Im späteren Verlauf des Nachmittags fuhr sie – und sie fühlte sich merkwürdig heimlichtuerisch dabei – in die Stadt und suchte bei F. A. O. Schwarz nach Steiff-Tieren für die Zwillinge.

Sie fühlte sich jetzt besser, und deshalb spielte sie mit dem Gedanken, daß DeDe möglicherweise im Recht war. Vielleicht hatte sie den Kopf *tatsächlich* zu lange hängen lassen, länger, als es gut war, und länger, als selbst Edgar es gewollt hätte.

Als sie das Geschäft verließ, sah sie ihr Spiegelbild in einem Schaufenster. Sie blieb lange genug stehen, um die Haut unter ihren Ohren fest zu greifen und über die Backenknochen nach hinten zu ziehen.

»In Ordnung«, versprach sie sich laut. *»Das geht in Ordnung!«*

Ein Geheimnis unter Schwestern

Mona Ramseys Leben war, um mit ihren eigenen Worten zu sprechen, unter aller Sau.

Es war noch gar nicht so lange her, daß sie Texterin bei den Halcyon Communications war und fünfundzwanzigtausend Dollar im Jahr verdiente hatte. Nach einer kurzen, aber befriedigenden feministischen Tirade gegen den Präsidenten der Strumpfhosenfabrik Adorable, den größten

Kunden der Werbeagentur, hatte sie diesen Posten verloren.

Die darauffolgende Tage der Muße als Wohnungsgenossin von Michael Tolliver waren, oberflächlich betrachtet, angenehm gewesen, aber auf Dauer emotional unbefriedigend. Sie wollte etwas für *immer*. So wenigstens hatte sie es sich erklärt, als sie aus dem Haus in der Barbary Lane ausgezogen war, um in D'orothea Wilsons elegantem Haus in Pacific Heights zu wohnen.

D'orothea, ein Model bei Halcyon, war vielleicht das höchstbezahlte schwarze Fotomodell an der Westküste. Sie und Mona hatten in früheren Zeiten in New York ein Verhältnis gehabt. Ihr Arrangement in San Francisco dagegen gestaltete sich ohne jeden Zusatz von Leidenschaft zu einem blutlosen Pakt, der lediglich darauf gerichtet war, ihre Einsamkeit erträglicher zu machen.

Das hatte nicht hingehauen.

Zum einen konnte Mona ihrer Freundin D'orothea nicht verzeihen, daß diese gar keine Farbige war. (Ihre Hautfarbe war, wie Mona schlußendlich erfahren mußte, durch Tabletten, die die Pigmentierung beeinflußten, und durch ultraviolette Bestrahlungen künstlich nachgedunkelt, ein Trick, der sie davor bewahrt hatte, beruflich nur unter »ferner liefen« genannt zu werden.) Hinzu kam noch die, wenn auch verdrießlich gewonnene, Feststellung, daß sie die Gesellschaft von Männern vermißte.

»Ich bin auf dem heterosexuellen Sektor weiß Gott keine aufregende Nummer«, hatte sie Michael gestanden, als sie in das Nest an der Barbary Lane zurückgekehrt war, »aber als Lesbe bin ich eine Totalversagerin.«

Michael hatte sie verstanden. »*Das* hätte ich dir auch schon vorher sagen können, mein Engel!«

Ihre letzte Quaalude hatte gerade zu wirken begonnen, als Mona die wackelige hölzerne Treppe, die zur Barbary Lane führte, hinaufkletterte. Sie hatte den ganzen Abend bei der Cosmic Light Fellowship verbracht, aber ihr Gemüt war schwärzer denn je. Sie befand sich einfach nicht mehr in ihrer *Mitte*.

Was war nur los mit ihr? Warum verlor sie den Halt? Wann hatte sie das erste Mal aus dem dunklen, gräßlichen Abgrund ihres Lebens emporgesehen, nur um festzustellen, daß die Wände unersteigbar waren?

Und *warum nur* hatte sie nicht mehr Quaaludes gekauft?

Sie marschierte ziemlich abgekämpft durch den mit Bäumen bewachsenen Weg, überquerte dann den vorderen Hof von Nummer 28 und betrat das mit braunen Schindeln verkleidete Gebäude. In der Hoffnung, daß ein Glas Sherry und einige milde Worte der Vermieterin irgendwie das Chaos in ihr bannen würden, läutete sie bei Mrs. Madrigal.

Mrs. Madrigal war, wie ihr klar wurde, eine besondere Verbündete. Und Mona war nicht nur irgend eines der »Kinder« der Vermieterin, sondern die einzige Person im ganzen Haus, die von Mrs. Madrigal bewußt als Mieterin rekrutiert worden war.

Und sie war – wie sie glaubte – die einzige, die Mrs. Madrigals Geheimnis kannte.

Diese Kenntnis formte zusätzlich ein intuitives Band zwischen den zwei Frauen, eine unausgesprochene Seelenverbindung, die Monas Herz noch in finstersten Tagen wärmte.

Aber Mrs. Madrigal war nicht zu Hause, und so schleppte sich Mona nach oben in ihr Appartement im ersten Stock. Michael war, wie sie befürchtet hatte, auch nicht da. Der war ohne Zweifel einen Stock höher und plante seine Kreuzfahrt mit Mary Ann, mit der er in der letzten Zeit viel zusammen war.

Das Telefon klingelte genau in dem Moment, als sie das Licht anknipste. Es war ihre Mutter, die aus Minneapolis anrief. Mona warf sich in einen Sessel und bemühte sich, ihre Stimme auf heile Welt einzurichten.

»Hi, Betty«, grüßte sie ruhig. Sie hatte ihre Mutter immer Betty genannt. Betty hatte darauf bestanden; denn offensichtlich nahm sie die Tatsache, daß sie älter als ihre Tochter war, *übel.*

»Ist das jetzt die Nummer, unter der man dich ständig erreichen kann?«

»Ja«

»Ich habe in Pacific Heights angerufen, und D'orothea hat mir gesagt, daß du wieder hierher umgezogen bist. Ich kann es einfach nicht fassen, daß du dieses wunderschöne Haus in so einer netten Nachbarschaft verlassen konntest, nur um wieder in diese schäbige …«

»Du hast es ja noch nie gesehen!« Sie bleibt sich doch immer gleich, dachte Mona. Betty war Immobilienmaklerin, eine hartgesottene Karrierefrau, die von ihrem Ehemann verlassen wurde, als Mona noch ein Baby war. Für Häuser ohne Sicherheitsbeamte und Saunas brachte sie kaum Interesse auf.

»Hab ich doch«, beschwerte sich Betty. »Du hast mir schließlich letzten Sommer ein Bild geschickt. Ist diese … Frau immer noch deine Vermieterin?«

»Wenn du damit Mrs. Madrigal meinst, dann ja.«

»Die verursacht mir eine totale Gänsehaut.«

»Sei so nett und erinnere mich bitte daran, daß ich dir in Zukunft keine Bilder mehr schicke, ja?«

»Was war denn bei D'orothea nicht in Ordnung, wenn ich mal fragen darf?« Betty wußte natürlich nichts über die in die Brüche gegangene Beziehung. Überhaupt dachte sie sowieso nur selten genug über Beziehungen nach.

Mona verteidigte sich. »Ich konnte die Miete nicht aufbringen.«

»Ach, wenn es nur *das* ist, da kann ich dir gerne aushelfen, bis du selber wieder …«

»Nein, ich will kein Geld von dir.«

»Nur bis du wieder einen Job gefunden hast, Mona.«

»Danke, aber ich habe nein gesagt.«

»Sie hat dich da reingelockt, Mona!«

»Wer?«

»Diese Frau.«

Mona brauste auf. »Mrs. Madrigal hat mir die Wohnung *angeboten*, nachdem wir gute Freunde geworden waren! Und das ist jetzt drei Jahre her! Warum bist du plötzlich so um mein Wohlergehen besorgt?«

Betty stockte. »Ich … ich wußte nicht, wie sie *aussieht*, bis du mir das Photo geschickt hast …«

»Ach, vergiß es endlich!«

»Sie wirkt irgendwie … so extrem.«

Wenn die nur wüßte, dachte sich Mona. Wenn die nur wüßte.

Oben auf dem Dach

Brian Hawkins war 33 Jahre alt.

Und *damit* war er, wie er mit einem Schaudern bemerkte, als er seine in Köper und Kordsamt gehaltene Kelleruniform von »Perry's« ablegte und aufs Bett warf, genau das Alter, das Jesus auf dem Kalvarienberg hatte.

Oder das Alter dieses Idioten in *The Sound and the Fury.*

Was er machte, war das reinste Wassertreten, nichts anderes. Er arbeitete nur zum Überleben, um weiterzumachen, dafür, seine Schnitzel, sein Bier und seinen verdammten Schnaps bezahlen zu können. Und keine noch so große Menge an lockeren, ausgelutschten, halbherzigen Geschichten über Kalifornien konnte die Leere, die er in sich verspürte, überdecken.

Er wurde alt. Und das alleine.

Seine Post bestand meist aus Postwurfsendungen.

Irgendwann einmal war er natürlich auch mal ein hitziger, junger radikaler Anwalt gewesen, bevor das Feuer in ihm absank (um sich mehr im Schritt zu konzentrieren), hatte er für die Sache des Guten gekämpft, sich für Wehrdienstverweigerer in Toronto oder für Schwarze in Chicago stark gemacht, für Indianer in Arizona und für spanischstämmige Amerikaner in Los Angeles gefochten.

Aber jetzt war er Kellner und servierte an den Tischen von weißen Karrieretypen in San Francisco.

Und genauso, wie er früher begeisterter Nixon-Hasser gewesen war, so war er jetzt »Mösenjäger«.

Die Suche nach seinem mittlerweile reichlich befleckten

Gral führte ihn durch mit Farnen geschmückte Bars und Gemeinschaftssaunas, Waschsalons und Supermärkte sowie Tag und Nacht geöffnete Schnellimbisse, wo die Überbleibsel zwar mager waren, die Befriedigung aber unmittelbar stattfand. Da war keine Zeit mehr zu verlieren, sagte er sich selbst. Die Wechseljahre warteten schon an der nächsten Ecke.

Wenn er irgend etwas von Dauer haben wollte – und manchmal hatte er das Gefühl, daß er so etwas brauchte –, so blieb er doch mit keiner lange genug zusammen, um dieses Bedürfnis sichtbar werden zu lassen. Sein Verhalten führte ihn im Kreis, aber es schien unüberwindbar: Der Typ Frau, den er wollte, konnte einfach nicht an dem Typ Mann, der er mittlerweile geworden war, interessiert sein. Seine Triebbefriedigung hatte alles andere beiseite geschoben.

Sie war sogar bei der Auswahl seiner letzten Wohnung dieses kleinen ... Hauses auf dem Dach von Barbary Lane Nummer 28 ausschlaggebend gewesen. Frauen, begründete er seine Wahl, würden sich in diese Panoramaaussicht und die Lilliputdimensionen verlieben. Das würde für ihn als architektonisches Aphrodisiakum zu Buche schlagen.

»Bist du dir auch *sicher*, daß du das wirklich willst?« hatte Mrs. Madrigal gefragt, als er wegen des Tauschs der Wohnungen vorgesprochen hatte. (Zu der Zeit lebte er noch im zweiten Stock auf der anderen Flurseite von der ausgesprochen attraktiven, aber so hoffnungslos zugeknöpften Mary Ann Singleton.)

Er hatte diese Frage ohne Zögern bejaht.

Die Vorbehalte der Vermieterin hingen, wie er annahm,

mit dem früheren Mieter des Appartements zusammen, einem etwa vierzigjährigen Vertreter für Vitamine namens Norman Neal Williams.

Aber alles, was er über Williams wußte, war, daß dieser, ohne eine Spur zu hinterlassen, im Dezember verschwunden war.

Eine heftige Windbö rüttelte das kleine Haus durch und versetzte Brian in das schaurige Gefühl, das schon einmal erlebt zu haben.

Fünf auf der Richterskala, dachte er.

Er wußte jetzt, was das bedeutete, denn es war nur eine Woche her, daß er sein erstes Erdbeben mitgemacht hatte. Ein tiefes, dämonisches Grollen hatte ihn um zwei Uhr nachts geweckt, die Fenster rüttelten hin und her, und er verwandelte sich umgehend in ein völlig verängstigtes, ursprüngliches Wesen.

Aber diesmal war es nur der Wind, und das Knirschen von »The Big One« würde im 2. Stock genauso verheerend sein wie hier auf dem Dach. So wenigstens hatte er sich beruhigt, als er in das kleine Häuschen eingezogen war.

Seine Türklingel schreckte ihn auf. Er zog ein Sweatshirt über und öffnete die Tür in Boxershorts. Es war Mary Ann Singleton.

»Brian, ich … es tut mir leid, dich so spät noch zu stören.« Die Shorts hatten sie offensichtlich verwirrt.

»Ist schon in Ordnung.«

»Du bist nicht angezogen. Ich werde besser jemand anderen fragen.«

»Kein Problem, ich kann mir Hosen anziehen.«

»Wirklich nicht, Brian, ich brauche ...«

»Sieh mal! Ich habe dir doch gesagt, daß ich dir helfe, oder?«

Sein Tonfall weckte widerstreitende Empfindungen in ihr. Sie brachte ein schwaches Lächeln zustande.

»Michael und ich fahren nach Mexiko. Den einen Koffer kann ich einfach nicht ...«

»Warte einen Moment.«

Er zog Jeans an und machte sich auf den Weg zu ihrem Appartement. Er zog den Koffer, den sie brauchte, vom oberen Ablagebrett ihres Schrankes herunter.

»Danke«, lächelte sie. »Von jetzt an komme ich alleine zurecht.«

Seine Augen nagelten sie fest. »Wirklich?«

»Ja, Brian.« Sie war unbeugsam und fast ein bißchen schullehrerinnenhaft. Sie wußte genau, was er meinte, und sie sagte nein dazu. Wieder einmal.

Aufs Dach zurückgekehrt, schälte er sich aus seinen Levi's und nahm das Fernglas, das auf einer Ablage neben dem Bett lag. Als er am Südfenster seines kleinen Häuschens stand, verfluchte er diese unzugängliche Miss Singleton, während er die mitternächtliche Stadtlandschaft durchforschte.

Zuerst die grün-schwarz verschleierten Umrisse des Lafayette-Parks, dann der Turm der hypermodernen St. Mary's Cathedral, und danach die amerikanische Flagge auf dem Hotel Mark, die sich in geradezu obszöner Übergröße flatternd gegen den tintenblauen Himmel abhob.

Aber das war alles nur ein Vorspiel.

Seine eigentliche Beute bestand in einem Gebäude, das er für sich selbst Superman Building getauft hatte.

Vater des Jahres

Das erste Mal seit Wochen war DeDe vor Beauchamp aufgestanden.

Sie begrüßte ihren Gatten mit einem Kuß und einem Croissant, als er um Viertel vor acht in die Küche wankte. Sie war ganz schön munter für diese Tageszeit – fast ausgelassen –, so daß in Beauchamp instinktiv Argwohn heraufzog.

Er lehnte gegen die Platte des Fleischhackstocks und rieb sich die Augen. »Ein Treffen deiner Liga, oder so was?«

»Darf ich denn meinem Ehemann nicht mal das Frühstück machen?«

»Das kannst du«, stellte er trocken fest, während er zögernd an dem Croissant knabberte, »aber du tust es ja nicht.«

DeDe warf zwei Schalotten in die Bratpfanne von Cuisinart. »Es gibt Omeletts und dazu diese phantastischen französischen Würstchen von ›Marcel&Henri‹.« Sie lächelte schwach. »Ich … mache mir über alles immer viel zuviel Sorgen, Beauchamp, und heute, als ich … na ja, diese idiotischen Papageien in den Eukalyptusbäumen draußen vor den Fenstern gehört habe, habe ich mir nur gedacht … weißt du, daß wir eigentlich um eine ganze Menge glücklicher sind als die meisten Leute.«

Er massierte seine Schläfen, immer noch damit beschäftigt, endlich aufzuwachen. »Ich *hasse* diese beschissenen Papageien.«

DeDe schaute ihn einfach nur an.

Er drehte sich weg und begann, sich mit der Kaffeemaschine zu beschäftigen. Ihr Gesicht war bestimmt *übergossen* von diesem idiotischen Ausdruck, den sie immer benützte, um ihm Schuldgefühle einzujagen. So früh am Morgen weigerte er sich, darauf einzugehen.

»Beauchamp?«

Er wandte ihr weiterhin den Rücken zu. »Dieses verdammte Ding hier ist seit mindestens ... ich weiß nicht wie lang ... nicht mehr gesäubert worden.«

»Beauchamp! Schau mich an!«

Er drehte sich sehr langsam um. Auf seinem Gesicht lag wie eingegipst ein dünnes Lächeln. »Ja, mein Liebes?«

»Willst du mir nicht wenigstens sagen ... daß du glücklich bist?«

»Worüber?«

Sie legte die Hände auf ihren angeschwollenen Leib. »*Darüber*, verdammt noch mal!«

Schweigen.

Sie blieb entschlossen. »Nun?«

»Ich befinde mich in einem Freudentaumel.«

Sie gähnte melodramatisch und drehte sich von ihm weg.

»DeDe ... mit der Tatsache, Mutter oder Vater zu sein, verbinden sich schwerwiegende Verpflichtungen.«

Seine Stimme blieb ruhig. »Ich habe die Verantwortung dafür übernommen, *ein* Kind großzuziehen, und das mit echtem Widerstreben. Vergib mir also bitte, wenn ich nicht unbedingt vor Freude in die Luft springe ...«

»Ach, hör auf!«

»Da haben wir's. Du versuchst, wieder einmal geistreich zu sein.«

»Ich brauche deine Auslassungen über die Elternschaft nicht, ich brauche deine *Unterstützung.* Ich schaffe das nicht alleine, Beauchamp. Ich *kann* es einfach nicht!«

Er verzog das Gesicht und deutete auf ihren Bauch. *»Das* hast du doch ganz sicher auch nicht alleine zustande gebracht.«

»Nein«, gab sie umgehend zurück, »aber ganz sicher habe ich es nicht mit *dir* zustande gebracht!«

So standen sie da über der Bratpfanne, starrten sich an und hatten ihre Fangzähne entblößt. Beauchamp brach das Schweigen mit einem kurzen hämischen Lachen, dann schlug er mit der flachen Hand auf die Arbeitsplatte und ließ sich in einen der Marcel-Breuer-Stühle fallen.

»Das war nicht schlecht, weiß Gott nicht. Nicht schlecht für dich.«

»Beauchamp ...«

»Es gibt sicher *bessere* Wege, meine Aufmerksamkeit zu erringen, aber alles in allem war es nicht schlecht.«

»Es ist wahr, Beauchamp! Du bist *nicht* der Vater!«

Schweigen.

»Verdammt noch mal, Beauchamp! Kannst du nicht *zwei und zwei zusammenzählen?* Sieh mal ...« Ihre Stimme begann zu brechen. Sie zog einen Stuhl neben den seinen und setzte sich hin. »Ich wollte es dir schon vor langer Zeit sagen. Wirklich. Ich hatte sogar in Erwägung gezogen ...«

»Wer?« verlangte er kühl zu wissen.

»Ich denke nicht, daß wir ...«
»Splinter Riley, vielleicht? Oder wie ist es mit dem reizenden, aber eigentlich doch ein bißchen schmierigen Jorge Montoya-Corona?«
»Du kennst ihn nicht, Beauchamp.«
»Wie *interessant.* Kennst du ihn?«
Sie brach in Tränen aus und rannte aus der Küche. Er wußte, daß sie sich jetzt wieder ins Schlafzimmer einschloß, um vor sich hin zu wimmern, bis er das Gebäude verlassen hatte. Dann würde sie ihre zitternde Hand mit Dutzenden vielfarbiger Tabletten füllen und sie in einem einzigen Zug hinunterschlucken.
In Krisenzeiten konnte sie diesem Tröstungsangebot nie widerstehen.

Als Beauchamp am Jackson Square ankam, empfing ihn Mary Ann Singleton mit den für ihn eingegangenen Mitteilungen.
»Außerdem hat D'orothea Wilson vor fünf Minuten angerufen.«
Das war alles. Nicht Mr. Day. Und auch nicht Beauchamp. Er hatte überhaupt keinen Namen mehr, seit diese *Mieze* seine Sekretärin geworden war. Beauchamp grunzte. »Ich nehme nicht an, daß sie sich damit aufgehalten hat zu erklären, warum sie nicht zu dem Phototermin für Adorable im ›The Icehouse‹ erschienen ist? Sie hat allein in diesem Monat drei Fototermine abgesagt.«
»Sie sagt, daß sie einfach nicht ... nicht mehr O.K. aussieht.«
»Was, verdammt noch mal, soll *das* denn bedeuten?«

Die Sekretärin zuckte die Schultern. »Mag ja sein, daß sie während der Ferien zugenommen hat oder …«
»Oder vielleicht macht sie sich auch nicht die geringsten Gedanken über Halcyon Communications! Vielleicht will sie ja auch nach *Mexiko* fahren!« Der Stich traf seine Sekretärin genau so, wie er es erhofft hatte.
Ihre Finger begannen, an einer Büroklammer herumzunesteln. »Beauchamp … es war Mr. Halcyon, der wollte, daß ich …«
»Ich muß mir das nicht noch mal anhören.« Er stürmte in sein Büro und warf die Türe hinter sich zu.
Dann wütete er in aller Stille gegen die gesamte Familie Halcyon.

Ein Brief von Mama

Lieber Mikey,
Dein Vater und ich haben uns sehr gefreut, von Deiner Reise mit Mary Ann nach Mexiko zu hören. Ich bin sicher, ihr beide werdet dabei eine Menge Spaß haben. Bitte schick uns eine Postkarte, wenn du Gelegenheit dazu hast, und denke daran, nicht zu viel Tequila zu trinken. Ha ha.
Hier in Orlando war es diesen Winter wirklich kalt, aber ich nehme an, das weißt Du alles schon von Walter Cronkite aus dem Fernsehen. Den Orangenhain neben dem neuen Haus der Bledsoes hat es am meisten getroffen. Einige der Orangen waren als Ganzes gefroren. Aber Papa sagt, das ist schon

O.K. so, weil wir sie zum Versaften verkaufen können. Ich tue mein Bestes, um Papa zu unterstützen, aber Du weißt ja, wie er zur Erntezeit ist. Einfach nicht ernst zu nehmen.

Papa läßt Dir sagen, daß Du Dir keine Sorgen machen sollst, weil wir ungefähr drei Dollar fünfzig für die Kiste bekommen und sowieso ganzjährig produziert wird. Das einzige Problem sind jetzt die Homosexuellen.

Ich nehme an, Du weißt nichts davon. Es fing alles damit an, daß die Dade County Commission ein Gesetz zugunsten von Homosexuellen verabschiedet hat. Danach kann man sich nicht weigern, Homosexuelle einzustellen oder an sie zu vermieten. Dagegen hat sich Anita Bryant ausgesprochen. Sie ist eine christliche Mutter von vier Kindern und war im Wettbewerb als Miss Amerika und so, und alle normalen, gottesfürchtigen Leute in Miami stehen hundertprozentig hinter ihr.

Natürlich denken wir nicht allzu häufig daran, weil wir hier ja längst nicht so viele Homosexuelle haben wie die in Miami. Papa sagt, sie mögen das Meer. Na ja, auf jeden Fall hat diese Gruppe organisierter Homosexueller schon ziemlich rasch versucht, die Vereinigung der Zitrusfrüchteerzeuger dazu zu zwingen, daß sie die Anita-Bryant-Werbespots im Fernsehen absetzt. Kannst Du Dir das vorstellen? Anita sagte, na dann bitte, und entschloß sich, zum Wohl ihrer Kinder, auf die Straßen von Miami zu gehen. Gott beschütze sie.

Ich würde darüber nicht so viel wissen, wenn nicht Etta Norris (Bubbas Mutter) am Dienstag vorbeigekommen wäre, um auf unserem neuen Farbfernseher die Oral-Roberts-Show anzusehen, und mir dabei erzählt hätte, daß sie in Orlando Unterschriften sammelt, um Anita Bryants Gruppe »Save Our Children, Inc.« zu unterstützen. Ich habe sofort unterschrieben. Aber Papa sagte, er würde nicht unterzeichnen, schließlich seist Du ja erwachsen, und niemand, der sein Sohn sei, bräuchte irgendwelche Hilfe gegen Homosexuelle. Ich habe ihm gesagt, daß es ums Prinzip geht, und wie es denn wäre, wenn die Homosexuellen aufhören würden, Orangensaft zu trinken? Er meinte zwar, daß die meisten Homosexuellen sowieso keinen Orangensaft trinken, hat aber dann doch unterschrieben.
Gestern abend haben wir im »Fruitland Bowl-a-Rama« unser erstes Meeting gehabt. Etta sagte, das Wichtigste sei, daß wir Anita Bryant zeigen, daß wir hinter ihr stehen. Sie wollte auch noch, daß wir irgendwie zum Ausdruck bringen sollten, daß wir keine Vorurteile haben, aber glauben, daß Homosexuelle einfach keine guten Vorbilder für unsere schulpflichtigen Kinder seien. Lolly Newton meinte, daß die Sache mit den Lehrern wirklich ganz wichtig sei, weil ein Lehrer, der den ganzen Tag tuntig herumsteht, die Schüler dazu bringt, auch tuntig zu werden. Ralph Taggart hat diese Aussage unterstützt.
Dein Vater sagte mir noch, ich solle aufhören und

nicht so verrückt sein, aber Du kennst mich ja, und ich mußte auch noch meinen Senf dazugeben. Ich stand auf und schlug vor, daß wir uns alle hinknien sollten, um Gott zu danken, daß jemand so Berühmtes wie Anita Bryant begonnen hat, die Kräfte von Sodom und Gomorrha zu bekämpfen. Etta sagte, wir sollten das in unsere Erklärung mit aufnehmen, und so fühlte ich mich richtig stolz.

Reverend Harker meinte, wir sollten vielleicht nichts über die Vermietungen sagen, weil Lucy McNeil ihr Zimmer über der Garage an diesen Schwulen vermietet hat, der Teppiche bei Dixie Dell Mall verkauft. Lolly war der Ansicht, daß das in Ordnung geht, weil Lucy es ja aus freien Stücken getan hat und es einfacher sei, wenn man weiß, daß sie homosexuell sind. Auf diese Weise könne man seine Kinder am besten warnen.

Das klingt wahrscheinlich alles so, als sei ich auf dem Kreuzzug, oder? Ich hoffe aber, daß Du nicht annimmst, daß Deine alte Mama eine weltfremde Idealistin ist. Ich glaube halt nur, daß Gott uns dazu bestimmt hat, seine heiligen Worte auch zu befolgen.

Bubba habe ich heute morgen bei Etta gesehen. Er ist so ein netter junger Mann. Ach, du meine Güte! Ich kann kaum glauben, daß es über acht Jahre her ist, daß ihr zusammen im Zeltlager wart. Er hat sich nach Dir erkundigt. Er unterrichtet jetzt Geschichte an der High-School und ist immer noch nicht verheiratet, aber ich glaube, es ist auch ganz schön schwierig in diesen Zeiten, die richtige Frau zu finden.

Blackie mag die Kälte nicht besonders und liegt die ganze Zeit müde im Haus herum. Ich mache mir Sorgen, daß wir ihn einschläfern lassen müssen. Er ist ja schon ziemlich alt.

Paß auf Dich auf, Mikey. Wir lieben Dich sehr.

Mama

P.S.: Wenn Du irgendwelche Lektüre für Deine Reise brauchst, kann ich Dir Anita Bryants Autobiographie empfehlen. Der Titel ist »Mine Eyes Have Seen the Glory«.

Die Flucht

Am Vorabend ihrer Abreise nach Mexiko kauerten Mary Ann und Michael verschwörerisch über ihren Koffern.

»Wenn wir es vielleicht in Kleenex einrollen und dir in den Büstenhalter ...«, sagte Michael grinsend.

»Das finde ich nicht lustig, Mouse.«

»Na ja, sieh mal: Wir müssen es ja nicht vom Schiff mit an Land nehmen. Es ist ja nicht so, daß wir es in den Straßen von Acapulco rauchen wollen. Meine Güte, wir werden nicht einen einzigen Zöllner sehen, bis wir wieder zurück in Los Angeles sind.«

Mary Ann seufzte und setzte sich auf dem Bettrand nieder. »Eigentlich wollte ich ja mal die perfekte amerikanische Hausfrau werden, Mouse.«

»Und?«
»Und jetzt schmuggle ich Dope nach Mexiko.«
»Und du verreist«, er senkte seine Stimme zu einem unheilvollen Baß ab, »mit einem amtsbekannten Homosexuellen.«
Sie lächelte schwach. »Das außerdem noch.«
Er musterte sie einen Moment lang, um festzustellen, inwieweit sie ihn wirklich ernst genommen hatte. Selbst jetzt gab es noch Situationen, in denen seine Ironie geradezu exakt die Art und Weise traf, wie sie die Dinge wirklich empfand. Sie blinzelte ihm zu, und so fuhr er mit dem Packen fort.
»Ich liebe diesen Ausdruck«, gestand er dann, ohne aufzusehen.
»Welchen?«
»›Amtsbekannter Homosexueller.‹ Ich meine, schließlich hast du noch *niemals* etwas von amtsbekannten Christen gehört, nicht wahr? Oder von amtsbekannten Versicherungsvertretern. Und wenn du kein amtsbekannter Homosexueller bist, dann bist du zumindestens *bekannterweise* einer. ›Mr. Farquar, bekannterweise ein Börsenmakler, wurde heute früh erstochen im Golden Gate Park aufgefunden ...‹«
»Mouse, das macht mir Gänsehaut!«
»Tut mir leid.«
Sie langte nach seiner Hand und drückte sie. »Ich wollte dich nicht verletzen. Es ist nur ... schließlich bin ich immer noch ein bißchen nervös, wenn es um Tote geht, das ist alles.«
Er war versucht zu sagen: »Das kann ich gut verstehen.«

Er besann sich aber eines Besseren. Statt dessen hielt er ihre Hand und versicherte ihr zum dritten oder vierten Mal in dieser Woche: »Es wird schon besser werden, mein Engelchen. Es ist ja erst zwei Monate her.«

Ihre Augen begannen, feucht zu werden. »Du glaubst nicht, daß wir … davonlaufen, oder so was?«

»Vor was denn?«

Sie wischte sich eine Träne aus den Augen, zuckte mit den Schultern und schlug etwas kraftlos vor: »Vor dem Gesetz vielleicht?«

»Du hast doch kein Gesetz *gebrochen*, Mary Ann.«

»Ich habe seinen Tod nicht gemeldet.«

Er entschloß sich, geduldig mit ihr zu sein. Sie hatten das wieder und wieder, eigentlich schon so häufig aufgewärmt, daß diese Unterhaltung geradezu ein Ritual geworden war. »Dieser Typ«, sagte Michael ruhig, »war nachgewiesenermaßen ein Scheißkerl, ein Kinderschänder, vergiß das nicht. Du hast ihn schließlich nicht von der Klippe *gestoßen*, Mary Ann. Sein Tod war ein Unfall. Außerdem hättest du, wenn du seinen Tod angezeigt hättest, der Polizei auch mitteilen müssen, daß er Mrs. Madrigal beschattet hat. Und wir lieben sie *beide* viel zu sehr, völlig egal, *was* da in der Akte war.«

Schon die Erwähnung dieser Akte ließ Mary Ann erzittern. »Ich hätte sie niemals verbrennen dürfen, Mouse.«

Also nahm sich Michael auch *das* noch einmal vor. Daß sie die Akte verbrannt habe, belehrte er sie, sei ihre intelligenteste Handlung gewesen. Damit hatte sie einen doppelten Triumph erzielt: Zum einen hatte sie damit vermieden, in irgendwelche Informationen eingeweiht zu sein, die sie der Polizei hätte mitteilen müssen, und zum anderen konnte die Akte auf diese Art der Polizei nicht in die Hände fallen.

Die Polizisten waren in der Barbary Lane aufgetaucht, als Mrs. Madrigal ihren Mieter als vermißt gemeldet hatte. Die Untersuchung erwies sich als reine Routinesache ohne großen Aufwand. Norman Neal Williams war auf der Durchreise gewesen, wie sie erfuhren, ein Vertreter für Vitaminpräparate ohne irgendwelche Verwandte. Seine Verstrickungen in das Kinderpornogewerbe kamen unmittelbar zutage, obwohl Mary Ann vorgab, nichts davon zu wissen.

Sie war einige Male mit ihm »ausgegangen«, erzählte sie der Polizei. Sie hatte ihn nicht allzu gut gekannt. Er schien ihr »ein bißchen verrückt« zu sein. Ja, es könnte möglich sein, daß er woanders hingezogen sei.

Als die Polizei gegangen war, hatte Mary Ann Michael zu sich in ihre Wohnung gebeten, wo sie gemeinsam über die wirklichen Geheimnisse nachgrübelten, die es in diesem grauenhaften Kapitel aus Mary Anns Leben gab.

Wußte die Polzei, daß Norman Neal Williams Privatdetektiv gewesen war?

Wußte Mrs. Madrigal, daß sie das Objekt von Williams' Untersuchung gewesen war?

Würde Williams' Leiche in der Bucht angeschwemmt werden?

Und warum sollte irgend jemand eine Frau, die so warmherzig und mitfühlend und ... gleichzeitig so arglos war wie Anna Madrigal, überwachen lassen?

Mexiko *war* natürlich doch eine Flucht, aber nicht in der Art, wie Mary Ann es gemeint hatte. Depression und Kränklichkeit hatten sich wie Schimmel auf ihren Knochen festgesetzt. *In Gesellschaft* würde sie wohl darüber wegkommen, beschloß sie für sich und kehrte so zu ihrer erwachsen reifen Lösung für fast alles zurück.

Sie verstaute eine Flasche Sonnenöl in ihrer Reisetasche. »Weißt du was?« fragte sie dann, wobei ihre Stimme vor geheucheltem munteren Optimismus triefte.

»Was?«

»Diese Reise wird sich für mich auszahlen. Ich werde irgend jemand kennenlernen, Mouse. Das weiß ich.«

»Einen Mann meinst du?«

»Es ist nicht so, daß du nicht die allerbeste Gesellschaft der ganzen Welt für mich wärst, Mouse, aber ich möchte doch ...«

»Schau, mir brauchst du *das* nicht zu erklären, ich habe da sowieso einen ganz umwerfenden Plan. Ich sehe also einen Kerl, verstehst du mich? Einen, der neben dem Swimmingpool des Schiffs liegt, meinetwegen ... oder sonstwo, und ich schlendere ganz lässig mit dir am Arm vorbei, völlig braungebrannt und umwerfend, so daß der *geradezu* ohnmächtig wird vor Begeisterung, und dann raune ich in meiner supermännlichsten Stimme: ›Hey Typ, ich bin Michael Tolliver, und das ist Mary Ann Singleton. Wen von uns beiden willst du denn nun haben?‹«

Mary Ann kicherte. »Und was ist, wenn er keinen von uns beiden haben will?«

»Dann«, schlug Michael kühl vor, »stößt du ihn vom ersten verfügbaren Kliff in Acapulco.«

Mona haut ab

Nachdem Mona Mary Ann und Michael zum Flughafen gefahren hatte, kehrte sie in die Barbary Lane zurück und verfiel in eine Depression geradezu kosmischen Ausmaßes.

Sie fühlte sich in höchster Weise desorientiert, teilweise des eigenartigen Anrufs ihrer Mutter wegen, teilweise, weil zwei ihrer Freunde es fertiggebracht hatten, sich von den Banden dieses inzestuös in sich selbst verstrickten Babylons mit Namen San Francisco zu lösen.

Das war es, was sie brauchte. Genau. Neues Territorium. Unberührt. Blauer Himmel. Den Austausch mit der Ewigkeit. Eine Möglichkeit, ihr Leben so aufzubauen, daß es ihr die innere Ruhe, die sie so verzweifelt ersehnte, bringen würde.

In weniger als zehn Minuten hatte sie sich einen Plan zurechtgelegt.

Sie hinterließ lediglich eine kurze Mitteilung an der Tür von Mrs. Madrigal:

> Mrs. M.,
> Ich werde für eine Weile weg sein.
> Bitte machen Sie sich keine Sorgen.
> Ich brauche frische Luft.
>
> Love,
> Mona

Ihre Flucht bewerkstelligte sie per Straßenbahn. Die bittere Ironie des ganzen Geschehens verärgerte sie. Würde

Tony Bennett sich nicht königlich amüsieren, wenn er wüßte, daß Mona Ramsey, alternder Freak und transzendentale Zynikerin, gezwungen war, aus »Everybody's Favorite City« in einem dieser widerlich niedlichen, für Touristen bestimmten Cable Cars zu fliehen?

Ecke Powell und Market Street stieg sie aus und trennte sich so schnell wie möglich aus diesen aneinandergedrängten Menschenmassen heraus. Sie ging rasch die Market hoch bis zur Seventh Street, in die sie einbog, um dann mit einem Seufzer vor der Busstation der Greyhounds stehenzubleiben.

Nach dreiminütiger Überlegung kaufte sie eine Fahrkarte nach Reno; sie hatte sich kurzerhand entschieden, Sonne, Himmel und Wüste könnten ihr in irgendeiner Weise neue Möglichkeiten eröffnen. Wie man ihr sagte, würde der Bus kurz nach Mitternacht abfahren.

Für den Rest des Nachmittags saß sie am Union Square, wo all die Besoffenen, Penner und ausgebrannten Hippies ihren Entschluß wegzugehen nur verstärken konnten. Dann, als die Nacht hereinbrach, rauchte sie eine flotte Mischung aus Gras und Angel dust und machte sich wieder auf den Weg zur Busstation.

Sie war gerade dabei, ein Käsesandwich zu essen, als eine auffallend grell geschminkte alte Frau – um die achtzig, aber auf einen Tag älter oder jünger kam es dabei nicht an – versuchte, sie in der Snackbar in eine Unterhaltung zu ziehen.

»Wo geht's denn hin, Mädel?«

»Reno«, antwortete sie ruhig.

»Eine Station nach mir. Nimmst du den Mitternachtsbus?«

Mona nickte und fragte sich, ob Angel dust diese Frau möglicherweise noch grotesker erscheinen ließ, als sie wirklich war.

»Wie wär's denn, wenn du neben mir sitzen würdest? Ich werde im Bus immer so nervös mit all den Perversen und so.«

»Na, da bin ich mir nicht sicher, ob ich da eine sonderliche . . .«

»Ich falle dir überhaupt nicht lästig. Ich werde nicht ein einziges Wort sagen, wenn du nicht möchtest.«

Irgendwas daran berührte Mona. »Aber sicher«, willigte sie dann schließlich ein. »Das machen wir.«

Die alte Frau grinste. »Wie heißt du denn, Mädel?«

»Mo . . . Judy.«

»Und ich heiße Mother Mucca.«

»Mother ...?«

»Mucca. Es ist so eine Art Spitzname. Ich bin aus Winnemucca, verstehst du?«

Sie kicherte fröhlich. »Das ist eine lange Geschichte, und ich sehe keine Veranlassung ... sag mal, Mädel, fühlst du dich auch O.K.?«

»Ja.«

»Du schaust irgendwie ganz beschissen aus.«

»Wie bitte?« Ein gräßliches Meeresrauschen machte sich in ihrem Kopf breit, so als ob ihr jemand eine riesige Seemuschel ans Ohr halten würde.

»Ich sagte, du schaust ganz schön mitgenommen aus. Deine Augen sind so ... du hast doch kein Marihuana geraucht, oder, Mädel?«

Mona nickte. »Doch, so was Ähnliches.«

»Und warum?«
»Ich glaube nicht, daß Sie das etwas ...«
»Noch was mit drin?«
»Schon mal was von Angel dust gehört?«
Mother Muccas Hand fiel so hart auf die Tischplatte, daß verschiedene der verschlafenen Gäste von ihrem Kaffee aufsahen. »Ach, du lieber Gott! Das Zeugs bringt ja Elefanten zum Einschlafen, Liebes! Wenn dir nichts Besseres einfällt, als dich selber mit Tiertranquilizern umzulegen, solltest du vielleicht besser nicht ...« Mona taumelte hoch. »Ich denke doch gar nicht dran, daß ich hier sitzenbleibe, nur um mir anzuhören ...«
Eine mit Armreifen bewehrte klauenartige Hand klammerte sich um ihr Handgelenk und zerrte sie wieder zurück. »Den Teufel wirst du tun!« kreischte Mother Mucca.

Tierische Anziehungskraft

»Manche Leute trinken, um zu vergessen«, erklärte Mrs. Madrigal, die sich in ihrem Innenhof wohlig in der Sonne aalte. »Ich persönlich dagegen rauche, um mich zu erinnern.« Sie nahm einen Zug aus ihrem kolumbianischen Joint neuester Ernte und reichte ihn dann an Brian weiter.
»Woran denn, zum Beispiel?« fragte er.
»Oh ... alte Liebhaber, Eisenbahnfahrten, den Geschmack von Cola aus Fontänenspendern, das es gab, als ich ein Kind war. Gras hat irgend so etwas Liebenswertes,

Sentimentales ... es ist die Reader's-Digest-Ausgabe der Drogen. Ich kann nicht verstehen, warum die Spießbürger so dagegen sind.«

Brian lächelte, während er die Beine auf seinem Badetuch ausstreckte. »Rauchen Sie schon lange?«

»Nicht nach meinen sonstigen Maßstäben. Oh, ich denke ... möglicherweise so in etwa, seit du in die Pubertät gekommen bist.«

»Das ist aber nicht lang.«

Sie lächelte. »Ich habe mir schon gedacht, daß du das sagen würdest.«

»Erinnern Sie sich an das erste Mal?«

»Nein. Aber ich erinnere mich an das dritte Mal.«

»Hat es das erste Mal nicht hingehauen?«

»Doch. Es hat gewirkt.« Sie gluckste in sich hinein. »Findest du Leute nicht gräßlich, die so etwas sagen?« Sie imitierte die Stimme einer ältlichen Matrone. »›Die Kinder haben darauf *bestanden*, daß ich Hasch rauche, und so habe ich es also probiert, Madge. Und es hat *nichts* bei mir bewirkt, aber auch gar nichts.‹«

Brian lachte. »Manchmal ist es aber doch wahr. Bei mir hat es beim ersten Mal nicht geklappt.«

»So?« Die Vermieterin zuckte mit den Schultern. »Wenn dein erstes Sexerlebnis nicht *hingehauen* hat, so ist es immer noch das erste Mal. Ist das nicht genug?«

»Ich glaube schon.«

»Es gibt nichts, was das Hochgefühl des ersten Erlebnisses überbieten könnte. *Nichts.*«

»Irgend etwas läßt mich vermuten, daß Sie viele, viele erste Male hatten.«

»Ich versuche es. Und du bist dabei, das Thema zu wechseln.«

»Tut mir leid. Ich bin durcheinander.«

»Ich war dabei, dir über mein drittes Mal zu berichten.«

»Oh, ja, stimmt.«

»Das dritte Mal«, fuhr Mrs. Madrigal fort und zog die Schöße ihres Kimonos zurecht, »war im Zoo von San Francisco, direkt nachdem Bobby Kennedy umgebracht worden war.«

»Ganz schöner Hammer, oder?«

»Nein ... ich meine, ich bin nicht davon stoned gewesen. Er war gerade ermordet worden, das war alles. Jedenfalls kannte ich diesen netten kleinen Mann im Zoo, der für die Affen verantwortlich war. Vielleicht ist das auch der falsche Ausdruck. Er wirkte eher *selber so* wie einer von den Affen. Er hatte ziemlich lange Arme und war ganz schön behaart, und die Affen haben ihn einfach *angebetet.* Ich ihn auch. Er war ein umwerfend toller Backgammonspieler.

Na ja, an diesem besonderen Tag hatten wir ein nettes langes Gespräch auf diesem eigenartigen Damm, der von dem Gorillagelände zu den Käfigen, wo die Gorillas in aller Öffentlichkeit an sich selber herumspielen ...«

Brian lachte in sich hinein.

Mrs. Madrigal zog eine Augenbraue hoch. »Na, ist es nicht genau das, wofür Zoos da sind? Warum sonst gehen Leute sich die Gorillas ansehen?«

»Ich verstehe, was Sie meinen.«

»So, da waren wir also, standen auf diesem Damm und unterhielten uns so richtig angenehm, als diese umwerfend aussehende Gorilladame herankam und sich zu unserer kleinen Gruppe gesellte. Sie stand neben meinem Freund, dem Wärter, und legte einen Arm um seine Schulter – wie um einen alten Schulkameraden oder so ähnlich. Dann sagte er ›Oh, das habe ich fast vergessen‹, und zog einen Joint aus seiner Hemdtasche. Er zündete ihn an, nahm einen Zug und gab ihn dann dem Gorilla ...«

»Das gibt's ja nicht!«

»So wahr mir Gott helfe! Und *dann*, wenn's beliebt, nahm der Gorilla einen langen Zug und gab den Joint an mich weiter!«

»Ach, du meine Güte. Und was haben Sie getan?«

»Ich bin ja nicht gerade *ungehobelt*, mein Junge. Ohne nur im entferntesten zu zögern, habe ich den Joint mit all der mir zur Verfügung stehenden Grazie angenommen und ihn dann an meinen Freund weitergereicht. Unser Gorillaweibchen blieb noch für zwei Züge bei uns stehen und promenierte dann den Damm hinunter, um ihr Publikum zu begrüßen. Sie war damals schon eine ziemlich reife Dame.«

»Tat sie das denn ständig?«

»Jeden Tag. Es half ihr, das Leben besser zu bewältigen, nehme ich an.«

»Ist sie noch da?«

Mrs. Madrigal legte den Zeigefinger gegen ihre geschürzten Lippen. »Weißt du, da bin ich mir nicht ganz sicher. Ich denke oft darüber nach, ob sie noch lebt. Gorillas können ja ziemlich alt werden, soviel ich weiß. Ich würde sie gerne mal wiedersehen.«

»Warum?«

»Oh ... ich nehme an, weil wir so viel gemeinsam haben. Sie war eine ganz schön hartgesottene, lebenserprobte Person und verschaffte sich ihren Spaß, so gut sie nur konnte. Und ... weil sie vieles erst spät in ihrem Leben gelernt hat.«

»Und was haben Sie gelernt?«

Sie lächelte ihn voller Mißbilligung an. »Ich habe gelernt, wie neugierig man wird, wenn man high ist.«

»Ich habe ja nicht nach Ihrer Lebensgeschichte gefragt.«

»Oh, wie schade. Aber das solltest du irgendwann einmal, allerdings nicht, wenn ich *geraucht* habe.«

»Warum?«

»Weil ich dir dann . . . vielleicht die Wahrheit erzählen *könnte*, mein Lieber.«

Der richtige Schnitt

Als Emma, das zaundürre schwarze Dienstmädchen, mit dem Frühstückstablett in den Händen zitterig das Elternschlafzimmer betrat, bemerkte Frannie wehmütig, daß Emma alt wurde.

»Soll ich die Vorhänge aufziehen, Miss Frances?«

Miss Frances! Das war es, was Emma zu einer absoluten Perle machte, der letzten ihrer Art. In der ganzen Zeit, die sie auf Halcyon Hill arbeitete, hatte es immer nur Miss Frances, Miss DeDe oder Mr. Edgar geheißen.

»Nein danke, Emma. Stell nur das Tablett auf den Tisch, bitte.«

»Ja, Miss.«

»Emma?«
»Ma'am?«
»Glaubst du, daß ich ... Setz dich doch bitte hin, Emma, ja?«
Emma gab nach. Sie ließ sich taktvoll auf die Ecke eines mit Troddeln verzierten Damensessels neben dem Bett nieder. »Sie sind doch nicht ... krank, Miss Frances?«
»Nein ...«
»Mr. Edgar ist tot, Miss Frances. Damit müssen Sie jetzt leben. Er ist zu unserem Herrn Jesus gegangen, und es gibt auf dieser ganzen gesegneten Welt nicht eine Sache, die ihn wieder zurückbringen könnte, bis nicht das Jüngste Gericht Gottes ihn wiederauferstehen läßt von den...« Frannie unterbrach sie mit einem kurzen Laut ihrer Klingel am Bett. »Emma, meine Liebe ... dein Gerede macht mir nur Kopfschmerzen.«
»Ja, Ma'am.«
»Was ich gerne wissen möchte ... Emma, ich gebe ziemlich viel auf deine Meinung. Ich denke, du weißt das, und ... Glaubst du, daß ich mein Gesicht liften lassen soll, Emma?«
Schweigen.
»Du *weißt* doch, was Liften ist, Emma?«
Das Mädchen nickte langsam. »Ja, Schneiden.«
»Nein ... Na ja, ja, das ist ein Teil davon, aber es handelt sich ja um einen kompletten kosmetischen Prozeß, der heutzutage nicht gerade unüblich ist. Ich will damit sagen, daß *eine ganze Menge* Damen ...«
»Weiße Damen.«
»Emma, werde bitte nicht unverschämt.«

Ein Vierteljahrhundert, in dem sie treu ergeben auf Halcyon Hill beschäftigt war, ermächtigte Emma zu dem finsteren Gesichtsausdruck, mit dem sie jetzt ihre Herrin konfrontierte.

»Miss Frances, Gott hat Ihnen ein wunderschönes richtiges Gesicht gegeben, und wenn der Herr vorgesehen hat, daß ...«

»Ach, pfui, Emma! Der liebe Gott muß schließlich auch nicht zum Meeting meiner Opernvereinigung gehen!«

»Ma'am?«

»Ich bin so *alt*, Emma. Und alle anderen, die ich kenne, sehen aus wie ... Nancy Kissinger! Ich bin doch nur noch ein alter, faltiger Truthahn!« Sie zog die Haut über ihre Wangenknochen zurück. »Sieh dir das an, Emma.«

Emmas Gesichtsausdruck war streng. »Eine solche Unterhaltung würde Mr. Edgar gar nicht gefallen.«

Frannie drehte sich im Bett um und schob die Unterlippe vor. »Mr. Edgar ist tot«, sagte sie dann schleppend.

Als Emma die Wäsche machte, schloß Frannie die Schlafzimmertüre und rief Vita Keating an. Das Heimlichtuerische dieser Handlung brachte ihr zu Bewußtsein, daß sie, selbst jetzt mit neunundfünfzig Jahren, immer noch nicht erwachsen war. Sie hatte sich immer gegenüber *jemandem* verantworten müssen.

Edgar jedenfalls hatte sie mittlerweile verlassen; Emma war alles, was ihr geblieben war.

Vita, dachte Frannie, hatte diese Art emotionaler Unterordnung wohl nie kennengelernt. Vita war eine Bahnbrecherin, tatkräftig und unabhängig, deren Miss-Oklahoma-Titel, den sie irgendwann in den fünfziger Jahren gewonnen hatte, sie dazu angespornt hatte, sich um aufsteigenden Ruhm in Atlantic City und einen republikanischen Ehemann in San Francisco zu bemühen.

Als Gastgeberin hatte sie einen untadeligen Leumund, und manchmal schockierte sie die etwas Spießigeren der bei ihr Geladenen durch den Bruch mit in dieser Stadt langgeübten gesellschaftlichen Traditionen: Sie war, soweit bekannt, die *erste* im Gesellschaftsregister geführte Ortsansässige, die Waterfordkristall mit Platzdeckchen aus Jeansstoff kombinierte. Außerdem stellte sie mit übergroßen Halstüchern die hinreißendsten Sachen an.

Wer sonst außer Vita hätte jemals die Dreistigkeit besessen, sich in einem geblümten Kleid im Stil der Pionierfrauen auf den großen Cerebral Palsy Ball zu wagen und dazu ein Lasso zu schwingen? Sie machte ja *so viel* Spaß.

Natürlich lachte sie herzlich, als Frannie mit ihrer Frage herausplatzte.

»Wen ich fürs Gesicht habe? O Gott, meine Liebe, nach allem, was ich weiß, füllt er den Samen von Schafen ab. Irgendwo in der Schweiz. Seine letzte Patientin war total *am Ende* – irgend so eine arme Frau aus Santa Barbara, die am Schluß aussah wie das Phantom aus der Oper.«

Frannie konnte ihre Enttäuschung nicht verbergen. »Ich verstehe«, seufzte sie verdrießlich.

»Hast du über die Spritzen nachgedacht?« zirpte Vita.

»Die Spritzen?«

»Schafsamen, Honey.«

»Vita!«

»Na ja, niemand versteht dich besser als *ich*, aber Kitty

Cipriani behauptet, sie sei eine völlig neue Frau geworden. Ich persönlich habe eher das Gefühl, daß ihr irgend jemand das Fell über die Ohren gezogen hat!« Vita lachte brüllend, und Frannie fiel trotz ihrer sich verschlechternden Stimmung lachend ein.

Plötzlich fragte Vita abrupt: »Wie alt bist du, Frannie?«

Die Frage schmerzte stärker, als es vielleicht normalerweise üblich gewesen wäre. Vita war seit mindestens fünfzehn Jahren Frannies *jüngere Freundin.* »Ich frage aus einem ganz bestimmten Grund«, fügte Vita entschuldigend hinzu.

»Vierundfünfzig«, gestand Frannie.

»Oh, zu schade.«

»Reite da bloß nicht drauf rum, Vita.«

»Nein, Honey, ich meine nur, wenn du sechzig wärst, dann bestünde eine Möglichkeit.«

»Warum, um Himmels willen, sollte es ausgerechnet dann eine Möglichkeit geben?«

Vita lachte tiefkehlig. »Ich werde dir das nicht erzählen, bevor du mir nicht dein wahres Alter gesagt hast.«

Frannie zögerte einen Moment, dann rückte sie damit heraus.

»Ach, Junge, Junge«, stöhnte Vita. »Oh, *Junge, Junge.«*

»Vita, was soll das bloß...?«

»Du mußt nur warten, Frannie Halcyon! Nur warten!«

Die Kreuzfahrt beginnt

Die zermürbende Aufregung, in letzter Minute noch hastig zu packen, eine heranziehende Verkühlung und ein an den Nerven zerrender Flug nach Los Angeles: all das verschwand, als Mary Ann den ersten Blick auf die *Pacific Princess* warf.

»Oh, Mouse! Gott, ist das *weiß!*«

Michael kniff sich in den Unterarm. »So weiß, wie wir sind, passen wir ja gut dazu, hast du nicht den Eindruck?«

Mary Ann, völlig an die majestätische Ausstrahlung des riesigen, mondbeschienenen Schiffes verloren, antwortete nicht. Es lag etwas gleichzeitig Erschreckendes, aber auch Aufmunterndes in diesem Augenblick. Sie fühlte sich wie ein Fallschirmspringer, unbekümmert durch den Raum dahinschwebend in dem Wissen, daß es *diesmal* darauf ankam, weil es diesmal echt war, diesmal mußte sich der Fallschirm öffnen.

Der Taxifahrer blickte über die Schulter zurück auf das Pärchen auf dem Rücksitz. »Seid ihr zwei verheiratet?«

»Wir leben zusammen«, antwortete Michael und erregte damit den erwarteten Glitzerblick von Mary Ann.

»Na, dann.« Der Fahrer lachte in sich hinein. »Ich nehme an, Sie haben *The Love Boat* gesehen?«

Michael nickte. »Im Fernsehen, oder?«

»Ja. Mit Bert Convy, Lyle Waggoner, Celeste Holm ...«

»Lauter Berühmtheiten.«

Der Fahrer nickte. »Das ist genau da gedreht worden. Auf der *Pacific Princess.* Ganz schön scharfe Sache.«

»Hmm. Ich kann mich erinnern«, sagte Michael, der

insgeheim das Gesicht in Richtung Mary Ann verzog. »Celeste Holm war eine untersetzte, aber liebenswerte ältliche Dame, die dachte, sie hätte die Sache mit Männern total hinter sich, bis sie Craig Stevens auf der Kreuzfahrt traf. Mit Craig war sie vor Jahren mal befreundet gewesen, und Celeste ... Gott, das arme Ding, war *vor Schreck ganz versteinert*, daß Craig herausfinden könnte, was sie mittlerweile für ein Pummel geworden war.«

»Hat er es herausgefunden?« fragte Mary Ann.

»Nein, natürlich nicht. Es nahm alles einen glücklichen Ausgang. Es stellte sich heraus, daß Craig blind war.«

»Das hast du erfunden, Mouse.«

»Auf meine Pfadfinderehre schwöre ich dir: Nein! Und am Ende waren sie *verheiratet*. Das stimmt doch, Fahrer, oder?«

»Ja, das stimmt.«

»Offensichtlich«, Michael zuckte mit den Schultern, »konnte der olle Craig wohl auch nicht *fühlen.*«

Der Schiffsphotograph überraschte sie auf der Gangway mit einem jovialen »Lächeln, meine jungen Turteltäubchen!«

Michael gehorchte und klatschte eine Hand auf Mary Anns rechte Brust.

»Ach, du meine Güte!« stöhnte er, als sie das Schiff betraten. »Ist das jetzt eine Kreuzfahrt oder eher ein Schulabschlußball?«

»Mouse, könntest du vielleicht versuchen, wenigstens *ein kleines bißchen* würdiger zu wirken?«

»Elf ganze Tage lang?«

»Es ist ein *britisches* Schiff, Mouse.«
»O ja! Aber mit *italienischen* Stewards.« Mit aufrecht stehenden Zeigefingern zeigten seine Hände eine beträchtliche Größe an.
Mary Ann wurde rot, dann kicherte sie. *»Normale* italienische Stewards«, korrigierte sie ihn dann.
»Das hoffst auch nur du«, konterte Michael.

Ihre Kabine lag auf dem Promenadendeck, und die Ausstattung war wirklich Luxusklasse: Doppelbetten, Schränke in Wurzelholzausstattung, bequeme Sessel und eine Wanne im Badezimmer. Eine Flasche gekühlten Champagners erwartete sie.
Mary Ann sprach den ersten Toast. »Auf Mr. Halcyon. Gott schütze Mr. Halcyon.«
»Richtig, Gott schütze Mr. Halcyon.«
»Und«, sie füllte die Gläser erneut, »auf ... auf die Abenteuer, die uns auf hoher See erwarten!«
»Und die Romanzen.«
»Und die Romanzen!«
»Auf Mrs. Madrigal ... auf das Marihuana ... und auf die Freßsucht, die man davon bekommt ... und auf alle Leute in Florida mit Ausnahme von Anita Bryant!«
»Ja, genau!«
»Aber in erster Linie«, begann Michael und nahm dabei einen spöttisch-ernsten Ton an, »auf diesen wohlerzogenen, lässig-eleganten, aber unwahrscheinlich männlichen Typen, der *einen* von uns so intensiv gemustert hat, als wir heute nacht an Bord gekommen sind.«
»Wo? Wer?«

»Woher soll ich denn wissen, wer? Meine liebe Frau, ich bin auch gerade erst hier angekommen. Du hast ihn doch *gesehen*, oder?«
»Ich glaube nicht.«
Michael rollte verzweifelt die Augen. »Der hat doch überhaupt nicht aufgehört, uns anzustarren!«
»Ein Passagier?«
»Genau.«
»Hat *uns* angeschaut?«
»Du hast es kapiert, Mädel.«
Mary Ann biß sich auf die Kuppe ihres Zeigefingers. »Glaubst du, daß er blind war?«
Michael jauchzte und hob sein Glas. »O.K., dann auf ... die Blinden!«
»Auf die Blinden«, griff Mary Ann seinen Trinkspruch auf.

Mother Mucca's Vorschlag

Als der Greyhound in Truckee, California, gerade vor der Morgendämmerung eintraf, wachte Mona aus einem unruhigen Schlaf auf. Sie war überzeugt, ihre Zunge habe sich in eine tote Schlange verwandelt. Die eigenartige alte Frau neben ihr tätschelte ihr die Hand.
»Das ist's noch nicht, Kind. Schlaf weiter.«
»Es? Was ist Es? Wo war Es?«
»Iss schon O.K., Dolly. Mother Mucca ist ja da. Ich kümmer mich schon um dich.«
»Sehen Sie mal, meine Dame, ich ...«

»Mother Mucca.«
»In Ordnung. Ich finde es ja sehr nett, daß Sie mir helfen wollen, aber ...«
»Dieses Angel dust wird dich jedesmal wieder fertigmachen. Du hättst dich mal hör'n sollen, wie du im Schlaf geredet hast, Mädel!«
»Ach, das ist mir doch ganz ... was hab ich denn gesagt?«
»Weiß nicht. So verrücktes Zeugs. Irgendwas über Mäuse.«
»Mäuse?«
»Irgend so was. So was wie: ›Wohin will Maus denn gehen? Ich kann Maus nicht finden.‹ Dann haste angefangen, nach deinem Daddy zu jammern. War ganz schön gespenstisch, Dolly!«
Mona rieb sich die Augen und betrachtete die zombiehaften Gesichter der anderen Passagiere, die gerade zu einem Kaffee in die Busstation schluften. Sie sahen aus wie verstörte Infanteristen, die sich für einen frühmorgendlichen Angriff stärkten.
Was, im Namen Buddhas, tat sie hier nur?

Als Mother Mucca darauf bestand, sie zum Frühstück einzuladen, war Mona zu schwach, um sich zu weigern. Außerdem machte dieses alte aufdringliche Weib einen recht ausgeglichenen Eindruck, auch wenn sie *aussah*, als wäre sie gerade einem Fellini-Film entstiegen.
»Ich hatte mal ein Mädchen, das Judy hieß.«
»Was?«
»Du hast doch gesagt, daß du Judy heißt, oder?«
Mona nickte. Sie war darauf bedacht, so anonym wie

möglich zu bleiben. Sie hatte von Mona Ramsey die Schnauze voll.

»Judy war prima«, fuhr Mother Mucca fort. »Ich glaube, sie blieb länger als jede andere bei mir.« Sie schüttelte den Kopf und lächelte, ganz verloren in rosigen Erinnerungen. »Mein Gott, war die prima!«

Mona fühlte, wie ihr die Alte sympathischer wurde. »Sie haben viele Kinder gehabt?«

»Kinder?« Sie spuckte das Wort regelrecht aus.

»Sie haben doch gesagt ...«

Mother Mucca begann wieder, vor sich hin zu gackern. »Du bist um einiges dümmer, als du aussiehst, Dolly. Ich spreche über das verdammt beste Bordell von ganz Winnemucca!«

Mona war irritiert, aber gleichzeitig auch fasziniert. Natürlich! Eine echte Nevada-Madam! Ein grobknochiges, hageres Überbleibsel aus den ersten Tagen gruppentherapeutischer Betreuung im Wilden Westen!

»Sie ...? Wie lange haben Sie ...?«

»Ach, du meine Güte, Mädel! Viel zu lange!«

Beide lachten ausgelassen. Das erste Mal, seit sie sich getroffen hatten, teilten sie das gleiche Gefühl. Mona war gefesselt durch die reine und völlig ungenierte Unverblümtheit dieser außergewöhnlich häßlichen alten Frau.

»Was hat Sie denn nach San Francisco gebracht?« erkundigte sie sich.

»Ein Zusammenkunft unserer Nuttengewerkschaft. Organisation Kojote.«

Mona nickte wissend. Wenn man an der North Beach dazugehören wollte, dann war es eine der größten Not-

wendigkeiten, daß man eine unerschütterliche Vertrautheit mit Margo St. James und ihrer Prostituiertenorganisation zur Schau stellte.
»Kennst du Margo?« fragte Mother Mucca.
»Aber ja«, log Mona. Sie hatte sie immerhin mehrere Male *gesehen*, wie sie bei ›Malvina's‹ Kaffee und Croissants zum Frühstück genommen hatte.
Mother Mucca zog eine ihrer gemalten Augenbrauen hoch. »Sie ist ein paar Klassen besser als ich, oder. Was meinst du, Dolly?«
»Ich finde, Sie haben eine ganze Menge Klasse.«
Mother Mucca senkte den Kopf und pustete in ihren Kaffee.
»Finde ich schon«, beharrte Mona. »Wirklich. Sie sind rundum... in Ordnung.«
»Und du bist auch noch eine verdammte Lügnerin.« Sie langte plötzlich über den Tisch und drückte Monas Arm über dem Ellbogen. Einen Moment lang schien es so, als würde ihre getünchte Fassade zerbröckeln, aber dann räusperte sie sich und wechselte zu einem Tonfall, der noch schlimmer war als zuvor.
»Nun ja, Dolly! Du hast mir noch nicht gesagt, warum du mit einem Kopf voller Angel dust ausgerechnet nach Reno willst!«
»Es ist nichts Besonderes an Reno.«
Die alte Frau schnaubte verächtlich. »Damit liegst du allerdings völlig richtig!«
Mona lachte. »Ich wollte eigentlich nur ... na ja, ich weiß nicht ... für eine Weile abhauen. Ich habe noch nie die Wüste gesehen.«

»Davon haben wir in Winnemucca eine ganze Menge zu bieten.«

Mona schaute auf ihre braune Brühe nieder, um so dem zu entgehen, was wie eine Einladung klang.

»Ist ein großes Haus, Dolly. Ich brauch jemand, der mir mit dem Telefon hilft. Es ist wirklich sauber, und auch nett. Ich glaub, du wärst irgendwie ganz überrascht.«

»Ich bin sicher, daß es ein nettes ...«

»Ach, verdammt noch mal! Ich bin keine Mädchenhändlerin oder so was in der Art! Du sollst mir einfach nur Gesellschaft leisten, das ist alles. Du kannst abhauen, wann du willst.«

»Ich denke halt nur, daß ich ...«

»Was machst du denn überhaupt?«

»Was?«

»Beruflich.«

»Ich bin ... ich war Werbetexterin.«

Mother Mucca lachte brüllend. »Na ja, dann setz dich mal bloß nicht so aufs hohe Roß!«

Mona grinste und warf ihre Serviette auf den Teller. »Der Bus fährt ab, Mother Mucca.«

»Du willst also nicht mit, oder?«

»Nein«, sagte Mona und kaute am Knöchel ihres Zeigefingers, »nicht, wenn ich nicht mein eigenes Wasserbett kriege.«

Schwule Handelsklasse A

Für die Hampton-Giddes war das, was zu einer Partyeinladung gehörte, so kompliziert wie das Funktionieren von Arch Giddes neuem Rolls-Royce. Silver Shadow natürlich.

Nach sorgfältigster und genauester Prüfung wurden die in Erwägung gezogenen Gäste in vier Kategorien unterteilt:

Die A-Liste.
Die B-Liste.
Die schwule A-Liste.
Die schwule B-Liste.

Die Hampton-Giddes kannten keine Leute aus der C-Klasse, weder Schwule noch andere.

Zur A-Liste gehörten vorschriftsmäßig die Schönen und die Alteingesessenen, die Art von Leuten, die in Merla Zellerbachs Kolumne im *Chronicle* nach dem Junk-food gefragt wurden, das sie am liebsten aßen, oder nach ihrem bevorzugten Elendsviertel.

Es gab natürlich schon auf der A-Liste ein paar vereinzelte Schwule der Handelsklasse A, von denen allerdings erwartet wurde, daß sie sich benahmen. Benahm sich einer von ihnen während der Scharaden, die nach dem Essen gespielt wurden, zu eindeutig, dann sah er sich umgehend in das Fegefeuer der schwulen Handelsklasse B verbannt. Die B-Schwulen, arme Wesen, die sie waren, kamen noch nicht einmal in die Verlegenheit, an Scharaden auch nur *teilzunehmen*.

Der Spielraum und die Intensität, die einem bei einer Partyunterhaltung im Hause Hampton-Gidde gewährt wurden, beruhte überwiegend darauf, nach welcher Liste eingeladen wurde.
Leute von der A-Liste konnten sich über Kunst, Politik und die mit Wildleder bespannten Wände im Schlafzimmer der Gastgeber unterhalten.
Die B-Listen-Besetzung konnte sich über Kunst, Politik, die Wildledertapeten im Schlafzimmer der Gastgeber und die Leute von der A-Liste unterhalten.
Die A-Schwulen durften darüber sprechen, wer sich im Badezimmer Koks reinzog.
Von den B-Schwulen wurde nicht erwartet, daß sie redeten. Sie dienten vorwiegend Dekorationszwecken.

»Binky *schwört,* daß es die reine Wahrheit ist«, beteuerte William Deveraux Hill III, als das am Seacliff gelegene Herrenhaus der Hampton-Giddes von A-Schwulen geradezu wimmelte.
Chinesen?« zischte Charles Hillary Lord.
»Zwillinge!«
»Ein *ganzer Wurf!«* mischte sich Archibald Anson Gidde kreischend ein.
»Ich *halte* das einfach nicht aus!«
»Ausgerechnet *du?* Honey, unsere Miss Gidde da drüben hat sich ja heute an ihrem Rokokotelefon die Fingernägel praktisch *ruiniert,* nur um die Neuigkeiten unters Volk zu bringen.«
»Habe ich *nicht.«* Der Gastgeber war indigniert.
»*Mir* hast du es erzählt.«

»Na gut, das war's dann aber auch.«
»Stoker sagt, daß du's ihm auch erzählt hast.«
»Die lügt!«
Charles Hillary Lord verlangte es nach etwas mehr Beiwerk. »Meine Güte, Billy, ein *Rikscha-Boy*. DeDe hat sich mit einem *Schlitzauge* eingelassen?«
»Die haben doch alle nur *Kinderpipis.*« Das war Archibald Anson Gidde.
»Ich glaube, Ihr seid *alle* voll von gräßlichen Vorurteilen«, klagte Anthony Latimer Hughes, der sich zu der Gruppe gesellte.
»Oh, meine teure Ramona! Du hast doch nicht *schon wieder* eine neue *Chinoiserien*-Periode, oder, Darling?« Wieder war es Gidde.
»Es gibt zwei Dinge, die man über San Francisco wissen sollte«, warf Charles Hillary Lord ein. »Triff dich nie mit *irgend jemand* im ›Top of the Mark‹. Und geh nie bei Regen durch Chinatown.«
»Warum?« riefen alle wie im Chor.
»Weil sie so *klein* sind. Ihre Schirme stechen den Weißen die Augen aus!«

Auf der anderen Seite des Raumes steckten Edward Paxton Stoker, Jr., und sein Gastgeber Richard Evan Hampton unter einem Claes Oldenburg die Köpfe zusammen und tauschten Höflichkeiten aus.
»Ich wünschte mir«, erklärte der Gast, »daß Jon Fielding hier wäre.«
»Oh, biiiiitte!« Rick Hampton hatte sich niemals mehr völlig von dieser Einladung im Herbst erholt, bei der Jon

Fielding plötzlich explodiert war und eine solch gräßliche Wut gezeigt hatte. »Dieses lausige Wesen wirst du nie wieder auf einer von *meinen* Gästelisten finden, Edward.«

»Aber er *ist* nun mal DeDes Frauenarzt, und ich bin sicher, daß er ...«

»*Und* gelegentlich ist er auch Beauchamps Betthäschen.«

»Das ist vorbei.«

»*Wirklich?*«

»Wie wir es bei unserem Herrn Doktor ja *alle* gewöhnt sind, ist er wieder einmal aus heiterem Himmel frömmelnd geworden und hat unserem Beauchamp ganz klassisch den Laufpaß gegeben. Beauchamp war *fuchsteufelswild.*«

»Ich würde zu gerne Fieldings Version von der Geschichte hören!«

»Tut mir leid, aber da wirst du noch eine Weile warten müssen. Er ist auf dem Weg nach Acapulco.«

»Was, um Himmels willen, will er denn dort?«

»Na, was wohl? Er besucht einen Gynäkologenkongreß.«

Die reichere – und ältere – Hälfte der Hampton-Giddes rollte theatralisch die Augen. »Acapulco ist in der letzten Zeit ja *so* geschmacklos geworden.«

Träumerei auf dem Sonnendeck

Irgendwo vor der Küste Mexikos traf die strahlende Mittagssonne auf Dutzende williger Anbeter, die auf dem Sonnendeck der *Pacific Princess* ausgebreitet waren. Mary Ann lag auf dem Bauch – das Bikinioberteil geöffnet –,

als eine Hand ihr unerwartet etwas Klebriges auf den Rücken strich.
»Mouse?«
Schweigen.
»Mouse.«
»Ich diese Maus nicht kennen, Signorina. Ich nur ein einfacher italienischer Kellner, der will machen dieses wunderbare Ficki-Ficki mit wunderschöne scharfe amerikanische Girls!«
»Du hast einen Joint geraucht, was?«
Michael setzte sich neben sie und seufzte dramatisch auf.
»Ich *wünschte* mir, daß du endlich lernen würdest, etwas mehr Phantasie zu entwickeln.«
»Was ist das für ein Zeugs, nur mal nebenbei gefragt?«
»Oh ... Tortuga-Creme. Der Zimmerkellner hat es mir gegeben. Er sagt, sie machen es in Mazatlán.«
»Es riecht so fischig.«
»Ach, findest du? Sie ist aus Schildkröten.«
»Mouse!«
»Na ja, genau, das hat er *gesagt.«*
»Bäh!«
»Was, zum Teufel noch mal, glaubst du denn, daß Polly Bergen verwendet? Rosenblätter?«
Mary Ann setzte sich auf, blinzelte in die Sonne und hielt ihr Bikinioberteil mit dem rechten Arm in Position.
»Bind mir das bitte um, ja?«
So früh am Tag schon *Bondage?* Dabei hast du es noch gar nicht mit Bingo versucht. Und es gibt für Senioren heute nachmittag eine flotte Mamboveranstaltung in der Carrousel Lounge, wenn du Wert darauf legst ...«

»Mouse ... schau jetzt bloß nicht hin, aber er ist gerade ins Becken getaucht.«

»Wer?«

»Unser Mr. Geheimnisvoll. Der Kerl, den du gesehen hast, als wir an Bord kamen.«

»Der, der uns aufreißen wollte?«

Mary Ann korrigierte ihn. »Einen von uns.«

»Vielleicht steht er aber auch auf Dreier.«

»Mouse, glaubst du, daß er schwul ist?«

»Na ja ... so, wie er rückwärts krault, wirkt das *tatsächlich* ein bißchen tuntig.«

»Mouse, ich meine es ernst.«

»Dann *frag* ihn doch, du Dummerchen! Lade ihn auf einen Pina Colada ein!«

Mary Ann drehte sich um und musterte diesen starken weißhäutigen Körper, der durch das grüne Wasser des Swimmingpools zog. Er war rotblond, wie sie bemerkte, und er schüttelte seinen Kopf wie ein nasser Collie, als er an der Leiter auftauchte.

Sie schaute sich nach Michael um. »Du glaubst doch nicht daran, daß ich das tun werde, oder?«

Michael grinste sie nur aufreizend an.

»O.K. Schau mir einfach zu!«

Der nasse Collie lag am Rand des Pools auf sein Handtuch ausgestreckt. Mary Ann näherte sich so beiläufig wie nur irgend möglich. Ihre Augen hatte sie auf die Wasseroberfläche gerichtet. Eigentlich wollte sie so energisch und freizügig wirken wie Candice Bergen, die nach einem langen harten Drehtag in der afrikanischen Wildnis Lust auf ein Bad hat.

Der Collie schaute auf und lächelte. »Man muß einfach nur die Augen schließen und springen, dann schafft man es.«

»Ist es kalt?« fragte Mary Ann.

Nur nicht zu hastig. Das war alles sehr wenig Candice Bergen.

»Machen Sie schon«, drängte er. »Es ist gar nicht so schlimm.«

Sie zuckte mit den Schultern und verzog in der Hoffnung, daß es noch nicht zu spät sei, zumindest einen komischen Marlo-Thomas-Effekt zu erzielen, das Gesicht. Als sie den Atem anhielt und sprang, breitete sich ein nachsichtiges Lächeln über das Gesicht des Collies aus.

Der Swimmingpool war nicht viel größer als eine Hutschachtel und nicht groß genug für Schwimmzüge. Das kalte Meerwasser wirkte belebend, war aber nicht lange auszuhalten. Zitternd langte sie nach der Leiter.

Der Collie streckte ihr die Hand entgegen. »Die Gänsehaut steht Ihnen aber unwahrscheinlich gut.«

»Danke«, erwiderte sie lächelnd.

»Darf ich Sie auf einen Drink einladen? Sie und Ihren Gatten.«

»Meinen ...? Oh, das ist nicht mein ...« Sie drehte sich um und schaute zu Michael, der sie angrinste, während er seine Version von Königin Elizabeths majestätisch grüßender Handbewegung zum besten gab. »Michael ist nur ein Freund.«

»Das freut mich«, sagte der Collie.

Um wessentwillen? dachte Mary Ann. Um meinetwillen oder um Michaels willen?

Der Collie stellte sich ihnen beiden vor. Sein Name war Burke Andrew. Er reiste alleine. Er schüttelte Michaels Hand fest und entschuldigte sich dann, um die Drinks zu holen.

»Na«, erkundigte sich Mary Ann. »Ist er?«

»Woher, um Gottes willen, soll ich denn das wissen? Seit 1956 gibt es keinen geheimen schwulen Händedruck mehr.«

»Er ist umwerfend, nicht wahr?«

Michael zuckte mit den Schultern. »Wenn du dicke Oberschenkel magst.«

Mary Ann, deren Blick auf die See gerichtet war, seufzte. »Ich glaube, daß er mich mag, Mouse. Hilf mir herauszufinden, was mit ihm nicht stimmt.«

Das Superman Building

Die Ironie war ja, dachte sich Brian, als er sich um Mitternacht zur Barbary Lane zurückschleppte, daß er mit ihr hätte nach Hause gehen können.

Sogar ganz einfach.

Sie hatte ja praktisch nach ihm *gelechzt,* als sie da in dem scheußlichen Schummerlicht der Tiffany-Lampen bei »Henry Africa's« an ihn geschmiegt saß. Er hätte sie mitzerren können, ohne mit der Wimper zu zucken.

Und warum *hatte* er es nicht getan? Welcher perverse neue Zug seiner Persönlichkeit hatte ihn dazu getrieben, diese sichere Sache kaputtzumachen und seinen Arsch nach Hause in dieses kleine Dachhäuschen zu bewegen?

Die Szene in der Bar hatte in etwa folgenden Verlauf genommen:
»Ich komm immer noch nicht über Freddie Prinze weg.«
Völlig klar, dachte er. Diese schreckliche Farrah-Fawcett-Majors-Perücke. Dieser Bernadette-Peters-Schmollmund. Die nimmt ihre Ideen auch nur aus der Glotze. Es wird nur noch eine Minute dauern, bevor sie mit *Roots* anfängt.
»Ich meine, er war so *jung*, und … na ja, selbst wenn er *tatsächlich* Drogen und all so was genommen hat, kann ich immer noch nicht verstehen, warum ihn das so deprimiert hat, daß er … meine Güte, es ist so *entsetzlich* … und er hat ja so viel für die Spanischstämmigen hier getan.«
Brian schaute nicht von seinem Bier hoch. »Er war Puertoricaner«, deutete er an.
»Und außerdem, Kokain ist doch nicht … War er das wirklich?«
»Ja.«
»Ich habe mal mit einer Puertoricanerin zusammengewohnt. Ich habe sie durch dieses ganze ethnische Studienprogramm an der Uni durchgeschleust.«
Er nippte an seinem Bier. Sein Gesicht war unbeweglich.
»Wie lief es denn?«
»Es war wirklich sehr lehrreich.«
»Gut.«
»Sie hieß Cecilia.«
»Netter Name.«
»Cecilia Lopez.«
»Hmm. Als ich elf oder zwölf war, habe ich mir mal so ein Äffchen bestellt.«

»Tut mir leid, ich hab keine Ahnung ...«
»Diese Dinger auf den Rückseiten von Comicbüchern. Dein kleines Lieblingsäffchen und so. Paßt in eine Teetasse ...«
»Aber, was hat das damit ...?«
»Es hieß auch Cecilia.«
»Oh.«
»Es war schon tot, als ich es bekam. Eingepackt in seiner kleinen Kiste. Das hat mich damals fast umgebracht.«
»Gott, wie schrecklich! War es ... wer war denn daran schuld?«
»Niemand eigentlich.«
Sie nickte feierlich.
»Es war ... Selbstmord!«
Sie blickte ihn verdrießlich an.
»Drogen«, erklärte er. »Und es war so *jung.*«
Sie streckte ihre Hand aus und legte sie auf die seine, aber er erhob sich abrupt und warf das Geld für seine Getränke auf die Bartheke.
»Tut mir leid«, sagte er dann, »ich bin heute zu deprimiert, um noch zu ficken.«

Das Superman Building war ein hoch aufragendes Artdeco-Appartementhaus an der Ecke Leavenworth und Green Street. Brian liebte es, weil es ihn an alte Fernsehfilme erinnerte.
Er konnte große Gebäude in einem einzigen Satz überspringen. . .
Er mochte es außerdem, weil es ihm eine Art von Kraft gewährte, die manchmal direkt ans Erotische grenzte.

Heute abend, als er seine Levi's und sein Rugby-Shirt auszog, bemerkte er, daß in dem Gebäude immer noch sechs oder acht Lichter brannten. Er hob sein Fernglas an die Augen und studierte für einige Minuten den sechsten Stock, völlig konzentriert auf ein großes Eckappartement. Eine untersetzte Frau mit kurzen Haaren und einem roten Pullover bewegte sich schwerfällig von Zimmer zu Zimmer und ließ Kissen fallen.

Um Mitternacht?

Erwartete sie einen Liebhaber? Nicht sehr wahrscheinlich. Ein früher Aufbruch am Morgen? Vielleicht, aber welcher Gast konnte *so* wichtig sein?

Es war möglicherweise einfach Langeweile. Langeweile, Nervosität ... oder sie war nicht ganz richtig im Kopf.

Selber gelangweilt, hob er den Blick zum – wohin? – achten Stock? Dort hob vor einem gut erleuchteten Fenster ein dünner Mann mit schütteren Haaren langsam das Bein, um seine ausgestreckte Hand zu erreichen.

Die Bewegung schien zu ausdrucksvoll für eine Gymnastikübung, zu ziellos für etwas Tänzerisches. Vielleicht eine Art von Kriegstanz ... oder vielleicht war das ganze gottverdammte Gebäude aber auch voller Verrückter.

Wenn er nicht aufpaßte, würde er anfangen, diesen Leuten Namen zu geben. Wie James Stewart es in *Fenster zum Hof* getan hatte.

Ein Licht ging an.

Er hob sein Fernglas erneut und stellte es auf ein Zimmer im elften Stock ein, das von schwachem, rosigem Licht durchflutet war. Sekunden später erschien eine Frau.

Sie stand in einer Art langem Kleid dicht am Fenster, eine

dunkle Silhouette vor dem warmen Licht des Zimmers. Sie blieb für einen Moment unbeweglich, dann gingen ihre Hände zur Taille und plötzlich wieder hoch zu ihrem Gesicht.

Sie hatte einen Feldstecher.

Und sie hatte Brian im Visier.

Ein Freudenhaus

In der Morgendämmerung war die Wüste rund um Winnemucca grau und zerklüftet, alles wie aus zertrümmertem Beton geschaffen, Fragmente einer vielleicht präkolumbianischen Autobahn.

So wenigstens kam es Mona am Fenster des eingedellten Ford Ranchero vor, der sie schnell und ohne große Umstände von der Busstation zum Blue Moon Lodge brachte.

»Nun, das ist es«, brüllte Mother Mucca und nickte durch die Windschutzscheibe zu dem einstöckigen verputzten Haus hinüber, das in einiger Entfernung geduckt dalag.

»Nett«, sagte Mona.

»Kann man wohl sagen«, betonte Mother Mucca.

»Haben Sie's schon lange?«

»Sind sechzig Jahre lang genug?«

Mona pfiff durch die Zähne.

Die Achtzigjährige gab ein tiefes Glucksen von sich. »Mother Mucca ist schon ein *verdammt altes* Luder!«

Bevor Mona einen Kommentar finden konnte über die

Menschen, die jung im Herzen sind, bog der Ranchero plötzlich in einen staubigen Parkplatz neben dem Bordell ein. Mother Mucca legte sich auf die Hupe.
»Wo, um Gottes willen, bleibt denn Bobbi?«
Eine Aluminiumtüre schlug auf und entließ eine nervös wirkende blonde Frau Mitte Zwanzig ins Freie. Sie trug abgeschnittene Jeans und eine rosa Bluse, die an der Taille verknotet war. Sie hinkte leicht, während sie zu dem Auto herüberlief.
»Willkommen zu Hause«, strahlte sie.
»Was, verdammt noch mal, ist denn mit deinem Bein passiert?«
»Nichts.«
Mother Mucca kletterte etwas steifbeinig aus dem Auto. Sie blickte genauso finster wie ein alter Indianerhäuptling.
»So, also nichts?«
»Mother Mucca, ich hab ihn nicht ...«
»Jetzt hör mir mal gut zu, Dolly! Wenn du dich noch mal mit diesem verrückt gewordenen Scheißer aus Elko einläßt, dann hau ich dir so schnell den Arsch voll, daß du dir wünschst, du wärst nie ... Du hast nichts gebrochen, oder?«
Bobbi schüttelte den Kopf.
»Dann nimm das Gepäck. Das hier ist Judy.« Sie deutete mit dem Kopf auf Mona. »Judy wird bleiben und für ein paar Tage das Telefon übernehmen.«
Die beiden jungen Frauen nickten sich zu.
»Gib ihr Tanjas Zimmer«, sagte Mother Mucca, die jetzt etwas mitgenommen aussah. »Aber nimm erst die Schaukel raus.«

Erst mal machten sie in der Küche halt, wo Mother Mucca einen Viertelliter Milch hinunterstürzte und Pop-Tarts für sie beide toastete.

»Sie ist ein liebes kleines Ding, nicht?«

»Wer?«

»Bobbi.«

»Oh ... ja. Sie wirkt sehr nett.«

»Aber total daneben. Völlig meschugge. Man muß sich wie eine Glucke ständig um sie kümmern. Meine Güte, als ich das Mädel aufgelesen habe, war sie wirklich völlig am Boden. Tiefer ging es nicht mehr.«

Mona schüttelte voller Sympathie den Kopf. »Harte Drogen?«

»Nein. Schlimmer. Sie hat an einer Hollerithmaschine gearbeitet.«

Monas Zimmer ging auf die Wüste hinaus. Es war das letzte in einer ganzen Reihe von Zimmern, die sich wie bei einem Motel auf einen gemeinsamen Gehsteig hin öffneten.

Ihre Möbel setzten sich aus einem Bett (weder Wasser noch Messing), einem grünen, mit Vinyl bezogenen Cocktailsessel, einem Nachttisch mit Plastikplatte und einer Toilettengarnitur aus der Eisenhower-Ära zusammen. Außerdem fand sie unter anderem eine Autogrammsammlung (Tanjas), einen Plastikfarn und eine Flasche Eau de Cologne von Avon in Form einer Postkutsche.

Mona lag mit dem Gesicht nach unten auf dem Bett – und fragte sich, ob eine Woche im Bordell ihr Karma wirklich angreifen könnte –, als Bobbi den Raum betrat. »Klopf, klopf«, sagte sie nett.

Mona rollte sich herum und rieb sich die Augen. »Oh … Hallo.«
»Ich hab dir ein paar Handtücher gebracht.«
»Danke.«
»Hast du dich schon eingewöhnt?«
»Ja. Danke, Bobbi.«
Sie lächelte. »Ist doch klar, Judy.«
Mona gab das Lächeln zurück und hatte ein eigenartiges Gefühl von Gemeinsamkeit mit diesem einfachen Wesen.
»Du wirst Mother Mucca mögen«, versprach Bobbi sanft. »Sie sagt oft wirklich gemeine Sachen, aber sie ist nicht wirklich so. Sie betrachtet uns alle als Töchter.«
»Ich nehme an, sie hatte nie eine eigene, oder?«
»Nein. Keine Töchter. Sie hatte einen Sohn.«
»Und was ist mit ihm geschehen?«
»Er ist, wie sie sagen, davongelaufen. Schon als Teenager. Es ist schon lange her.«

Land Ahoi

Frühstück auf der *Pacific Princess.* Der Dining-room auf dem Aloha-Deck war überfüllt von Passagieren mit Sonnenbrand, die gespannt waren, ihren ersten Blick auf Puerto Vallarta zu werfen. Mary Ann kam ohne Michael, der noch unter der Dusche war.
»Na«, dröhnte Arnold Littlefield, der gerade dabei war, seine Rühreier unter Tomatenketchup zu ertränken, »Ihr Mann hat Sie wohl versetzt, was?«
Arnold und seine Frau Melba teilten den Tisch mit Mary

Ann und Michael. Die Littlefields waren in den Vierzigern und trugen immer Kleidung im Partnerlook. Mit Rücksicht auf ihren Zielort stellten sie sich beide in mexikanischer Sackleinenausrüstung zur Schau. Sie kamen aus Dublin. Dublin, Kalifornien.

»Er braucht immer länger als ich«, betonte Mary Ann lebhaft, als sie sich hinsetzte. Bis jetzt erschien es einfacher, Michael als Ehemann durchgehen zu lassen, statt zu erklären, was Michael »unsere phantastische, aber verrückte Verbindung« nannte.

»Genau richtig«, sagte Melba, den Mund voller Schinken. »Männer sind immer so viel eitler als Frauen.«

Mary Ann nickte, dankbar, daß Michael nicht dabei war, um *darauf* einen Kommentar abzugeben.

Sie bestellte sich ein riesiges Frühstück, dann fiel ihr Burke Andrew ein, und sie bestellte die Waffeln ab. Gerade als sie dabei war, ihren Orangensaft zu trinken, erschien Michael in gehobener Stimmung und aufreizend sauber.

Er trug Adidas, Jeans und ein weißes T-Shirt, auf das eine Büchse Crisco aufgedruckt war.

»Entschuldigung, Entschuldigung.« Grinsend nickte er den Littlefields zu, als er sich niedersetzte.

»Nur keine Aufregung«, beruhigte Arnold. »Du solltest besser ein Auge auf die junge Dame haben.« Er blinzelte Mary Ann zu. »Sie ist einfach zu hübsch, um sie ohne Leine laufen zu lassen.«

»Arnold!« Das war Melba.

»Na ja, Mike weiß das. Oder, Mike?«

»Man kann sie wirklich keine Sekunde aus den Augen lassen.«

Melba stieß ihren Gatten mit dem Ellbogen an. »So was hast du über *mich* nie gesagt, Arnold!«
»Na ja, schließlich sind die Kinder hier auch jünger als wir, und du erinnerst dich, wie es war als ... Sag mal, Mike, wie lange bist du schon bei Crisco?«
»Was?« Michael hatte gerade versucht, einen Kellner am nächsten Tisch anzumachen.
»Dein Hemd. Du bist doch bei Crisco angestellt?«
Mary Ann wäre am liebsten in ihrer Hafergrütze untergetaucht.
»Ja«, antwortete Michael sachlich. »Mit Crisco ... arbeite ich jetzt – oh, ich weiß gar nicht mehr – seit ungefähr vier, fünf Jahren.«
»Verkauf?«
»Nein, Public Relations.«
»Mouse ...«
Michael blinzelte Arnold zu. »Mein kleines Frauchen mag es nicht, wenn man bei Tisch über Geschäfte spricht.«
»Ganz richtig«, stellte Melba fest, die sich auf Mary Anns Seite schlug. »Arnold spricht über sein waffelgemustertes Aluminium, bis er im Gesicht blau anläuft. Und das ist *so etwas* von nervtötend!«
»Für dich mag es ja vielleicht nervtötend sein, Melba, aber für *manche* Leute ist es gar nicht langweilig, zumindest dann nicht, wenn es darum geht, wie sie ihr Geld verdienen! Du glaubst doch auch nicht, daß Crisco langweilig ist, oder, Mike?«
»Um Himmelswillen, nein«, sagte Michael im Brustton der Überzeugung.
Vom Promenadendeck sah es so aus, als könne man den

weißen Sand und die Palmen von Puerto Vallarta fast mit den Händen berühren. Mary Ann lehnte an der Reling und sah den Taxifahrern und den Ponchoverkäufern zu, die schon begonnen hatten, über den Landungssteg auszuschwärmen.

»Wohin sollen wir denn gehen, Mouse?«

»Ich weiß nicht. Am Strand entlang, denke ich.«

»Wir haben überhaupt kein mexikanisches Geld.«

»Der Zahlmeister sagt, daß sie auf jeden Fall ... wart ab. Da kommt er!«

»Wer?«

»Der geheimnisvolle, aber so männliche Mr. Andrews.«

Mary Ann wirbelte herum und sah den rotblonden Mann direkt auf sie zukommen.

»Er heißt *Andrew«*, korrigierte sie Michael schnell. »Ohne ›s‹ dran.«

Michael zuckte mit den Schultern. »Mir kommt das, was *dran* ist, ganz in Ordnung vor.«

Mary Ann bekam den Witz nicht mit; Burke Andrew strahlte sie an. »Ich hab nach euch zweien Ausschau gehalten«, sagte er.

Nach beiden? überlegte Mary Ann.

Baby Talk

Selbst nach drei Whiskys im University Club konnte Beauchamp seine Gedanken immer noch nicht von dem Brief, den er in der Brusttasche seines Brioni-Blazers trug, losreißen.

»Na«, meinte Peter Cipriani, der sich zu dem jungen Manager auf die Terrasse gesellte. »Ist das Leben dann *doch* kein ›cabaret, old chum‹, wie?«

Beauchamp blickte finster vor sich hin. »Noch nicht mal in der *Hälfte* der Zeit.«

»Es könnte schlimmer sein.«

»Wie das?«

»Du könntest *ich* sein, *mon petit*, und dazu verurteilt, heute abend bei Langston zum Essen eingeladen zu sein.«

Beauchamp schaute ihn mitfühlend an. »Was ist denn heute als Menü vorgesehen? Vielleicht Fasan antik?«

»Schlimmer ... Oh, weiß Gott, schlimmer!«

»Viktorianisches Wildbret?«

Peter schüttelte sorgfältig den Kopf. »Dem Gerücht zufolge – Gott möge uns helfen – soll es sich um einen Elch aus der Zeit des Königs Edward handeln! *Der Himmel* mag wissen, wie lange diese arme Kreatur schon in der Tiefkühltruhe gelegen hat. Miss Langston hat mindestens seit den späten Sechzigern keinen Elch mehr erlegt.«

Was für ein Scheißer, dachte Beauchamp bitter, als er im Fahrstuhl zu seinem Penthouse auf dem Telegraph Hill nach oben fuhr. Neben seinen Problemen nahmen sich die anderer Leute geradezu lachhaft aus.

DeDe war in der Bibliothek. Sie lag auf dem Sofa mit der geschwungenen Rückenlehne und hatte eine Ausgabe von Rosemary Rogers *Sweet Savage Love* in der Hand. Die andere Hand war zum Teil in einer Cloisonné-Schale voller Süßigkeiten versenkt. Beauchamp sah sie von der Tür her an.

»Schau an! Das Totalerlebnis Weib!«

»Ich hab einen langen Tag gehabt, Beauchamp.«

Er stellte seinen Aktenkoffer ab und ging zur Bar. »Darauf möchte ich wetten.«

»Und was, verdammt noch mal, soll das bedeuten?«

Er drehte ihr den Rücken zu, als er sein Glas mit Whisky füllte. »Es muß ja geradezu *mörderisch* gewesen sein, eine Riesenpackung von deinen M&M-Keksen zu finden. Dazu bist du also tatsächlich den ganzen Weg bis zu Woolworth gefahren?«

»Sehr witzig.«

»Wenn dir *Fett* so gut gefällt, dann mach nur so weiter und friß ordentlich.«

»Darf ich dich vielleicht daran erinnern, daß ich *zwei* Babys erwarte!«

»Ich weiß«, sagte er und stürzte seinen Scotch hinunter. »Schall und Rauch.«

Zum Abendessen gab es kalte Quiche und Salat. Sie schwiegen während des Essens eisig und vermieden es, sich in die Augen zu sehen. Beide befanden sich in gereizter Erwartung des Moments, von dem sie wußten, daß er kommen würde.

»Wir müssen uns mal unterhalten«, verlangte Beauchamp endlich.

»Worüber?«
»Du weißt verdammt gut, worüber!«
»Beauchamp ... ich bin es leid, mich darüber zu unterhalten. Ich mache dir keine Vorwürfe, daß du aufgebracht bist. Wirklich nicht. Aber ich werde diese Babys bekommen, und ich kann diese ... ständige Quälerei nicht länger ertragen.« Sie blickte ihm direkt in die Augen. »Ich habe lange darüber nachgedacht und mich entschlossen, zu meiner Mutter zu ziehen.«
»Phantastisch. Wirklich phantastisch.«
»Ich habe keine Ahnung, ob es nun phantastisch ist oder nicht, aber wenigstens werde ich ...«
»Sieh mal, verdammt noch mal! Du schuldest mir noch einige Erklärungen. Du läufst nicht nach Hause zu Mommy, bevor ich nicht ein paar Antworten erhalten habe.« Er fummelte in seiner Brusttasche nach dem Brief und warf ihn ihr in die Hände. »Dieses nette anonyme Schreiben habe ich heute im Büro erhalten!«
DeDes Hände zitterten, als sie das aus einem Notizbuch herausgerissene Blatt Papier aus dem Umschlag zog. Die Botschaft aus Druckbuchstaben in gelbem Filzstift bestand aus acht Wörtern:

WARUM NENNST DU SIE NICHT YIN UND YANG?

»Und willst du mir jetzt vielleicht erklären«, sagte Beauchamp drohend, »was das, zum Teufel noch mal, bedeuten soll?«
DeDe starrte für einige Sekunden auf diesen gräßlichen Zettel. Sie wollte Zeit schinden und befahl sich selbst,

ruhig zu bleiben. Der Kreis hatte sich, wie sie feststellen mußte, geschlossen. Von ihrer besten Freundin Binky ausgehend, über Carson Callas, den Klatschkolumnisten, hatte sich die schmähliche Wahrheit nun über die ganze Stadt verbreitet: Sie erwartete die Kinder eines Botenjungen vom Supermarkt auf dem Telegraph Hill!

Mit gesenktem Kopf legte sie den Brief auf den Tisch.

»Das ist widerlich«, sagte sie dann ruhig.

»Beantworte meine Frage, DeDe.«

»Beauchamp, bitte ...«

Er war so angriffsbereit wie eine aufgestellte Kobra.

»Ach, leck mich doch am Arsch, Beauchamp! Der Vater der Kinder ist Chinese!«

Die Vermieterin erteilt eine Lektion

Als er seine Schicht bei »Perry's« beendet hatte, ging Brian direkt nach Hause in die Barbary Lane. Mrs. Madrigal balancierte gerade auf einer Stehleiter und wechselte in der Eingangshalle eine Glühbirne aus. Mit ihrem Sechzig-Watt-Heiligenschein wirkte sie dort oben wie die Madonna aus einem zweitklassigen Film, die kurz davor stand, zu einem nichtsahnenden französischen Städtchen hinabzusteigen.

»Willkommen in Manderley«, alberte sie in Erinnerung an *Rebecca.* »Ich bin Mrs. Danvers. Ich bin sicher, daß Sie hier glücklich werden.«

Brian lachte. »Ihnen steht heute abend der Sinn wohl nach Schauergeschichten?«

»Mein Lieber! Fühlst du dich nicht schaurig? Dieses Haus ist ja die reinste *Gruft,* seitdem Mary Ann und Michael in Mexiko sind und Mona sich Gott weiß wo herumtreibt – und du bist unterwegs, um die Hälfte der weiblichen Bevölkerung zu terrorisieren.«

»Ich war arbeiten.«

»Ach. Es *ist* aber doch Arbeit, oder?«

Die Hänselei ärgerte ihn, aber er ließ sie auf sich beruhen. Sie hatte ihn nun mal als alternden Don Juan in ihre Barbary-Lane-Familie eingeordnet, und dieses Etikett schien in bezug auf diese Belange genauso passend zu sein wie jedes andere auch. »Na ja«, seufzte er, »ich glaube, ich werde mich mal lieber über meine Spüle hermachen. Ich habe den Verdacht, daß man aus den Schimmelkulturen schon Penicillin erzeugen könnte.«

»Brian?«

»Ja?«

»Würde es dir was ausmachen, mit einer alten Dame einen schnellen Joint zu rauchen?« Ihre riesigen blauen Augen blinzelten ihm ohne Verlegenheit zu.

»Sicherlich«, lächelte er. »Ich werde den Joint besorgen, wenn Sie die alte Dame mitbringen.«

Ihre Wohnung erschien überladener denn je, so als hätten sich all die Deckchen und Troddeln in einem unbeobachteten Moment zur Vermehrung zusammengefunden. Zu beiden Seiten der Tür zum Eßzimmer standen die zwei Marmorstatuen, die Brian bei seinem ersten Besuch in der Wohnung der Vermieterin fasziniert hatten: ein Junge mit einem Dorn im Fuß und eine Frau mit einem Wasserkrug.

Mrs. Madrigal saß auf ihrem altertümlichen Samtsofa. Die Füße hatte sie mit einer Bewegung, die überraschend mädchenhaft wirkte, unter ihren Kimono gezogen. Sie nahm einen kurzen Zug aus dem Joint, bevor sie ihn an ihren Mieter weitergab. »Und wer ist es nun, mein Lieber?«

»Wer?«

»Dieses Wesen, das meinen sorglosen Jungen in eine so totale Verwirrung stürzt.«

Brian hielt den Rauch so lange wie nur irgend möglich in den Lungen. »Ich glaube, Sie haben den falschen Sonnyboy erwischt.«

»So, habe ich das?« Ihr Blick, der fest auf ihn gerichtet war, versprach Zuflucht.

»Mrs. Madrigal, es ist spät, und mir ist nicht nach irgendwelchen Spielchen.« Seine abrupte Art verwirrte ihn selbst, so daß er lachte und hinzufügte: »Natürlich, wenn Sie irgendwelche ... solche Wesen *kennen,* ich könnte auf jeden Fall noch die eine oder andere Kerbe in meinem Gewehrkolben vertragen!«

»Brian, Brian ... das bist nicht *du,* mein Lieber.«

»Wollen Sie vielleicht endlich damit aufhören ...«, gab er wütend zurück.

»Ich mache mir um deinetwegen *Sorgen,* mein Lieber. Verdammt noch mal, ich weiß, daß ich ein altes, neugieriges und aufdringliches Weib bin, aber sieh mal, ich habe ja nichts Besseres zu tun. Ich meine, falls du jemals jemanden brauchst, um dich *auszusprechen* ...« Sie lehnte sich leicht nach vorne und lächelte wie eine in Stein gehauene Mona Lisa. »Darf ich dir einen ungebetenen Rat geben?«

Er nickte. Mit jeder Sekunde fühlte er sich unbehaglicher.

»Das nächste Mal, wenn du ein Mädchen triffst – irgendeines, das du wirklich magst –, dann tu so, als seist du ein Kriegsheld und als seien dir deine edleren Teile im Krieg weggeschossen worden.«

Brian grinste ungläubig. »Wie bitte?«

»Ich meine es völlig ernst, mein Lieber. Erzähle es niemandem – besonders *ihr* nicht –, aber versuche, selber zu glauben, daß diese schreckliche Sache passiert ist und daß du deine Gefühle *nur noch* durch die Augen und dein Herz mitteilen kannst.«

»Und was ist, wenn sie mit mir nach Hause gehen will?«

»Das *kannst* du einfach nicht, mein Lieber. Du hast nun mal dein Pippi verloren, erinnerst du dich? Alles, was du tun kannst, ist, tapfer zu lächeln und sie für den nächsten Abend zum Essen einzuladen – oder vielleicht zu einem netten Spaziergang im Park. Sie wird auf jeden Fall annehmen. Das kann ich dir versprechen.«

Brian nahm einen langen Zug aus seinem Joint. »Und wie lange ...?« Er stieß den Rauch mitten im Satz aus, um sicherzugehen, daß er den Ausdruck amüsierter Duldsamkeit beibehielt. »Und wie lange soll ich diese Vorstellung aufrechterhalten?«

»So lange wie möglich. Bis sie dich fragt.«

»Mich was fragt?«

»Ob du im Krieg verwundet worden bist, natürlich!«

»Und was erzähle ich ihr dann?«

»Die Wahrheit, mein Lieber. Daß alles intakt ist. Das wird eine *wunderbare* Überraschung für sie werden.«

Er verschränkte die Arme über der Brust und lächelte sie an.
»Und *du*«, sagte sie und hob dabei den Zeigefinger, »wirst auch eine nette Überraschung erleben.«
»Was für eine?«
»Du wirst das arme Ding dann *kennengelernt haben*, Brian. Und du magst sie zu diesem Zeitpunkt vielleicht sogar *leiden.«*

Minuten später, als er am Fenster seines kleinen Hauses auf dem Dache stand, wunderte er sich, wie gut Mrs. Madrigal in ihm zu lesen verstand und wie schnell sie »dieses Wesen, das meinen sorglosen Jungen in eine so totale Verwirrung stürzt« herausgespürt hatte.
Sah man es ihm mittlerweile schon im Gesicht an? Erweiterten sich seine Pupillen schon allein durch die reine Kraft der Phantasie, die die Aufregung in seinen Lenden erzeugte? Welche Stellung des Kiefers oder welches Zucken des Augenlides verriet die Leidenschaft, die angefangen hatte, ihn zu vereinnahmen?
Zwei Minuten vor Mitternacht hob er seinen Feldstecher an die Augen und stellte ihn auf den elften Stock des Superman Building ein.
So, wie er es in seinen Gebeten erfleht hatte, erschien sie pünktlich auf die Minute.
Er vernahm sein eigenes Aufwimmern, als ihre Ferngläser sich mitten in der Luft trafen.

Bobbi

Ausgepumpt von den Drogen und der langen Busfahrt brach Mona nach dem Frühstück im Blue Moon Lodge richtiggehend zusammen. Die kochende Mittagssonne hatte sie schon dazu gebracht, ihre Decke wegzustrampeln, als Bobbi an die Tür ihres gemauerten kabinenförmigen Appartements klopfte.

»Klopf, klopf«, meldete sie sich.

Mona ächzte leise. Wie lange würde sie in der Lage sein, die hündische Anhänglichkeit dieses zuckersüßen Flittchens zu ertragen?

»Hi Judy. Mother Mucca hat mich gebeten, dir zu zeigen, wie die Telefonanlage funktioniert.«

Ach ja. Das Telefon. Das war *wirklich* ihr Job, oder? Schließlich hatte sie ihre Gegenleistung für diesen drogenlosen Trip zu erbringen. Mühevoll zog sie sich in eine halb aufrechte Position. Gegen das Kopfteil des Bettes gelehnt, rieb sie sich die Augen. »Drei Minuten, O.K.?«

Sie stakste in das kleine Badezimmer und spritzte sich Wasser ins Gesicht.

Noch einmal versicherte sie sich selbst, daß es lediglich für eine Woche und die Prostitution in Nevada völlig legal war. Außerdem würde sich *dieser* Job in ihrem Lebenslauf umwerfend machen, wenn sie sich jemals wieder als Werbetexterin bewerben sollte.

Als sie das Badezimmer verließ, erregten zwei große Metallhaken in der Decke ihre Aufmerksamkeit.

»Wofür sind die denn da?« erkundigte sie sich bei Bobbi.

»Was?«

»Diese Haken.«
»Oh. Das war Tanjas Zimmer.«
Das wußte sie ja nun, meine Güte noch mal. »Tanja hat irgendwas mit Haken gemacht?«
Bobbi kicherte, als wäre Mona ein neu im Block zugezogenes Kind, das noch nicht einmal die Grundregeln des Sackhüpfens beherrschte. »Da hat ihre Schaukel gehangen.«
Soll ich mich danach erkundigen? überlegte Mona. Ja. Schließlich bin ich hier Empfangsdame in einem Bordell. Ich sollte also auch etwas über solche Schaukeln wissen. »Gehörte die Schaukel zu ihrem ... ihrem Repertoire?«
Bobbi nickte. »Wasserspiele. Sie war geradezu berühmt dafür.«
»Du meinst ...? Ich kapier das nicht.«
»Ach, mein Dummchen«, zirpte Bobbi. »Sie *pinkelte* von da oben auf die Freier runter. Während sie hin- und herschaukelte. Verstehst du?«
»Ich glaube, ich habe sie mal im *Fernsehen* gesehen.«
»Hmm?«
»Nichts. Was ist überhaupt mit ihr passiert?«
»Tanja? Die ist in ein Haus nach Elko gegangen.«
»War das gut?«
Bobbi zuckte die Achseln. »Ich schätze, für sie schon. Mother Mucca war ganz schön bepißt. Aber sehr wahrscheinlich kommt Tanja zurück. Es gibt nicht so viele gute Häuser in dieser Gegend. Elko, Winnemucca, Wells ... und das ist es auch schon.«
Mona unterdrückte ein Lächeln. Dieses verrückte Kind, das pinkeln sagte, wenn es pissen meinte, und bepißt für

wütend, konnte aber immer noch zwischen respektablen und weniger respektablen Bordellen unterscheiden. »Wo sind die schäbigen?« fragte Mona.

Bobbi schürzte nachdenklich die Lippen, offensichtlich ganz begeistert von ihrer Rolle als fleischgewordener Baedeker der Hurenhäuser. »Oh ... Mina, glaube ich, und Eureka, und Battle Mountain. Battle Mountain ist in der Tat das Allerletzte. Wenn ein Mädchen da reinkommt ... dann kann sie sich genausogut auch gleich aufhängen.«

Bobbi verdiente, wie Mona herausfand, über dreihundert Dollar in der Woche, und zwar *nachdem* Mother Mucca ihren Anteil abgezogen und Bobbi Miete und Essen bezahlt hatte.

Alle Mädels im Blue Moon Lodge waren angehalten, drei Wochen durchzuarbeiten, bevor sie eine Woche freinahmen. Die Behörden achteten darauf, daß ihnen eine Arbeitserlaubnis ausgestellt wurde, ihre Fingerabdrücke genommen, sie fotografiert und von einem Arzt untersucht wurden, bevor sie ihr Geschäft ... oder ihre Schaukeln in Schwung brachten.

Die ertragreichste Saison, wenigstens wenn man Bobbi folgte, war der Sommer, wenn der interkontinentale Verkehr auf der Autobahn 80 stärker war, und dann noch die Jagdzeit zwischen Mitte September und Mitte Oktober, wenn die Rotwildjäger in die Gegend einbrachen.

In Übereinstimmung mit den kommunalen Vorschriften von Winnemucca nahmen die Mädchen des Blue Moon Lodge ihr Privileg wahr, zum Einkaufen, ins Kino und zu medizinischen Untersuchungen in die Stadt zu gehen.

Es gab auch ein Gesetz, das einer Frau verbot, in einem Bordell in Winnemucca zu arbeiten, wenn ein Mitglied ihrer Familie im Gemeindegebiet wohnte.

»Komm schon«, plapperte Bobbi, sobald Mona sich ein bißchen aufgerappelt hatte. »Ich will dir mal was ganz besonders Hübsches zeigen.«

Mona wappnete sich schon gegen die schändlichsten Ausgeburten der Phantasie. Ein Gummiraum vielleicht? Eine verspiegelte Decke? Ein sexbesessener Esel? Ein Naugahyde-Gummianzug mit offenem Schritt von Frederick's of Hollywood?

Bobbi führte sie aus dem Appartement hinaus in die Sonne. Die warme Wüstenluft erinnerte Mona unvermittelt wieder an die ursprüngliche Absicht, die hinter ihrer Flucht aus San Francisco stand. Die Vereinigung mit der Natur, die Harmonie mit den Elementen.

Aber nein ... O nein. Das war nicht Buddhas Absicht. Der hatte aus irgendeinem guten Grund gewollt, daß sie diesen Raum mit Haken in der Decke haben sollte.

Ihr Ziel war Bobbis Appartement, das völlig dem von Mona glich, nur drei Türen näher am Hauptgebäude lag. Bobbi öffnete schwungvoll die Tür und strahlte dabei.

»Da drüben«, rief sie aus, »auf dem Bord über dem Bett.«

Monas Kiefer klappte nach unten.

»Puppen aus allen Nationen«, erklärte Bobbi. »Ich habe mit dem Sammeln angefangen, als ich zwölf war.«

»Sie sind ... wirklich nett«, lobte Mona.

Die kindliche Nutte strahlte vor Stolz. »Die Gesichter

sind alle gleich, aber ... na ja, ich glaube, man kann halt nicht alles haben.«
»Nein.«
»Du kannst sie anfassen, wenn du willst.«
Mona ging zu dem Regalbrett und gab vor, eine der Puppen eingehend zu betrachten. »Sehr hübsch«, sagte sie ruhig.
»Du hast dir meine Lieblingspuppe ausgesucht. Norwegen.«
»Ja?«
»Glaubst du, daß Mädchen in Norwegen wirklich solche Kleider wie dieses ...? Ist irgendwas los, Judy?«
»Nein, ich ... ich war nur für einen Augenblick etwas durcheinander.«
Minuten später entschuldigte Mona sich und kehrte in ihr eigenes Appartement zurück. Dort schloß sie sich im Badezimmer ein und heulte einige Zeit lang.
Das passierte ihr manchmal mit Angel Dust.

Tag des Leguans

Unter dem schirmförmigen Strohdach des Posada Vallarta nippten die ungleichen drei an ihrem Coco Locos und schauten hinaus auf den blauesten aller Ozeane.
»Es ist schön«, sagte Burke und streckte die Arme über den Kopf, »und ich bin froh, daß ich mit euch zwei zusammensein darf. Ich passe ... wirklich nicht so recht zu den meisten Leuten auf dem Schiff.«
Michael grinste über den Rand seiner Kokosnuß. »Du stehst wohl nicht auf Blauspülungen?«

»Blau was?«
»Alte Damen«, übersetzte Mary Ann.
»Oh.« Er lachte warmherzig und schaute erst auf Mary Ann, dann auf Michael. »Ich glaube, ich bin da nicht mehr ganz auf dem laufenden, wie?«
Mary Ann schüttelte den Kopf. »Mouse spricht immer in seiner Geheimsprache, Burke. Die Hälfte der Zeit habe ich nicht die leiseste Ahnung, wovon er überhaupt redet.«
»Wie lange seid ihr zwei ... wie lange kennt ihr euch?«
Michael blickte zu Mary Ann. »Wie lang ist das mit dem Safeway jetzt her? Neun Monate? Ein Jahr?«
»Ja. Ich glaube, so in etwa.«
»Wir haben uns in einem Supermarkt kennengelernt«, erklärte Michael. »Mary Ann hat versucht, mir meinen Liebhaber auszuspannen.«
Burke blinzelte. »Du ...?«
»Schwul wie sonstwas«, erklärte Michael. Er stand lächelnd auf und zupfte seine blauen Satin-Boxershorts zurecht, die aus einem Rocky-Film hätten stammen können. »Ich werde jetzt etwas herumspazieren. Ich gebe euch beiden genau eine Stunde, um die Sache in Gang zu bringen.«
Mary Ann drehte sich um und sah Michael nach, wie er verwegen auf die Brandung zurannte. Das Lächeln für Burke war amüsiert und entschuldigend. »Ich kann da nichts mit ihm anfangen«, erklärte sie.
»Offensichtlich«, lachte Burke.
Sie lachte ebenfalls. »*So* habe ich es nicht gemeint.«
»Er scheint ja wirklich sehr nett zu sein.«
»Das ist er. Ich mag ihn sehr gerne.«

»Aber er ist nicht dein ...?«

Sie schüttelte den Kopf, dann fing sie an zu kichern. »Er sagt immer, daß er sich als mein Kuppler sieht.« Ihr Lächeln verschwand, als sie Burkes Gesichtsausdruck sah. »Hat das zu rüde geklungen?«

»Überhaupt nicht. Ich habe nur ... na ja, ich habe niemals jemanden wie euch zwei getroffen.«

Mary Ann musterte für einen Moment sein Gesicht und versuchte, dieses kräftige Kinn, den vollen Mund und die umwerfende Naivität dieser weit auseinanderstehenden grauen Augen einzuschätzen. Konnte jemand heutzutage überhaupt noch *so* unschuldsvoll sein?

»Wo kommst du her, Burke?«

Er schaute sie einen Moment an, dann strich er mit dem Zeigefinger über den Rand seiner Kokosnuß. »Von überall her ein bißchen.«

»Oh. Aber woher denn dann in letzter Zeit?«

»Oh ... San Francisco.«

»Toll! Ich auch! Wo wohnst du?«

»Genaugenommen bin ich aus Nantucket. Ich meine, meine Eltern leben dort, und ich wohne bei ihnen. Ich war einige Zeit in San Francisco, aber jetzt nicht mehr.«

»Wo hast du denn gewohnt, als du ...«

Er schob seinen Stuhl abrupt zurück. »Möchtest du gerne schwimmen oder sonstwas? Ich finde, wir sollten diese schöne Zeit hier wirklich nützen.«

Sie lächelte ihn an. »Du hast recht. Gehen wir.«

Sie bummelten am Strand entlang in Richtung Stadt. Nur gelegentlich legten sie eine Pause ein, um in der Brandung herumzutollen oder mit angehaltenem Atem den sich hoch abhebenden Drachenfliegern zuzuschauen, die durch den wolkenlosen Himmel schwebten. Burke nahm alles mit ungehinderter Freude in sich auf. An ihm war die gleiche Begeisterung zu erkennen wie bei einem Kind, das zum ersten Mal das Meer sieht.

Er war liebenswürdig, wie Mary Ann beobachtete, liebenswürdig in einer ursprünglichen, männlichen Art. Seine Männlichkeit hatte aber nichts mit der eines Machos zu tun. Es war unmöglich, sich vorzustellen, daß er die Serviermädchen irgendwelcher Schnellrestaurants aufreißen würde. Als ein Straßenhändler, der eine riesige Halskrause aus ausgestopften Leguanen um sich drapiert hatte, auftauchte, griff Burke umgehend nach seiner Brieftasche.

»Welchen möchtest du haben?«

»Bäh! Das meinst du doch nicht ernst?«

»Eines von den Hemden dann vielleicht? Das mit der Stickerei?«

»Burke ... du mußt mir überhaupt nichts schenken.«

Er zog seine Augenbrauen feierlich zusammen. »Wie willst du dich sonst an mich erinnern, wenn du keinen Leguan hast?«

Lachend legte sie ihre Hand auf seinen Rücken, genau auf den Punkt, wo ein kleines Büschel goldener Haare über den Rand seiner Badeshorts herauslugte.

»Ich werde mich erinnern«, versprach sie. »Darüber mach dir mal keine Sorgen.«

Hoffnungslos Normale

Als DeDe Halcyon Day zehn Jahre alt war, schickten ihre Eltern sie zu einem Zeltlager am Huntington Lake. Sechs schauderhaft unerträgliche Wochen lang litt sie, wie nur ein fettes Kind leiden kann, wenn es gezwungen wird, Kanu zu paddeln, Brieftaschen zu nähen oder zu den Klängen von »O Tannenbaum« zu singen.

Das Ende kam als beglückende Befreiung, eine Flucht aus der Tyrannei dieser Kinder in die bequeme, beschützende Zufluchtsstätte von Halcyon Hill.

Auch jetzt, als sie dabei war, Gucci-Gepäck zu packen, fühlte sie wieder etwas von dieser alten Sehnsucht, nach Hause zu kommen, und bereitete sich schon seelisch auf Hillsborough vor.

Sie wollte Beauchamp hinter sich lassen.

Sie wollte, daß er für sie die gleiche Bedeutung gewann wie giftige Bemerkungen, Betten mit zu kurzen Zudecken und hübsche Teenager, die sich über die ersten Damenbinden lustig machten.

Er sollte ihrer Vergangenheit angehören.

Aber Beauchamp ließ nicht nach:

»Das hat doch alles gar keinen Zweck, und du weißt das!«

Sie ignorierte ihn und fuhr mit dem Packen fort.

»O.K. Dann lauf doch nach Hause zu Mammi. Und was ist dann? Was, zum Teufel noch mal, glaubst du denn, daß die Leute sagen werden, wenn diese Babys auf der Welt sind?«

»Es ist mir egal, was sie sagen.«

»Ach, wie ausgesprochen *au courant* du doch bist!«

DeDes Stimme blieb ruhig. »Ich will sie haben, Beauchamp.«

»Glaubst du denn, daß ihr Vater sie haben will? Was, verdammt noch mal, will er denn überhaupt mit ihnen anfangen? Sie auf seinem Lieferfahrrad festbinden?«

»Laß ihn bitte aus der Sache raus.«

»Ach ja! Verdammt noch mal, fang bloß nicht an, seine ach so delikaten asiatischen Empfindlichkeiten zu verteidigen. Alles, was *der* jemals getan hat, war, daß er sich mit einem unschuldigen Stoß in meine Angelegenheiten eingemischt hat und ...«

»Hör auf damit, Beauchamp!«

Seine Stimme war jetzt schnarrend. »Warum willst du nicht endlich mal mit deiner Pearl-S.-Buck-Vorstellung aufhören, Fräulein Rührmichnichtan! Du hättest dich einen Scheiß um diese Babys kümmern müssen, und das weißt du ganz genau.«

»Das ist nicht wahr.«

»Gut die Hälfte deiner Freundinnen hat eine Abtreibung hinter sich, DeDe.«

»Nicht im sechsten Monat.«

»Es handelt sich um einfache Salzinjektion. Kein bißchen komplizierter als ...«

»Ich will nichts mehr davon hören.«

Er ahmte ihren Tonfall nach. »›Ich will nichts mehr davon hören.‹ Scheiße! Gibst du auch nur einen Pfifferling auf all die Demütigung, die mir durch dich widerfährt? Kümmerst du dich denn im geringsten um Halcyon Communications ... das Geschäft deines *eigenen Vaters?«* Er senkte die Stimme dramatisch und wurde fast wehleidig. »Meine

Güte, DeDe, wir stehen dieses Jahr auf der Liste für den PU-Club.«

»Du, Beauchamp. Nicht ich.«

»Verdammt noch mal, das ist doch dasselbe.«

Sie blickte von ihrem Koffer auf und brachte ein schwaches Lächeln zustande. »Von jetzt an nicht mehr«, stellte sie dann fest.

Er starrte sie einige Sekunden voller Mordlust an, schlug dann die Schlafzimmertüre zu und stürmte aus dem Haus.

Über seinen Schreibtisch im Büro der Halcyon Communications gebeugt, stürzte sich Beauchamp für den Rest des Samstagnachmittages in die neue Werbekampagne für Tidy-Teen-Tampons. Die Arbeit ermöglichte es, daß seine Gedanken sich verdichteten, so daß er sich um sechs Uhr einen anderen Versuch ausgedacht hatte, wie er eine Lösung seines Problems angehen könnte.

Er wählte eine Nummer in West Portal.

»Ja bitte?« nuschelte eine Stimme am anderen Ende. Diese Verschwommenheit, das wußte Beauchamp aus Erfahrung, kam nicht von Schnupfen.

»Bruno?«

»Ja, hallo.«

»Hier spricht Beauchamp Day.«

»Oh. Ja. Brauchst du schon wieder Schnee?«

»Nein. Na ja, vielleicht auch. Heute habe ich eine ganz spezielle Anfrage.«

»Ich habe etwas Purple Haze. Und umwerfende Black Beauties.«

»Nein, es dreht sich um was anderes. Erinnerst du dich an

den Freund von dir, der ... Meinungsverschiedenheiten so gut bereinigt?«

Schweigen.

»Es ist nicht, was du vielleicht denkst. Nichts Bedeutendes. Ich brauche nur ... na ja, es ist in einer gewissen Weise schon was Besonderes ... ich meine, eine besondere Situation.«

»Das wird dich eine Kleinigkeit kosten.«

»Ich weiß. Wann können wir uns unterhalten?«

»Heute abend? Acht Uhr?«

»Wo?«

»Oh ... im ›Doggie Diner‹. Auf der Van Ness Street.«

»In Ordnung. Im ›Doggie Diner‹ auf der Van Ness Street um acht Uhr.«

»Kein Schnee, wirklich nicht?«

»Nein, Bruno. Heute nicht.«

Lady Eleven

Gegen besseres Wissen hatte Brian Hawkins doch einen Namen für die Frau im Superman Building gefunden.

Lady Eleven.

Es handelte sich ja schließlich nicht um irgendeinen grausigen Phantasietrip, beruhigte er sich selbst, denn sie war *da,* genauso real wie der Mount Everest, eine nächtliche Wirklichkeit so gewiß und unvermeidbar wie der Klang der Cable Cars oder das Tuten der Nebelhörner auf der Bucht. Es schien nur natürlich, ihr einen Namen zu geben.

Sie erschien unausweichlich genau Schlag (konnte eine

Digitaluhr schlagen?) Mitternacht und ging dann vor dem schummrig rosafarbenen Licht in ihrem Schlafzimmer in Stellung. Danach bewegte sie sich nur noch, um ihr Fernglas zu heben oder zu senken und zwanzig Minuten später zwanglos wieder zu verschwinden.
Niemals schien sie Brians Gegenwart zu bemerken, noch ließ sie ihren Blick vom Fenster des kleinen Dachhauses. Mit bloßem Auge war sie nichts weiter als ein dunkler Fleck in einem Rechteck aus Licht in der Ferne. Aber mit dem Feldstecher war es immerhin möglich, ihre Gesichtszüge wahrzunehmen.
Ein langes Gesicht, volle Lippen, und das eingerahmt von Haaren, die ... dunkelbraun waren? Die tatsächliche Farbe war unmöglich festzustellen, also entschloß sich Brian zu kastanienbraun.
Ihr Haar fiel über ihre Schultern herab und wirkte, als wäre es hinten zusammengebunden. Ihre Kleidung war hell und nicht ausgefallen, vielleicht aus Frottee, und enthüllte wenig von ihrem Körper.
Irgend etwas an dem Aussehen von Lady Eleven erregte den Eindruck, als käme sie geradewegs aus der Dusche. Brian machte sich immer wieder Gedanken darüber, ob ihr Haar naß war und nach Kräuteressenzen roch.

Das war die sechste Nacht heute.
Als Brian von »Perry's« zurückkam, mußte er unwillkürlich wieder daran denken, wie radikal er seinen Tagesablauf geändert hatte. Es war elf Uhr, verdammt noch mal, und er war zu Hause!
Dazu kam noch, daß er sich nach der Arbeit duschte.

Heute abend verbrachte er noch mehr Zeit im Badezimmer als gewöhnlich. Er donnerte sich auf wie ein blutjunger Student, vor der ersten Einladung bei einer Studentinnenversammlung.

Nachdem er die Zähne geputzt und sich rasiert (ja, rasiert!) hatte, schlüpfte er in seinen Frotteebademantel und setzte sich mit einer eselsohrigen Ausgabe von *Oui* bequem in einen Stuhl vor das Südfenster.

Nur noch sieben Minuten.

Der Himmel um das kleine Dachhaus wogte in wagnerianischem Aufruhr. Kitschig weiße Wolken, die so unecht wirkten wie Engelsperücken, zogen hinter dem geisterhaften Monolithen des Superman Building vorbei. Um dreiundzwanzig Uhr sechsundfünfzig wurde im elften Stock Licht gemacht.

Das Licht.

Brian ließ sein Magazin fallen und bewegte sich ans Fenster. Er nahm seinen Feldstecher und stellte ihn auf Lady Eleven ein. Sie war noch nicht in Sicht, und in ihrem Schlafzimmer war kein Anzeichen einer Bewegung zu sehen.

Auch um Mitternacht war sie noch nicht erschienen.

Sie hatte ihn versetzt.

Brian blieb am Fenster. Er war starr vor Enttäuschung und dem Gefühl, verraten worden zu sein, ganz so wie ein Kind, das im Sommer plötzlich aus einem Traum über Weihnachten geweckt wird. Dann begann sein Gesicht langsam vor Wut zu brennen, während er da unbeweglich an der kalten Fensterscheibe lehnte (die er gerade erst an

diesem Morgen geputzt hatte), und er verfluchte diese geheimnisvolle Sirene, die ihn so weit gebracht hatte, daß er sich um Mitternacht noch rasierte.
Es war wohl immer so, oder? Die, die man begehrt, finden das mit verschlagener, urzeitlicher Präzision heraus. Deine Begierde, und nicht ihre Erfüllung, ist alles, was diese Frauen wollen. Und sobald sie das fühlen, sobald sie den ersten beißenden Hauch deines Moschusduftes in ihren Nasenlöchern verspüren, sind sie schon für immer aus deinem Leben verschwunden.
Aber dann – o gütiger Heiland! – erschien sie.
Gelassen und majestätisch wie eine Gallonsfigur auf dem großen weißen Schnellsegler des Superman Building, zeigte sich Lady Eleven in ihrem Fenster und hob den Feldstecher an die Augen. Brian tat das gleiche.
Und dann hielt er den Atem an.
Denn jetzt hielt sie den Feldstecher mit der rechten Hand ... und mit der linken löste sie den Gürtel ihres Bademantels.
Als dieser zu Boden glitt, fiel auch der von Brian.
Am sechsten verzauberten Abend, weit oben über der dichtbevölkerten Stadt.

Lernen in der Praxis

Monas erster Nachmittag im Blue Moon Lodge gestaltete sich enttäuschend ereignislos. Das Telefon klingelte lediglich zweimal. Der erste Anruf kam von einem Mann, der wissen wollte, ob Monique noch bei ihnen arbeitete. Ein

schneller Seitenblick zu Mother Mucca enthüllte, daß sie nicht mehr da war.
»Sie ist letzten Monat gegangen«, erklärte die Madam. »Sie arbeitet jetzt bei der Telefonauskunft in Reno.«
»Was soll ich diesem Kerl denn jetzt erzählen?«
»Sag ihm, Doreen hat das auch drauf.«
»Was hat sie drauf?«
»Sei bloß nicht so verdammt neugierig!«
Mona runzelte die Stirn und nahm den Hörer wieder auf. »Hallo ... Monique ist nicht mehr da, aber Doreen ... kennt sich auch damit aus.«
Der Kunde zögerte. »Mit der ganzen Angelegenheit?«
»Äh, hmm.«
»Mit der Hasenpfote und allem?«
»Äh ... einen Moment bitte.«
Mother Mucca schaute irritiert. »Hast du denn nicht die geringste Ahnung von den einfachsten ...«
»Er fragt wegen so einer verdammten Hasenpfote!«
Der Mund der alten Frau verzog sich schmollend. »Red bloß nicht so zotig mit älteren Respektspersonen, mein Kind! Sonst muß ich dir deinen verdammten Mund mit Seife auswaschen!«
Mona fragte in sanfterem Ton. »Was ist mit der Hasenpfote?«
Mother Mucca zuckte die Schultern. »Doreen erledigt das.«
Mona kehrte wieder zu dem Kunden zurück. »Ja, auch ... die Geschichte mit der Hasenpfote.«
»Die ganze Sache?«
»Ja. Sie werden garantiert zufrieden sein.«

»Die Mädchen in Battle Mountain täuschen es nur vor, das wissen Sie doch?«
»Mag ja sein«, schnappte Mona pampig zurück, »aber dies hier ist nicht Battle Mountain. Das ist das Blue Moon Lodge!«
Mother Mucca strahlte und drückte tätschelnd Monas Arm. »Was für ein Mädel! Bravo Judy! Was für ein Mädel!«
Die Hitze, die in Mona hochstieg, rührte von reinem, unverfälschtem Stolz.

Eine nach der anderen trafen die Damen des Blue Moon Lodge in der Halle ein. Alles in allem waren es sieben, Bobbi mit eingeschlossen. Die Älteste schien Mitte Dreißig zu sein. Sie hatte verfärbtes Haar und dünne Lippen und sah aus wie eine Gospelsängerin aus dem Billy Graham Crusade.
»Du bist Judy, oder? Ich bin Charlene.«
Charlene, Bobbi, Doreen, Bonnie, Debby, Marnie und Sherry. Meine Güte, dachte sich Mona, zum Teufel noch mal, sind die eigentlich Nutten oder Walt-Disney-Figuren.
Charlene fing an, sie auszufragen. »Mother Mucca sagt, du machst diese Woche das Telefon.«
»Ja, aber nur – du weißt schon –, um Erfahrung zu sammeln.«
Das war falsch, aber auch völlig falsch. Völlig herablassend. Und Charlene wußte das. »Du schreibst doch nicht an einer von diesen – wienennensiesbloß – Universitätsstudien?«

»Nein.«
»Gut.« Sie kniete sich, wobei sich ihre zitronenfarbenen Caprihosen bis zur äußersten Grenze spannten, und fummelte an einem überdimensionierten Farbfernseher herum. Mona bemerkte jetzt erst, daß der Fernseher mit einer Plastikbüste von John F. Kennedy geschmückt war.

Die meisten der Mädels sahen die Merv-Griffin-Show an, als der zweite Anruf kam.
»Wer ist da?« fragte eine wohlmodulierte Stimme.
»Ich bin Mo . . . ich bin Judy. Ich arbeite in dieser Woche hier.«
»Oh.«
»Ich habe von Mother Mucca alle Vollmachten, die ...«
»Ich glaube, ich spreche doch besser mit ihr selbst, bitte.«
Mona war pikiert. »Sir, wenn Sie eine Verabredung treffen wollen, bin ich Ihnen gerne ...«
Mother Mucca, die bemerkte, daß sich da eine Verwicklung anbahnte, kam an Monas Seite. »Gibt es Ärger, Judy?«
»Er besteht darauf, mit Ihnen zu sprechen.«
Die Madam nahm den Telefonhörer. »Ja, hier ... Oh, ja bitte, mein Herr ... Nein, sie ist neu hier. Ich habe ... Ja, mein Herr, man kann sich völlig auf sie verlassen ... Ja, mein Herr ... aber natürlich, mein Herr ... nein, das ist nicht zu kurzfristig, überhaupt nicht ... ich werde die üblichen Vorsichtsmaßnahmen veranlassen ... ja, selbstverständlich ... auf Wiedersehen und vielen herzlichen Dank.«
Die alte Frau legte den Hörer auf. Sie machte einen

merkwürdig bezähmten Eindruck. Die Liebenswürdigkeit, die sie während dieser Unterhaltung gezeigt hatte, ließ Mona verblüfft zurück.

»Charlene«, befahl Mother Mucca.

»Ja?«

»Schau zu, daß du die anderen Freier heute abend los wirst.«

»Wie bitte?«

»Du hast mich verstanden. Schaff sie weg. Sag ihnen ab oder buche sie für später um, aber schaff sie bloß weg.«

»War das ...?«

Mother Mucca nickte. »Er kommt per Flugzeug aus Sacramento.«

Charlene pfiff leise durch die Zähne. »Nach wem hat er gefragt?«

»Er hat nicht gefragt.«

»Hmm?«

»Er will eine Neue haben.«

Heftiges Verlangen

Wieder auf Fahrt, dampfte die *Pacific Princess* wie weißgewaschen im Licht des Vollmonds südlich auf Manzanillo zu. Kurz nach acht Uhr tauchte Mary Ann aus dem Bad auf und cremte ihren Körper mit der Schildkrötenlotion ein.

In weniger als einer Stunde würde sie ihre erste wirkliche Verabredung mit Burke haben.

»Werde ich allmählich braun, Mouse?«

»Was? Oh, ja doch ... ganz gut.«
»Was liest du denn da?«
»Ach, du heilige Scheiße!«
»Es muß aber toll sein.«
Er pfiff ungläubig durch die Zähne. Immer noch war er in sein Buch vertieft. Mary Ann wurde ungeduldig. »Mouse ... zeig es mir!«
Michael hielt das Taschenbuch hoch. Es trug den Titel *Kreuzfahrten – von einem Insider gesehen.* »Ich hab das verdammte Buch unten im Andenkengeschäft gekauft. Ich meine, sie haben es einem richtiggehend aufgedrängt!«
Er las ihr vor: »›Es gibt zwei Kategorien von zudringlichen Frauen unter den Passagieren einer Kreuzfahrt. Einmal diejenigen, die hinter Auszeichnungen her sind, und dann diejenigen, die einfach nur herummachen wollen.‹«
»Das ist ja das sexistischste Zeugs, das ich je ...«
»›Die ersteren richten ihre Zielsetzung bevorzugt auf Offiziere. Letztere dagegen haben nichts lieber, als in den Mannschaftsquartieren zu verschwinden und den Rest der Reise in den verschiedensten Armen zuzubringen.‹«
»›In den verschiedensten Armen‹, das ist ja wohl die ...«
»Warte. Hier kommt das Beste: ›Gelegentlich machen sich reiche und alleinstehende männliche Homosexuelle ...‹«
»Das erfindest du jetzt!«
»Willst du mir wohl zuhören? ›Gelegentlich machen sich reiche und alleinstehende männliche Homosexuelle auf eine Kreuzfahrt und versuchen, die Gunst von Mannschaftsmitgliedern zu erkaufen. Das ist nur allzu leicht.‹«
»Laß mich das sehen!«
Er hielt das Buch so, daß sie mit sehen konnte, und fuhr

fort zu lesen. »›Ein großzügiges Trinkgeld macht einem willfährigen Mannschaftsmitglied das Verlangen deutlich. Etwas später klingelt das Kabinentelefon, und die Angelegenheit wird festgemacht.‹«
»Das herauszufinden, will ich gerne dir überlassen.«
»Bitte, werd bloß nicht frech, nur weil *du* deinen Mister Richtig schon gefunden hast.«
Wie ein schon lange Zeit verheiratetes Ehepaar dachten sie beide das gleiche und sprachen es gemeinsam aus. »Jetzt reicht's aber!«

Sie probierte drei Blusen an, völlig unfähig, sich zu entscheiden, welche von ihnen am besten zu ihren beigen Hosen paßte.
»Bleib bei der blauen«, empfahl Michael. »Mit der orangefarbenen siehst du wie Ann-Margret aus.«
»Vielleicht *will ich ja* wie Ann-Margret aussehen.«
Michael seufzte tief. »In Ordnung. Wenn du natürlich *ernsthaft* glaubst, daß dieser nette Junge aus Nantucket auf eine strenge Jungdomina mit Peitsche scharf ist, dann solltest du tatsächlich ...«
Mary Ann warf die Bluse hin und starrte ihn finster an. »Du bist noch schlimmer als Debbie Nelson!«
»Vielen Dank. Wer ist Debbie Nelson?«
»Das war meine Zimmerkameradin im ersten Jahr am College.«
»Die blaue ist sehr kleidsam.«
»Scheiß auf kleidsam.«
Michael gab vor, völlig aus dem Häuschen zu sein. »Wasch dir den Mund aus, meine Dame!« Er knöpfte die

blaue Bluse zu. »Da. Schau dich mal an. Ist das nicht viel besser?«

»Meine Mutter hat dich angestellt, jetzt weiß ich es? Du bist ein Spitzel.«

»Ein schwuler Spitzel, um ganz genau zu sein.«

»Sieh mal, glaubst du nicht, daß die cremefarbene Bluse vielleicht ...«

Michael schenkte ihrer Äußerung keine Beachtung. »Hauch mich an«, befahl er.

»Was?«

»Hauch mir ins Gesicht. Du hast heute abend zwei Scheiben Knoblauchbrot gegessen.«

»Mouse! Ich weiß genau ...«

»Es sind schon ganz andere Männer wegen zwei Scheiben Knoblauchbrot schwul geworden!«

Sie hauchte.

Als sie die Kabine verließ, drehte sie sich um und blinzelte ihm zu. »Du brauchst nicht auf mich zu warten, mein Engel!«

Er streckte ihr die Zunge raus.

»Danke, Mouse. Ich liebe dich.«

»Heb dir die Gefühlsduselei für deinen Oberschenkeladonis auf.«

»Was machst du denn heute abend?«

»Bis jetzt schwanke ich zwischen Shuffleboard und Selbstschändung.«

Sie lachte. »Da gibt es ja auch noch eine Cole-Porter-Revue in der Carrousel ...«

»Verschwindest du jetzt vielleicht endlich!«

Er las eine Stunde lang und ging dann auf das Promenadendeck hinaus, wo er, an der Reling lehnend, das Meer betrachtete. Hier oben, weit weg von diesen weißen Kunstlederschuhen und den aufgemotzten Straßbrillen, war es so viel leichter, sich die Art von Kreuzfahrt vorzustellen, von der er träumte: Noel Coward und Gertie Lawrence. Exzentrische Witwen von vornehmem Stand, verwegene Gigolos und Schrankkoffer, in denen blinde Passagiere saßen ...

Romantische Selbsttäuschungen, all das ganze Zeugs. Genauso wie seine Hoffnung auf einen Liebhaber, so war es. Eine nützliche, doch harmlose Phantasievorstellung, die kaum mehr bewirkte, als ihn von den unerschütterlichen, zentralen Gegebenheiten seines Lebens abzulenken: Er war allein in dieser Welt. Und er würde immer allein bleiben.

Manche Leute – die glücklichen wahrscheinlich – konnten mit dieser Kenntnis leben, genauso wie sie mit dem Wetter zurechtkamen. Sie glitten an der Oberfläche des Lebens dahin, frohlockend in ihrer Selbstzufriedenheit, und waren gerade deshalb *niemals* allein. Michael kannte diese Leute. Er hatte versucht, sie nachzumachen.

Dieser Trick hatte aber fast nie gewirkt. Seine Sehnsucht sprach immer aus seinen Augen.

In die Kabine zurückgekehrt, rauchte er einen Joint, bis er soweit war, daß er am Telefon den Knopf für den Steward drücken konnte. Dieser erschien fünf Minuten später.

»Ja, Sir?«

»Hi, George.«

»Guten Abend, Mr. Tolliver. Kann ich vielleicht etwas für Sie tun?«
»Ja. Na ja, ich hätte gerne ... ich meine, falls es Ihnen nichts ausmacht ...« Er griff nach seiner Brieftasche.
»George, ich möchte Ihnen das gerne geben.« Er händigte dem Steward eine Zehn-Dollar-Note aus.
»Das ist sehr nett, Sir.«
»George, würden Sie vielleicht ...? Ich habe doch richtig verstanden, daß es Ihnen möglich ist, irgendwelche Arrangements zu treffen ... Glauben Sie, Sie könnten mir vielleicht etwas Eiscreme bringen?«
»Aber sicher, Sir. Welchen Geschmack?«
»Ich weiß nicht ... Schokolade vielleicht.«
Der Stewart lächelte, während er den Geldschein einsteckte. »Eines dieser spätnächtlichen heftigen Gelüste, oder?«
»Das kann man wohl sagen«, meinte Michael. »Das allerschlimmste.«

Vita rettet den Tag

Die Überbleibsel aus DeDes Jungmädchenzeit bevölkerten noch immer ihr altes Schlafzimmer auf Halcyon Hill. Ein zerknittertes Beatles-Poster. Eine Steiff-Giraffe. Ein Cocktailspieß, den sie aus einer Bar mitgenommen hatte. Und ein Glas mit getrockneten Rosenblättern aus ihrer Tanzstundenzeit.
Nichts hatte sich verändert, nichts war berührt worden, so als wäre die Bewohnerin dieses kunstlosen, kleinen, in Grün und Rosa gehaltenen Zimmers, das nun ein trauern-

der Überlebender zwanghaft als Kultstätte für die Nachwelt bewahrte, bei einem Flugzeugunglück gestorben. In gewisser Hinsicht war sie natürlich auch gestorben. Zumindest in den Augen ihrer Mutter.

»Liebling, es tut mir leid. Das gibt alles keinen Sinn für mich.«

»Es ist eine Sache zwischen mir und Beauchamp, Mutter.«

»Ich könnte dir helfen, wenn du mich nur lassen würdest.«

»Nein, das kannst du nicht. Niemand kann das.«

»Ich bin deine *Mutter,* Liebes. Sicher gibt es da ...«

»Vergiß es bitte.«

»Hast du darüber schon mit Binky gesprochen?«

DeDes Wut begann zu wachsen. »Was, um Himmels willen, soll das denn damit zu tun haben?«

»Ich hab ja nur gefragt.«

»Du hast dich nur gefragt, ob eine von diesen alten lederhäutigen Fregatten in deinem Francesca Club vielleicht über dein liebes kleines Töchterchen herziehen könnte!«

»DeDe!«

»Du glaubst, daß Carson Callas morgen in seiner Kolumne über unsere Trennung berichtet und du dann im Cow Hollow Inn nicht hocherhobenen Hauptes herumstolzieren kannst. Nun ja, das ist nicht zu ändern, Mutter! Nicht mehr zu ändern!«

Frannie Halcyon, die auf dem Rande des Bettes ihrer Tochter saß, starrte betäubt auf die Wand. »Ich hab dich noch nie in dieser Weise reden hören, DeDe.«

»Ja. Das stimmt.«

•

»Ist es vielleicht deine Schwangerschaft? Manchmal kann das ...«
»Nein.«
»Du solltest eigentlich vor Freude strahlen, Darling. Als ich dich erwartet habe, fühlte ich mich so ...«
»Mutter, bitte fang nicht schon damit wieder an.«
»Aber warum *jetzt*, Darling? Warum willst du Beauchamp verlassen, lediglich ein *paar Wochen* bevor ...«
»Sieh mal, ich kann nichts dagegen tun. Ich kann auch nichts dafür, wenn ich mich nicht freudestrahlend fühle. Ich kann bei der Sache mit Beauchamp auch nichts tun. Ich werde die Babys bekommen. Ich will sie haben. Ist das nicht genug, Mutter?«
Frannies Augenbrauen zogen sich zusammen. »Warum, um Gottes willen, solltest du sie denn nicht haben wollen?«
Schweigen.
»DeDe?«
»Ich hab Kopfschmerzen, Mutter.«
Frannie seufzte, küßte ihre Tochter auf die Wange und stand auf. »Ich liebe dich, aber es sieht fast so aus, als wärst du nicht mehr mein Kind. Ich glaube, ich weiß jetzt ... wie sich Catherine Hearst fühlen muß.«

Die Stammesmutter von Halycon Hill war gerade dabei, sich einen Mai Tai zu mixen, als das Telefon klingelte.
»Mrs. Halcyon?«
»Ja.«
»Mein Name ist Helena Parrish. Vita Keating hat mich an Sie verwiesen.«

Frannie wappnete sich gegen eine weitere wohlerzogene Aufforderung, dem Ausschuß eines neuen Museums beizutreten. »Ach ... ja«, verhielt sie sich vorsichtig.
»Ich will direkt zum eigentlichen Kern der Sache kommen, Mrs. Halcyon. Ich wurde gebeten, an Sie heranzutreten, da sie sich für einen Beitritt zu Pinus interessieren.«
Frannie war sich nicht sicher, ob sie richtig gehört hatte.
»Sind Sie vielleicht gar nicht vertraut mit uns?«
»Nein, ich ... Na ja, natürlich, habe ich schon davon *gehört* ... Entschuldigen Sie mich, wenn das wieder einer von Vitas tollen Witzen sein soll, dann weiß ich nicht, ob ...«
Die Anruferin lachte tiefkehlig in sich hinein. »Es ist kein Witz, Mrs. Halcyon.«
»Ich ... ich verstehe.«
»Meinen Sie nicht, daß wir uns in allernächster Zeit mal zu einem kleinen Plausch zusammensetzen könnten?«
»Ja. Natürlich.«
»Wie wär's mit morgen?«
»Das paßt gut. Äh ... sollen wir uns irgendwo zum Mittagessen treffen?«
»Offen gesagt, bevorzugen wir es etwas schlichter. Kann ich Sie in Halcyon Hill anrufen?«
»Sicherlich. Wann?«
»Oh ... so gegen zwei?«
»Das wär schön.«
»Gut. Dann Tschau.«
»Tschau«, sagte Frannie und fühlte, wie ihr das Herz bis in die Kehle klopfte.

Auf der Suche nach einer Dame

Brian verbrachte den Vormittag im Washington-Square-Studio. Er bräunte seinen Körper für eine Person, die den Unterschied möglicherweise niemals bemerken würde. Als er über die Union Street zurück zur Barbary Lane trottete, beschloß er plötzlich, daß die Zeit gekommen sei, sich mit seiner Phantasievorstellung von Angesicht zu Angesicht zu konfrontieren.

Er bog bei der Leavenworth Street von der Union ab und ging einen Block den Hügel hoch bis zur Green Street, wo das Superman Building stand und im Sonnenschein magisch schimmerte.

Aus der Nähe betrachtet, schienen seine modernen Hieroglyphen eine Art von mystischer Bedeutsamkeit anzunehmen, ganz so, als verhüllten sie die geheime Identität von Lady Eleven.

Als Brian ankam, hielt gerade ein Taxi, das einen Fahrgast am Bürgersteig aussteigen ließ. So eine von den alten wehrhaften Damen. Sie ging auf die Eingangstür des Superman Building zu.

»Entschuldigen Sie bitte, meine Dame?«

»Ja?«

»Ich bin auf der Suche nach einer Freundin von mir, die hier wohnt. Irgendwie ist das ein bißchen verwirrend, offen gesagt, aber ich habe ihren Namen vergessen. Sie wohnt im elften Stock. Sie ist etwa in meinem Alter, hat langes Haar und ...«

Das Gesicht der alten Dame verschloß sich voller Unmut. Brian war sicher, daß sie eine chemische Keule als Vertei-

digungswaffe in ihrer Handtasche hatte. »Die Namen stehen auf den Klingelschildern«, knurrte sie.
Er ging zu den Klingelschildern, wobei er ständig die Augen der Frau im Rücken fühlte. Er blieb für einen Moment dort stehen, so, als würde er die Namen überfliegen, dann drehte er sich um und sah sich wieder seiner weißbehandschuhten Anklägerin gegenüber.
»Ich bin kein Frauenschänder, meine Dame.«
Die alte Dame starrte ihn an, straffte sich ruckartig und stürmte in das Gebäude. Sie sprach einige Worte mit dem Sicherheitsbeamten, der sich umdrehte, um Brian zu mustern. Danach sagte er irgend etwas zu der Dame.
Brian fuhr in der Hoffnung, daß sein lässiges Auftreten nicht zu blödsinnig erscheinen würde, fort, die Namen durchzugehen. Er kochte innerlich vor Schuldgefühlen und haßte sich gleichzeitig dafür. Im elften Stock fand er sechs Namen: Jenkins, Lee, Mosely, Patterson, Fuentes und Matsumoto. Eine wirklich verdammt große Hilfe.
Vielleicht sollte er irgendeine Nachricht bei dem Wachbeamten hinterlassen ... Nein, das hatte keinen Zweck, dieses Arschloch musterte ihn schon ganz schön böse. Und es gab hier auch keine *Möglichkeit,* um die Empfangshalle herumzuschleichen, bis Lady Eleven auftauchte. Andererseits, wenn er ...
»Kann ich Ihnen behilflich sein?« Der Wachbeamte war an ihn herangetreten. Er war verzweifelt darum bemüht, wie Karl Malden auszusehen.
»Na ja, ich suche nach einer jungen Dame.«
Der Gesichtsausdruck des Wachposten sagte: Genau darauf würde ich sogar *wetten,* Sonnyboy.

»Vergessen Sie's«, empfahl sich Brian.
In zwölf Stunden würde er sie ja sowieso sehen.

Er trat den Rückweg an und ging bis zur Union Street zum »La Contadina«. Er brauchte unbedingt ein Glas Wein, um seine Nerven zu beruhigen. Manchmal konnte einem so ein Faschist in Uniform den ganzen Tag versauen.
Als er das Restaurant erreichte, winkte ihm von einem riesigen thronartigen Stuhl in der Nähe des Fensters ein fremdartig aussehendes Wesen zu. Es war Mrs. Madrigal, ausstaffiert mit Paisley-Turban, blauem Lidschatten und Haremspyjama. Sie winkte ihn herein.
»Willst du mir nicht Gesellschaft leisten?«
»Aber sicher«, sagte er und ließ sich ihr gegenüber nieder. Er fühlte sich nicht so ganz passend in seiner Turnhose und dem Sweatshirt. Mrs. Madrigal schien ganz schön schlecht gelaunt zu sein.
»Brian ... du hast Mona auch nicht gesehen, oder?«
»Nein. Schon seit ungefähr einer Woche nicht mehr.«
»Ich mache mir Sorgen. Sie hat eine Nachricht für mich hinterlassen, als Mary Ann und Michael abfuhren. Darin schrieb sie, daß sie für eine Weile weggehen wolle, aber seitdem habe ich nicht ein einziges Wort von ihr gehört. Ich dachte, daß du vielleicht ... Also auch nichts?«
Brian schüttelte den Kopf. »Tut mir leid.«
Die Vermieterin fummelte nervös an ihrem Turban herum. »Manchmal kann sie ... ziemliche Dummheiten machen.«
»Ich kenne sie nicht so gut, um das zu beurteilen. Wie lange wohnt sie denn schon bei Ihnen im Haus?«

»Oh … na ja, schon über drei Jahre. Brian, hat sie jemals … über mich gesprochen?«
Er dachte einen Moment nach. »Niemals. Warum?«
»Ich habe Angst, daß ich selber eine kleine Dummheit gemacht habe. Ich hoffe nur, daß es nicht zu spät ist.«
»Ich verstehe nicht, was …«
»Mona ist meine Tochter, Brian.«
Alle ihre Mieter, dachte Brian, sind ihre »Kinder«. Er lächelte verständnisvoll. »Sie haben ein sehr enges Verhältnis zu ihr.«
»Nein, Brian. Sie ist *wirklich* meine Tochter.«
Das Kinn fiel ihm herunter. »Ihre … Weiß Mona das?«
»Nein.«
»Ich dachte immer, sie hat gesagt, ihre Mutter lebt in …«
»Ich bin nicht ihre Mutter, Brian. Ich bin ihr Vater.«
Bevor er ein Wort von sich geben konnte, preßte sie den Finger auf seine Lippen und signalisierte ihm so, still zu bleiben. »Wir können zu Hause darüber reden«, wisperte sie.

Es gibt Gesellschaft

Der plötzliche Stimmungsumschwung im Blue Moon Lodge hatte irgendwie etwas Unheimliches. Mona merkte es umgehend, als sie die Spannung ansteigen sah, während Mother Mucca ihre Mädels für die Ankunft des großen Kunden aus Sacramento auf Trab brachte.
»Bobbi, du holst Scheuermittel aus der Küche und putzt das Badezimmer von Charlenes Appartement. Da schaut's

ja aus wie in der letzten Autobahnraststätte! Marnie, du machst hier im Empfangsraum sauber. Schmeiß die Filmzeitungen raus. Bonnie, du und Debby fahrt mit dem Ranchero in die Stadt und holt das Kostüm bei dem Chinesen ab. Hätte man das auch ahnen können! Er kommt ausgerechnet in der einzigen gottverdammten Woche des Jahres, wenn wir das Kostüm bei der Reinigung haben!«

Mona blieb im Auge des Sturmes unbehelligt. Irgendwie wollte sie helfen, war sich aber sicher, daß sie nur im Wege sein würde. Charlene, die ihre Unbehaglichkit bemerkte, blinzelte ihr zu und drückte ihr ein Staubtuch in die Hand.

»Verrückt, was?«

Mona nickte. »Wer ist dieser Kerl denn, wenn man fragen darf?«

»Ich ... Da sprichst du besser erst mal mit Mother Mucca.«

»Wo soll ich denn abstauben?« *Nun ja, Mona, die Fassade ist gefallen! Arlene, Bennett, ich denke, Sie werden alle sehr erstaunt sein zu erfahren, daß unsere reizende Miss Ramsey ... mittlerweile in Bordellen saubermacht, nur um ihren Lebensunterhalt zu verdienen!*

»Dort drüben hinter der Bar. Und die Kennedy-Büste auf dem Fernseher.«

»O.K. Charlene?«

»Ja?«

»Mother Mucca sagt, er will ein neues Mädchen. Wird sie mit irgend einem der anderen Häuser tauschen oder irgend so was?«

Charlene fuhr fort abzustauben. »Ja, ich denke, das könnte sie.«

»Willst du ... sagen, sie hat das zuvor noch nie getan?«
»Er hat noch nie zuvor nach einer Neuen gefragt.«
»Oh. Na ja, wie kommt es dann aber, daß sie nicht ...«
»Red nicht soviel. Wir verlieren nur Zeit.«
Wenige Sekunden später kam Mother Mucca in die Empfangshalle. Als sie Mona bei der Arbeit sah, fing sie an, mit Charlene zu keifen. »Charlene! Warum macht Judy hier sauber?«
»Na ja, Sie haben doch gesagt, jeder soll ...«
»Judy ist meine Empfangsdame, Charlene! Es ist nicht ihre Aufgabe, Staub zu ...«
Mona unterbrach. »Wirklich, Mother Mucca, es macht mir nichts aus zu helfen, wenn ...«
»Natürlich nicht, Judy. Aber es gehört sich einfach nicht für dich, hier Hausarbeit zu machen, wenn ich dich als Empfangsdame angestellt habe.« Mona zuckte die Schultern über diese strenge Protokollauffassung und lächelte Charlene, die die Stirn runzelte und sich verdrückte, entschuldigend an.
»Komm mit«, befahl Mother Mucca und nahm Monas Arm. »Wir werden in der Küche erst mal ein schönes großes Glas Milch trinken.«

Der Vorschlag der alten Frau traf sie wie ein Vorschlaghammer.
»Was?« keuchte Mona, die sich fast an ihrer Milch verschluckte.
»Er ist so hinreißend, der reinste Honigkuchen«, sagte Mother Mucca.
»Na bitte, dann lassen Sie doch *die anderen* diesen Kuchen

essen! Ich bin die Empfangsdame, erinnern Sie sich nicht?«

»Ich bezahle das auch extra, Judy.«

»Sie sind doch überhaupt ... Oh, nein ... Ohhh, nein. Verstanden? *Nein!*«

Mother Mucca langte über den Tisch und ergriff Monas Hand. »Er will jemand mit Klasse haben, Judy. Keine in ganz Winnemucca hat deine Art von Klasse.«

»Vielen herzlichen Dank.«

»Du mußt doch nicht mit ihm bumsen.«

Das warf sie um. »Ja, was, um Himmels willen, macht er ...? Ist ja auch egal. Ersparen Sie mir die blutrünstigen Details.«

»Judy, du glaubst doch nicht, daß die alte Mother Mucca zulassen würde, daß ...? Judy, du bist wie mein eigen Fleisch und Blut. Ich würde doch nichts machen, daß du dir selber nicht mehr in die Augen sehen kannst. Ich schwöre dir, das hat mich jetzt ganz schön verletzt, daß ...«

Die alte Frau ließ Monas Hand los und fummelte in ihrem fahlfarbigen Dekolleté nach einem Taschentuch. Sie wandte sich ab und betupfte ihre Augen.

Mona war erschüttert. »Mother Mucca, Sie müssen verstehen, ich ...«

»Du hast mich *verletzt,* mein Kind!«

»Das hab ich nicht gewollt.«

»Gott soll mich strafen, wenn es nicht wahr ist. Ich leite dieses Haus nun seit sechzig Jahren, und du bist das erste Mädchen, das jemals das Gefühl hatte, daß ... Judy, ich würde dich sogar adoptieren, wenn du es zulassen würdest.«

Dieses Mal langte Mona nach der Hand der Puffmutter. »Sie sind wirklich gut zu mir gewesen, Mother ...«
»Weißt du eigentlich, daß ich einen kleinen Jungen hatte?«
»Nein.«
»Hatte ich. Er war das netteste kleine Ding, das man jemals gesehen hat. Er saß immer genau hier auf dem Fußboden und lachte und kicherte, und ich und die Mädels, wir haben alles für diesen kleinen Lümmel getan, und ich habe niemals gedacht ...«
»Bitte, weinen Sie nicht.«
»Nicht in tausend Jahren hätte ich daran gedacht, daß der Kleine dann eines Tages davonrennen würde, um seine Mutter zu verlassen. Sechzehn war er damals. An so etwas habe ich nie gedacht. Ich habe ihm vertraut, Judy, genauso, wie ich dir vertraue ...«
Sie schwieg, als Bonnie und Debby mit dem so wichtigen Bündel aus der Wäscherei erschienen.
»Weg damit«, befahl Mother Mucca.
Bonnie runzelte die Stirn. »Aber haben Sie nicht gesagt ...?«
»Nehmt das verdammte Ding weg!«
»Warten Sie mal eine Minute«, bat Mona. »Ich muß doch schließlich sehen, ob es auch sitzt.«
Mother Mucca starrte Mona für mehrere Sekunden an, betupfte dann ihre Augen und grinste. »Mädel, du bist der reinste Engel.«
»Und Sie stecken voller Scheiße«, sagte Mona.

Schlager des Jahres

»Ist das schön«, sagte Mary Ann, während sie in der Starlight Lounge der *Pacific Princess* an ihrem Pina Colada nippte und der Pianist »I Write the Songs« spielte. Burke antwortete mit einem Nicken und lächelte sie an.

»Michael behauptet, daß dieses Lied in diesem Jahr das ist, was ›What I Did for Love‹ letztes Jahr war.«

»Das verstehe ich nicht.«

»Na, du weißt doch. Wie in jedem Jahr gibt es auch diesmal ein Lied, das *praktisch jeder* spielt. Vor zwei Jahren war es ›Send in the Clowns‹ – oder war das vor drei Jahren? – na ja, ist ja egal. Letztes Jahr war es jedenfalls ›What I did for Love‹, ein Lied, das ich wirklich gerne mag, auch wenn sie es zu Tode nudeln. Es ist nun mal so ... wenn ein Lied gut ist, sehe ich keinen Grund, warum man es nicht oft spielen sollte, oder?«

»Nein, ich denke nicht.«

»Ich glaube, ›What I did for Love‹ wird möglicherweise immer mein Lieblingslied bleiben. Zumindest ... nun ja, schließlich ist es das einzige auf der ganzen Platte, bei dem man mitsummen kann. Nicht, daß das so wichtig wäre, aber ... sieh mal, wer kann schon ›The Music and the Mirror‹ mitsingen?«

»Jetzt hast du mich endlich soweit. Ich weiß noch nicht einmal, von welcher *Platte* du überhaupt sprichst.«

»Du weißt doch. *Chorus Line.*«

Er schüttelte den Kopf. »Tut mir leid.«

»Das Musical, Burke. Es lief in San Francisco.«

»Ich hab dir doch gesagt, daß ich aus allem draußen bin.«

Mary Ann zuckte die Schultern, aber innerlich war sie erleichtert. Er *konnte* gar nicht schwul sein, wenn er noch nicht einmal was von *A Chorus Line* gehört hatte. Sie entschloß sich, das Thema zu wechseln. Burke schien sich bei Unterhaltungsmusik nicht allzu wohl zu fühlen.

»Wie lange hast du denn in San Francisco gewohnt?«

»Nicht allzu lange im Endeffekt. Offen gestanden, betrachte ich Nantucket als mein Zuhause.«

»Arbeitest du dort?« Sie hatte das Gefühl, das sei taktvoller als: »Was tust du denn da?« Neun Monate in San Francisco hatten diese Frage aus ihrem Programm für immer gestrichen.

»In gewisser Weise ja. Mein Vater ist im Verlagsgeschäft. Ich helfe ihm manchmal dabei.«

»Oh, wie schön!« War *das* aber sprudelnd witzig! Warum war diese ganze Unterhaltung nur so ein Reinfall?

»Mary Ann, wie wär's damit, wenn wir ein bißchen an die frische Luft gingen?«

Draußen auf dem Sonnendeck lehnten sie sich gegen die Reling und beobachteten den Mond, der über der ruhigen See aufging. Wie üblich war sie es, die das Schweigen brach.

»Ich rede zuviel, oder?«

Er legte seinen Arm um ihre Schultern. »Überhaupt nicht.«

»Doch, das tue ich. Ich habe schon in der Oberschule den ersten Preis im Wettbewerb für optimistisches Reden gewonnen. Und seitdem habe ich nicht mehr aufgehört zu reden.«

Er lachte. »Es tut mir leid, daß du die ganze Arbeit bei der Unterhaltung hast.«
Sie ging nicht darauf ein, sondern schaute wieder auf das Wasser. »Weißt du eigentlich, was mich heute morgen umgeworfen hat?«
»Was?«
»Die Rettungsübung ... Was der Kapitän gesagt hat. Ich wußte gar nicht, daß Frauen und Kinder nicht mehr als erste in die Rettungsboote kommen.«
»Ja. Die Dinge haben sich halt geändert, nehme ich an.«
»Ich wollte, dem wäre nicht so.«
Als Antwort drückte er ihre Schulter.
»Ich finde das kein bißchen fair. In dem Lied heißt es, daß es immer noch *the same old story* sei, aber das ist es ja nicht mehr, oder? Wer, um alles auf der Welt, will denn jetzt noch Ingrid Bergman sein?«
»Endlich *eine Sache,* die ich kenne.« Er gluckste in sich hinein.
»Wie alt bist du, Burke?«
»Siebenundzwanzig.«
»Du wirkst irgendwie so ... ich weiß nicht so recht ... nicht direkt *älter,* aber doch ... Es ist schwierig zu erklären. Du wirkst irgendwo so, als seist du siebenundzwanzig, aber wie jemand, der schon vor langer Zeit siebenundzwanzig geworden ist.«
»In anderen Worten eben aus allem draußen.«
»Warum sagst du so etwas? Ich *mag* das, Burke. Wirklich.«
Er beugte sich zu ihr herunter und küßte sie zart auf den Mund. »Ich mag *dich.*«

»Wirklich?« fragte sie.
»Ja. Wirklich sehr, Mary Ann.«
»Ingrid«, sagte sie und küßte ihn zurück.

Familienplanung

Unter den Leuchtstofflampen des »Doggie Diner« erinnerten die Klippen und Krater in Bruno Koskis Gesicht geradezu an eine Mondlandschaft. Die Mayonnaise in seinen Mundwinkeln machte sie, wie Beauchamp feststellte, regelrecht wasserabweisend.
»Jetzt laß uns mal direkt zur Sache kommen, Mann. Du willst also nicht, daß sie abgeschmiert wird, sondern nur ...«
»Sprich bitte leiser, Bruno!«
Bruno zuckte mit den Schultern und sah sich mit einem geringschätzigen Blick in dem Lokal um. »Das sind doch alles abgetretene Süchtige, Mann. Da hört doch keiner zu.«
»Das weiß man nie.«
»So einen erkenne ich auf den ersten Blick, wenn ich ihn sehe.«
Das war die reine Wahrheit. Bruno kannte seine Kundschaft. Beauchamp sah auf seinen Hamburger. »O.K. Ich wollte ja nicht ... Sieh mal, ich bin einfach nervös. Ich hab das ja noch nie zuvor getan.«
»Dann sag mir jetzt mal, was, verdammt noch mal, du überhaupt willst, Mann.«
Beauchamp hielt den Kopf gesenkt und versuchte angestrengt, die Zwiebeln aus seinem Hamburger zu sortieren.

»Ich möchte, daß ... daß du dich darum kümmerst, daß sie dieses Baby ... diese Babys nicht bekommt.«

Bruno blinzelte ihn unbefangen an. »Du willst also, daß ich ihr in den Bauch trete?«

»Ich möchte nicht, daß du sie verletzt, Bruno.«

»O.K. Du willst also, daß ich ihr in den Bauch trete, ohne sie zu verletzen.«

»Dein Ton ist mir zu zynisch, Bruno.«

»Ach, leck mich doch am Arsch!«

»Sieh mal, sie ist meine Frau, verstehst du mich? Ich möchte nicht, daß ihr ... ich möchte nicht, daß ihr irgendein nicht wiedergutzumachender Schaden zustößt. Wenn du mir das nicht versprechen kannst, können wir die ganze Sache genausogut wieder vergessen.«

»Verdammt noch mal, wie kommst du denn dazu, von mir eine Garantie zu erwarten, daß ...? Wie wär's denn ... ich meine, da könnten doch – wienenntmandasnochmal? – Komplikationen auftreten.«

Beauchamp setzte den Gesichtsausdruck auf, der anzeigte, daß er sich zwar um Geduld bemühte, aber doch schon verletzt war. Damit trieb er bei den Halcyon Communications immer wieder gequälte Art Directors in die Verbitterung. »Nun, Bruno, sie ist jetzt im siebten Monat schwanger. Es sollte doch nicht *so* schwierig sein, etwas zu arrangieren ... einen Unfall in irgendeiner Art.«

Der Kokaindealer musterte seinen Klienten. »Weißt du, Mann ...«

»Auf der anderen Seite«, meinte Beauchamp trocken, »mag das ja möglicherweise völlig außerhalb deines üblichen Bereiches liegen.«

»Wer sagt das?«
»Du scheinst ein bißchen zu zögern. Vielleicht sollte ich mich mit der ganzen Sache besser an jemand anderen wenden ... an jemand, der die Sache professioneller angeht.«
Bruno, der momentan etwas eingeschnappt wirkte, schaute wieder auf. »Wieviel?«
»Was ist die Sache denn wert?«
Das hielt ihn für einen Moment zurück. »Oh ... fünftausend. Wenn ich an den ganzen Ärger denke.«
»Ich werde dir siebentausend geben, aber ich möchte es auch erstklassig erledigt haben.«
»Du weißt, daß ich das jemand anderem übertragen werde.«
»Das ist mir egal.«
»Ich brauche Bargeld. Und zwar im voraus.«
»Das wirst du bekommen. Wann?«
»Sobald ich jemand gefunden habe.«
»Es muß bald sein, Bruno.«
»Verpiß dich!«
»Bruno?«
»Hmm?«
»Würdest du dir bitte mal den Mund abwischen?«

Eine Viertelstunde später rief Beauchamp bei DeDe in Halcyon Hill an. Ihre Stimme war ausdruckslos, ein aufschlußreicher Verteidigungsmechanismus gegen die Unwägbarkeiten dieser gerade einen Tag alten Trennung.
»Ich wollte nur mal wissen, wie es dir geht«, sagte er.
»Vielen herzlichen Dank.«

»Ist deine Mutter da?«
»Ja.«
»Gut. Wenn du da draußen irgend etwas brauchst, dann laß es mich wissen, ja?«
Schweigen.
»O. K., DeDe?«
Sie begann zu weinen. »Warum bist du nur ... so gottverdammt nett?«
»Ich weiß nicht, ich denke, daß ich dich vermisse.«
»Beauchamp ... ich will diese Babys so sehr haben. Ich will dich damit nicht verletzen, das kann ich dir schwören.«
»Ich weiß, mein Liebling. Wir wollen der ganzen Sache etwas Zeit lassen, O.K.?«
»Wenn ich nicht so durcheinander wäre, wäre ich eine viel bessere Ehefrau. Ich muß einfach nur ... ich muß einfach nur für eine Zeit alleine sein.«
»Ich verstehe.«
Sie schniefte und putzte sich dann die Nase. »Es ist noch Auflauf mit Huhn im Kühlschrank und etwas übriggebliebene Quiche im ...«
»Das ist schon O.K.«
»Beauchamp ... ich liebe dich wirklich.«
»Ich weiß«, sagte ihr Ehemann, »ich weiß.«

Mrs. Madrigals Geständnis

Es war wohl überhaupt das erste Mal, daß Brian einen Joint ablehnte.

Aber er wollte voll aufnahmefähig sein für das, was er hören sollte.

»Es war einmal«, begann Mrs. Madrigal, »ein kleiner Junge, der Andy Ramsey hieß. Andy war kein besonders außergewöhnlicher kleiner Junge, aber er wuchs unter außergewöhnlichen Umständen auf: Seine Mutter war eine Madam, eine Puffmutter. Sie leitete ein Bordell, das Blue Moon Lodge in Winnemucca, Nevada, und Andys beste Freunde und Kindermädchen waren die Nutten, die im Haus wohnten. Vielleicht war das der Grund – vielleicht aber auch nicht –, daß Andy zu der Zeit, als er in die Pubertät kam, eine überraschende Entdeckung machte: Es gab nichts in seinem Wesen, das ihn sich wie ein Junge fühlen ließ.

Oh, er *sah* natürlich wie ein Junge aus. Das ja. All die passende Ausrüstung war vorhanden. Aber er hörte niemals auf, sich wie ein Mädchen zu fühlen, ein Mädchen, eingeschlossen im Körper eines Jungen. Zu seinem Entsetzen intensivierte sich dieses Gefühl noch, als er älter wurde. Als Andy sechzehn wurde, entsetzte ihn das so sehr, daß er aus dem Puff davonrannte und per Anhalter nach Kalifornien fuhr.

Einige Zeit lang hielt er Leib und Seele damit zusammen, daß er als Wanderarbeiter arbeitete. Danach arbeitete er als Getränkeverkäufer in einem Geschäft in Salinas, dann wieder als Arbeiter, dieses Mal aber in Modesto. Kurz nach seinem zwanzigsten Geburtstag verließ er Modesto und ging nach Fort Ord, wo er sich als Soldat bei der Armee einschreiben ließ. Er war ein guter Soldat, aber er blieb während des gesamten Krieges – während des Zweiten Weltkrieges, um das festzuhalten – in Fort Ord. Die meiste Zeit tippte er für einen besoffenen Colonel Berichte über die Vorräte an Kriegsmaterial. Auf Dauer gesehen, haßte Andy aber die total von Männern beherrschte Umgebung der Armee genausosehr, wie er vorher die nur von Frauen geprägte Umgebung des Puffs gehaßt hatte. Und das Gefühl, in Wirklichkeit eine Frau zu sein, blieb während der ganzen Zeit bestehen.

An einem Abend kurz nach Kriegsende traf Andy in Monterey beim Tanzen eine nette junge Frau. Sie war *sehr* jung, um genau zu sein. Sie war zu der Zeit etwa siebzehn, und Andy war fünfundzwanzig. Sie war zu Besuch aus Minneapolis und wohnte im Haus ihrer Cousine in Carmel. Ihr Name war Betty Borg, und Andy war auf seine besondere Art sehr von ihr angetan. Sie hatte einen selbstbewußten, unabhängigen Geist, den er bewunderte, und er war erleichtert, weil er sich von ihr angezogen fühlte. Und das sogar sexuell.

Betty wollte heiraten und zurück nach Minneapolis gehen. Tatsächlich war sie es, die einen Antrag machte, und Andy entschied, daß das die beste Heilungsmöglichkeit für sein Problem sein würde. Und so ... machten sie das dann auch. Andy erfüllte seine Pflichten als Ehemann und arbeitete in einer Buchhandlung in Minneapolis. Ein Jahr später wurde dem Ehepaar ein kleines Mädchen geboren. Sie gaben ihm nach Andys längst entfremdeter Mutter in Winnemucca den Namen Mona.

All das klappte aber hinten und vorne nicht. Jedenfalls nicht für Andy. Es endete damit, daß er Frau und Kind verließ – er ließ sie im Stich –, als das Kind zwei Jahre alt war. Während der nächsten fünfzehn Jahre war er völlig aus dem Gesichtsfeld verschwunden, auf dem Weg von Stadt zu Stadt, ein bemitleidenswertes Wesen voller Selbstmitleid, jemand, der sein eigenes Leben und das Leben der Leute um ihn herum verpfuscht hatte. All das aber fand ein Ende, als Andy vierundvierzig Jahre alt war. Da raffte er alles zusammen, fuhr nach Dänemark und verwendete seine ganzen Ersparnisse für eine Geschlechtsumwandlung.«

»Und kam zurück als Anna Madrigal.« Es war Brian, der das sagte. Mehr fasziniert als geschockt, lächelte er die Vermieterin an.

Sie erwiderte sein Lächeln. »Das ist ein schöner Name, findest du nicht? Es ist ein Anagramm.«

»Aber wenn Mona Ihre Tochter ist ...? Ich meine nur, Sie haben doch gesagt, daß sie es nicht weiß.«

»Weiß sie auch nicht. Sie zog vor drei oder vier Jahren nach San Francisco, und kurz danach las ich in einer Zeitung über eine Mona Ramsey, die bei den Halcyon Communications arbeitete. Ich wußte, es konnte einfach nicht *so* viele Mona Ramseys auf dieser Welt geben. Deshalb habe ich dann ein paar kleine Nachforschungen angestellt und ihr dann eines Abends im Savoy-Tivoli aufgelauert.«

»Und?«

»Sie *mochte* mich, wenn es recht ist. So habe ich sie

aufgefordert, hierher zu kommen und in der Barbary Lane zu wohnen. Die Vorstellung gefällt ihr, ein bohemienhaftes Leben zu führen, und ich glaube, sie hat die Vorstellung, einen Transsexuellen als Vermieterin zu haben, genossen.«

»Wußte sie das damals schon?«

»O ja. Von Anfang an.«

»Weiß Ihre ... Ihre Frau, wo Sie sind? Oder Ihre Mutter?«

Mrs. Madrigal schüttelte den Kopf. »Sie müssen glauben, daß ich tot bin.« Sie lächelte schwach. »Na ja, und Andy ist ja auch *tatsächlich* tot.«

»Und jetzt glauben Sie, Mona hat herausgefunden, daß Sie ihr Vater sind, und deshalb ausgeflippt ist?«

»Ist doch möglich, glaubst du nicht?«

Er lächelte. »Ich kann im Augenblick nicht so ganz klar denken.«

»Mein armer Junge!«

»Ich bin ... ich bin sehr geschmeichelt, daß Sie mir das erzählt haben, Mrs. Madrigal.«

»Freut mich. *Jetzt* können wir aber doch einen Joint gebrauchen?«

Er lachte. »Je eher, desto ... Warten Sie eine Sekunde. Wie kann Anna Madrigal ein Anagramm für Andy Ramsey sein?«

»Ist es ja auch nicht.«

»Aber Sie haben doch gesagt ...«

»Ich sagte, es sei ein Anagramm. Ich habe nicht gesagt, wofür.«

»Und wofür steht es dann?«

»Mein lieber Junge«, sagte die Vermieterin und zündete sich endlich den Joint an, »du sprichst mit einer geheimnisvollen Frau!«

Es war einmal

Bobbi schwirrte um Mona herum wie eine Brautjungfer, die letzte Hand anlegt an das Brautkleid. »Ich glaube, du hast das Kopfteil verkehrt rum auf, Judy. Versuch es mal ... nein, andersrum. So. Sieh mal, wie schön das ist!«

»Um Himmels willen, Bobbi. Es soll doch nicht *hübsch* aussehen!«

»Na ja, weißt du, es ist ja völlig egal, du *bist* einfach hübsch. Du solltest wirklich stolz sein.«

Mona brachte ein kleines Lächeln zustande. »Hör endlich auf, mich aufzuheitern.«

»Du wirst überhaupt die Beste sein, Judy. Er wird dich einfach *lieben* müssen!«

»Das würde ich ihm *nicht unbedingt* empfehlen.«

Bobbi kicherte. »Mach dir bloß keine Gedanken, eine ganze Menge unserer Kunden sind wie er.«

»So was wie *das* da?« Mona deutete auf ihr Kostüm.

»Nein, aber sie ... na ja, sie wollen dich nicht bumsen. Sie wollen einfach nur ... irgendwelche speziellen Sachen, die sie sonst nicht bekommen können. Wie zum Beispiel dieser eine Kerl aus Stockton, der will, daß ich schwarze Reizwäsche trage und auf seinen Knien sitze, während er mir sein Testament diktiert.«

»Ja, wahrscheinlich.«

»Ich schwör's dir, Judy. Und das ging *ewig* so dahin. Ich mußte diese Woche zu Dr. Craig gehen.«
»Warum?«
Bobbi kicherte. »Er meinte, ich hätte eigenhändig meinen Schreibkrampf in eine Geschlechtskrankheit verwandelt.«

Immer noch im Kostüm, wanderte Mona zurück in die Empfangshalle und nahm sich ein Bier aus dem Kühlschrank hinter der Bar. Sie hatte Lust auf einen Joint.
Charlene erschien und verzog das Gesicht, als sie Monas Aufmachung sah. »Ganz schön früh, meinst du nicht?«
»Ich habe keine Lust, mich zu hetzen.«
»Er kommt nicht vor einer Stunde.«
»Ist schon O.K.«
»Bis dahin hat dein Deo längst versagt.«
»Hör auf, Charlene!«
»Du bist nervös, oder?« Ihr Ton war deutlich bösartig. Sie mag mich nicht, dachte Mona. Es macht sie wütend, daß Mother Mucca mich mag.
»Ich fühle mich ganz wohl«, sagte Mona unverbindlich.
»Mag ja sein«, entgegnete Charlene, »aber du verschüttest dein Bier.«

Eine Viertelstunde vor der Zeit saß Mona in der Empfangshalle und zählte die Minuten. Sie war allein. Mother Mucca kam von der Küche herein und setzte sich leise neben sie.
»Bist du O.K.?«
Mona nickte.
»Das wird etwas, davon kannst du deinen Enkeln noch erzählen.«

»Aber sicher.«
Die alte Frau legte ihren Arm sanft um Monas Schultern. Sie achtete sorgfältig darauf, das Kostüm nicht in Unordnung zu bringen. »Du schaust ... wirklich gut aus.«
»Vielen Dank.«
»Die anderen Mädels sind alle in ihren Zimmern. Sie werden dort auch bleiben, bis er gegangen ist. Du wirst Charlenes Zimmer nehmen. Ich werde dir sagen, wann du reinkommen sollst. Er wird dann schon dasein. Du erinnerst dich, was du zu tun hast?«
»Ich denke schon.«
Mother Mucca tätschelte ihr die Hand. »Du wirst es schon richtig machen.«
»Mother Mucca?«
»Wie kann er denn ...? Wie kommt er denn hierher?«
»In einer Limousine.«
»Einer *Limousine?«*
»Aber ja«, bekräftigte Mother Mucca, die sich an die Stirn tippte, um damit anzuzeigen, wie klug das war. »So wird kein Mensch auf die Idee kommen, daß er es sein könnte, verstehst du?«

Es klopfte an Monas Türe.
»Er ist da«, wisperte Mother Mucca.
Mona schlüpfte hinaus in die sternenklare Wüstennacht. Eine warme Brise wehte vom Norden und hob die Schöße ihres Kostüms.
Mother Mucca warf einen letzten Blick auf ihr neues Mädchen, rückte den Nonnenschleier zurecht und hastete wieder in die Empfangshalle zurück.

Dann öffnete Mona die Tür zu Charlenes Zimmer.
Der Kunde saß im Lotussitz auf dem Fußboden neben dem Bett. Er trug die safranfarbene Robe eines buddhistischen Mönches.
»Schwester … ich habe gesündigt.«
Mona räusperte sich.
»Ich weiß, mein Kind.«
Wie abgemacht lag die Peitsche auf dem Bett.

Einbruch in die Idylle

Während der Taxifahrt von Manzanillo aus sahen sie kaum mehr als windschiefe Imbißbuden, palmengedeckte Hütten und hin und wieder einen Esel, der am Straßenrand im Müll herumwühlte.
Das Ziel, das Mary Ann und Burke vor Augen hatten, wirkte irgendwie unglaublich.
Schwebend über einer azurblauen Bucht, glänzte das Gelände von Las Hadas wie die Verkörperung eines Opiumtraums aus den *Märchen aus Tausendundeiner Nacht.* Bougainvilleasträucher leuchteten geradezu unnatürlich vor den weiß verputzten Wänden, von den Minaretten schauten Fabelwesen in die vor Hitze flirrenden Höfe, Vögel zwitscherten, und Palmen wiegten sich im Wind.
Mary Anns Herz klopfte.
»Oh, Burke, *schau doch mal hin!«*
Natürlich meinte sie es gar nicht so. Was sie meinte war: Schau uns doch an.

Der Strand war ein Halbmond aus silbrigem Sand und das Wasser so klar, daß Mary Ann die winzigen Fische zwischen ihren Beinen beobachten konnte.
Burke tauchte sie mit kindlicher Freude unter und faßte sie rasch um die Taille, als sie wieder nach oben ins Sonnenlicht kamen.
Wie lange war es schon her, daß ihr so etwas passiert war? Wie lange hatte sie schon auf dieses Lächeln, diese Augen, diesen starken, schlichten Geist gewartet, der plötzlich in ihre durch Gefräßigkeit, Angst und Partnersuche per Computer beeinträchtigte Welt getreten war? Und wie lange, lieber Gott, würde es dauern?
Sie lagen auf dem Rücken und sonnten sich. Ihre Fingerspitzen berührten einander.
»Wo ist Michael heute?« fragte Burke.
»Auf dem Schiff.«
»Er hätte doch mit uns kommen können, das weißt du doch.«
»Ich denke, er wollte es sich heute bequem machen.«
»Ich verstehe.«
»Burke?«
»Ja?«
»Warum bist du aus Kalifornien weggegangen?«
Es entstand eine Pause, dann: »Ich weiß nicht. Ich nehme an ... es war mein Vater und all das.«
»Dein Vater?«
»Das Verlagsgeschäft. Er brauchte Hilfe.«
»Warst du ... in San Francisco auch schon im Verlagswesen?«
»Nein. Ich bin lediglich ... rumgehangen.«

»Drei Jahre lang?«
Er rollte sich auf die Seite und sah ihr ins Gesicht. Er lächelte leicht. »Willst du mich jetzt fragen, wieviel Geld ich habe?«
So *hatte* es ja wohl geklungen, und sie war ganz entsetzt über ihre Taktlosigkeit. »Nein, Burke! Wirklich. Es war nur ... Vergiß es. Ich bin so durcheinander, glaube ich.«
»Warum?«
»Oh, es ist so verdammt typisch!«
»Was ist so verdammt typisch?«
»Du weißt doch. Immer wieder lernt man jemand Netten kennen und kommt wunderbar mit ihnen zurecht, aber dann wohnen sie *natürlich* dreitausend Meilen weit weg! Es ist einfach so beschissen. Das ist alles.«
Er rutschte näher zu ihr hin und berührte mit der hohlen Hand ihre Wange. »War letzte Nacht beschissen?«
»Nein. Das weißt du doch.«
Er küßte sie auf die Nasenspitze. »Wir haben doch noch eine Woche, Mary Ann. Laß uns das Beste daraus machen, findest du nicht?«

Zu Mittag aßen sie in einem Garten, dessen tropische Gewächse geradezu manikürt aussahen und von dem aus man auf das Wasser hinunterschauen konnte. Hinter ihnen plätscherte ein künstlicher Wasserfall in den Swimmingpool.
Ein Kind mit einem Schild tauchte auf. Darauf waren die künftigen Veranstaltungen des Hotels angekündigt. »Wie hübsch!« sagte Mary Ann, als sie das blaue Clownskostüm und die spitzen Schnabelschuhe bemerkte.

Aber beim Näherkommen entdeckte sie, daß es überhaupt kein Kind war.

Es war ein Zwerg.

Verwirrt drehte sie sich zur Seite. Sie hoffte, daß der kleine Mann an ihrem Tisch vorbeigehen und sich der Gruppe ausgelassener Touristen zuwenden würde, die neben dem Pool saßen.

Er tat es aber nicht. Er näherte sich den jungen Liebenden mit einem breiten und inständigen Lächeln. In der ausgestreckten Hand hielt er eine rote Rose.

Jetzt war es unvermeidbar. »Burke, hast du irgendwo einen Peso oder sonst etwas für ihn?«

Ihr Begleiter, kalkweiß und bewegungslos wie ein Leichnam, antwortete nicht.

»Burke, ist irgend etwas ...?«

Seine Stimme war kaum mehr als ein Wimmern. Das ergreifende Jammern eines gefangenen Tieres. »Er soll weggehen«, bettelte er.

»Burke, es ist nur ...«

»Bitte, bitte ... schick ihn weg!«

Der Zwerg brauchte keine Ermutigung. Er war schon drei Tische weiter, als Burke in das Gebüsch stolperte und dort kotzend auf die Knie fiel. Mary Ann trat neben ihn. Sanft streichelte sie die rotblonden Locken in seinem Nacken.

»Ist schon O.K.«, beruhigte sie ihn. »Alles O.K.«

Sekunden später richtete er sich auf und versuchte, seine Würde wiederzufinden. »Tut mir leid, entschuldige bitte. Tut mir wirklich leid. Ich hätte ...«

»Es ist in Ordnung«, sagte sie sanft. »Ich kann verstehen, daß er dich ...«

Burke schüttelte den Kopf. »Er war es nicht, Mary Ann.«
»Was dann?«
»Es war die Rose.«

Douchebag

Ehemals ein von Filippinos betriebener Nachtclub, der auf großbusige Sängerinnen spezialisiert war, hatte sich das »Mabuhay Gardens« fast über Nacht in San Franciscos einzigen Tanzpalast, in dem Punkrockgruppen auftraten, verwandelt. Dort, zwischen den absterbenden Palmen und den angeschlagenen Rattanmöbeln, wirkte Bruno Koski wie ein echter Schläger aus einem frühen Humphrey-Bogart-Film.

Die Punks und Punkerinnen beäugten ihn mit schlecht verhohlenem Neid, voller Sehnsucht dachten sie an seine zerfressene, mit Narben bedeckte Gesichtshaut, an seine bohnenförmigen Augen und seine natürliche Ausstrahlung angeborener Degeneriertheit. Bruno Koski, das war die echte, die wahre Angelegenheit.

Jimmy, der Bühnenmanager, erkannte ihn gleich. »Hey, Bruno, was gibt's ...?«

»Ich bin auf der Suche nach Douchebag.«

»*Die* kennst du?«

»Sag mir bloß, wo sie ist, Junge.«

»Da drüben. Neben dem Verstärker. Die im Müllsack.«

Bruno warf einen verdrossenen Blick in Richtung der Tonanlage, wobei er den Blicken der versammelten Punks sorgsam aus dem Weg ging. Drei der Punkerinnen

trugen Müllsäcke, die mit Sicherheitsnadeln zu Ponchos umgewandelt waren.
»Äh«, fügte Jimmy hinzu, der Brunos Verwirrung bemerkte. »Die mit den grünen Haaren.«
Bruno näherte sich ihr. »Bist du Douchebag?«
»Ja.« Sie kaute ihren Kaugummi auf die lasterhafte Art. Ihr Haar, das um einige Töne heller war als der Müllsack, auf dem sie einen Button mit der Aufschrift PUNK POWER trug, war fast völlig abrasiert.
»Ich heiß Bruno.«
Sie kaute nur noch intensiver. »So?«
»Ich will mit dir reden.«
»Geht nicht. Jetzt kommt Crime dran.« Sie deutete mit dem Kopf auf die Bühne, wo sich eine Band in schwarzem Leder auf die nächste Publikumsmißhandlung vorbereitete.
Bruno blickte Douchebag finster an, entschloß sich dann aber, sie zu ertragen. Er *brauchte* diese kleine Nutte. Er konnte es mit ihr noch ein paar Minuten länger aushalten. Crime war so laut, daß er dachte, sein Kopf müsse zerspringen. Die Punker verfielen unter dem Rhythmus der Musik in spastische Zuckungen und zitterten wie zum Tode Verurteilte in Hunderten verschiedenen elektrischen Stühlen. Der Titel des Songs war »You're So Repulsive«.

Während der ersten Pause wendete sie sich ihm wieder zu. »Spitzenmäßig, hmm?«
»Ja«, log er.
»Du hättest das sehen sollen, als sie Mary Monday and the Bitches da hatten.«

»Yeah?«
»Beste Superscheiße, Mann. Sie haben die Mikrofone zerschlagen, die Tische umgeworfen, der Bühnenmanager ist ausgeflippt, und ... yeah, Mann, es war einfach total entartet!«
»Klingt echt danach.«
»Natürlich ist das nichts – ich meine *wirklich nichts* – verglichen mit The Damned oder The Nuns. Das ist wirklich Heavy Metal ... die wirklich echte, totale Superscheiße. Bei manchen von ihren Sachen bist du wirklich ganz geil drauf zu *kotzen!«*
Ihr kaugummikauender Mund wurde ihm mittlerweile zuviel. »Hey ... sieh zu, daß du das Zeugs mal los wirst?«
Sie starrte ihn einige Sekunden lang an, ohne zu blinzeln, zog den Kaugummi dann aus dem Mund, rollte ihn hübsch zusammen und stopfte ihn sich in die Nasenlöcher.

Sie zuckte mit keiner Wimper, als er ihr seinen Vorschlag machte.
»Ich muß sie nur ... ein bißchen anstoßen, oder?«
»Ja. Sie wohnt nicht weit von hier.«
»Du gibst mir ihren ganzen Tagesablauf und so? Ich muß doch deshalb nicht einsitzen, oder?«
»Nein. Wir vereinbaren eine Zeit. Das kannst du mir überlassen, Punk.«
Sie strahlte. Jetzt *war* sie ein Punk. Sie hatte total wirklich ihre Beglaubigung erhalten. »Hey, Bruno ... wieviel bekomm ich denn dafür?«
»Was willst du denn?«

Sie dachte einen Moment nach. »Ich möchte meine eigene Gruppe aufziehen. Wir brauchen dreihundert Mäuse.«
»Kriegst du.«
»Kennst du die Scorpions?«
»Sicher.«
»So eine Gruppe in etwa soll es werden. Nur, daß wir halt nur Mädchen sind und nur während unserer Periode singen, damit wir die Leute auch *wirklich* total schocken können, wenn wir ...«
»Hey, Punk ... O.K., O.K.!«
Douchebags Lippen verzogen sich. »Scheiße, Mann! Ich kann damit schließlich nicht *warten*, bis ich dreizehn bin!«

Ein veränderter Mann

Brian war gerade dabei, die Wohnung zu verlassen, als in seinem kleinen Haus auf dem Dach das Telefon klingelte.
»Ja?«
»Hey! Was ist denn so los?«
Es mußte Chip Hardesty sein. Selbst beim Begräbnis seiner Großmutter würde Chip Hardesty noch »Was ist denn so los?« fragen. Er wohnte in Larkspur, aber seine Wohnung war kaum von seiner Praxis in Northpoint zu unterscheiden. Beide waren voller Farnpflanzen, Spiegel und Korbsitze, die an Ketten von der Decke hingen. Er konnte sich in gewisser Weise einfach nicht damit abfinden, Zahnarzt zu sein.
»Nicht viel«, antwortete Brian. Das erste Mal seit Jahren quetschte er sich eine Lüge durch die Zähne.

»Beklag dich nicht! Ich habe eine Idee.«

»Ja«, sagte Brian wenig begeistert. Chips letzte Idee hatte etwas Champagner, einen Mietbungalow in Tahoe und zwei aufgetakelte Schülerinnen umfaßt, die sich an der Bryman School zu Zahnarzthelferinnen ausbilden ließen. Eine davon – die von Chip natürlich – war Double für Olivia Newton-John gewesen. Brians Mädchen hatte ihn auf unglückliche Weise an Amy Carter erinnert. Sie kam in einer eigenartig geneigten Haltung daher, weil sie unbedingt einen Ausgleich für ihre linke Brust schaffen wollte, von der sie das Gefühl hatte, sie sei kleiner als die rechte.

»Arbeitest du heute abend?« fragte Chip.

»Leider ja.«

»Wann bist du fertig?«

»Um elf.«

»In Ordnung. Dann hör zu. Erinnerst du dich an Jennifer Rabinowitz?«

»Nein.«

»O.K. Riesentitten, hast du mich verstanden? Sie arbeitet im ›The Cannery‹. Sie hat einen Ring in der Nase und ...«

»Die hat beim Tarr-and-Feathers-Fest gekotzt.«

»Wer sagt das?«

»Ich sage das. Der Vollgekotzte.«

»Das hast du mir nie erzählt.«

»Tut mir leid. Ich hätte es auf meiner Weihnachtskarte erwähnen sollen.«

Es folgte ein verletztes Schweigen. Dann: »Ich will dir ja nur etwas Gutes tun, Mann. Du kannst mitmachen oder es auch bleiben lassen.«

»Schieß los, ich hör dir zu.«

»O.K. Jennifer hat diese Freundin ...«
»Die ihre eigenen Kleider macht. Eine umwerfende Persönlichkeit. Und all die Mädels im Schlafsaal finden sie einfach über ...«
»Was, verdammt noch mal, ist denn mit dir los, Mann?«
»Ich bin aus solchen Sachen draußen, Chip. Es ist besser, wenn du nicht mehr mit mir rechnest.«
»Was soll denn das heißen? Du bist draußen.«
»Zerschlagen. Ausgelaugt. Und elf Uhr ist ein bißchen spät für ...«
»Ach, du meine Güte! Du bist doch seit fünf Jahren nie vor zwei ins Bett gegangen!«
»Na ja, vielleicht werde ich älter.«
»Ja. Vielleicht bist du es.«
»Chip?«
»Yeah?«
»Vergiß deinen Haarspray nicht, ja?«

Um es genau zu sagen, war er kein bißchen müde, als er seinen letzten Gast bei »Perry's« bedient hatte. Er fühlte sich vital, angeregt und gut gelaunt wie ein Vierzehnjähriger, der dabei ist, sich mit einem Exemplar von *Fanny Hill* im Badezimmer einzuschließen. Lady Eleven war die beste Sache, die ihm seit Jahren zugestoßen war.
Später, als er aus der Dusche kam, wurde ihm klar, daß er gegenüber dieser Sirene aus dem Superman Building ein starkes Gefühl von Treue verspürte. Sie *gehörte* ihm an, im reinsten und befriedigendsten Sinne des Wortes. Und er gehörte zu ihr, wenn auch nur für eine halbe Stunde. Zu guter Letzt hatte er doch jemand Entsprechenden kennengelernt.

Liebe auf dem Dach

Die Hampton-Giddes waren die ersten, die nach dem Ballett ankamen. »Phantastische Verlegearbeit«, schwärmte Archibald Anson Gidde, der den neuen Lattenboden auf der Dachterrasse seines Gastgebers lobte.
Peter Cipriani nickte. »Ich habe diesen *umwerfenden* schwulen Schreiner in der Mission gefunden. Spottbillig und Muskeln, die einfach nicht nachgeben. Jason irgendwie.«
»Sie heißen doch *alle* Jason, oder?«
Peter kicherte. »Oder Jonathan.«
»Hatte er einen Ring im Ohr?«
»Nope, aber er trug abgeschnittene Jeans einfach zum *Umfallen.* Und Kniestrümpfe und so richtige grobe Wanderschuhe. Ein total geiler Typ.«
»Und wieweit kennt er sich bei Küchen aus?«
»Woher soll ich das wissen? Ich kann nur vom Schlafzimmer berichten, meine Liebe.«
»Ooooh«, stöhnte Archibald Anson Gidde.

Kurz vor Mitternacht war die Dachterrasse voll von Schwulen der Handelsklasse A. Es herrschte geschmackvolles Gezwitschere über Hebefiguren und Pirouetten. Charles Hillary Lord hob ein Löffelchen Kokain an Archibald Anson Giddes linkes Nasenloch.
»Ich habe heute mit Nicky gesprochen.«
Arch sog das Puder vernehmlich ein. »Und?«
»Ich glaube, er kann sich dafür begeistern; er steigt ein.«
»Gut«, meinte Arch gleichgültig. »Das sollte dir ja eine ganze Menge helfen.«

»Wir brauchen keine *Hilfe*, Arch. Es ist eine todsichere Sache. Ich will nur, daß du das Erdgeschoß übernimmst.«
»Dann wird es dich ja wohl nicht verletzen, wenn ich nein dazu sage.«
Chuck Lord seufzte dramatisch auf und deutete über die Dächer des Russian Hill. »Arch, hast du eine Vorstellung davon, wie viele Tunten da draußen wohnen?«
»Einen Augenblick bitte. Ich muß in meinem Adressenverzeichnis nachsehen.«
»Es gibt – und das nach recht konservativer Ansicht – einhundertundzwanzigtausend praktizierende Homosexuelle innerhalb der Stadtgrenzen von San Francisco.«
»Und Praxis *macht bekanntlich* perfekt.«
»Diese hundertzwanzigtausend Homosexuellen werden notwendigerweise irgendwann älter, Arch. Einige von ihnen gehen vielleicht zurück nach Kansas oder wo sie auch immer davongelaufen sind, aber die meisten von ihnen bleiben direkt hier in diesem Eldorado, wo sie sich gegenseitig so lange aufzureißen versuchen, bis der Herzschrittmacher dran ist.«
»Ich brauche ein Valium.«
»Gott, verdammt noch mal, Arch, kapierst du das denn nicht? *Bei uns* ist alles in Ordnung. Wir haben Häuser, Autos und Aktiendepots und genug ... im Sparstrumpf, um uns auch mit hundertzwei noch einen teuren Stricher zu leisten, wenn wir Lust darauf haben. Es sind diese Scheißer mit Lebensmittelmarken, die am Rande des Existenzminimums leben und irgendwelchen Scheiß auf dem Flohmarkt verkaufen und Häuser anpinseln. Die werden das alles nötig haben, wenn die Zeit gekommen ist.«

Archs Gesichtsausdruck wurde ernst. »Kommt dir das nicht ein bißchen wie Ausbeutung vor, Chuck?«

»Ach, um Himmels willen! *Irgend jemand* muß es ja tun! Das weißt du doch, Arch. Warum sollten wir denn nicht die ersten sein?«

»Ich weiß nicht. Es kommt mir irgendwie ... riskant vor.«

»Riskant? Arch, das ist Sozialgeschichte! Material fürs *Wall Street Journal!* Denk darüber nach! Das erste schwule Altersheim in der Weltgeschichte!«

Arch Gidde drehte sich um und schaute über die Stadt. »Gib mir Zeit, O.K.?«

Chuck schlang seinen Arm um seine Schulter und nahm einen gefühlsgeladeneren Ton an. »Nicky hat sich sogar schon einen Namen ausgedacht.«

»Und was für einen?«

»Der letzte Auftrieb.«

»O mein Gott ...«

»Verstehst du mich nicht? Dazu so ein geschmackvolles Western-Motiv, so richtig männlich und cowboy-like, mit Holzvertäfelung in den Zimmern und kleinen Viehwaggons fürs Essen ...«

»Und für die künstlichen Darmausgänge dürfen wir auf keinen Fall die Beutel aus Jeansstoff vergessen.«

Chuck glotzte ihn an. »Du machst Witze, aber ich *weiß*, du siehst den Profit in dieser Sache!«

Schweigen.

»Sieh mal, Arch. Es ist in einer gewissen Weise auch sehr gepflegt. Ich meine, wir können ja auch eine Sauna und alles haben. Als Pfleger könnten wir richtig scharfe Colt-Modelle nehmen!«

»Es ist immer so nett zu wissen, wer einen auf die Toilette trägt. Schau, Chuck, jeder ist anders. Das ist *deine* Vorstellung. Was sollen wir aber mit den anderen tun, zum Beispiel mit irgendwelchen Fummeltrinen?«

»Wir könnten … ich weiß nicht … wir könnten einen separaten Flügel für sie vorsehen.«

»Und Marylin-Monroe-Ähnlichkeitswettbewerbe?«

»Na ja, ich sehe keinen Grund, warum …«

Er wurde durch Peter Cipriani unterbrochen, der seine Gäste aufgeregt anherrschte. »O.K., bitte nicht drängeln. Immer einer nach dem anderen, Gentlemen, immer einer nach dem andern.« Er händigte Rick Hampton einen Feldstecher aus, mit dem dieser in nördliche Richtung zielte.

»Welches Gebäude?« fragte Rick.

»Das mit der Schindelverkleidung. In der Barbary Lane. Das kleine Haus auf dem Dach, siehst du's?«

»Ja, aber ich …«

»Das rechte Fenster.«

»Oh, du meine Güte!«

»Was?« fragte Arch, während sich die anderen herumdrängten.

»O mein Gott, sieh nur, was er …«

»Was tut er?« kreischte Arch.

»Warte, bis du an der Reihe bist, Ramona. Oh, du meine Güte, ich kann es einfach nicht *glauben* … wie lang geht denn das schon, Peter?«

»Seit ein paar Wochen mindestens. Da drüben in dem weißen Gebäude gibt es eine Frau, die er beobachtet.«

»Er ist *hetero?*«

»Offensichtlich.«
»Das ist *unmöglich!* Normale Männer sind nicht so gebaut wie der!«
»Laß mich mal sehen!« verlangte Arch.

Pyjama-Party

Als sie wieder in ihrem eigenen Appartement war, saß Mona völlig ruhig auf ihrem Bett und führte die einzige Art von Exorzismus aus, die sie kannte:
Sie rezitierte ihr Mantra.
Es war nicht so, daß sie sich schuldig fühlte, wirklich nicht. Noch nicht einmal verwirrt. Sie hatte ihr Versprechen gehalten, und sie konnte damit leben. Dem Kunden hatte es gutgetan, und Mother Mucca hatte sie einen Gefallen erwiesen. Hinsichtlich der ganzen Sache hatte sie sich exakt nach den Spielregeln der siebziger Jahre verhalten.
Es war also auch keine Scham, die sie so verstörte. Es war ... nichts. Sie fühlte überhaupt nichts, und das erschreckte sie zu Tode. Dieses gähnende Schwarze Loch ihrer Existenz hatte geradezu umwerfende Ausmaße erreicht, und sie fühlte sich gefährlich nahe am Abgrund. Wenn sie sich keine Mühe gab davonzulaufen, wenn sie sich nicht änderte, dann würde die zufällige und monströse Widersinnigkeit des Universums sie lebendig verschlukken.
»Klopf, klopf.«
Schweigen.
»Klopf, klopf.«

»Ja, Bobbi?«

Die Kindernutte spähte vorsichtig herein. Sie winkte mit einem in Zellophan eingewickelten Päckchen in der gleichen Art, wie ein Teufelsaustreiber sein Kruzifix schwingt. »Ich habe Oreo-Kekse. Mit Schokolade gefüllt. Willst du mir beim Essen helfen?«

»Ich glaube nicht, Bobbi.«

Nach einer Pause: »Bist du O.K., Judy?«

»Warum nicht? *Er* ist derjenige, der leiden muß.«

Bobbi kicherte und winkte wieder mit der Kekspackung. »Willst du nicht wenigstens ein paar?«

»Leckst du denn das Innere aus?«

»Nein. Ich hasse das.«

»Ich auch.«

»Meine Mutter hätte sie mir nie gekauft, wenn ich das Innere ausgeleckt hätte.«

Mona lächelte. Für irgendwas zumindest waren Mütter ja gut. Was macht es schon aus, wenn wir in einem Puff in Winnemucca landen und dort S&M-Nummern abziehen? Wir erinnern uns *ein Leben lang* daran, daß wir das Innere von Keksen nicht auslutschen, nicht breitbeinig dasitzen, schon gar nicht mit bloßem Finger auf andere Leute zeigen und uns nicht kratzen sollen, wenn es juckt.

»Wie wär's denn damit?« beharrte Bobbi.

»Sicher«, sagte Mona. »Warum eigentlich nicht?«

Bobbi, die mit unverhüllter Freude auf das Bett hopste, riß die Packung mit Keksen auf. »So«, sagte sie und bot Mona einen an, »was hältst du von ihm?«

Mona sagte mit ausdruckslosem Gesicht: »Ich war wie erschlagen.«

Bobbi verpaßte die Pointe. »Ich finde ihn angenehm.«
»Bobbi ... ich möchte nicht darüber sprechen, O.K.?«
»Sicher. Tut mir leid.«
Bobbi zog die Knie unters Kinn und umschlang die Beine mit den Armen. Sie kaute versonnen an einem Keks, als wollte sie den Jahrgang herausfinden. Dann blickte sie Mona seelenvoll an.
»Weißt du was, Judy?«
»Was?«
»Du bist meine beste Freundin.«
Schweigen.
»Ich schwör es dir, Judy.«
»Na ja, das ist ... Danke schön.«
»Kann ich heute nacht dableiben?«
»Hier?«
Bobbi nickte. »Das wär so was wie eine Pyjama-Party oder so ähnlich.«
»Bobbi, ich glaube nicht ...«
»Ich bin keine Lesbe, Judy.«
Mona lächelte. »Wenn *ich* aber eine bin?«
Bobbi schaute erst irritiert, dann amüsiert. »Das gibt's nicht«, lachte sie. »Nicht du.«
Mona lachte mit, trotz des damit verbundenen Betrugs. D'orothea war alles in allem ja schon lange aus ihrem Leben gegangen. In Monas Augen stellte sich lesbische Liebe lediglich als logische Folge von Makrobiotik und Urschrei dar. Sie war zwar irgendwie hineingeraten, aber nie mitgerissen worden und hatte nie hinter die Dinge gesehen.
Sie nahm einen Keks von Bobbi und brach ihn auseinan-

der. »Wie sollen wir denn ohne Plattenspieler und einen Stapel fünfundvierziger Platten eine Pyjama-Party veranstalten?«

»Ich kenne einige Geistergeschichten.«

Mona grinste. »Wir könnten uns die Fußnägel lackieren.«

»Das habe ich gestern schon gemacht.«

»Oh, na ja, dann könnten wir vielleicht ...«

»Die Kekse auslecken!«

Sie quietschten gemeinsam vor Begeisterung auf, als Mona einen auseinandergebrochenen Keks, dessen Füllung offen lag, hochhielt. Bobbi steckte die Zunge erwartungsvoll raus. »Wir brauchen Milch«, platzte Mona heraus, ließ den Keks in Bobbis Hand fallen und sprang vom Bett.

Sie vermied es, durch die Empfangshalle zu gehen, wo sie Mother Mucca hörte, die gerade vier der Mädchen für ein paar besoffene Lastwagenfahrer aufstellte. Also betrat sie die Küche durch die Hintertür, fummelte am Lichtschalter herum und ging zum Eisschrank. Im obersten Fach stand ein halber Liter Milch.

Ein Krug würde sich gut machen, entschied sie. Daraus könnten sie sich gegenseitig Milch eingießen. Das würde Bobbi gefallen.

Sie fand einen auf dem Regalbrett über dem Herd, ein blaßgrünes Ding aus der Wirtschaftskrisenzeit, das heutzutage in einem Antiquitätengeschäft in San Francisco wohl ein kleines Vermögen bringen würde.

Als sie danach griff, kam sie mit der Hand an einer Reihe zerlesener Kochbücher an und warf eines zu Boden. Sie beugte sich vor, um es aufzuheben. Der Name auf dem Deckblatt erfüllte sie mit augenblicklichem Entsetzen.

Mona Ramsey.

Ruhe, Ruhe

Zwei Tage bevor die *Pacific Princess* laut Fahrplan in Acapulco ankommen sollte, erwachte Michael und fand sich alleine in der Kabine. Mary Anns Bett war unberührt. Ganz wild auf ein bißchen Geplänkel, duschte er schnell und hetzte zum Frühstück auf das Aloha-Deck.

Mary Ann saß schon da, ebenso wie Arnold und Melba Littlefield, die aus ihren zueinander passenden Jeanshosenanzügen strahlten. Arnolds Anzug war mit Regenbogen, der von Melba mit Schmetterlingen bestickt. Gott steh uns bei, dachte sich Michael. *The Summer of Love* scheint ja in Dublin immer noch gesund und munter weiterzuleben.

»Na«, donnerte Arnold, als Michael sich hinsetzte, »schafft ihr zwei es denn *nie*, mal zur gleichen Zeit zu futtern?«

Mary Ann errötete und warf einen nervösen Blick auf den von ihr versetzten Zimmergenossen.

Michael wurde zum Kobold. »Das kleine Frauchen hat ja möglicherweise einen mordsmäßigen Hunger zu stillen.«

Mary Ann trat ihn unter dem Tisch.

Arnold lachte in sich hinein und blinzelte Michael zu. Melba sah wie gewöhnlich etwas verwirrt aus. »Die ganze Nacht geschwoft?« Melba hatte eine abnorme Vorliebe für Wörter wie »schwofen«, »rumquatschen« oder »zusammenraffen«, ein Vokabular, von dem Michael sicher war, daß sie es aus *People* hatte.

»Schwofen?« Warum sollte er das nicht zum Anlaß für ein kleines Amüsement nehmen.
»Du verstehst schon. Tanzen. War denn nicht gestern Disco in der Skaal Bar?« hakte Melba nach.
»Oh, ja. Das habe ich ganz vergessen. Ich habe mich ziemlich früh hingelegt. Mit Christopher Isherwood.«
Mary Ann krümmte sich vor Verlegenheit. »Mouse, du hast noch nicht bestellt.«
»Augenblick mal«, sagte Arnold und wandte sich an Michael. »Kannst du mir das noch mal wiederholen.«
»Es ist ein Buch«, bemerkte Mary Ann.
Michael nickte. *»Christopher and His Kind.«*
»Mouse ... ich denke, der Steward ...«
»Von was handelt es denn?« fragte Arnold.
»Er hat auch *Cabaret* geschrieben«, sagte Mary Ann.
»Über die Deutschen, hmm?«
»Du hast's genau getroffen«, bestätigte Michael.
»Es gibt heute Heidelbeerpfannkuchen, Mouse.«
Melba seufzte. »Ist Liza Minnelli nicht einfach *süß!«*

»O.K.«, sagte Michael, sobald sie den Speisesaal verlassen hatten. »Jetzt aber her mit den Sauereien.«
Mary Ann schmollte.
»Komm schon. Hat er dich vielleicht auf dem Achterdeck geschändet?«
Schweigen.
»Hat er dich im Kielraum überwältigt? An deinen Zehen gelutscht? Oder dir gar eine Tasse Kaffee spendiert?«
»Mouse, du hast mir das ganze Frühstück *verdorben!«*
»Du hättest Burke ja fragen können, ob er nicht mit dabeisein will.«

»Richtig, und mit ihm unter dem Tisch fleißige Fußarbeit leisten, während du Arnold und Melba bösartige kleine Geschichtchen über das liebe Frauchen erzählst, hm?«

»Jetzt mach aber mal halblang. Die Jungverheiratetenmasche war deine Idee, erinnerst du dich?«

»Schrei doch nicht so.«

»Schrei du doch nicht so. Was, zum Teufel noch mal, glaubst du denn, wer ich bin? Ein Leih-Ehemann?«

Mary Ann starrte ihn für den Bruchteil einer Sekunde an, dann seufzte sie erbittert auf und ging hinter seinem Rücken den Durchgang hinunter. Michael kühlte sich auf dem Promenadendeck ab, indem er unter den Rettungsbooten hin und her lief, bis seine Gedanken wieder klar waren. Fünfzehn Minuten später kam er zurück in die Kabine.

Mary Ann saß am Schreibtisch und schrieb Postkarten. Sie drehte sich nicht um.

»Was glaubst du?« sagte Michael.

»Was?« Ihre Stimme war völlig ausdruckslos.

»Ich bin eifersüchtig.«

»Mouse, was soll ...«

»Doch, das bin ich. Ich bin eine kleine, eifersüchtige Tunte. Ich bin eifersüchtig, weil Burke mir meine Spielkameradin weggenommen hat, und ich bin eifersüchtig, weil du einen Liebhaber gefunden hast.«

Mary Ann drehte sich mit Tränen in den Augen um.

»Du wirst jemanden finden, Mouse. Ich weiß das ganz bestimmt. Vielleicht sogar in Acapulco.«

»*Maybe this time*, das meinst du wohl?«

Sie umarmte ihn und hielt ihn ganz fest. »Ich liebe dich dafür, Michael Mouse.«

»Wofür?«
»Daß du alles in Liedertexte packst.«
»Ja«, sagte Michael. »Ist Liza Minelli nicht einfach *süß?«*

Später war es an ihr, sich zu entschuldigen. »Ich war boshaft zu dir, Mouse. Ich meine ... na ja, ich bin ein bißchen gereizt, nehme ich an.«
»Weswegen denn?«
Sie zögerte, dann sagte sie: »Burke.«
»Hat er dich nicht ...?«
»Er ist perfekt, Mouse, einfühlsam, stark und rücksichtsvoll. Sexuell – versteh mich richtig – ist alles völlig in Ordnung. Er ist beschützend und behandelt mich dennoch auf gleicher Ebene, knackt nicht mit den Fingern. Er ist einfach perfekt.«
»Aber doch nicht ganz perfekt?«
»Er hat Angst vor Rosen, Mouse.«
»Äh ... wie bitte?«
»Dieser Zwerg in Las Hadas versuchte, uns eine Rose zu überreichen, und Burke warf nur einen Blick darauf, dann wurde er weiß und kotzte ins Gebüsch.«
»Vielleicht ist er ja aus Pasadena.«
»Es macht mir Sorgen, Mouse. Das ist doch nicht normal, oder?«
»Da fragst du *mich?«*
»Ich habe versucht, mit ihm darüber zu sprechen, und er hat sofort das Thema gewechselt. Ich denke, er hat nicht die leiseste Ahnung, warum er so reagiert hat.«

Die Geheimnisse von Pinus

Alles an Helena Parrish war eleganter Schick, aber nichts gewagt. Sie trug einen marineblauen Filzhut, einen marineblauen Hosenanzug von Mollie Parnis und marineblaue mittelhohe Schuhe aus Kalbsleder von Magnin's. Sie wirkte auf Frannie so, als ob sie mittwochs *niemals* einen der Lichtbildervorträge im Central Club auslassen würde.

»Noch etwas Tee?« fragte Frannie, die überlegte, wo sich ihr Gast wohl so wundervoll die Haare hatte strähnen lassen können.

»Nein, danke«, lächelte Helena Parrish, die sich die Lippen mit einer Leinenserviette betupfte.

»Einen Bourbon vielleicht?«

»Nein, obwohl ich nichts dagegen habe. Darf ich Frannie zu Ihnen sagen?«

»Aber natürlich.«

»Was wissen Sie eigentlich über Pinus?«

Die Gastgeberin errötete. Sie war völlig überrascht von dieser direkten Art, das eigentliche Thema anzugehen. »Oh ... na ja, das meiste nur vom Hörensagen, vermute ich.« An diesem Punkte erschien ihr Zurückhaltung angesagt. Helena sollte besser mal die Unterhaltung bestreiten.

Die Besucherin nickte würdevoll. »Wir finden, daß Mundpropaganda ohnehin unser bester Schutz ist.« Sie lächelte dünn. »Das Diskriminierung zu nennen erscheint uns in diesen Tagen als eine recht häßliche Sache.«

»Ist es nicht schrecklich?«

»Wir bevorzugen es, darin einfach eine Qualitätskontrolle zu sehen. Und eines ist natürlich klar: Je weniger Publicity wir haben, um so eher sind wir in der Lage, die … die Bedürfnisse unserer Mitglieder zu befriedigen.«

»Ich verstehe.«

»Neben den gesellschaftlichen Voraussetzungen ist die einzige Vorbedingung für die Mitgliedschaft das Erreichen des sechzigsten Lebensjahres.« Die letzten zwei Wörter sprach sie in einem deutlich zu verstehenden Flüstern aus, so, als wollte sie sich für ein verwirrendes, aber notwendiges Eindringen in die Privatsphäre entschuldigen.

Frannies Lächeln war einfältig schüchtern. »Ihr Timing ist geradezu perfekt.«

»Ich weiß«, sagte Helena.

»Vita?«

Helena nickte und fuhr fort. »Unsere Philosophie besteht darin, daß Frauen in unserem fortgeschrittenen Lebensalter in der Lage sein sollen, sich für jeden beliebigen Lebensstil zu entscheiden, den sie sich leisten können. Wir haben uns alles in allem vierzig Jahre lang den Regeln gemäß verhalten: Kinder aufgezogen, Ehemänner ertragen, uns den richtigen Klubs angeschlossen und die richtigen Wohlfahrtseinrichtungen unterstützt.« Sie lehnte sich vor und blickte Frannie direkt in die Augen. »Wir haben unsere Pflichten erfüllt, Frannie, und wir wollen den Rest unserer Tage *nicht* als ewig leidende Hausfrauen vertrödeln!«

Frannie war elektrisiert. Helena Parrish hatte angefangen, die Aura eines Gurus anzunehmen.

»Es gibt *natürlich* Alternativen. Pinus ist nicht die einzige Lösung. Es ist lediglich die *erfüllendste.* Und wenn wir schon das Geld dafür haben, warum, um alles auf der

Welt, sollten wir es dann für Facelifting, Körperstraffungen oder Jugend versprechende Injektionen ausgeben?«
»Glücklicherweise«, fuhr Helena fort, »können es sich Leute wie wir leisten, sich diese Art von ... Luxus zu gönnen. Und was soll auch falsch daran sein? Ist es denn nicht richtig, wenn wir auch unseren Anteil an den Freuden des Lebens verlangen?«
Sie händigte Frannie eine Broschüre aus. Sie war in brauner Farbe auf schwerem cremefarbenen und handgerissenen Büttenpapier gedruckt. Es gab natürlich keine Bilder.

PINUS

Für Damen, die sechzig sind. Und bereit.

Eingebettet in die malerischen Hügel von Sonoma, ist Pinus ohne Frage das bemerkenswerteste Unternehmen seiner Art auf der ganzen Welt. Unternehmen ist vielleicht ein schlecht gewähltes Wort, denn Pinus ist eine Lebensart. Pinus ist ein Flug der Phantasie, ein ausgereiftes Idyll für Frauen, ein Traum wilder Unabhängigkeit. Wenn man einmal Pinus erfahren hat, ist alles für immer anders.

»Ich lasse es Ihnen hier«, sagte Helena ruhig. »Ich bin sicher, Sie möchten alleine darüber nachdenken.«
»Ja. Vielen Dank.«

»Wie Sie vielleicht schon wissen, Frannie, liegt die Entscheidung über die Aufnahme einzig und allein bei unserem Vorstandsausschuß. In Ihrem Fall, da bin ich ganz sicher, wird es keine ...« Sie beendete den Satz mit einer leichten Handbewegung. Daß Frannie nicht aufgenommen werden könnte, war bei ihrer gesellschaftlichen Stellung nie zur Diskussion gestanden.
»Die Entscheidung liegt bei Ihnen, Frannie. Wenn Sie glauben, daß Sie bereit sind, dann rufen Sie mich in Pinus an. Die Nummer steht auf der Broschüre.«
»Danke. Äh, Helena ... wann könnte ich denn ... wie bald?«
»An Ihrem Geburtstag, wenn Sie wollen.« Die Besucherin lächelte herzlich. »Wir haben auch einen *besonders* interessanten Kuchen.«
»Oh, wie schön.«
»Ja«, pflichtete Helena bei. »Es ist bald soweit, oder?«

Mona gleich zweimal

In einem Haus mit zehn Schlafzimmern hätte Mona niemals erwartet, den größten Schock ausgerechnet in der Küche zu erleiden. Aber da stand sie – unbeweglich vor Angst – *und las ihren eigenen Namen auf dem Titelblatt eines Kochbuches.*
Ihren eigenen Namen! Warum? Warum?
Sie ließ das Buch fallen und stürzte sich auf die anderen. Sie war sich ohnehin schon sicher, was sie finden würde. *Mona Ramsey ... Mona Ramsey ... Mona Ramsey!* Es war

bei allen dasselbe. Alle waren in derselben gründlichen und stockenden Handschrift eines Kindes gekennzeichnet. Oder war es vielleicht die Schrift eines halbgebildeten Erwachsenen?
Ein Delirium. Das war es. Das war der LSD-Flashback, vor dem man sie gewarnt hatte. Sie sank auf einen Stuhl, seufzte klagend leise und wartete mit geduldiger Ergebenheit auf die großen purpurfarbenen Raupen, die aus den Abflußrohren herauskriechen mußten.
Minuten vergingen. Es kamen keine Raupen. Nur das entfernte, durchdringende Seufzen des Wüstenwindes und das eindringliche Tröpfeln des Wasserhahns waren zu hören. Draußen in der Empfangshalle schäkerte einer der Lastwagenfahrer, der eine sehr heisere Stimme hatte, mit Marni, die immer wieder in ihrem dünnen Modesto-Akzent sagte: »Du mußt zuerst zahlen! Du mußt zuerst zahlen!«
Mona erhob sich auf wackligen Beinen, bewegte sich zum Spülbecken und befeuchtete ihr Gesicht mit Wasser. Dann trocknete sie ihr Gesicht mit einem Geschirrtuch ab, das mit den Gesichtern von John F. Kennedy, Bobby Kennedy und Martin Luther King bedruckt war, und schlurfte durch die Hintertüre zurück in die Dunkelheit.
Sie zählte die Türen vom Ende des Gebäudes her, bis sie diejenige fand, die zu ihrem Zimmer gehörte.
Das Licht war immer noch an.

Bobbi schaute mit einem Lächeln hoch. »Keine Milch gefunden, hm?«
»Nein.«

»Ich glaube, es ist noch etwas Limonade in der Bar, wenn du … Judy, was ist denn los?«

»Ich weiß nicht.« Mona sank auf die Bettkante und starrte mit glasigen Augen auf die Autogrammsammlung, die die vorhergehende Mieterin auf dem Toilettentisch zurückgelassen hatte.

»Bobbi … wie heiße ich?«

»Hm?«

»Wie ist mein Name?«

»Bist du …?«

»Antworte bitte.«

»Du heißt Judy.«

»Judy was?«

»Ich weiß nicht. Du hast es mir nie erzählt.«

»Wenn ich … wenn ich einen anderen Namen hätte, und du das wüßtest, würdest du mich so nennen? Oder würdest du mich deshalb quälen, Bobbi? Könntest du dir vorstellen, daß Charlene …?« Sie konnte den Satz nicht beenden. Es war alles so paranoid. Wenn Charlene sie mit ihrem richtigen Namen quälen wollte, warum, um Himmels willen, sollte sie ihn deshalb in ein gottverdammtes Kochbuch hineinschreiben?

Bobbi lächelte verzeihend. »Eine ganze Menge von uns haben falsche Namen angenommen, Judy. Marnis richtiger Name ist Esther. Mir ist das völlig egal, wenn dein Name nicht …«

»Wie lange hast du hier gearbeitet, Bobbi?«

»Mit Unterbrechungen?«

Gab es denn eine andere Möglichkeit, in einem Puff zu arbeiten? »Ja.«

»Oh, ich denke ... drei Jahre.«
»Du kennst bestimmt eine ganze Menge Mädchen, die hier gearbeitet haben, oder?«
»Sicher.« Bobbi steckte sich ein Stück Kaugummi in den Mund und fing an gründlich zu kauen. Sie war sich plötzlich bewußt, daß sie ausgehorcht wurde.
»Kannst du dich an eine erinnern, die Mona hieß?«
Das Kauen hielt an. Wenn der Name Bobbi erstaunt haben sollte, so verriet der Ausdruck ihres Gesichtes nichts.
»Mona, hm?«
»Ja.«
Bobbi schüttelte den Kopf. »Nein, nicht daß ich wüßte.«
»Denk nach, Bobbi. Bitte.«
»Weißt du ihren Nachnamen?«
»Ramsey. Mona Ramsey.«
Bobbi ging ein Licht auf. Sie kicherte über ihre eigene Dummheit. »Ach, du meine Güte«, sagte sie dann. »Wir nennen sie *nie* so!«
»*Wen,* Bobbi?«
»Mother Mucca.«
»Mother Mucca?«
»Aber sicher. Mona Ramsey ist Mother Muccas wirklicher Name.«

Minuten später, als Bobbi gegangen war, saß Mona alleine da und kämpfte gegen ihre aufsteigende Paranoia an. Seit sie herausgefunden hatte, daß Rennie Davis, das Idol aus ihrer Jugendzeit, Lebensversicherungen in Colorado verkaufte, hatte sie sich nicht mehr so durcheinander und ängstlich – so entsetzlich verlassen – gefühlt wie jetzt.

Warum tat Buddha ihr das nur an?
Zwei Mona Ramseys in demselben Puff! Die eine grauhaarig und verbraucht und verwittert durch die Ausschweifung. Die andere erschöpft, aber jung und am Rande des Wahnsinns balancierend.
Vergangenheit und Zukunft? Yin und Yang? Donny und Marie?
Mother Mucca hatte von Anfang an recht gehabt: »Dieses Angel dust wird dich mit jedem Mal mehr um den Verstand bringen!«
Das stimmt genau und ist auch genau eingetreten, dachte Mona. So wird es sein, und so war es auch schon.
Ich bin völlig verdreht, jenseits von Schuld und Sühne. Es gibt keine Gesetze mehr, die auf mich anwendbar sind. Nur ein Wunder könnte mich jetzt retten.
Wie eingefroren in ihre Benommenheit, ging sie zurück in die leere Empfangshalle und rief in der Barbary Lane Nr. 28 an.

»Madrigal.«
»Gott sei Dank!«
»Wer ist da, bitte?«
»Ich bin's, Mrs. Madrigal. Mona.«
»Kind! Wo bist du nur?«
»O mein Gott! In Winnemucca!«
Schweigen.
»Mrs. Madrigal?«
»Ist alles in Ordnung, Liebes?«
»Na ja, ich bin ... Nein, ich fühle mich einfach beschissen.«

»Bist du … bist du im Blue Moon?«
Mona begann zu wimmern. »Woher wissen Sie das?«
»Mona, ich …«
»Woher wußten Sie das?«
»Die Frage, meine Liebe, ist die, woher *du* es wußtest?«
»Woher ich *was* wußte?«
»Na ja … Winnemucca?«
»Ich breche zusammen, Mrs. Madrigal.«
»Bitte, Mona. Ich hätte es dir ja schon früher erzählt …«
»Mir *was* erzählt?«
»Ich hatte *solche* Angst, daß du mich dafür hassen würdest, für das Davonlaufen und für das Alleinelassen …«
»Ich bin doch nicht *davongelaufen!* Ich habe einfach nur Freiraum gebraucht. Ich habe Ihnen das doch in meinem Brief …«
»Nicht *du*, meine Liebe, sondern *ich*.«
»Was? Sie sind doch nicht davongelaufen. Wovon, um alles in der Welt, sprechen Sie denn überhaupt?«
Schweigen.
»Mrs. Madrigal?«
»Es ist vielleicht besser, wenn wir alles von Anfang an durchgehen, meine Liebe. Bist du allein?«
»Ja.«
»Na, dann setz dich mal hin. Ich muß dir jetzt eine kleine Geschichte erzählen.«

Acapulco-Blues

Es war dämmrig an Bord der *Pacific Princess.* Michael saß in einem Liegestuhl, rauchte einen Joint und betrachtete die sanft und verführerisch geschwungene Kurve des Strandes von Acapulco. Die Luft war warm, und der Himmel hatte genau die Farbe, die er haben sollte.

Und das alles schon, bevor er überhaupt stoned wurde.

»Mouse?« Es war Mary Ann. Angezogen für eine Verabredung.

»Hi«, grüßte Michael.

»Ich habe dich überall gesucht.«

»Ich bleibe hier, Mizz Scahlett.«

Sie zog sich einen Liegestuhl heran und setzte sich auf seinen Rand. »Ist alles in Ordnung, Mouse?«

Er nickte. »Bei mir ist immer alles in Ordnung.«

»Du warst nicht beim Essen.«

Er klopfte auf seinen Bauch. »Die Figur.«

»Burke und ich dachten, daß du vielleicht ... Wir würden uns wirklich freuen, wenn du heute abend mit uns in die Stadt gehen würdest. Jemand hat uns von diesem Lokal erzählt, das ›BabyO's‹ heißt.«

»Danke. Ich glaube nicht, daß ich Lust dazu habe.«

»Es ist eine Disco.«

»Vielleicht morgen, O.K.?«

Sie strich eine Haarlocke aus seiner Stirn. »Bist du sicher?«

Er nickte, während ihre Hand seitlich an seinem Gesicht entlang strich. Seine Wange war naß. Sie saß fast eine Minute mit ihm da, hielt seine Hand und schwieg.

»Du gehst besser«, verlangte er endlich. »Ich bin O.K.«

»Du bist zu hart mit dir, Mouse.«
Er zuckte die Schultern. »Wer sollte es sonst sein, wenn nicht ich?«
»Mouse, du bist der wundervollste ...«
»Ich weiß, Mary Ann. Ich weiß, daß ich ein netter Kerl bin. Das weiß ich wirklich. Ich weiß, daß du mich magst, genauso wie ich weiß, daß all die alten Damen mich mögen, meine Mutter und Hunde und Katzen ... und überhaupt jeder gottverdammte Mensch, den ich treffe, außer irgend jemand, der sich dazu entschließen würde, mit mir zusammenzu... Bitte, bring mich bloß nicht in Fahrt.«
»Mouse, ich möchte dir so gerne ...«
»Das Gemeine an der Sache ist, daß ich die Antwort kenne. Die Antwort heißt, daß du dich niemals, und zwar wirklich niemals, auf irgend eine andere Person verlassen solltest, nur um deines Seelenfriedens willen. Wenn du das tust, bist du nur gründlich aufgeschmissen. Nicht sofort vielleicht, aber früher oder später. Man muß – ich weiß nicht – einfach lernen, mit sich selber zu leben. Man muß lernen, sein Bett für sich allein aufzuschlagen und einen Tisch für eine Person zu decken, ohne sich dabei armselig zu fühlen. Man muß stark und vertrauensvoll sein und sich an sich selber freuen und darf niemals den leisesten Eindruck erwecken, daß man ohne diesen gottverdammten Einen nicht zurechtkäme. Ständig muß man sich und anderen irgend etwas vormachen.«
»Du machst nichts vor, Mouse. Du *bist* stark.«
»Ich bin es leid. Ich bin es leid, immer wieder die Scherben zusammenzusuchen und brav weiterzumachen. Ich

möchte, daß die Dinge wenigstens *einmal* hinhauen.« Er rieb sich die Augenwinkel, lächelte plötzlich und zuckte mit den Schultern. »Wahrscheinlich möchte ich einen Werbefilm für Salem-Zigaretten mit dem Marlboro-Mann machen.«

Mary Ann drückte seine Hand. »So geht's uns doch allen, Mouse.«

»Ich weiß, aber bei einigen Leuten haut es hin.«

»Bei dir wird es auch hinhauen.«

»Nein, das wird es nicht.«

»Mouse ...«

»Ich wünsche es mir einfach viel zu verzweifelt, Mary Ann, und das kann jeder Idiot sofort sehen. Wenn du etwas so verzweifelt wünschst, dann will dich kein Mensch. Kein Mensch fühlt sich von ... Verzweiflung angemacht.«

Er wandte sich von ihr ab und rieb seine Augen.

»Ach, du meine Güte!« sagte er dann ruhig und langte wieder nach ihrer Hand. »Schau dir doch bloß mal diesen Himmel an.«

Nachdem Mary Ann und Burke gegangen waren, verbrachte Michael noch eine halbe Stunde in seiner Kabine und las ein weiteres Kapitel in seinem Isherwood-Buch, dann wanderte er wieder hinaus auf das Deck.

Die Lichter der Stadt blinzelten ihm begehrlich zu.

Aber warum sollte ich? fragte er sich. Warum sollte ich mein Herz wieder in die Mangel stecken? Wen sollte ich denn finden, der bei einem zweitägigen Aufenthalt in einer Stadt, die mir fremd und nicht vertraut ist, schon in Frage kommen könnte?

Und welches Lacoste soll ich anziehen? Das rosafarbene oder das grüne?

Der Taxifahrer hatte einen riesigen weißen Schnurrbart und ein joviales, großväterliches Gesicht. Michael fragte nur äußerst ungern.
»Äh … Kennen Sie irgendwelche schwulen Lokale?«
Der Fahrer blinzelte etwas verwirrt. »Striptease?«
»Nein, kein Puff. Männer.«
»Männer?«
»Si.«
»Ah, Homosex!«
»Si.«
Der Fahrer blickte über den Sitz zurück und musterte seinen Fahrgast für einige Sekunden. »Homosex«, wiederholte er dann und richtete die Augen zurück auf die Straße.

Der Mann in Weiß

Die Straße über den Berg hinauf war nur schwach beleuchtet. Michael fing lediglich vage Eindrücke von verstaubtem Blattwerk und schwarzen Palmen auf. Schäbige mit Stuck verzierte Häuser duckten sich unter Laternen wie heimliche Liebespaare, die im Blitzlicht einer Detektivkamera gefaßt wurden.
Das Taxi hielt vor einem würfelförmigen weißen Gebäude mit einem zentralen Eingang. In schmiedeeisernen Lettern stand über dem Eingang Sans Souci.

Ohne Sorgen, übersetzte Michael. Ohne Sorgen in Acapulco, in einer schwulen Bar mit einem französischen Namen, in einer Nacht, in der nichts auf der ganzen Welt irgendwie auch nur einen Sinn ergab. Er erkannte mit einiger Verwirrung, daß er das meiste Mary Ann aufgeladen hatte. Sie hatte ihn in seiner schwärzesten Gemütslage erlebt, ohne jeden Humor, vergiftet von Selbstmitleid. Sie hatte unter diese ewig tapfere Disney-Maske geblickt, und diese Ansicht konnte nicht besonders angenehm gewesen sein. Er bezahlte den Fahrer und ging durch den Torbogen, wobei er einer alten Frau, die den Boden kehrte, zunickte. Sie erwiderte seinen Gruß ohne jeden Ausdruck. Michael überlegte, ob sie wohl eine Bezeichnung für eine Gringo-Tunte kannte.

Der Durchgang führte zu einer nach hinten hinaus gelegenen Terrasse, von der aus man auf eine Hügelkette und einen Teil der Bucht hinaussah. An dem einen Ende gab es eine strohgedeckte Bar mit einem alten Mann, der sowohl Wächter als auch Barkeeper zu sein schien. Es war alles so dunkel, daß Michael über einen Stuhl stolperte, während er seinen Auftritt inszenierte.

Nachdem er sein äußeres und inneres Gleichgewicht wiederhergestellt hatte, sah er sich auf der Terrasse nach Zeugen seiner Ungeschicklichkeit um. Aber da waren keine. Das Lokal war leer. Das Wiegen der Palmen auf dem Hügel, das den gleichen Eindruck machte wie klappernde Skelette, und das Grabesgejammere von Donna Summer, die »Winter Melody« sang, waren die einzigen vernehmbaren Geräusche.

Irgend etwas war grundlegend falsch.

Oder vielleicht auch nicht. Vielleicht mußte eine schwule Bar in Mexiko *eben genauso* aussehen. Oder vielleicht hatte es doch ein Sprachproblem mit dem Taxichauffeur gegeben? Nein. Was sollte »Homosex« sonst bedeuten? Ein Witz vielleicht? Der fabelhafte Ulk eines Machos mit einem schlichten amerikanischen Perversen?

Es war halb zehn, als Michael einen Dos Equis bei dem alten Mann bestellte und sich an einen Tisch am Rande der Terrasse setzte. Er verlor sich für einige Minuten im Anblick der onyxfarbenen Bucht unter dem riesigen beleuchteten Kreuz auf dem Capilla de la Paz. Auf einem entfernten Hügel glühte geradezu obszön eine Pepsi-Werbung in Neon.

Mehrere Leute kamen jetzt auf die Terrasse. Frauen. Lesben? Ein Mann erschien. Er trug weiße Hosen, einige Dutzend Goldketten und hatte genau die schmierige Tango-Frisur, die man von einem klassischen Latin Lover erwartet. In Los Angeles wäre er so als normaler Hetero durchgegangen. Aber hier …?

Der Mann begann, alleine zu tanzen, und rollte die Augen so weit nach hinten, daß er aussah wie die Leiche von jemand, der während des Beischlafs gestorben war. Seine Bewegungen gaben Michael den Rest. Nicht nur, daß er seine Handgelenke abknickte, nein, er tat das auch noch mit seinen Fußknöcheln.

Um elf Uhr war die Tanzfläche gesteckt voll. Die meisten Typen wirkten total tuntig, obwohl Michael auch einige Pseudoholzfäller ausmachte, die den Ablauf des Abends mit schlecht verhohlenem Amüsement betrachteten. Er nahm sich vor, sie zu meiden. Sollten sie aus San Francisco sein, dann wollte er nichts von ihnen wissen. Schließlich hatte er keine Lust, irgendwo in den Bergen von Mexiko jemanden aufzureißen, mit dem er es vielleicht im Backroom eines Sexshops getrieben hätte.

Ein Mann forderte ihn zum Tanzen auf. Als Michael akzeptierte, hatte er ein etwas peinliches und gleichzeitig auch unaufrichtiges Gefühl. Eigentlich hatte er keine Lust zu tanzen. In Wirklichkeit wollte er nur festgehalten werden.

»Das erste Mal?« fragte sein Partner, der halbherzig vor sich hin tanzte. Er war Mexikaner.

»Ja«, antwortete Michael mit einer bewußten Anstrengung, nicht in gebrochenes Englisch zu verfallen, weil er das normalerweise tat, wenn er mit Ausländern konfrontiert wurde.

»Du unglücklich, glaube ich?«

Michael versuchte ein Lächeln. »Tut mir leid. Ich ...«

»Ist O.K. Manchmal ... ich auch.«

Verdammt noch mal, dachte sich Michael. Sei bloß nicht nett zu mir. Wenn du nett bist, werde ich dich von oben bis unten vollheulen. »Die meiste Zeit bin ich wirklich glücklich, aber manchmal ...« Er gab es auf, die Sache erklären zu wollen, und gebrauchte einen klassischen Unterhaltungsauftakt, den er in Kalifornien niemals gewagt hätte: »Kommst du oft hierher?«

Als die Antwort kam, hörte Michael nur noch halb zu.

Seine Augen glitten zum Eingang, von wo ein hochgewachsener blonder Mann in weißem Leinenanzug die Tanzfläche übersah. Aus alter Gewohnheit machte ihn

Michael für den Bruchteil einer Sekunde an, dann stoppte er mit der Heftigkeit eines Hundes, der sich selber in den Schwanz gebissen hatte.
Es war Jon Fielding.

Spielchen

Es gab Zeiten, in denen Brian sicher war, daß sie ihm folgte. Seine Einbildungskraft beschwor sie an den verrücktesten Orten herauf: in Waschsalons am Samstagvormittag, in überfüllten Straßenbahnen und leeren Fahrstühlen oder in dunklen Kinos, wenn er voll mit kolumbianischem Hasch war.
Es fing normalerweise mit einem Blick an. Schwerlidrig verdeckt. Ein intimes Blinzeln. Ein langsames, sardonisches Lächeln, das ihn von Kopf bis Fuß durchfuhr. Er war das natürlich gewohnt, aber zuvor hatte das etwas völlig anderes bedeutet.
Zuvor bedeutete das schlicht eine Eroberung, und zwar *seine*, ein einfaches unkompliziertes Abenteuer, das von Anfang bis Ende unter seiner Kontrolle stand.
Aber jetzt ...
Jetzt konnte es geschehen, daß es jemand war, der seine Abhängigkeit von ihr genau kannte.
Jetzt konnte es Lady Eleven sein.
Und *sie* konnte nun diejenige sein, die Kontrolle ausübte.
Die Frage, die ihn quälte, blieb immer dieselbe. Wenn sie wußte, wer er war, wußte, wie sie ihn finden konnte ... warum unternahm sie nichts, um das in Gang zu setzen?

Vielleicht, ja natürlich, hatte sie genau das versucht. Vielleicht hatte sie das Haus in der Barbary Lane Nr. 28 in der gleichen Art überprüft, wie er es im Superman Building versucht hatte. Sein Name, fiel ihm ein, hatte auch niemals auf einem der Briefkästen gestanden.

Aber auch dann hätte sie doch einfach *fragen* können. Mrs. Madrigal würde es ihr gesagt haben. Um Himmels willen! Vielleicht hatte Mrs. Madrigal es ihr *gesagt* und vergessen, es *ihm* mitzuteilen, daß ...

Andererseits stimmte vielleicht irgend etwas auf ganz entsetzliche Weise nicht mit ihr. Vielleicht hatte sie Angst, daß er sie treffen und dabei herausfinden könnte, daß sie ... nun ja, daß sie was war? Verkrüppelt? Geisteskrank? Blind? Richtig, das haut hin, dachte sich Brian. Blinde haben ja immer ein Fernglas zur Hand.

Dann aber wieder andere Gedanken. Sie *konnte* ja auch berühmt sein, eine Berühmtheit, die sich nicht die Zurschaustellung einer offenen sexuellen Verbindung leisten konnte, oder eine freie Mitarbeiterin, die für den Hite-Report Untersuchungen anstellte? Oder eine Lesbe, die sich ändern wollte, aber nur Schritt für Schritt?

Oder war sie einfach nur die perfekte amerikanische Durchschnittsfotze, die versuchte, Brian Hawkins geradewegs die Wände hochzutreiben.

An diesem Abend, als sie sich vor ihren Fenstern stehend auszogen, beschloß Brian, eine neue Annäherung zu wagen. Er zog sich bis auf die Boxershorts aus, und er ließ seinen Schwanz außer Sicht. Das Fernglas legte er auf den Fenstersims, kreuzte die Arme über der Brust und wartete.

Lady Eleven beobachtete ihn durch das Fernglas, dann ahmte sie seine Haltung nach.
Brian zählte bis zwanzig. Als er dann seinen Feldstecher an die Augen hob, tat Lady Eleven dasselbe.
Es ist ein *Scheißspiel*, dachte er. Wir sind wie ein Paar kindischer Gören, die sich pausenlos nachahmen. Na dann, meine Liebe! Mal sehen, ob du damit umgehen kannst! Er ging vom Fenster weg, rannte in die Küche und kam mit einer großen braunen Papiertüte zurück. Er riß sie auf und strich sie glatt. Mit einem dicken Filzstift schrieb er sieben Ziffern auf sein postergroßes Banner.

928-3117

Dann hielt er es im Fenster hoch und beobachtete Lady Elevens Reaktion durch das Fernglas. Wie erstarrt stand sie für einige Sekunden da, dann hob sie das Fernglas, um die Inschrift zu studieren. In dieser Haltung blieb sie eine ganze Weile.
Plötzlich – Gott der Allmächtige – verschwand sie vom Fenster. Einige Momente später kam sie mit dem Telefon in der Hand zurück. Brian griff nach seinem eigenen Telefon. Er war in diesem Augenblick dankbar, daß er das Modell mit der Verlängerungsschnur gewählt hatte. Jetzt befanden sich beide wieder in Position, jeder wie ein Duplikat des anderen.
Brian beobachtete sie durch sein Fernglas. In dem seemuschelfarbenen Rosa ihres Zimmers schien ihr bekleideter Körper vor Wärme zu pulsieren. Er *wußte* genau, wie sie roch – kannte den süßen, nach Gras duftenden Geruch

ihrer Haare und den sich damit vermischenden Moschusgeruch ihrer Brüste …

O mein Gott, sie fing an zu wählen!

Eins … zwei … drei … vier … fünf … sechs … sieben.

Brians Telefon klingelte. Er hob den Hörer sanft ab, als hätte er Angst, sie zu erschrecken. »Hallo«, meldete er sich mit ruhiger, gut modulierter Stimme.

Schweigen.

»Sieh mal, wenn du mir einfach nur deine Telefonnummer geben würdest, so könnten wir … so könnte ich doch manchmal anrufen … das ist alles.« Er konnte sie jetzt atmen hören und sah sie stumm neben dem Telefon stehen.

»Hallo … sag mir deinen Namen. Dann … wenigstens deinen Vornamen, wenn du willst. Ich bin ein netter Typ … ich schwöre es dir. Meine Güte! Glaubst du nicht, daß das alles ein bißchen verrückt ist?«

Das Atmen wurde lauter. Zuerst dachte er, sie wolle mit ihm spielen, indem sie ihn mit Sexgeräuschen verspottete. Dann merkte er, daß sie weinte.

»Hallo … es tut mir leid, wirklich. Ich hatte nicht die Absicht, mich wie ein …«

Sie hängte auf. Er sah sie, wie sie in einen Sessel sank und zu einem kleinen Bündel von Verzweiflung zusammenfiel. Eine halbe Minute später stand sie auf und schloß die Vorhänge.

Brian zog sich einen Stuhl herbei und blieb in der Beobachtung ihres Fensters sitzen, bis er einschlief.

Blutsverwandte

Monas Unterhaltung mit Mrs. Madrigal nahm eine Dreiviertelstunde in Anspruch. Als sie geendet hatten, verließ sie das Gebäude und wanderte hinaus in die Wüste. Etwa dreißig Meter vom Haus entfernt bot ihr ein ausrangierter Lastwagensitz beschützende Zuflucht.

Sie setzte sich hin. Einige Minuten lang beobachtete sie den mitternächtlichen Himmel, halb bereit zu glauben, daß eine fliegende Untertasse erscheinen würde, um sie aus dieser schrecklichen, surrealistischen Landschaft hinwegzuholen.

In San Francisco waren jetzt die Hügel grün – in diesem besonderen graugelbgrünen Ton – und dabei so sanft wie der Flaum auf dem neu sich regenden Geweih eines Hirsches. Am Washington Square blühten jetzt Narzissen und an der Barbary Lane diese blaßblau-purpurnen Büsche. Und Dutzende und Aberdutzende von Callalilien wappneten sich stoisch für Michaels jährlich wiederkehrende Vorstellung seiner Nachahmung von Katherine Hepburn.

Und ihr *Vater* würde da sein! Ihr Vater, ihre Mutter, ihre beste Freundin und ihre Vermieterin, alle in ein und derselben fröhlichen, liebenswerten Gestalt vereinigt!

Sie hüpfte vom ihrem Fahrersitz und rannte zurück zum Haus. Ihr Herz klopfte vor Erwartung, und ihr Gehirn war kurz davor, aus lauter Hoffnung einen Kurzschluß zu erleiden. Wer brauchte schon eine fliegende Untertasse? Wie im Märchen mußte sie nur dreimal ihre Absätze aneinanderschlagen, um ihren Weg nach Hause zu finden.

Ohne auch nur einen Moment innezuhalten, riß sie die Tür von Mother Muccas Zimmer auf, völlig unbeeindruckt von der Verdrießlichkeit der alten Frau.
Madam war gerade dabei, ihre Haare zu büsten. »Kannst du denn nicht klopfen?«
»Mother Mucca ... oh, tut mir leid, aber ich ...« Sie lehnte sich gegen die Wand. Sie war bemüht, ihren Atem zu beruhigen. »Da ist etwas, was ich ...«
Ein besorgter Blick furchte die Brauen der alten Frau. »Bist du O.K., Judy?«
»Nein. Nicht Judy. Mona.«
»Bitte nenn mich nicht so, Mädel.«
»Tu ich ja *gar nicht,* Mother Mucca. Ich will nur sagen, daß mein Name nicht Judy ist. Ich heiße Mona, Mona Ramsey ... genauso wie Sie.«
Mother Mucca musterte sie kurz, wandte den Blick wieder zurück zum Spiegel und fuhr fort, ihre Haare zu bürsten. »Ich habe dir das doch gleich gesagt mit diesem Angel dust, Mädel.«
»Mother Mucca, ich habe keinen ...«
»Wenn ich dich hier im Haus beim Rauchen erwische, bist du umgehend draußen, Judy!«
Mona behielt ihre Fassung und versuchte, mit Mother Mucca zu diskutieren. »Sieh mal, ich *weiß,* daß du es nicht glauben kannst. Ich kann es ja selber nicht glauben, es ist wie ein ... na, wie ein Wunder eigentlich, Mother Mucca. Irgendeine unsichtbare kosmische Kraft hat uns zusammengebracht, weil wir einander brauchen, weil wir ...«
»Schau, Mädel, wenn es dir nichts ausmacht, dann ...«
»Ich hole meine Tasche! Ich werde dir meinen ... Na ja,

ich kann dir gar keinen Personalausweis zeigen, kommt mir gerade. Ich *verspreche* dir aber, daß das mein wirklicher Name ist. Ich habe zwar behauptet, daß mein Name Judy ist, weil ich … weil ich ein bißchen verwirrt war, hier zu arbeiten, und überhaupt … Bitte, kannst du mir eine Frage beantworten.«

»Mach schon … hau ab!«

»Nicht, bis du mir das beantwortet hast.«

»Ich *sagte* …«

»Wie hieß dein kleiner Junge noch mal?«

»Was, um Himmels willen, glaubst du denn, wer du bist …!«

»Wie hieß er?«

Mother Mucca griff nach dem Haustelefon auf ihrem Toilettentisch. »Ich rufe jetzt Charlene, Judy.«

»Mona!«

»Du bist so gräßlich mitleiderregend, daß ich noch nicht einmal …«

Mona wand ihr den Telefonhörer aus der Hand. »Hör mir zu! Ich mag dich ja, Gott verdammt noch mal! Er hieß Andy, oder? Der Name deines Sohnes war Andy!«

Ein erstauntes Schweigen. Dann: »Wer hat dir das gesagt?«

»Wer, glaubst du wohl? Charlene? Marnie? Bobbi vielleicht? Sie haben es niemals *irgendwem* erzählt, oder? Es muß sie ziemlich verletzen, über ihn zu sprechen.« Mona hielt den Atem an, dann sank sie auf ihre Knie und nahm die Hände der alten Frau in die ihren. »Mother Mucca … *er* hat es mir erzählt. *Andy* hat es mir gesagt. Ich wohne bei ihm in San Francisco, und … und er ist mein Vater.«

Die Augen der alten Puffmutter waren voller Tränen. »Ich bin eine alte Frau, Mädel. Eine Lüge kann sehr weh tun.«
»Ich würde Sie nie verletzen wollen, Mother Mucca.«
»Warum ... warum bist du hierhergekommen?«
Mona lächelte sie an. »Du hast *mich* aufgelesen, erinnere dich.«
»Das ergibt irgendwie keinen Sinn.«
»Ich hab es dir *gesagt*. Es ist ein Wunder! Ich bin deine Enkelin, Mother Mucca. Ich weiß endlich, wo ich herkomme!«
Die Augen der alten Frau verengten sich. »Wer hat dir beigebracht, so zu reden, Mona?«

Falling in Love again

Der Mann, mit dem Michael tanzte, bemerkte, daß irgend etwas nicht in Ordnung war. »Entschuldige bitte ... du kennst den Mann?«
Michael fühlte sich wie in Trance. »Ich ... ja. Ich hoffe, es macht dir nichts aus. Er ist jemand, den ich früher ... Tut mir leid, O.K.?«
Der Mann nickte, offensichtlich mehr verwirrt als beleidigt, und tanzte über die Tanzfläche hinweg zur Bar. Michael stand erstarrt da und probte Eröffnungssätze. Jon hatte ihn bis jetzt noch nicht gesehen.
Kratzig plärrte der Plattenspieler »Cherchez la femme«, die gleiche Melodie wie damals im »The Endup«, als Michael den Tanzwettbewerb in Unterhosen gewonnen hatte ... und Dr. Jon Fielding für immer aus seinem Leben gegangen war.

Für immer dauerte bei Michael normalerweise nicht allzu lange.
»Hey, Greengo! Du wollen kaufen meine Schwester? Sie Jungfrau!«
»Michael! Mein Gott!«
»Bitte, Michael genügt.«
Jon umarmte ihn herzlich. Michael fand, daß es eher die Art war, wie Danny Thomas einen George Burns in der Johnny-Carson-Show umarmen würde. »Was, um Himmels willen, machst du denn hier?«
Michael zuckte mit den Schultern. »Es ist die einzige schwule Bar in Acapulco.«
Jon lachte. »Ich meine, was du in Acapulco tust?«
»Ich bin auf einer Kreuzfahrt. Ganz Müßiggänger.«
»Auf der *Pacific Princess?«*
»Ja. Und was hat *dich* hierher verschlagen?«
»Oh ... Vaginalinfektionen.«
»Du siehst aber ganz *gesund* aus.«
Der Frauenarzt grinste. »Ein Kongreß, du alter Spaßvogel.«
»Das behaupten doch immer alle?«
»Es stimmt wirklich. Wir haben eine Menge Freizeit.«
So etwas ärgerte Michael. Leute, auf die er einmal scharf gewesen war, hatten sich in seiner Abwesenheit nicht zu amüsieren. Aber der Doktor hatte nun mal Eier, warum also sollte er sich selber quälen? »Es ist schön, dich zu treffen, Jon.«
»Willst du gehen?«
»Allerdings. Die Kneipe kommt mir wie das ›The Kokpit‹ an einem schlechten Abend vor. Ich habe jetzt genug davon.«

Jon blickte kurz über die Terrasse. »Ich verstehe, was du meinst.«
»Ja. Na ja, ich bin sicher, du wirst schon irgend jemanden finden.«
»Ich dachte, das hätte ich schon.«
Michael überhörte das. »Ich nehme an, daß es sich mit fortschreitender Zeit bessern wird.«
»Ich habe ein Auto, Michael. Wir könnten irgendwo hinfahren oder sonstwas machen.«
Michael sah ihn einen Moment an, dann schüttelte er den Kopf. »Ich glaube nicht, Jon, aber dennoch vielen Dank.«
Der Doktor lächelte schwach. »Du willst mich bestrafen, nicht?«
»Wofür?«
»Für ... diesen Abend im ›The Endup‹.«
Michael brachte ein fröhlich-munteres Achselzucken zustande. »Es war eine geschmacklose Szene. Ich mach dir keine Vorwürfe, daß du ...«
»Nein. Ich war geschmacklos. Ich war ... verwirrt, Michael. Ich war mit so ein paar beschissenen Seacliff-Tunten unterwegs und kam mit der Sache nicht zurecht. Es war mein Fehler, nicht deiner.«
Michael lächelte. »Ich habe gewonnen, weißt du das.«
»Das solltest du auch.«
»*Gracias.*«

Sie fuhren in diesem Dingsbums von Jons gemietetem Volkswagen zum Capilla de la Paz. Wie Fremde in einer fremden Stadt unterhielten sie sich angeregt über die Ausgehmöglichkeiten in Acapulco, die Langeweile auf

Kreuzfahrten und wie gefährlich es sei, in Mexiko Gras zu rauchen.

Die Kapelle auf dem Berggipfel war verlassen. Über ihr leuchtete das ungeheuerliche Kreuz, weiß wie gebleichte Knochen hob es sich vom sternenübersäten Himmel ab. Schweigend wanderten sie zum Sockel des Kreuzes.

»Irgend jemand hat mir erzählt«, begann Jon, »daß dies der Sarg für zwei Brüder sein soll, die bei einem Flugzeugabsturz umgekommen sind.«

»Das ist schön. Ich meine ... eine schöne Geschichte.«

»Vielleicht habe ich sie auch falsch verstanden.«

»Ich mag die Geschichte sowieso.«

»Du kannst von hier das Schiff sehen.« Jon deutete auf das Spielzeugboot, das da unten im Hafen funkelte. Michael spürte den Atem des Doktors an seiner Wange.

»Und da drüben«, fuhr Jon fort, »hinter der Reihe von Hotels ... Michael?«

»Entschuldigung. Ich habe nachgedacht.«

»Über was?«

»Genau gesagt, über Särge und Beerdigungen.«

»Ach, wie reizend.«

Michael musterte ihn. »Erzähl mir bloß nicht, du hättest noch nie deine *eigene* Beerdigung geplant?«

Jon schüttelte lächelnd den Kopf.

»Na ja, dann merk dir das mal bitte. Ich stelle mir eine große Party im Paramount Theatre in Oakland vor, mit einer ganzen Menge Dope und Haschkeksen, all meinen Freunden, die bis über beide Ohren voll davon sind, und das in dieser ganzen ... Art-deco-Dekadenz. Und wenn alles vorbei ist, wünsche ich mir, daß sie mich in einen der

vorderen Sitze hineinzwängen, das Theater verlassen ... und die ganze verdammte Sache anzünden.«
Jon lachte und strich ihm über den Hinterkopf. »Könntest du das denn nicht arrangieren, ohne zu sterben?«
»Hmm. Das tue ich oft.«
Jon lachte, dann nahm er Michaels Gesicht in seine Hände und küßte ihn. »Stirb nicht, verstanden? Nicht, bevor ich mit dir zu Ende bin.«

Der Ärger mit Burke

Sie saßen in einer in Rosa und Orange gehaltenen Nische des »Acapulco Denny's«. Mary Ann war dabei, ihre Pommes frites zu inspizieren, und fand sie verdächtig grau. »Bäh«, sagte sie, während sie Burke eines von diesen Dingern zur Begutachtung hinhielt.
Er lächelte geduldig. »Genauso wie mein Milchshake.«
»Tut mir leid, Burke.«
»Warum?«
»Ich hätte dich nicht hierherzerren sollen. Ich hatte eigentlich eher Lust auf einen Hamburger.«
»Das ist schon in Ordnung. Mir ging es genauso.«
»Wir hätten besser zu McDonald's gehen sollen.«
Er zuckte die Schultern. »Wir können heute abend auf dem Schiff essen.«
»Ich bin doch keine ... keine Last für dich, oder?«
»Kann ich nicht sagen«, grinste er. »Dazu bin ich viel zu sehr in dich verliebt.«
Mit einer gemieteten Pferdekutsche zockelten sie durch

die Stadt und zogen Luftballons hinter sich her. Es war wie in einer echten Filmromanze, dachte Mary Ann. Alles zu kitschig und zu perfekt, um wahr zu sein. Wenn ich zu lange darüber nachdenke oder *irgend etwas* plane, wird es für immer vorbei sein. So schmiegte sie sich an Burkes Schulter und bemühte sich um eine neutralere Gemütsstimmung.

»Wie geht's Michael?« fragte Burke, als sie am Ritz vorbeikamen.

»Um vieles besser. Er war heute nacht in Gesellschaft, und er ist es heute morgen noch immer. Das habe ich auf die brutale Art herausgefunden.«

»Was willst du damit sagen?«

»Ich bin bei ihnen reingeplatzt.«

Burke lächelte. »Der blonde Typ, mit dem er gefrühstückt hat?«

»Ja, ja. Meine Güte, ich mag mir gar nicht *vorstellen*, was Melba und Arnold sich dabei gedacht haben.«

»Wer sind Melba und Arnold?«

»Mr. und Mrs. Gleich-und-Gleich. Das Ehepaar an unserem Tisch. Sie glauben, daß Michael und ich verheiratet sind.«

»Wie das?«

»Na ja ... ich hab es ihnen erzählt. Versteh mich, ich wollte nicht, daß es so aussieht, als seien wir ... lediglich so zusammen oder irgendwas. Außerdem, wenn ich ihnen erzählt hätte, daß er schwul ist, wären sie ausgeflippt und hätten mich für eine Tuntenmutter gehalten.«

»Eine *was?*«

Mary Ann küßte ihn aufs Ohr. »Ich liebe dich. Du hast von *nichts* eine Ahnung.«

Zum Strand zurückgekehrt, begossen sie sich gegenseitig regelrecht mit Schildkrötenlotion und streckten sich im Sand aus. Die einfache, so gänzlich unverdorbene Schönheit dieser Szene brachte Mary Ann schmerzhaft die dahinschwindenden Tage mit Burke ins Bewußtsein.

Aber erzwinge nichts, befahl sie sich selbst. Du darfst ihn nicht erschrecken.

»Burke?«

»Hmmmm?«

»Es ist wirklich hübsch hier.«

»Findest du.«

»Ich meine ... ich hätte niemals gedacht, so jemand wie dich auf dieser Kreuzfahrt zu treffen.«

»Komm, laß! So, wie *du* aussiehst?«

»Das ist nett, aber ich meine es so. Die meisten Typen, die ich in San Francisco kennenlerne, wollen über ihre blödsinnigen Porsches oder ihre Stereoanlagen reden, oder über Zusammenziehen oder sonstwas. Ich hänge ja nicht ständig mit Michael herum, nur weil ich ... verzweifelt bin oder so. Es ist einfach so, daß ... na ja, daß Michael mir das Gefühl vermittelt, etwas wert zu sein. Ich hatte den Eindruck gewonnen, daß mir ein normaler Mann das gar nicht mehr vermitteln kann.«

Schweigen.

Sie wurde rot. »Habe ich dich verwirrt?«

»Nein, wirklich ...« Er langte zu ihr hinüber und drückte ihre Hand. »Ich fühle mich nur nicht besonders kommunikativ, Mary Ann.«

»Es ist nicht das, was du *sagst*, Burke. Es ist – ich weiß nicht –, wie du mich ansiehst und wie du auf Dinge

reagierst. Ich weiß einfach, daß du mich als Person betrachtest. Ich bin immer dankbar dafür, und ich möchte, daß du das auch weißt.«
Er rollte sich auf die Seite und zog sie an seine Brust, was zwei vorbeipromenierende Bengels zum Kichern brachte. Weniger als Mary Ann hätte man sich gar nicht darum kümmern können. Für einen kurzen und wilden Moment war sie *sicher*, daß sie wie Burt Lancaster und Deborah Kerr in »Verdammt in alle Ewigkeit« wirken mußten.
»Burke?«
»Ja?«
»Hast du jemals daran gedacht, wieder nach San Francisco zu ziehen?«
Schweigen.
Das hast du dir ganz schön verdorben, du dumme Kuh. Jetzt ist er sauer. »Tut mir leid, Burke, das hätte ich nicht sagen sollen.«
»Ist schon O.K.«
»Nein, ist es nicht. Wir wechseln das Thema. Ich werde dich nicht mehr bedrängen, das verspreche ich dir.«
»Nein. Wir sollten uns besser unterhalten. Es gibt da etwas, das ich dir schon längst hätte sagen sollen.«
Irgendwie hatte sie gewußt, daß dieser Augenblick kommen mußte. Ihr ganzer Körper zog sich zusammen, als sie auf die Wahrheit wartete wie auf das Beil eines Henkers.
»Bitte«, bat sie schwach, »ich möchte es lieber nicht hören.«
»Mary Ann, ich habe drei Jahre in San Francisco gelebt … drei ganze Jahre meines Lebens!«
Ach, du meine Güte, sollte Michael am Ende doch recht behalten?

»Willst du wissen, warum ich so aus allem draußen bin, Mary Ann? Weißt du, wo meine gottverdammte jugendliche Naivität herkommt?«

Bitte nein! Bitte laß ihn nicht ...

»Ich kann mich an *nichts* mehr erinnern, Mary Ann. An nicht eine einzige gottverdammte Begebenheit in diesen ganzen drei Jahren in San Francisco.«

Sie rückte etwas von ihm ab. »Du hast eine ... eine *Amnesie* gehabt?«

Er nickte.

Gott sei Dank, dachte sie und umarmte ihn dabei. Gott sei Dank!

Versuch, dich zu erinnern

»Tut mir leid«, sagte Burke, der sich im Sand aufsetzte und seine Stirn mit den Fingerspitzen rieb. »Ich hätte dir das längst sagen sollen.«

Mary Ann suchte nach den richtigen Worten. »Du ... kannst dich an überhaupt nichts erinnern?«

Er schüttelte den Kopf. »Ich weiß nichts über die Zeit in San Francisco. Der Rest ist völlig klar. Ich meine, alles bis 1973. Als ich in Nantucket war. Da sind einige ... Bilder oder was auch immer, die von Zeit zu Zeit kommen. Aber sie bedeuten nichts, wirklich nichts.«

»Was denn?«

»Mary Ann, es gibt keine Veranlassung ...«

»Ich will dir helfen, Burke.«

Er zeichnete eine Linie in den Sand. »Jedermann will mir

helfen.« Dann, als er ihren Gesichtsausdruck sah, fügte er hinzu: »Ich habe es nicht so gemeint. Du bist nicht jedermann. Es ist nur so, daß ... na ja, eigentlich alles getan worden ist, was getan werden kann. Meine Eltern haben mich auf diese Kreuzfahrt geschickt, damit ich – du verstehst ...«

»Für mich ist es egal, Burke.«

»Es ist eine Art von Geisteskrankheit.«

»Das glaube ich nicht.«

»Ich kann in einer Partnerschaft einfach nicht ehrlich sein, Mary Ann. Ich wüßte gar nicht, worüber ich ehrlich sein sollte. Ich weiß noch nicht einmal, *warum* ich ...«

Mary Ann keuchte und vollendete seinen Satz. »Ach, mein Gott, Burke! Die Sache mit den Rosen!«

Er nickte. »Das ist ein Teil davon. Reizend, oder? Ich flippe auch auf Laufstegen mit Geländern aus.«

»Wo?«

»Überall. Auf allen Arten von Laufstegen mit Geländern. Hast du das auf dem Schiff nie bemerkt? Das ist der Grund, warum ich den ganzen Tag auf dem Sonnendeck herumhänge. Ich fürchte mich zu Tode, Mary Ann.«

Mary Ann rutschte näher an ihn heran und legte ihre Hand beruhigend auf sein Knie. »Na ja, schau mal: Wenn du dich nicht erinnern kannst, was dir in San Francisco zugestoßen ist ... ich frage mich, wie du dann nach Nantucket zurückgekommen bist?«

»Bin ich ja auch nicht direkt ... Bist du auch sicher, daß du das alles hören willst?«

»Unbedingt.«

»Na ja, sie haben mich gefunden.«

»Sie?«
»Irgendwelche Polizisten im Golden-Gate-Park. Berittene Polizei. Ich war ... dort im Gebüsch zusammengebrochen oder weiß Gott was. Sie brauchten drei Tage, um herauszufinden, wer ich war.«
»Und dann bist du nach Hause gegangen?«
Er nickte. »Ich hatte Glück, nehme ich an. Meine Vergangenheit in Nantucket kam fast unmittelbar wieder zurück – zusammen mit meinem Namen und all dem. Ich kann nur nicht sagen, was ich in San Francisco eigentlich wirklich gemacht habe.«
Mary Ann lächelte wehmütig. »Willkommen im Klub«, sagte sie.

Sie gingen eine ganze Weile am Strand spazieren und beobachteten den Himmel, der die Farbe reifer Nektarinen annahm. Mary Ann fuhr weiter fort, vorsichtig herumzufragen, weil sie glaubte, daß er sie völlig ausschließen würde, wenn sie aufhören würde zu sprechen.
»Du hast mir nicht erzählt, warum du das erste Mal nach San Francisco gegangen bist.«
»Oh, ich war Reporter. Für AP.«
»Ich wußte gar nicht, daß Lebensmittelgeschäfte auch Reporter haben?«
Er berührte ihre Nasenspitze. »Die Associated Press.«
Sie lief rot an. »Ich hab das doch nur gefragt, damit du dich etwas besser fühlst.«
»Natürlich.«
»Und was hast du vorher getan? Vor AP.«
»Nichts. Ich habe den Verlag meines Vaters verlassen und

mich bei dem Hauptbüro der AP in New York vorgestellt. Sie steckten mich in einen winzigen Glaskasten mit einer ganzen Menge unzusammenhängender Fakten über die Hochzeit von Lucille Ball in ... ach, irgendwo, ich habe eine typische AP-Story geschrieben, und sie ... haben mich dann in ihr Büro in San Francisco geschickt.«

»Und du erinnerst dich an gar nichts mehr danach.«

Er gluckste in sich hinein. »Oh, doch. Diese Angelegenheit ist geradezu grauenhaft klar, die Langeweile, die Scheißarbeit und der ständige Termindruck. Ich habe die Arbeit schon nach fünf Wochen gekündigt. Das ist der Punkt, an dem mein Blackout einsetzt.«

»Und was ist mit deinen Eltern? Du konntest doch drei Jahre lang nicht einfach verschwinden. Du mußt ihnen doch irgendwas geschrieben oder sonstwie erzählt haben.«

»Nicht soviel, daß sie wirklich gewußt hätten, was genau ablief. Nur diese Mir-geht-es-gut-und-macht-Euch-keine-Sorgen-Geschichten. Für eine Weile habe ich auf dem Nob Hill gewohnt, das weiß ich. Ich habe als freier Mitarbeiter gearbeitet – irgendwelche kirchlichen Sachen. Manchmal besuchte ich den Gottesdienst in der Grace Cathedral.«

»Na, wenigstens erinnerst du dich an *so* viel.«

Er schüttelte den Kopf. »Das hab ich ihnen in Briefen geschrieben. Ich selber kann mich an nichts davon erinnern.«

»Du willst damit sagen, daß es keinen Bericht oder irgend etwas gibt ... keinerlei Beweis dafür, wo du warst oder was du getan hast, während ...«

»Warte!« Er blieb plötzlich stehen und wühlte in seinen Taschen. »Streck die Hand aus«, wies er sie an. Etwas widerstrebend kam sie seiner Bitte nach. Er drückte ihr einen kleinen Gegenstand aus Metall in die Handfläche.

»Ein Schlüssel«, stellte sie mit leiser Stimme fest. »Was bedeutet das?«

»Sag du's mir. Das ist alles, was mir aus dieser Zeit geblieben ist.«

»Wie das?«

»Er war in meiner Tasche, meiner Hemdtasche genau gesagt, als sie mich im Park gefunden haben.«

Sie begutachtete den Schlüssel jetzt ausführlicher. »Er ist ... kleiner als ein Tür- oder auch ein Autoschlüssel. Ich nehme an, es könnte ein ...« Schließlich zuckte sie mit den Schultern und gab auf.

Auch er zuckte lächelnd die Achseln. Er hatte wieder diesen Collie-Ausdruck in den Augen. Liebenswert und goldfarben wirkte er, und so verwundbar wie in ihren wildesten Träumen nicht. Sie wußte gleich wieder, warum sie ihn von Anfang an geliebt hatte. Er war so sauber, ein unbeschriebenes Blatt, ja, eine Jungfrau ...

Ihm konnte sie zeigen, wo es längs geht.

Zurück in Babylon

Da waren sie nun wieder gelandet, genau dort, wo sie sich kennengelernt hatten, in dieser schäbigen alten Greyhound-Busstation an der Seventh Street in San Francisco. Mona überblickte die Snackbar mit dem Gefühl unerwar-

teter Nostalgie, während Mother Mucca ihren Kaffee geräuschvoll aus dem Löffel schlürfte. Die alte Dame war immer noch zickig, aber schließlich hatte sie dem Besuch ja zugestimmt.
Mona hatte ihr alles über Andy/Anna erzählt. Das lag nun drei Tage zurück.
Und die Zusammenführung von Mutter und Kind stand in nur einer Stunde bevor.

Mother Mucca rülpste. »Ich fühl mich gar nicht so gut«, grummelte sie vor sich hin.
»Also bitte, fang bloß nicht wieder damit an.«
»Tu ich ja nicht, Mona. Mein Magen ist nur so empfindlich ...«
»Dein Magen ist völlig in Ordnung. Du bist nervös, Mother Mucca. Das ist klar und auch in Ordnung, wenn du eine Erfahrung machst, die ...«
»Bei *mir* ist das nicht in Ordnung, Liebes. Es ist einfach nicht die richtige Zeit, um ...«
»Bitte, Mother Mucca! Ich *weiß,* daß du damit klarkommst. Wir haben das jetzt ja schon weiß Gott wie oft durchgekaut und waren uns doch dahingehend einig, daß ... daß es einfach so am besten ist.«
Die alte Dame zog übellaunig den Kopf ein. »Vielleicht für *dich.«*
»Für uns *alle.«*
»Ich habe meinen Sohn vierzig Jahre lang nicht gesehen!«
Mona wimmerte. »Tochter.«
»Hmm?«
»Sie ist deine *Tochter.* Ich weiß, daß es schwierig für dich

ist, damit umzugehen, aber es bedeutet für Mrs. Madrigal … ich meine, für Anna … sehr viel. Versuche halt, dich daran zu erinnern, versprichst du mir das?«

Mother Mucca sah nicht auf. »Wie du willst.«

»Nein. Nicht wie du willst. Sondern weil es deine Tochter ist. Anna.«

»Ich habe ihn sechzehn Jahre lang Andy gerufen.«

»Ich weiß, aber es hat sich ein ganze Menge geändert. Du mußt dich doch selbst auch geändert haben.«

»Wer sagt das?«

»Stell dich bitte nicht so an.«

»Wie sieht er denn aus?«

»Das habe ich dir doch schon *erzählt.«*

»Na, dann sag's mir halt noch mal!«

Mona suchte nach einer neuen Beschreibung. »Sie ist sehr … majestätisch.«

Ihre Großmutter schnaubte wütend. »Klingt verdammt nach Rennpferd.«

»Dann schau's dir doch selber an.«

»Schaut er … so wie ich aus?«

»Du mußt einfach warten.«

Mother Mucca musterte erst ihre Enkelin, dann einen pickeligen Teenager in aufwendigen Glitzerhosen, der einen Tisch weiter an einem Krapfen aß. »In dieser Stadt gibt es auch nur Verrückte«, brummte sie dann.

Monas erster Blick auf die Barbary Lane ließ ihr das Herz bis zum Hals klopfen. Nichts hatte sich in dieser bewaldeten Schlucht mitten in der Stadt geändert. Die Katzen waren noch da, die kleinen Häuser und die Eukalyptusbäume, und Mrs. Madrigals vorderer Hof strahlte im Mondlicht.

»Hast du ihm gesagt, daß wir kommen?« fragte Mother Mucca, die das alte, liebenswerte Haus betrachtete.

»Nein. Sie weiß natürlich, daß wir kommen, aber ich hab ihr nicht genau gesagt, wann.«

»Zu dumm!«

Mona keifte zurück: »Ich wollte sie nicht vor unserem Eintreffen in einen negativen Raum bringen.«

Die alte Dame blinzelte verständnislos.

Mona lächelte und übersetzte. »Ich wollte nicht, daß sie sich vor unserer Ankunft unbehaglich fühlen soll.«

»Es hat dir aber nichts ausgemacht, daß *ich* mich verdammt schön unbehaglich fühle.«

»Beruhige dich jetzt und nimm dich zusammen.«

Mona trat in den Alkoven neben den Türklingeln. Mother Mucca blieb zögernd hinter ihr zurück und trippelte nervös im Hof auf und ab. »Komm schon«, beruhigte Mona. »Es wird ja alles gut.«

»Ich kann nicht, Mona.«

Als Mona sich umdrehte, sah sie den mitleiderregenden Ausdruck im Gesicht der alten Frau. Mother Mucca ging einige Schritte auf sie zu. »Mona, Liebes ... ich sehe doch nicht wie eine alte Hexe aus?«

»Oh, Mother Mucca ... du bist wunderschön! Mach dir bitte keine Sorgen. Anna wird dich einfach mögen.«

»Wir haben ihr nichts mitgebracht.«

Mona schloß sie in die Arme. »Wir sind alles, was sie braucht.«

»Meinst du?«

Mona lächelte. »Ja.«
»Na, dann klingle mal endlich, Mädel!«

Der Schlüssel zu ihrem Herzen

Als sie oben in der Starlight Lounge bei ihren Pina Coladas saßen, einigten sich Mary Ann und Burke auf einen Toast.
»Auf neue Erinnerungen«, schlug Burke vor.
»Richtig. Und auf ...« Sie runzelte plötzlich die Stirn, weil sie mit leichtem Schaudern bemerkte, daß der Pianist angefangen hatte, »Everything's Coming Up Roses« zu spielen.
»Burke ... wenn dich das belästigt, mir macht es nichts aus, ihn zu bitten, daß er aufhört.«
Er lächelte schwach. »Ich hätte es gar nicht bemerkt.«
»Bis ich es erwähnt habe, oder?«
»Ist schon in Ordnung.«
»Tut mir leid, Burke.«
Er schüttete seinen Drink hinunter. »Ich kann meinen Kopf nicht in den Sand stecken, Mary Ann.«
»Ich wünschte mir, es gäbe irgend etwas, das ich für dich tun könnte ...«
»Es ist etwas, womit ich mich eben abfinden muß, das ist alles. Versteh mich, man kann natürlich keine Rosen meiden, weißt du.« Sein Mund verzog sich zu einem kläglichen Lächeln. »Versuch es doch mal.«
»Ich weiß. Es muß ... Burke, kann denn ein Psychiater nicht irgend etwas machen? Es scheint mir irgendwie so ... na ja, wenn man die Amnesie heilen könnte, würde

dann nicht auch die Angst vor Rosen ... und vor Laufstegen mit Geländern oder was auch immer vergehen?«

»Ich war schon beim Psychiater.«

»Oh.«

»Er hat mich hypnotisiert, mich befragt und so ziemlich alles mit mir getan, außer Nadeln in eine Voodoo-Puppe zu stecken ... und nicht das geringste passierte, außer daß regelmäßig zum Ende jeden Monats eine gesalzene Rechnung kam.«

Mary Ann schaute für einen Moment in ihren Drink und überlegte, wie sie die nächste Frage anbringen könnte.

»Burke, was wäre, wenn ...?«

»Yeah?«

»Äh ... nichts.«

»Es hat aber nicht so geklungen, als wär es nichts.«

»Na ja, ich hab mir nur überlegt, ob ... Würde es deine Erinnerung nicht wieder in Gang bringen oder so, wenn du ... wieder nach San Francisco zurückgehen würdest?«

Es folgte ein endloses Schweigen. Nun hatte sie diese Frage nicht nur einmal, sondern gleich zweimal riskiert. Sie wurde umgehend rot. Burke schien ihre Verwirrung zu bemerken. »Es wäre die Sache ja auf jeden Fall wert, wenn ich ...«, meinte er schließlich, » ... dann in deiner Umgebung sein könnte.«

Mary Ann drehte an der Ecke ihrer Serviette. »Es sieht einfach so aus, daß du ... na ja, wenn du den alten Stätten wieder ausgesetzt wärest und ... den Erfahrungen und all dem, vielleicht kommt dann deine Erinnerung zurück, und du könntest damit so eine Art von ... Exorzismus für deine Phobien erreichen.« Sie sah ihn forschend an. Ihre

Augen waren voller Tränen. »Oh, wem, um Himmels willen, will ich denn da was vormachen!«
Er betupfte ihre Augen mit der Cocktailserviette. »Mir nicht«, lächelte er.
»Ich *hasse* Abschiede. Ich verliere dabei immer. *Immer.*«
»Ich weiß. Ich auch.«
»Nichts war je so schön wie das hier.«
»Ich weiß. So empfinde ich es auch.«
»Wirklich?«
Er nickte.
»Na, und warum wollen wir dann nicht ...? O Gott, sieht es so aus, als würde ich betteln?«
Er hielt ihre beiden Hände in seinen. »Sehe ich so aus, als ob ich nein sagen würde, Dummerchen?«

Unter einer Decke auf dem Sonnendeck zusammengekuschelt, betrachteten sie die Lichter entlang der Küste.
»Es wird dir nicht leid tun«, sagte sie.
»Du mußt mir nichts versprechen. Das *kannst du* auch gar nicht.«
»Was ist mit deinen Eltern?«
»Ich werde sie anrufen und es ihnen sagen. Die verstehen das.«
»Werden sie nicht ein bißchen ... ausflippen. Ich meine wegen San Francisco?«
»Nicht mehr als ich auch.«
»Das brauchst du nicht. Diesmal werde ich dabeisein.« Sie machte eine Pause, dann sagte sie so beiläufig wie möglich: »Übrigens glaube ich, daß es, wenn du willst, bei uns im Haus für dich ein freies Appartement gibt.«

»Gut. Und wo ist das?«
»Russian Hill. Barbary Lane. Es ist ein ganz reizender kleiner Fußweg, ein bißchen wie aus einem Märchen, und die Vermieterin ist so zauberhaft. Michael wohnt unter mir.«
»Und wo ist die freie Wohnung?«
»Direkt auf der anderen Seite des Flurs.«
»Wie praktisch.«
Sie kicherte. »Der Typ, der dort wohnte, ist in das kleine Haus auf dem Dach gezogen.« Sie verschwendete keinen Gedanken an den Typen, der *vorher* da gewohnt hatte, und an das, was mit ihm geschehen war.
Burke setzte sich auf, langte in die Tasche seiner Windjakke und übergab Mary Ann ein kleines, in Geschenkpapier eingewickeltes Päckchen. Sie entfernte Lage für Lage der Verpackung und hielt dabei die Augen ständig auf Burkes verlegenes Gesicht gerichtet.
Innen fand sie den merkwürdigen kleinen Schlüssel, den er ihr am Strand gezeigt hatte. Er hing an einem Kettchen aus vierundzwanzigkarätigem Gold.
»Ist wohl nicht viel wert«, entschuldigte er sich. »Ich liebe dich.«

DeDe in der Stadt

DeDe wußte, daß sie einen geradezu lächerlichen Anblick bot. Eine Frau, die im achten Monat schwanger war, bei »Vanessi's« alleine am Tresen saß und dort zu Abend aß und deren abgetragene Gucci-Schultertasche an den Barhocker gelehnt stand.

Ach, vergiß es, dachte sie sich. North Beach hat schon Verrückteres gesehen. Eine ganze Menge *Verrückteres.* Wie zum Beispiel diesen ausgeflippten kleinen Teenie, der da draußen vor dem Schaufenster von »Enrico's« rumhing. Grüne Haare und ein Müllsack. Pfui Teufel!

Außerdem liebte sie dieses Restaurant. Sie genoß die ungekünstelte Kultiviertheit der Atmosphäre genauso wie die stämmigen italienischen Köche, die ihre Bratpfannen mit der Grazie und Präzision von Tennisspielern handhabten.

Beauchamp war, wie sie sich vorstellte, jetzt möglicherweise zu Hause in ihrem Penthouse, das nur vier Häuserblocks den Hügel hinauf entfernt lag. Während sie auf der einen Seite die Aussicht eines Wiedersehens mit ihrem Ehemann fürchtete, gewann sie doch auf der anderen Seite ein geradezu perverses Vergnügen aus der Tatsache, daß sie alleine in der alten Nachbarschaft herumzog.

Was ihr rätselhaft erschien, war die Tatsache, daß ihre Mutter diesem ungewöhnlichen Aufbruch in die Stadt nicht widersprochen hatte. Sie hatte von ihrem Koffer, den sie für einen Trip nach Napa packte, kaum aufgesehen und hatte einen eigenartig aufgeregten Eindruck gemacht. Aber weshalb?

»Wäre es denn in einer der Nischen nicht viel bequemer?« DeDe schaute von ihrem Kalbsbries auf und blickte direkt in die netten braunen Augen der Person, die diese Frage gestellt hatte. Die Frau war sehr hübsch, hatte dunkles, lockiges Haar und Backenknochen, für die Veruschka von Lehndorff eines Mordes fähig gewesen wäre.

»Danke, ich ziehe es vor, die Show zu sehen«, antwortete sie und deutete dabei auf die Köche hinter dem Tresen.
»O ja, es ist wirklich *hinreißend.* Ich glaube, es gibt keine bessere Therapie, als ihnen zuzusehen, wie sie die Zucchinis in die Luft werfen. Immer wieder erwartet man, daß alles danebengeht, aber das passiert nie.«
»So ganz anders als im Leben.«
Die Frau lachte. »Ja, so ganz anders als im Leben.«
Ein Kellner servierte der Frau einen riesigen Teller mit Pasta. »Na ja«, seufzte sie mit einem Grinsen, »jetzt aber Haphap und Schlürfschlürf.«
»Sie sehen doch gut aus«, sagte DeDe. »Ich bin diejenige, die aufpassen sollte.«
»Na ja, sie essen aber auch für zwei, meine Liebe!«
»Für drei.«
Die Frau pfiff durch die Zähne. »Dann brauchen Sie noch eine Nachspeise.«
Beide lachten. Die Frau war ziemlich hellhäutig, wie DeDe feststellte, aber dennoch lag irgend etwas Negroides in der Warmherzigkeit und Erdverbundenheit ihres Gehabes. DeDe mochte sie auf Anhieb.
Die Gabel niederlegend, lächelte die Frau sie an. »Sie sind nicht verheiratet, oder?«
Schweigen.
»Oh, du meine Güte«, sagte die Frau. »Wenn Sie Touristin sind, dann entschuldigen sie mich. Wir sind hier in dieser Stadt manchmal freizügiger, als für uns gut ist.«
»Nein ... ich meine, ja, ich bin verheiratet, aber ich lebe getrennt ... ich meine, *wir* leben getrennt. Ich wohne aber hier. Ich bin hier geboren.«

»Aha. Ich auch. Wenn Sie Oakland dazuzählen wollen.«
»Ich habe eine ganze Menge Freunde in Piedmont.«
»Das ist *nicht* das, was ich meinte.« Sie schien das Kastensytem der East Bay nur zu gut zu kennen.
»Warum dachten Sie, daß ich nicht verheiratet sei?«
Die Frau drehte sich DeDe zu und prüfte musternd deren Gesicht, so als müßte sie sich von etwas überzeugen. »Ich weiß nicht. Sie sehen einfach so ... unabhängig aus.«
»Tue ich das wirklich?«
Die Frau lächelte. »Nein. Aber ich dachte, Sie würden das wohl gerne hören wollen.«
DeDe schaute auf ihr Essen. Sie war völlig fasziniert von dem Einsichtsvermögen dieser Fremden, das sie gleichzeitig auch etwas ängstlich stimmte. »Glauben Sie, es ist zu spät für mich ... dahingehend etwas zu unternehmen?«
Ein spitzbübisches Lächeln breitete sich über das Gesicht der Frau aus. »Was würden Sie jetzt *am liebsten* machen – ich meine jetzt genau in dieser Minute –, wenn Sie alles tun könnten, was immer Sie möchten, und wenn ... Sie keine Freunde in Piedmont hätten, die das möglicherweise mißbilligen würden?«
DeDe lächelte unbehaglich. »Äh ... meinen Sie hier in der Nachbarschaft?«
»Wenn Sie wollen.«
»Ich möchte diese Oben-ohne-Tänzerin auf der anderen Seite der Straße sehen, die sich in einen Gorilla verwandelt.«
»Warum!«
»Einfach nur, um zu wissen, wie sie das machen. Mit Spiegeln, nehme ich an.«

Die Frau schüttelte überlegen den Kopf. »In Wirklichkeit ist es ein Gorilla, der mit einem fleischfarbenen Bodystokking als Frau verkleidet ist.«

»Sie meinen, daß sie ...?« Als ihr ein Licht aufging, fing DeDe an zu lachen. »Da *sehen* Sie mal, wie naiv ich bin!«

»Es gibt nur einen Weg, es mit Sicherheit herauszufinden.«

»Sie machen Witze!«

»Es gibt so ziemlich *nichts*, was ich lieber täte, als eine schwangere Frau zu einer Oben-ohne-Nummer mit einem Gorilla mitzunehmen.«

DeDe dachte für einen Moment nach, dann streckte sie die Hand aus. »Das ist ein Angebot. Ich bin DeDe Day ... oder DeDe Halcyon. Suchen Sie sich's aus.«

Ein kurzes Anzeichen von Wiedererkennen schien über das Gesicht der Frau zu huschen. »Haben wir uns vorher schon mal getroffen?« fragte DeDe.

»Ich ... lese den Klatsch in den Gesellschaftsnachrichten.«

»Ach, du meine Güte!«

»Ist schon O.K. Ich mag Sie sowieso. Ich bin D'orothea.«

»Das ist ein hübscher Name«, sagte DeDe.

Mamas kleiner Junge

Als sie die Tür öffnete, trug Mrs. Madrigal zu ihrem pflaumenfarbenen Kimono einen Glockenhut aus rotem Satin. Ihr Make-up war perfekter, als Mona es je gesehen hatte.

Die Vermieterin lächelte ihre Tochter an. »Nimmst du mich jetzt in die Arme oder nicht?«

Mona errötete. »Oh, ja ... ja, natürlich!« Ungeschickt betrat sie die Wohnung. Nachdem sie ihre persische Satteltasche zu Boden hatte fallen lassen, warf sie sich in Mrs. Madrigals Arme. Die Vermieterin streichelte für einen Moment Monas Kopf, dann zog sie sich sanft zurück.

»Ist da nicht noch jemand, den ich treffen sollte, meine Liebe?«

»Oh ... du meine Güte, tut mir leid.« Sie drehte sich um und sah sich Mother Mucca gegenüber, die immer noch in der Tür stand. Die alte Frau blickte finster und schüttelte über Mona den Kopf, dann richtete sie sich an Mrs. Madrigal.

»Sie hat noch nicht mal soviel Manieren, wie Gott sie einem Maultier gegeben hat!«

Mrs. Madrigal lächelte ruhig, als sie Mother Mucca die Hand entgegenstreckte. »Ich bin so froh, daß du gekommen bist.«

Die Madam nahm ihre Hand und grunzte. »Es war *ihre* Idee.«

»Na, dann sollte ich eben dir danken, Mona. Es ist schön, euch beide zu sehen.«

»Ich kann nicht lange bleiben«, meinte Mother Mucca.

»Ich weiß«, entgegnete die Vermieterin und nahm Monas Arm. »Wir genehmigen uns erst mal einen kleinen Sherry und unterhalten uns ein bißchen.« Ihr Blick traf den von Mother Mucca nur kurz. Es war der gleiche herzliche, aber distanzierte Ausdruck, den Mrs. Madrigal sonst für die Zeugen Jehovas bereithielt.

Die Gastgeberin entschwand in die Küche und ließ Mona mit ihrer Großmutter im Wohnzimmer zurück. Mother Mucca, die dastand wie erröteter Granit, blieb mürrisch und undurchschaubar.

»Na«, fragte Mona, »ist sie nicht nett?«

»Das ist doch gegen die Natur.«

»Ich dachte, das hätten wir schon durch.«

»Sprich für dich selber. Schließlich ist das da draußen mein Sohn.«

»Na und, sie ist *mein* Vater!«

»Da ist aber noch ein Unterschied.«

»Ach ja!«

»Ich habe das Kind aufgezogen, versteh mich da, Mädel! Das ist mein eigen Fleisch und Blut!«

»Du hast sie in einem verdammten Puff großgezogen! Was erwartest du denn eigentlich? John Wayne?«

»Ich hau dir gleich eine …«

Die alte Frau versteifte sich wieder, als Mrs. Madrigal mit einem Tablett, auf dem drei Gläser Sherry und eine Schale mit schokoladenüberzogenen Kirschen standen, ins Zimmer zurückkam.

»Ich dachte, daß noch einige Butterplätzchen dasein müßten, aber ich glaube, daß Brian oder einer von den anderen Kindern sie verputzt haben.«

Mother Mucca runzelte die Stirn. »Du hast Kinder?«

»Er ist ein Mieter«, fiel Mona ein.

»Ja«, bestätigte Mrs. Madrigal ruhig. »Ich nenne sie meine Kinder. Es klingt vielleicht ein bißchen komisch, aber es macht ihnen nichts aus.« Sie lächelte Mona an. »Und wenn, dann sagen sie es mir nicht.«

Mother Mucca langte nach einer Schokoladenkirsche und steckte sie sich in den Mund. Sie wollte ihre Gastgeberin nicht ansehen. Mona hatte das Gefühl, daß die Katastrophe direkt bevorstand.
»So«, meinte Mrs. Madrigal dann und zog die Beine unter sich auf das Sofa, »du hast, wie ich annehme, sicher eine *ganze Menge* Abenteuerliches erlebt, oder?«
Mona nickte. »Winnemucca ist der reinste Trip.«
»Das kann ich mir vorstellen.« Die Vermieterin wendete sich Mother Mucca zu, die es gerade geschafft hatte, die Schokolade wieder zwischen den Zähnen herauszusaugen. »Ich hoffe, daß unsere junge Dame nicht auf Abwege gekommen ist.«
Die alte Frau verzichtete schnaufend auf jeden Kommentar, indem sie ihr Glas mit Sherry in einem Schwung hinuntertrank. Mrs. Madrigal behauptete sich, die Augen fest auf Mother Mucca gerichtet. »Mona ähnelt uns beiden in vieler Hinsicht, findest du nicht auch?«
Schweigen.
»Sie sieht dir ähnlich«, fügte Mrs. Madrigal hinzu.
Mother Mucca starrte in ihr Glas. »Ist ja auch kein Wunder«, sagte sie endlich.
»Was?«
»Nennst du das einen Hut?«
»Ich sehe nicht ein, was das mit ...«
»Verflucht noch mal, Mädel! Hast du denn keine Haare?«
»Natürlich habe ich ...«
»Na, warum, um alles auf der Welt, versteckst du sie dann unter diesem Hut, so als wärst du kahl oder sonst-

was? Schau, Mädel ... wir zwei werden uns jetzt mal unterhalten!«
»Ich *nahm an*, genau das sei der Zweck dieses kleinen ...«
»Wo ist dein Schlafzimmer?«
»Was hat das damit zu ...«
»Wo, verdammt noch mal, ist dein Schlafzimmer?«

Die zwei Frauen waren nun schon mindestens zehn Minuten verschwunden. Mona saß voller Entsetzen im Wohnzimmer und lauschte den gedämpften Stimmen. Dann hörte sie Mrs. Madrigal, wie sie »Mama, Mama« rief und zu weinen begann.
Mona wartete ab, bis das Geräusch verebbte, dann trat sie ruhig an die Schlafzimmertüre und öffnete sie. Mrs. Madrigal saß mit dem Rücken zur Tür an ihrem Toilettentisch. Neben ihr stand Mother Mucca und bürstete die schulterlangen Haare ihrer Tochter. Sie schaute auf und sah Mona. »Hau ab«, sagte sie sanft.

Ein Tisch für fünf Personen

Als die *Pacific Princess* aus dem Hafen von Acapulco herausfuhr, blieb Michaels Blick fest auf die immer kleiner werdende Figur auf dem Dock kleben. »Schau ihn dir an«, sagte er. »Das Arschloch würde auch noch auf einer Luftaufnahme umwerfend aussehen!«
Mary Ann legte ihren Arm um seine Taille. »Habe ich dir nicht gesagt, daß alles in Ordnung kommen würde?«
»Ja, das hast du wohl.«

»Wann fliegt er nach San Francisco zurück?«
»Am Freitag. Ich treffe ihn am Flughafen.«
»Er ist unwahrscheinlich nett, Mouse.«
»Ich weiß, das macht mich auch so total unsicher.«
»Warum?«
»Laß mich das bloß nicht analysieren. Wenn ich anfange, die Dinge zu analysieren ... dann hören sie gleich wieder auf zu sein.« Er drehte sich zu ihr hin und schaute ihr in die Augen. »Du weißt, was ich meine?«
Sie nickte grimmig. »Du meine Güte, ja.«
»Es kommt mir so vor, als würde jedesmal, wenn ich mit jemandem wieder neu anfange ... ich weiß nicht ... dann sehe ich den Anfang und das Ende alles auf einmal. Ich *weiß* dann schon wieder, wie alles enden wird. Ich kann diese ganzen Szenen im Schlaf runterbeten. Dieses Mal aber ... nein, da will ich das Ende einfach nicht wissen. Wenigstens nicht für eine Weile.«
»Vielleicht gibt es gar kein Ende.«
Er lächelte sie duldsam an. »Alles hat ein Ende, Engelchen.«
»Aber, Mouse, das ist doch nicht ... Was ist denn dann mit uns los? Zwischen dir und mir? Zwischen uns endet es doch auch nicht.«
Er lachte. »Wir werden bei uns zu Hause auch noch ganze Altersheime im Teamwork aufreißen.«
»Wo liegt denn dann der Unterschied?«
»Der Unterschied, mein liebes Herzchen, ist, daß du mich nicht brauchst und ich dich nicht brauche. Es sind nun mal diese *anderen Verrückten*, die wir brauchen ... diese Den-oder-keinen-Typen ... zumindest *glauben wir*, sie zu

brauchen. Unsere kleinen, ach so armen Psychen sind für immer durch Rock Hudson und Doris Day verdorben.«
Mary Ann war gerade dabei, eine scharfe Antwort zu finden, als Burke plötzlich hinter ihr auftauchte. »Na, jetzt sind wir ja wieder auf See, wie?«
Sie drehte sich um und nahm seine Hand. »Wir haben uns schon gewundert, wo du bist. Wir haben gerade Jon zum Abschied gewunken.«
»Ich habe ein bißchen mit dem Oberkellner herumgefeilscht.«
»Und weshalb?«
»Ich sitze jetzt an eurem Tisch. Ich hoffe, das ist O.K.«
»Natürlich! Das ist ja phantastisch!«
Michael grinste boshaft. »Arnold und Melba werden dich einfach lieben.«
»Ach, verdammt noch mal«, stöhnte Mary Ann. »Was sollen wir denen denn nur erzählen?«
»Tja ...« Michael tippte mit dem Zeigefinger ans Kinn. »Ich denke, wir sollten sagen, daß wir beide großzügig denkende Erwachsene sind. Unsere Ehe hat sich einfach als Fehlschlag erwiesen, und deshalb ... planen wir eine freundschaftliche Scheidung, nach der Burke und ich uns dann bei einer schlichten Zeremonie in der Grace Cathedral das Jawort geben werden.«
»Sehr lustig.«
Burke lachte, wobei er Michael zublinzelte. Dann wandte er sich wieder Mary Ann zu: »Er hat's herausgefunden, verstehst du. Ich *könnte* auch schwul sein. Schließlich kann ich mich ja an nichts erinnern ...«
»Du bist *nicht* schwul. Das ist ein Befehl.«

»Ich weiß nicht«, verkündete Michael unheildrohend. »Ich bin sicher, ich habe ihn an Donnerstagen schon mal ganz in Grün gesehen. Und guck dir mal diesen Körper an, Mädel. Normale Männer haben einfach keine solchen Waschbrettmuskeln am Bauch.«

Mary Ann tätschelte Burkes Taille. »Wer hat, der hat.«

Burke errötete sichtbar.

Michael nahm die beiden an den Händen. »Jetzt kommt mal, ihr Spinner. Ich bin so hungrig, daß ich einen ganzen Steward aufessen könnte.«

Das Trio teilte sich erst noch einen Joint in der Kabine von Mary Ann und Michael, bevor es zum Speisesaal aufbrach. Als sie sich an den Tisch setzten, war das immer Muster in Muster passende Paar aus Dublin ganz merkwürdigerweise abwesend.

»Was?« beklagte sich ein grimassierender Michael. »Wie soll ich denn ohne Arnold und Melba essen können?«

Mary Ann kicherte. »Vielleicht ist ihnen die Garderobe ausgegangen.«

»Oder«, schlug Burke vor, »der Oberkellner hat sie per Trinkgeld zum Tischwechsel bewegt, und sie ziehen böse über uns her ...«

Er unterbrach sich, als das Pärchen erschien. Sie waren so rosarot wie gekochter Hummer und ganz offensichtlich stolz auf ihr neuestes Modell: zusammenpassende mexikanische Baumwollhemden, jedes bestickt mit einer einzigen roten Rose.

Melbas Stimme war honigsüß. »Hallo, meine Turteltäubchen! Und wer ist euer Freund?«

Mary Ann begann zu stottern. Sie sah auf die Littlefields, auf die Rose und dann auf Burke.

»Oh, hallo. Das ist … Oh, Burke, warum …?« Sie sprang auf und warf dabei ihr Wasserglas um. Burke hielt seinen Kopf zwischen den Knien. Er würgte. Sie riß eine Leinenserviette vom Tisch und preßte sie ihm auf den Mund.

»Burke … hier, ich werde dir helfen. Melba, tut mir leid. Gib mir deinen Arm, Burke. Ist schon in Ordnung … Komm, es ist alles gut.« Sie führte ihn ohne weitere Erklärung vom Tisch weg. Michael und die Littlefields sahen ihrem Abgang schweigend zu.

»Gott verdamm mich«, donnerte Arnold. »Was, um Himmels willen, hatte das denn zu bedeuten?«

»Seekrank«, betonte Michael ruhig, der immer noch seinen Freunden nachsah.

Arnold grunzte. »Er sah eigentlich gar nicht danach aus.«

»Nein«, bestätigte Michael schwer atmend. »Außerdem hat er tolle Beine.«

»Hm?«

»Oh … ich meine, es ist gut, wenn man bei Seekrankheit fest auf den Beinen steht.«

»Ganz recht!« pflichtete Melba bei.

Exzentrische alte Junggesellen

Irgendwo mitten im nächtlichen Himmel über der Monterey-Halbinsel lockerte Michael seinen Gurt. Er drehte sich nach hinten, um seine Reisegefährten zu betrachten. Burke schlief, gegen das Fenster gelehnt wie der männliche Begleiter einer Barbie-Puppe.

Mary Ann war immer noch wach. Sie bemühte sich verzweifelt, sich in das PSA-Flugmagazin zu vertiefen. Als sie sah, daß Michael sie anblickte, brachte sie ein müdes Lächeln zustande.

»Ich lese gerade über Swinging Singles in San Francisco.«

»Auch das noch.«

»Es ist alles so deprimierend. Glaubst du, daß ich ein Swinging Single bin?«

Michael schüttelte den Kopf. »Echt nicht.«

»Gott sei Dank!« Sie lehnte sich näher an ihn heran und wisperte: »Ich glaube auch nicht, daß du eine Tunte bist.«

»Sehr verbunden.«

»Ich habe lange dazu gebraucht, Michael.«

»Ich weiß. Das habe ich bemerkt.«

»Nein, du weißt nicht mal annähernd, wie schwierig das für mich war.«

»Das macht doch nichts.« Er legte eine Pause ein und massierte seine Brauen mit den Fingerspitzen. »Ich hoffe nur, daß meine Eltern damit umgehen können.«

»Hast du es ihnen erzählt?«

»Nein, aber ich denke, daß ich es tun werde.«

»Mouse ... glaubst du, daß sie schon soweit sind?«

»Nein. Sie werden nie soweit sein. Sie sind weit davon entfernt, sich zu ändern. Im Gegenteil, sie werden immer mehr sie selbst.«

»Warum dann das alles?«

»Ich mag sie, Mary Ann, und sie wissen noch nicht einmal, wer ich bin.«

»Aber doch, das wissen sie. Sie wissen, daß du nett und höflich und ... lustig bist. Sie wissen, daß du sie magst. Warum sollten sie nicht einfach glauben, daß du ...?«

»Sie kennen nur einen zwölfjährigen Jungen.«

»Mouse ... eine ganze Menge Männer heiraten niemals. Deine Eltern leben dreitausend Meilen entfernt. Warum sollten sie sich darauf versteifen anzunehmen, daß du ...«

Während sie nach einem Wort suchte, zog sie mit der Hand einen kleinen Kreis.

»Ein exzentrischer alter Junggeselle bist«, vollendete Michael lächelnd ihren Satz. »So nennt man so etwas in Orlando. Mein Onkel Roger war solch ein exzentrischer alter Junggeselle. Er unterrichtete Englisch und züchtete Orchideen, und wir haben nie viel von ihm gesehen, außer bei Hochzeiten und Beerdigungen. Meine Vettern und ich mochten ihn, weil er aus zusammengeknoteten Taschentüchern Puppen basteln konnte. Die meiste Zeit aber war er alleine, weil er wußte, was die Vorschriften verlangen: Sprich nicht darüber, wenn du willst, daß wir dich mögen. Erinnere uns bloß nicht daran, wie widerlich du eigentlich bist.

Er befolgte auch, was sie sagten. Ich weiß nicht ... vielleicht hatte er niemals etwas von den Schwulen in New Orleans oder San Francisco *gehört*. Vielleicht wußte er noch nicht einmal, was schwul überhaupt bedeutet. Vielleicht dachte er, er sei der einzige ... oder vielleicht lebte er einfach gerne in Orlando. Auf jeden Fall blieb er, und als er starb – ich war damals gerade in den ersten Klassen der Oberschule –, veranstalteten sie ein nettes Eunuchenbegräbnis für ihn. Mary Ann ... ich habe niemals gesehen, daß er einen anderen Menschen auch nur angerührt hätte. Nicht einen einzigen.«

Michael zögerte, dann schüttelte er den Kopf. »Ich flehe zu Gott, daß er doch mal richtig flachgelegt wurde.«

Mary Ann langte zu ihm hinüber und legte ihre Hand auf seinen Arm. »Das Leben hat sich geändert, Mouse. Die Welt ist um einiges erwachsener geworden.«

»Wirklich?« Er gab ihr den *Francisco Chronicle* und deutete auf einen Artikel. »Dieser aufgeklärte Liberale hier behauptet, daß eine große Welle der Entrüstung auf die Homosexuellen zurückschlagen wird, weil normale und anständige Leute es leid und müde sind, mit diesen Abnormalen ...«

»Vielleicht hat er ...«

»Ich habe Neuigkeiten für ihn. Rate mal, wer es auch noch leid ist? Rate mal, wer noch alles versucht hat, nur um *nicht* abnormal zu sein, indem er sich mit Witzen, Entschuldigungen und männlichem Pfadfindergehabe versuchte, seinen Weg durch diese Scheiße zu bahnen. *Abnormal?* Anita Bryant wäre heute nichts weiter als eine Null, wenn sie nicht bereit gewesen wäre, in einen Badeanzug zu schlüpfen und ihre Auslagen bei dieser Fleischbeschau in Atlantic City herzuzeigen. Wenn du zufällig wissen solltest, wo da der Unterschied zu einem Tanzwettbewerb in Unterhosen liegt, dann laß es mich um Himmels willen bitte wissen.«

Sein Tonfall war schrill angestiegen. Mary Ann blickte nervös auf die anderen Passagiere, dann betonte sie beruhigend: »Mouse, *mich* mußt du doch nicht überzeugen.«

Er lächelte und küßte sie auf die Wange. »Tut mir leid. Ich klinge wieder wie ein wildgewordener Wanderprediger, was?«

Während des restlichen Fluges schliefen sie. Michael erwachte während des Landeanflugs auf San Francisco mit dem Gefühl, als verspürte er die tröstende Hand der Stadt auf seiner Schulter.

»Na«, stellte Mary Ann fest, als das Trio das Flugzeug verließ, »es ist ja alles gut überstanden. Jetzt steht uns nur noch der Hare-Krishna-Empfang in der Ankunftshalle bevor.«

Michael zwinkerte Burke zu. »Nur keine Aufregung. Wenn Sie versuchen sollten, uns eine Rose anzudrehen, so haben wir eine perfekte Geheimwaffe.«

Der Pilot kam aus dem Cockpit heraus. Als Michael ausstieg, funkte zwischen ihnen wie nach einem ungeschriebenen Gesetz der altvertraute Erkennungsblick.

»Willkommen zu Hause«, grüßte der Pilot.

»Ja, wirklich«, erwiderte Michael.

In der Halle gab Mary Ann ihm einen Rippenstoß. »Ich hab das genau gesehen, das ist dir doch klar.«

»In einer Hinsicht hast du ja recht«, grinste Michael. »Die Art von exzentrischen alten Junggesellen wie einst wird heute auch nicht mehr hergestellt.«

Wiedervereinigung in der Barbary Lane

An diesem Abend, zu dieser besonderen Gelegenheit, hatte Mrs. Madrigal ihr Haar in eine Gibson-Girl-Frisur verwandelt und sie mit einer großen seidenen Iris geschmückt.

Gott sei Dank war es keine Rose, dachte Mary Ann augenblicklich, als sie die Vermieterin fast kokett in der Begleitung ihres neuesten Mieters sah.

»Na ja, Burke, ich hatte Mary Ann zwar gebeten, mir irgendwas Nettes aus Mexiko mitzubringen, aber ich hatte nicht erwartet, daß es gleich so nett sein würde.« Sie taxierte den jungen Mann lang genug, um seine Verwirrung zu beobachten, dann richtete sie den Blick auf Michael. »Was ist mit dir, mein Junge? Hast du mir denn gar nichts mitgebracht?« Mary Ann kicherte. »Der kommt erst am Freitag an.« Michael warf ihr einen mißbilligenden Blick zu, und so schlug sie sich in gespielter Zerknirschung eine Hand vor den Mund.

»Worum geht's denn da?« erkundigte sich Mrs. Madrigal.

»Mouse möchte nicht darüber spechen.«

Die Augen der Vermieterin weiteten sich. »Aha!«

»Ach, hör doch auf«, wiegelte Michael ab. »Laß das.«

Mrs. Madrigal gab ihm einen Joint. »Ich verstehe, mein Lieber. du bist ... seinetwegen abergläubisch.« Sie berührte ganz plötzlich seinen Arm. »Es *ist* doch er, oder?«

Michael nahm einen Zug aus dem Joint und nickte.

»Gott sei Dank«, seufzte Mrs. Madrigal. »Es gibt *so* wenige Dinge, auf die man heutzutage noch zählen kann.«

Michael lachte. »Wenn wir schon davon sprechen ... wo

ist Mona? Ich habe sie nicht gesehen, seit wir zurück sind.«
»Sie ist unten bei ›Searchlight‹ und holt ein paar Süßigkeiten für uns.«
»Nein, ich meine … die Wohnung ist genauso, wie ich sie verlassen habe. Es sieht nicht so aus, als ob sie überhaupt zu Hause war.«
Die Vermieterin fuhr sich nervös übers Haar. »Nein. Sie war weg. Und zuletzt hat sie hier unten in meinem Gästezimmer gewohnt.«
Michael zögerte, weil er sicher war, daß irgend etwas nicht stimmte. »Wohin … wo war sie denn?«
»Nevada.«
»Tahoe?«
Mrs. Madrigal schüttelte den Kopf. »Winnemucca.«
»Winnemucca?« Michael runzelte die Stirn. »Warum, um Himmels willen, hat sie sich denn nur dieses geschmacklose Fleckchen Erde ausgesucht?«
Die Vermieterin zuckte die Schultern. »Um alles wieder zusammenzufügen, wenn ich es in ihren eigenen Worten sagen darf.«
»Und, hat es geklappt?«
»Sie meint, ja.«
Michael lächelte. »Sie lügt.«
»Vielleicht«, sagte Mrs. Madrigal, die anfing, das Geheimnis, das aufzubauen sie gerade dabei war, zu genießen, »aber sie hat mir ein Geschenk mitgebracht.«
Verblüfftes Schweigen.
»Sie ist gerade mit Mona zusammen in dem Geschäft da unten, und ich muß wohl noch rasch einiges erklären,

wenn wir wieder eine große glückliche Familie sein wollen.« Mrs. Madrigal entschuldigte sich und eilte ans Telefon. Mary Ann hörte, wie sie Brian bat herunterzukommen.

Er erschien einige Minuten später, barfuß in Levi's Jeans und einem lachsfarbenen T-Shirt. Er nickte Mary Ann und Michael begrüßend zu (»Hallo, lange nicht gesehen!«) und gab Burke die Hand. Mrs. Madrigal nahm seinen Arm in einer Art, die auf Mary Ann überraschend intim wirkte.

»Brian hat das alles schon mal gehört«, verkündete die Vermieterin ruhig, »aber ich wollte die ganze Familie hier zusammenhaben, wenn ich schon Klarheit schaffe.«

Sie brauchte genau fünfzehn Minuten, um das zu bewerkstelligen.

Sie erzählte ihre Geschichte ohne Unterbrechung. Als sie zum Ende gekommen war, fummelte sie wie wild an ihrem Haar herum und sah entschuldigend auf Burke. »So, mein lieber Junge ... es ist noch nicht zu spät, um wieder abzuhauen.«

Betäubt und betroffen blickte Mary Ann zuerst von Mrs. Madrigal zu dem rot angelaufenen Burke und dann wieder auf Mrs. Madrigal zurück. Brian stand, die Hände in den Taschen, unbeholfen daneben. Michael fing gerade in den Moment, als Mary Ann sich anschickte aufzustehen, ihren Blick noch kurz.

»Mrs. Madrigal, bitte nicht ...« Sie nahm die Hand der Vermieterin und drückte sie. »Ich bin so ... stolz auf Sie. Ich denke, Mona ist die glücklichste Person der ganzen

Stadt.« Sie schlang ihre Arme um den Hals der Vermieterin und hielt sie dicht an sich gepreßt.

Als sie wieder losließ, stand Michael schon da und lächelte Mrs. Madrigal an. »Ich glaube es Ihnen einfach nicht«, betonte er bewundernd.

Sie erwiderte sein Lächeln und hielt ihre Hand dabei gegen seine Wange gelegt. »Du wirst es schon noch schaffen«, ermutigte sie ihn sanft.

Als Mona mit Mother Mucca ankam, gab es weitere Vorstellungen und Umarmungen, noch mehr hastige Erklärungen sowie herzlich empfundene Entschuldigungen und ungeschickte Liebeserklärungen.

Burke fand, wie Mary Ann bemerkte, in Brian einen natürlichen Bundesgenossen.

Der aber zog sich schon vor Mitternacht aus der Versammlung zurück.

»Späte Verabredung?« erkundigte sich Burke diskret.

Brian nickte.

Mary Ann konnte nicht widerstehen, ihn aufzuziehen. »Sieh mal an, was in zwei Wochen alles passieren kann«, sagte sie kühl. »Triffst du dich jetzt fest mit jemandem, Brian?«

»Ja«, antwortete er. »So kann man sagen.«

Die Straße zum Ruin

Endlich nach Pinus unterwegs, machte es sich Frannie Halcyon in Helena Parrishs rehbraunem Mercedes bequem und lächelte hinaus in die goldfarbene Landschaft von Sonoma.

Helena nahm einen langen Zug aus ihrer Zigarette. »Was hast du deiner Tochter erzählt?« fragte sie dann.

»Die Wahrheit. Zumindest zum Teil. Ich sagte ihr, ich würde in unser Haus nach Napa fahren. Sie hörte mir gar nicht richtig zu. Sie ist in letzter Zeit immer so *durcheinander.*«

»Hab ich nicht irgendwo gelesen, daß sie schwanger ist?«

»Hmm. Im achten Monat. Genau gesagt, sind es schon achteinhalb.«

»Machst du dir denn gar keine Sorgen, wenn du sie alleine läßt?«

Frannie sah Helena an. »Wie lange wird das denn *dauern?*«

»Das kommt darauf an.«

»Worauf?«

Helena lächelte. »Darauf, wie gut es dir gefällt.«

Frannie kicherte. »Ein paar Tage tun nicht weh. DeDe war immer – versteh mich richtig – ein aufreizender Spätzünder, und ich glaube, sie braucht möglicherweise ein bißchen Zeit für sich selbst. Außerdem hat sie ja einen hinreißenden jungen Frauenarzt. Ich bin es leid, schon vor dem großen Ereignis ständig die kindisch vernarrte Großmutter zu spielen.«

Helena gluckste in sich hinein. »Darüber mußt du dir in

Pinus keine Sorgen machen. Die meisten von uns sind Großmütter, aber es droht einem Erschießung im Morgengrauen, wenn man das nur erwähnt.«

Einige Minuten fuhren sie schweigend dahin. Es war so, als wüßte Helena instinktiv, daß es besser war, nicht die Phantasien zu unterbrechen, die begonnen hatten, in Frannies Kopf Gestalt anzunehmen.

»Na ja«, sagte Helena endlich, »es ist ja schon fast die Zeit für sechzig!«

»Ich bin mir nicht sicher, ob die Straße dafür sicher genug ...«

Helena lächelte. »Ich meinte doch deinen Geburtstag.«

»Oh, ja.« Frannie schaute auf die Uhr. »In nur einem Tag, vier Stunden, dreiundzwanzig Minuten und dreizehn *ganz wundervollen* kleinen Sekunden ist es soweit.«

»Du bist jetzt schon wie ausgewechselt!«

»Ich kann es kaum glauben. Ist dir klar, daß ich vor einem Monat noch ernsthaft Facelifting oder Verjüngungsspritzen erwogen habe!«

»Oh, Frrrannie ... nein! Du *mußt* doch gewußt haben, daß Pinus gerade hier um die Ecke ist.«

Frannie dachte für einen Moment nach. »Ich bin mir nicht sicher, ob ich wirklich daran geglaubt habe. Ich habe natürlich Geschichten darüber gehört, aber das war alles nur vom Hörensagen. Oh, Helena ... ich komme mir so privilegiert vor!«

Die Gastgeberin von Pinus strahlte stolz. »Wir sind *alle* priviligiert, Frannie.« Sie behielt eine Hand am Steuer und deutete mit der anderen auf das Handschuhfach. »Mach es auf, Darling.«

»Warum?«
»Mach schon, mach es auf.«
Frannie tat, was ihr gesagt wurde. »Und ...«
»Die kleine silberne Pillendose.«
»Die?«
»Hmm. Und jetzt ... auf dem Rücksitz ist eine Thermosflasche. Schenk dir einen Apfelsaft ein und nimm deine Vitamin-Q-Tablette.«
»Vitamin-Q?«
»Stell keine Fragen. Es ist gut gegen das, was dich quält. Du bist jetzt in unseren Händen, Frannie.« Ihr Lächeln war herzlich, aber autoritär bestimmend.
Die Novizin nahm sich eine Tablette heraus und studierte die Inschrift. Da stand: Anreger 714.
»Schluck das Ding endlich runter«, befahl Helena.
Und drunten war's.

Als sie durch Glen Ellen fuhren, deutete Helena auf ein Schild, das auf die Nervenheilanstalt hinwies. »Wenn dir Pinus zuviel wird«, lächelte sie, »können wir dich ohne große Probleme hierherbringen.«
Frannie kicherte. Irgendwo fühlte sie sich so herrlich angenehm kaputt. »Es ist so ein kleines, verschlafenes Städtchen. Ich dachte immer, das sei alles, was es hier gibt.«
»Man würde es nie vermuten, nicht?«
»Ist es hier in der Nähe?«
»Die Abzweigung ist direkt da oben an der Straße. Du wirst es schon sehen.« Helena zog an ihrer Zigarette, dann kniff sie ein Auge zu. »Seit den frühen vierziger Jahren werden Neulinge mit unverbundenen Augen eingeführt.«

In Frannie wurde eine Erinnerung wach. »Bei der ganzen Sache erinnert mich irgend etwas an Edgar.«

»Wir *alle* sind Witwen, Frannie. Die Vergangenheit ist vorbei.«

»Ich habe das nicht … gefühlsmäßig gemeint. Edgar war immer so verdammt geheimnisvoll im Hinblick auf seine zwei Wochen im Hain des Bohemia-Clubs. All dieser Hokuspokus mit Eulen, Zauberern und Musen in den Wäldern. Er hat das *gebraucht*, Helena, er hat es gebraucht, um mich auf Armeslänge von sich weg zu halten.«

Helena schniefte. »Verglichen mit Pinus ist der Hain des Bohemia-Clubs ein schlichtes Pfadfindervergnügen.«

Nachdem sie die Autostraße verlassen hatten, rumpelten sie einige Meilen weit eine unbefestigte Straße hinunter, durchquerten einen Hain von Pinien, die offensichtlich dem Anwesen den Namen gegeben hatten. Als der Mercedes die letzte Kurve umrundete, zog Frannie den Atem ein und hielt sich am Armaturenbrett fest.

»Meine *Güte*, Helena!«

»Ja«, strahlte die Gastgeberin. »Ist es nicht großartig?«

Vor ihnen erhob sich als Eingangstor ein zwanzig Meter hoher, aus Naturstein gemauerter Turm, der oben abgerundet war. Als sie daran vorbeifuhren, schaute Frannie aus dem Fenster auf die diskret angebrachte Messingtafel.

PINUS

Gegründet am 23. August 1912

Zuviel des Guten ist etwas Herrliches

Monas Gesetz

Jon hatte keine Mühe, Michael in der Menschenmenge des Flughafens ausfindig zu machen. Er trug Jeans, ein sauberes weißes T-Shirt und eine Jefferson-Starship-Baseball-Jacke in schwarzem und silbernem Satin.

Und Roller Skates.

Der Doktor in seinem dunkelblauen Brioni-Blazer drückte sich hinter ihm vorbei und ging auf die Gepäckausgabe zu. »Ich kenne dich nicht«, sagte er.

»Ach, da bist du ja, Big Boy ... erinnerst du dich? Wir sind uns doch auf dem Rollschuhring in der Südstadt begegnet. 1948 muß es gewesen sein.«

»Du bist ein Arschloch, das weißt du doch, oder?«

»Wie war dein Flug?«

»Michael, der grauhaarige Mann da drüben ist der anerkannteste Frauenarzt der ganzen Westküste.«

Der Roller-Skate-Fahrer senkte seine Stimme und veränderte die Blickrichtung. »Er hat Schuppen«, kommentierte er dann.

»Er kennt mich«, sagte Jon.

»Ich würde *niemals* zu einem Gynäkologen gehen, der Schuppen hat.«

»Könntest du wenigstens etwas leiser sprechen?«

»Warum? Willst du mir ein Begrüßungsküßchen geben?«

»Ich schlag dich zusammen. Jetzt hilf mir doch endlich mal.«

»Ich liebe dich, wenn du so männlich bist.«

»Irgend jemand muß das ja mal tun.«

»Du bist ein mieser spießiger Bastard, weißt du das eigentlich?«

Jon erdolchte Michael mit seinen Blicken, griff ihm aber von hinten in den Gürtel, um ihn so zum Stillstand zu bringen. Dann drehte er ihn um und küßte ihn auf den Mund. Der bekannteste Frauenarzt der Westküste schaute ihm zu.

»Zufrieden?«

»Etwas übersättigt«, strahlte Michael.

Sie holten Jons Auto aus der Flughafengarage und fuhren zu seinem Appartement in Pacific Heights. Auf dem Weg dorthin plauderte Michael über die Geschehnisse in der Barbary Lane und Mrs. Madrigals neueste Enthüllung gegenüber der »Familie«.

Jon schüttelte ungläubig den Kopf. »Das ist ja … ein Hammer.«

»Findest du es nicht herrlich?«

»Und du meinst, daß Mona es *nicht* wußte?«

Michael schüttelte den Kopf. »Sie wußte, daß Mrs. Madrigal eine Transsexuelle war – sie war *die einzige*, die das wußte –, aber sie wußte nicht, daß Mrs. Madrigal ihr Vater war.«

»Und was ist mit Monas Mutter?«

»Was soll mit ihr sein?«

»Weiß *sie* es denn?«

Michael zuckte die Schultern. »Sie rief bei Mona an, direkt bevor Mona nach Winnemucca abgezogen ist. Sie hat sich ganz schön eigenartig verhalten, erzählte Mona – und zwar, wie sie sagte, wegen Mrs. Madrigal –, aber Mona ist sich nicht sicher, wieviel sie weiß.«

Jon pfiff durch die Zähne. »Verrückt!«

»Und ich bin noch nicht mal bei Mary Ann angekommen. Sie hat sich unter unseren Augen in die reinste kleine Pfadfinderdetektivin verwandelt.«

»Ach, du meine Güte. Und wie hält Burke das aus?«

»Geht so, wenn man alles bedenkt. Er und Mary Ann sind total mit diesem verdammten Schlüssel beschäftigt und bekommen überhaupt nichts anderes mehr mit.«

»Irgendwelche Spuren?«

»Ach wo. Ich glaube, daß es der Schlüssel für ein Schließfach ist.«

»Meinst du auf einer Busstation oder so?«

»Eher in einer Sauna.«

Jon fing an zu keifen. »Glaubst du denn, daß die ganze Welt schwul ist, Michael?«

»Ich weiß, ich weiß.«

»Na, war das alles?«

»Was willst du damit sagen?«

»Ob das *alle* deine Neuigkeiten waren? Keine Erdbeben, über die du berichten könntest? Keine Mongolenhorden, die sich auf der Brücke verbarrikadiert haben?«

Michael lächelte geheimnisvoll. »Du bist nahe dran.«

»Was?«

»Ich habe heute einen Job bekommen.«

»Das ist großartig! Und wo?«

»Halcyon Communications. Mary Ann hat mir das Vorstellungsgespräch vermittelt. Der Bote hat seinen Schwanz einmal zu oft fotokopiert, und Beauchamp Wieheißternochmal hat ihn rausgeschmissen. Ich übernehme seinen Posten und fange am Montag an.«

»Das ist ja wundervoll, Michael.«

»Ja, ich glaube schon.«

»Aber sicher ist es das, Michael. Von dort aus hast du alle möglichen Chancen, Michael.«

»Ich weiß. Ich weiß, daß es ein guter Job ist. Das ist das Problem, deshalb muß ich auch über Monas Gesetz nachdenken.«

»Hmm?«

»Monas Gesetz. So nennt sie es. Sie sagt, du kannst einen tollen Job haben, einen Traumliebhaber und eine irre Wohnung, aber du kannst nicht alle drei Sachen auf einmal haben.«

Jon lachte, dann blinzelte er Michael zu. »Und was hat dich auf die Idee gebracht, daß du einen Liebhaber hättest?«

Zusammenleben

Burkes erste Woche, in der er wieder in San Francisco lebte, bot keine neuen Anhaltspunkte dafür, warum er in Amnesie verfallen war. Eines Abends, nach einer ganz besonders widerlichen Szene mit roten Rosen im Washington Square Bar & Grill entschloß sich Mary Ann, eine neue Strategie zu entwickeln.

»Du weißt«, sagte sie beiläufig, als sie mit Burke ins Bett krabbelte, »daß wir die ganze Sache bislang vielleicht falsch gehandhabt haben.«

Er grinste sie an. »Wünschst du, daß ich in Zukunft immer Kotztüten bei mir trage?«

»Burke, bleib bitte ernst!«

»In Ordnung.«
»Die Sache ist so. Bislang haben wir Rosen und Laufstege immer *gemieden* – zumindest haben wir es *versucht* –, und solange wir das tun, sind wir auch dabei, den Grund für deine Amnesie zu meiden.«
»Das ist für mich so ganz in Ordnung.«
Sie runzelte die Stirn. »So meinst du das doch nicht. Ich weiß, daß du das nicht tust.«
Er zuckte mit den Schultern. »Mach weiter und komm zu einem Ende.«
»Na ja, ich habe nur gedacht, wir sollten ... uns damit auseinandersetzen, das ist alles.«
»Und was soll ich tun? In einem Rosengarten zelten?«
»Na ja, ja ... so was Ähnliches.«
»Vergiß es.«
»Sieh mal, Burke: Es gibt da südlich der Market Street etwas, das sich San Francisco Flower Mart nennt. Dort kaufen die Einzelhändler der Blumengeschäfte ihre Blumen ein.«
»Wie ich annehme, tun sie das sehr wahrscheinlich um fünf Uhr morgens.«
»Drei Uhr.«
»Autsch.«
»Wir könnten die Nacht über aufbleiben und sehen, daß wir ein Lokal mit Zwiebelsuppe finden, so wie man es auf dem Blumenmarkt in Paris macht. Wir könnten aus der ganzen Sache ein echtes Abent...«
»Jetzt bist du endlich *ganz* ausgeflippt.«
»Siehst du es denn nicht ein, Burke? Wenn wir dich einer solchen *Menge* von Rosen aussetzen, Tausenden von Ro-

sen, können wir vielleicht durch eine Art von Kurzschluß – oder so etwas in der Art – herausfinden, was dich so erschreckt.«

»Phantastisch.«

»Das Ganze käme ja nicht überraschend oder so, sondern du weißt es ja vorher und kannst dich darauf vorbereiten. Und ich bin die ganze Zeit bei dir. Klingt das nicht vernünftig?«

Er starrte sie ungläubig an. »Und wann genau hast du vor, diese kleine zauberhafte Kapriole zu starten?«

»Ich dachte ...«

»Heute abend, habe ich recht?«

Sie nickte.

Er warf die Decken zurück und hüpfte aus dem Bett.

»Wohin gehst du?«

»Zurück in meine Wohnung.«

»Burke, ich wollte damit nicht ...«

»Ich muß mich doch umziehen, oder? Sind Jeans in Ordnung ... oder brauche ich für *Les Halles* einen Frack?«

»Komm sofort zurück.«

»Warum?«

»Wenn ich dich schon heute mit Rosen defloriere, dann kannst du mir diese kleine Aufmerksamkeit doch wohl auch gewähren.«

Mittlerweile war es Mitternacht geworden. Unten im ersten Stock des Hauses Barbary Lane 28 saßen Michael und Jon im Bett und sahen sich eine Wiederholung von *The Honeymooners* an.

»Ich liebe die Glotze«, seufzte Michael, der Jon ihre

Gemeinschaftsportion Eiscreme rüberreichte. »Ich habe diese Sendung genauso geliebt wie ... Zeichentricksendungen.«

Jon lächelte. »Erinnerst du dich noch an *Little Itch?«*

»Aber sicher. Und an *Tubby!* Mein Vater hat mir genau so ein Haus gebaut, wie er es hatte, mit allem Drum und Dran, und das sogar mit dem Schild ›Für Mädchen verboten‹.«

»Vielleicht bist du *dadurch* schwul geworden.«

»Nein, ich weiß schon, woher das kommt. Das war dieser Typ auf dem Eis in Los Angeles.«

»Wer?«

»Walt Disney. Der Mickey Mouse Club.«

»Der Mickey Mouse Club hat dich schwul gemacht?«

»Na ja ...« Michael nahm einen langen Zug aus der Haschpfeife und reichte sie dann an Jon weiter. »Entweder bist du auf Annettes Titten abgefahren oder nicht. Bei ersterem warst du normal. Wenn nicht, dann blieb dir nur eine einzige Alternative.«

»Ich warte.«

»Spin and Marty. Meine Güte, über der Sendung bin ich immer schier zusammengebrochen!«

Jon lächelte wehmütig-versonnen. »Das hatte ich ganz vergessen.«

»Das kommt daher, weil du dich mit Spin identifiziert hast. Die, die sich mit Marty identifiziert haben, werden es nie, aber auch nie vergessen.«

»Was bringt dich auf die Idee, daß ich mich mit Spin identifiziert haben soll?«

»Weil du schon mit acht Jahren cool warst. Du hast *nie*

erleben müssen, wie es ist, wenn man sich unerwünscht fühlt. Du hast alle Preise im Sommerlager gewonnen, und deine Mitschüler haben dich jedesmal, wenn du nur vorbeigekommen bist, schon wieder zu irgend einem beschissenen Dies oder Das gewählt. Ich hab doch recht?«
Jon überging die Frage. »Du hast das ganze Eis aufgegessen«, monierte er dann.
»Ich *wußte,* daß ich recht hatte.«
Der Doktor lächelte ihn einfach nur an.

Auf zum Markt

Eine blau-gelbe Armada von Auslieferungswagen des *San Francisco Chronicle* war das einzige Lebenszeichen auf der Fifth Street, als Mary Ann kurz nach drei auf ihre Armbanduhr schaute.
»Es ist direkt unheimlich«, sagte sie und ließ sich wieder in den Sitz des Taxis fallen, »aber gleichzeitig auch aufregend. Ich fühle mich wie Audrey Hepburn in *Charade.*«
Burke nickte schweigend.
»Du bist nervös, oder?«
»Ich denke, das Wort ist nicht zutreffend.«
»Wir können noch umkehren, Burke, wenn du wirklich glaubst, daß ...«
»Nein. Ich will es jetzt.« Seine stahlgrauen Augen glänzten vor Entschlossenheit, aber Mary Ann konnte das darunterliegende Entsetzen sehen. »Burke, du hast nichts zu befürchten, aber ...«
Er legte ihr die Hand auf die Lippen. »Sag es nicht.«

Gerade in dem Moment hielt das Taxi in der Brannan Street an, wo eine Reihe pastellfarbener Blumenlieferwagen den Eingang zum San Francisco Flower Mart kennzeichneten. Burke bezahlte den Fahrer, während Mary Ann in ängstlicher Erwartung auf dem Bürgersteig wartete.

Der Markt bestand aus einer Reihe von miteinander verbundenen Gebäuden, duftende weiße Höhlen voll von fluoreszierendem Licht. Der beißende Geruch frisch geschnittener Stiele stieg Mary Ann in die Nase, schon bevor sie das größte Gebäude betraten.

»Burke ... soll ich als erste reingehen?«

»Nein. Ich bin soweit.«

»Erinnere dich daran, wir können jederzeit gehen, wann immer ...«

»Ich weiß. Gehen wir.«

Dieser mit Blumen gefüllte Hangar war voll von Einkäufern mit schlaftrunkenen Augen, die sich in dem vertrauten Kodex von Nachtarbeitern zunickten und sich dabei durch Berge von Blumen ihren Weg bahnten, um genau die richtigen Gladiolen, das passende Alpenveilchen oder die entsprechend getönten Gänseblümchen oder Zimmerpalmen zu finden.

Mary Ann fühlte sich verwirrt und argwöhnisch wie ein Raumfahrer auf einem anderen Planeten. Sie nahm Burkes Arm. »Meinst du, daß man die Blumenleute von den Leuten, die nicht hierher gehören, unterscheiden kann?«

»Frag mich was Leichteres.«

»Bis jetzt habe ich noch keine Rosen gesehen.«

»Wer suchet, der findet.«

Sie wanderten von Verkaufstisch zu Verkaufstisch und unterhielten sich kurz mit netten Typen, die Blumen in Zeitungspapier verpackten.

»Haben Sie Rosen?« fragte Mary Ann dann endlich.

»Da drüben«, lächelte eine knödelförmige Frau in einer grünen Schürze. »Der Verkaufsstand vor der Wand. Hier ist jedenfalls nur Großhandel.«

Burke grinste etwas unsicher, als sie davonliefen. »Sie *merken* es doch, glaubst du nicht auch?«

»Burke ... sag mir bitte, wenn ...«

»Es ist O.K., Liebes. Das verspreche ich dir.«

Die Rosen waren zu Tausenden in grüne Metallbehälter gestopft. Als sie sie erblickte, verstärkte Mary Ann ihren Griff um Burkes Arm.

Burke schien blasser zu werden. »Es ist alles in Ordnung«, versicherte er ihr. »Laß uns näher rangehen.«

Neben dem Stand waren ein halbes Dutzend Einkäufer dabei, die Auswahl von Rosen zu begutachten. Mary Ann versuchte, sich auf die Leute zu konzentrieren, bis sie plötzlich bemerkte, daß Burkes Unbehagen sie an den Rand eines Brechreizes aus Sympathie getrieben hatte.

Der Kunde, der ihnen am nächsten stand, ein Mann mit einem Geiergesicht, etwa Anfang Vierzig, trug einen blaßblauen Freizeitanzug, und über seiner Stirn war das Fleisch mit einer sorgfältigen kleinen Reihe von Stichen zusammengehalten. Mary Ann zuckte zurück und drehte sich weg.

Burke war, wie sie plötzlich bemerkte, weiß wie Kalk.

»Komm mit«, sagte sie aufmunternd. »Das ist ja nicht mehr fair.«

»Nein … warte …«
»Das können wir nicht, Burke!«
»Aber …«
»Komm jetzt!«
Draußen auf dem Parkplatz kotzte er hinter einem korallenrot gestrichenen Lieferwagen, auf dem ROSE-O-RAMA stand. Mary Ann stand betreten schweigend im Schatten. Als Burke zurückkehrte, brachte er ein Lächeln zustande.
»Na ja, das scheint ja doch eine gute Idee gewesen zu sein.«
»Es war eine *ganz blödsinnige* Idee. Und wir hätten früher gehen sollen.«
»Das hätte ich gerne getan, aber … hast du den Typen neben uns gesehen?«
»Den mit der Haarverpflanzung?«
Er nickte. »Vielleicht liege ich falsch, aber ich hätte schwören können, daß er mich erkannt hat.«
»Burke, bist du *sicher?*«
»Nein, aber … es war, als würde ich ihm angst machen, so, als würde er mich von irgendwoher kennen. Ich dachte, wenn ich lange genug warten würde …«
»Warte hier!«
Ihr Herz raste. Mary Ann übersah die erstaunten Blicke der Blumenverkäufer und sauste zurück in das Gebäude, zurück zu dem Stand mit den Rosen.
Aber der Mann mit der Haarverpflanzung war gegangen.

Es war fünf Minuten nach halb vier, als sie den Markt verließen. Genau zu dieser Zeit wurde Jon, der sich im Schlaf herumwälzte, durch das Geräusch von Michaels Stimme wach.

»Jon ... hilf mir ... irgend etwas ist nicht in Ordnung.«
»Du träumst, Junge. Alles ist O.K.«
»Nein ... es ist nicht in Ordnung. Ich kann mich nicht bewegen, Jon.«
Der Doktor stützte sich auf die Ellbogen und schaute Michael ins Gesicht. Dessen Augen waren offen. Sie blinzelten. »Sicher kannst du das«, sagte Jon. »Du hast doch gerade nach mir gelangt.«
»Nein ... es sind die Beine. Ich kann meine gottverdammten Beine nicht bewegen!«

Die Notaufnahme

Als Mary Ann und Burke in die Barbary Lane zurückkamen, hörte Jon ihre Schritte auf der Treppe und winkte sie in Michaels Appartement.
»Michael ist krank«, erklärte er knapp und führte sie ins Schlafzimmer, wo eine beleuchtete Plastikgans einen gelben Schimmer über die bewegungslose Gestalt im Bett warf. Dann kniete sich der Doktor neben seinen Patienten.
»Mary Ann und Burke sind hier.«
»Sie sind ... hast du sie aufgeweckt?«
Mary Ann kam einen Schritt von der Türe herein. »Wir sind weg gewesen, zum ... Mouse, was ist los?«
Michael stützte sich auf die Ellbogen. »Wir versuchen, das herauszufinden. Meine Beine ... haben sich schlafen gelegt.«
Jon klopfte mit der Gefäßklemme, die Michael für seine

Marihuanazigaretten gebrauchte –, auf Michaels Bein und fragte: »Spürst du das?«

»Nein«, sagte Michael, als die Spitze seine Wade hinaufwanderte. »Nein … nein …« Endlich, als Jon die Mitte des Oberschenkels erreicht hatte, sagt er: »Da, jetzt spür ich's.«

»Gut.«

»Gut, ach du meine Güte! Was ist denn los mit mir?«

»Ich denke, es ist nur vorübergehend, Michael. Ich werde dich jetzt in ein Krankenhaus bringen.«

»Ich liege in den Wehen, meinst du das? Bitte sag es mir.«

Jon lächelte. »Sprich nicht, Liebes. Wir werden dich hier bald heraußen haben.«

»Willst du endlich mal mit deiner Florence-Nightingale-Nummer aufhören und mir sagen, was, um Himmels willen …«

»Ich habe keine Ahnung, Michael. Ich weiß nicht, was es ist.«

Jon rief einen Krankenwagen an, der eine Viertelstunde später eintraf.

Jon, Mary Ann und Burke fuhren mit Michael zusammen hinten mit und machten auf dem Weg zum St. Sebastian's Hospital die meiste Zeit über Small talk. Die Situation war alles andere als normal, und Mary Ann fühlte sich ihr nicht gewachsen.

»Mouse«, sagte sie sanft, als sie am Lafayette-Park vorbeifuhren, »wenn du mir die Telefonnummer deiner Eltern gibst, werde ich sie anrufen, wenn wir erst ins Krankenhaus kommen.«

Er zögerte, bevor er eine Antwort gab. »Nein … ich möchte das nicht.«

»Mouse, glaubst du nicht, daß sie ...?«
»Nein, das glaube ich nicht.«
Jon lehnte sich vor und streichelte Michaels Haare. »Michael, ich denke, deine Familie sollte ...«
»Ihr seid meine Familie«, sagte Michael.

Mary Ann und Burke saßen schweigend im Warteraum, während Jon Michael in die Notaufnahme begleitete. Zwanzig Minuten später, als er wieder bei ihnen zurück war, berichtete er ihnen.
»Sie werden eine Rückenmarkspunktion bei ihm durchführen«, sagte er.
Mary Ann spielte nervös mit der Ausgabe von *McCall's* herum, die sie in ihrem Schoß hielt. »Jon ... ich weiß gar nicht, was das genau bedeutet.«
»Eine Rückenmarkspunktion. Sie prüfen nach, ob sich der Proteinspiegel erhöht hat ... und ob sich eine Verminderung der weißen Blutkörperchen in den ...« Der Doktor sah seine Freunde kaum an. »Sie glauben, daß es Guillain-Barré ist.«
Dieses Mal fragte Burke. »Jon ... kannst du uns das bitte mal übersetzen?«
»Tut mir leid. Erinnert Ihr euch an die Leute, die durch die Impfung gegen die Schweinepest gelähmt wurden?«
Burke schüttelte den Kopf.
»Ich kann mich erinnern«, sagte Mary Ann.
»Na ja, das war das Guillain-Barré-Syndrom, das verursacht die Lähmung.«
Mary Ann runzelte die Stirn. »Aber ... ich glaube nicht, daß Michael jemals eine Schweinepestimpfung hatte.«

»Das ist auch nur eine der Möglichkeiten. Sie wissen nicht, wodurch es genau hervorgerufen wird.«

»Aber ... was bewirkt es denn?«

»Es ist eine fortschreitende Lähmung, die normalerweise in den Füßen und Beinen beginnt und dann ... na ja, höhersteigt.« Er schaute auf seine Hände, wobei er die Fingerspitzen sanft gegeneinander tippte. »In den meisten Fällen verschwindet es völlig.«

»Jon, er wird nicht ...?«

»Die einzige wirkliche Gefahr ist das Atemsystem. Wenn die Lähmung weit genug fortschreitet, um die Atmung zu beeinträchtigen, müssen sie einen Luftröhrenschnitt vornehmen, um ...«

Er hob die Hände zum Gesicht und preßte seine Fingerkuppen auf die Augen. Einen Augenblick lang dachte Mary Ann, daß er anfangen würde zu weinen, aber sein Gesicht behielt den gleichen maskenartigen Ausdruck wie vorher. »Der arme kleine Kerl«, sagte er sanft.

Mary Ann widerstand dem Drang, ihn zu berühren, ihn zu streicheln. Er sah aus wie ein Mann, der dabei war zu explodieren. »Jon, er wird doch nicht ...? Haben die Ärzte ...?«

»Die beschissenen Ärzte!«

»Was ... haben sie dir denn erzählt?«

»Nichts! Nichts, überhaupt nichts!« Die Wut in seiner Stimme ließ Mary Ann zurückzucken. Er streckte die Hand aus und drückte entschuldigend ihre Schulter. »Es ist möglich, daß er stirbt, Mary Ann. Wir sollten uns darauf vorbereiten.«

Angekommen in Pinus

Die lange Fahrt nach Pinus endete abrupt vor einem imponierenden Sicherheitstor aus Stahl. Helena Parrish hielt den Mercedes an und verlangte über eine Gegensprechanlage. »Einen Cheeseburger, eine Portion Pommes frites und ein Schokoladenmixgetränk – und draufgeschissen.«

Gelächter. Das Lachen eines jungen Mannes. »Mrs. Parrish … Sie sind zurück!«

»Sechs ganze Stunden. Hast du mich vermißt, Blue Grass?«

»Fragen Sie mich, ob der Papst katholisch ist?«

»Du bist süß. Mach auf, Blue. Wir haben eine Neue dabei.«

»Darauf können Sie wetten!«

Das Tor öffnete sich. Helena lächelte Frannie an, als sie das Auto die baumgesäumte Straße entlangmanövrierte. »Du wirst Blue Grass mögen«, blinzelte sie. »Normalerweise ist er für mich abgestellt, aber … na ja, ich mag dich, Frannie, und deshalb möchte ich, daß er dir gehört.«

»Helena! Das geht doch nicht!«

»Nein … aber bitte. Ich möchte es halt.«

»Du bist ein Engel.«

»Laß das.«

»Ach, du meine Güte, ich fühle mich … ich fühle mich einfach so herrlich.«

Die Gastgeberin lächelte. »Wir sind jetzt im Inneren von Pinus. Wenn du willst, dann fühl dich ganz als Jane.«

»Was?«

»Schrei. Wir nennen es hier nach Lady Jane – frei nach ›Ich Tarzan, du Jane‹. Es ist eine Art Tarzanschrei für Frauen – so was wie der Urschrei, aber *bei weitem* lustiger. Fang an, leg los.«

Frannie fühlte sich gehemmt. »Oh, Helena!«

»Mach schon! Du bist jetzt in Pinus.«

»Jetzt? Im Auto?«

»Jetzt und immer, wenn dir danach ist, meine Liebe.«

Frannie grinste dümmlich, dann streckte sie ihren Kopf aus dem Fenster und machte ein Geräusch, das ungefähr so klang: »Eeeeeiiiiii!«

»Nett«, sagte Helena unbeeindruckt, »das ist aber kein Lady-Jane-Schrei, meine Liebe.«

»Na ja, und wie machst du den ...?«

»Warte mal, so.«

Die Gastgeberin streckte ihren Schwanenhals aus dem Fenster und öffnete den Mund so weit nur irgend möglich.

»Aaaahhhhaaaahhhheeeeaaaahhhh!«

Irgendwo aus der Tiefe des Kiefernwaldes tönte ein ähnlicher Schrei zurück.

»Ein Echo!« stellte Frannie fest.

»Nein«, lächelte Helena. »Das ist Sybil Manigault. Sie ist heraußen in der Natur.«

Die Gastgeberin parkte ihr Auto neben dem Empfangsgebäude, einem weitläufig verschachtelten Haus mit bleigefaßten Fenstern. An den dunklen hölzernen Dachlatten rankten sich Kletterrosen empor.

Frannie schnalzte bewundernd mit der Zunge. »Hinreißend ... einfach total hinreißend.«

»Die Bungalows sind im gleichen Stil; alle von Julia

Morgan entworfen – möglicherweise ihre gelungenste Arbeit.«

»Unglaublich! Edgar war hingerissen von ihrer Architektur, aber ich habe noch nie auch nur *ein* Wort über diese Bauten hier gehört.«

»Das ist nur natürlich. In ihrem Vertrag mit Pinus war eine Klausel, die jede Öffentlichkeit untersagte. Ursprünglich hatten die Begründer Bernard Maybeck als Architekten angeworben, aber er stieg wieder aus, als er herausfand … na, du weißt schon.«

Helena führte Frannie in eine weitläufige Halle, die der Neuangekommenen erlaubte, die Atmosphäre schweigend aufzunehmen: Lampen mit Pergamentschirmen, zartrosa Samtpolster und die Kupfertöpfe voller Feldblumensträuße.

»Ich fühle mich ganz komisch ohne Gepäck«, gestand Frannie.

»Warum? Alles, was du brauchst, ist hier. Nach zwei Tagen bringt es dich schon um, an deinen Kaftan auch nur zu denken.«

»Wo sind denn die anderen?«

Helena gluckste in sich hinein. »Die verstecken sich bestimmt.«

»Warum?«

»Oh, es ist natürlich dumm. Aber rein technisch gesehen, bist du vor morgen um … wieviel Uhr? … noch keine sechzig. Es war halb acht, oder? Die anderen Mädels sind ein bißchen argwöhnisch im Hinblick auf die Unterhaltung mit Neuankömmlingen, bevor diese nicht … zu uns gehören.«

»Aber was ... was soll ich denn bis dahin tun?«
Helena legte geschmeidig den Arm um ihre Schultern. »Meine Liebe, ich finde, daß du zuallererst noch mal eine Vitamin-Q-Tablette nehmen solltest. Und dann würde ich dir vorschlagen, Birdsong zu fragen.«
»Wen?«
Helena blinzelte. »Komm mit.«
Drei Minuten später öffnete die Gastgeberin die Tür von Frannies Bungalow. Ein junger Mann, der auf dem Bettrand saß, sprang hoch. Er war etwa vierundzwanzig, wie Frannie schätzte, schlank, mit lockigen schwarzen Haaren und erstaunlich blauen Augen. Er trug einen altrosa Overall, der bis zur Taille geöffnet war.
Und er war offensichtlich aufgeregt. »Mrs. Parrish, tut mir leid, ich wollte nicht ...«
»Ist schon in Ordnung, Birdsong, du wußtest ja nicht, daß wir kommen. Das ist Mrs. Halcyon.«
Birdsong nickte schüchtern. »Hallo.«
»Guten Tag.«
»Birdsong ist dein Hausboy«, erklärte Helena. »Er kann dich in alles einweisen. In der Zwischenzeit muß ich mich erst mal für unsere kleine Geschichte morgen vorbereiten, also dann ... tschau!« Sie verschwand blitzschnell. Frannie stand zurückgelassen da und lächelte Birdsong nervös an.
»Na dann«, sagte der Hausboy, plötzlich selbstsicherer. »Es ist jetzt Zeit für unser Bad, würde ich vorschlagen.«
Draußen in dem brütenden Sonnenschein von Sonoma gab sich Helena Parrish aus voller Brust ihrem Lady-Jane-Schrei hin.

Am Krankenbett

Als Michael im St. Sebastian's Hospital aufwachte, saß Jon neben seinem Bett. Er war bewaffnet mit einem Chrysanthementopf, drei zurückliegenden Ausgaben von *Playgirl* und irgend etwas in einer braunen Papiertüte.

»Schau dich nur an«, lächelte Michael. »Du könntest, so wie du aussiehst, einer Tunte als klassische Wichsvorlage dienen.«

Jon blinzelte ihm zu. »Wie fühlst du dich?«

»Immer weniger. Aber das ist wohl normal, oder?«

»Sicher. So ist es halt, es ... steigt. Michael ... es wird erst mal schlimmer, bevor es besser werden kann.«

»Ich habe dich schon verstanden.«

»Bist du ... spürst du es, wie es weitergeht?«

»Ja, ich glaube schon, so eine Art prickelndes Brennen, oder?« Er legte seine Hand auf die Beine an eine Stelle direkt unter seinem Schritt. »Es wird nicht mehr lange dauern, Kumpel. Bedien dich besser, solange es noch klappt!«

Jon lachte. »Um bei diesem Thema zu bleiben, ich habe gerade mit dem Pfleger gesprochen. *Seinetwegen* mache ich mir bei weitem mehr Sorgen als ... gerade deshalb.«

»Richtig. So, und was ist nun in der Tüte, du Lügenmaul?«

Jon warf ihm die Tüte in den Schoß. »Rate mal.«

»Ein Vibrator ganz für mich alleine?«

»Mach's auf, du verrücktes Ding.«

Michael öffnete die Tüte. Ein *Little-Lulu*-Comicbuch fiel heraus. »Gott, du meine Güte, Jon! Das ist ja ... ein

Original aus der Zeit! Mindestens späte Fünfziger! Wo hast du das denn nur gefunden?«

»In dem Buchgeschäft an der Columbus Street.«

»Ach, du meine Güte!« Er blätterte völlig aufgeregt durch das Comicbuch. »Schau mal! Da ist das Clubhaus mit dem Schild ›Für Mädchen verboten‹. Und die Anzeigen müssen ... Ach, du lieber Gott, ich *muß* erst mal die Anzeigen sehen!«

»Was meinst du damit?«

»Du weißt doch ... Lachsäcke und Kissen, die pupsen, wenn man sich draufsetzt, und dieses verdammte kleine Metallding, daß du dir unter die Zunge stecken kannst, damit es dich in einen Bauchredner verwandelt. Ach, du meine Güte, hast du nie eins von diesen Dingern bestellt?«

Der Doktor schüttelte lachend den Kopf.

»Nein«, seufzte Michael, »natürlich hast du so was nicht getan, und auch nie die Charles-Atlas-Inserate gelesen. Du warst auch *nie* ein achtundneunzig Pfund leichter Schwächling. Oder waren es siebenundneunzig?«

»So, jetzt hör mir mal zu, und zwar genau, du Arschloch. Was für ein Schwächling du auch immer warst, du hast das ganz schön schnell aufgeholt.« Er streckte die Hand aus, befühlte Michaels Bizeps und ließ die gewölbte Hand zärtlich auf den Muskeln liegen.

Michael schaute auf seinen Arm hinunter. »Das geht alles dahin.«

»Michael ...«

»*Und* diese Brustmuskeln. Die werden noch schneller weg sein, als man eine Pfarrerstochter flachlegen kann.«

Jon gluckste in sich hinein. »Wo, um Gottes willen, hast du denn *das* wieder aufgelesen?«
»Wo sonst? Natürlich in Florida. Im Land der Freien, in der Heimat der echten Männer. Wann wird das hier vorbei sein, Jon?«
Jon ließ seinen Arm los. »Na ja … manchmal bleibt das Syndrom eine ganze Anzahl von Wochen.«
»Manchmal.«
»Ein hoher Prozentsatz von Fällen ist …«
»Jon, was soll der Unsinn. Ich werde gelähmt sein, oder? Und zwar völlig.«
Der Doktor nickte. »Ich denke schon.«
»Und wie soll ich dann atmen?«
»Vielleicht geht es nicht so weit.«
»Und was ist, wenn doch?«
»Dann ist möglicherweise ein Luftröhrenschnitt nötig. Es ist halb so schlimm, wie es klingt, Michael. In den meisten Fällen bedeutet es lediglich, den Zustand zu …«
»Du armer Kerl!« Michael lachte sardonisch.
»Wie meinst du das?«
»Du dachtest, du hättest dir da eine schöne reife Frucht an Land gezogen, aber nun stellt sie sich als minderwertige Futterpflanze heraus!«
»Sei endlich still, bitte!«
»Ich hielt das für witzig.«
»Dann gib das Denken besser auf.«
»Würdest du bitte meine Hand halten?«
Jon nahm seine Hand. »Ist es besser so?«
»Es prickelt.«
»Deine Hand?«

»Ja, huh. Zweiter Akt, oder?«
Schweigen.
»Ich will nicht sterben, Jon.«
»Michael, hör auf damit!«
»Tut mir leid. Das war wohl wieder mein großer Jane-Wyman-Auftritt.«
»Du brauchst dir über nichts Sorgen zu machen. Ich werde die ganze Zeit bei dir sein.«
»Du sorgst dafür, daß ich keine Pickel kriege, versprichst du mir das? Ich bin sechsundzwanzig Jahre alt ... ich brauche keine Pickel.«
»Wie kann man nur so eitel sein.«
»Ich liebe dich, Dr. Fielding.«
Die Antwort war ein fester Händedruck.

Das Faß läuft über

Mary Anns Arbeitskraft bei den Halcyon Communications wurde durch ihre Besorgnis um Michael ernsthaft beeinträchtigt. In dem Brief an den Vorstandsvorsitzenden von Adorable Pantyhose fand Beauchamp Day drei Tippfehler.
»Mary Ann, muß das sein!«
»Was?«
»Schauen Sie sich diesen Scheiß an! Ich weiß, daß sich der alte Herr solche Nachlässigkeiten nicht gefallen ließ! Du meine Güte! Da laß ich mir ja besser jemand vom Studentendienst kommen!«
»Tut mir leid. Ich ... Beauchamp, ich kann mich, wie es

scheint, nicht richtig konzentrieren ...« Sie drehte ihren Stuhl von ihm weg und vergrub ihr Gesicht in den Händen. Dann begann sie zu schluchzen.

Beauchamp beobachtete sie ungerührt. »Das ist mir zu billig, Mary Ann. Wirklich zu billig.«

Ihr Schluchzen wurde lauter. »Ich bin nicht ... o mein Gott, ich ...«

»In Ordnung. Ziehen Sie weiter Ihre traurige Kleine-Mädchen-Nummer ab, oder was das sonst sein soll. Ich werde Mildreds Sekretärin kommen lassen, damit sie es noch mal tippt.«

Sie richtete sich auf. »Nein. Das mache ich.«

»Das ist alles nicht sehr professionell, das ist Ihnen doch klar?«

»Tut mir leid. Ich habe einen Freund, der krank ist. Vielleicht ... wird er sterben.«

»Ein Liebhaber?«

»Nein. Ein guter Freund.« Sie hatte sich vorher entschlossen, Beauchamp nichts über Michael zu erzählen, aus der schwachen Hoffnung heraus, daß Michael wieder rechtzeitig gesund würde, um den Job als Botenjunge zu übernehmen.

Beauchamp musterte sie einige Sekunden lang, dann sagte er: »Das tut mir leid, aber damit müssen Sie sich nun mal auseinandersetzen, Mary Ann. Ich kann es mir im Augenblick nicht leisten, Ihnen irgendwelchen Urlaub zu geben.«

»Danach habe ich auch nicht gefragt.«

»Sie haben geweint. Diese Routinenummer habe ich doch schon früher mal erlebt.«

»Das ist keine *Routine.*«
Er zuckte fröhlich die Achseln. »Ist ja auch egal. Ich habe das bei Ihnen jedenfalls schon früher einmal erlebt, das ist alles.«
»Her mit dem Brief.«
»Sehen Sie, ich sagte doch, daß mir das mit Ihrem Freund leid tut. Sie müssen deshalb nicht sauer auf mich sein.«
»Verdammt noch mal, geben Sie endlich den Brief her!«
Beauchamp blickte sie geradezu mordlustig an, dann hielt er den Brief hoch und ließ ihn so fallen, daß er auf ihre Schreibtischplatte segelte. Mary Ann blickte erst auf den Brief, dann zurück auf Beauchamp. Dann nahm sie ihn und knüllte ihn zu einem Ball zusammen.
Beauchamp schüttelte den Kopf und lächelte. »Du übertreibst, Mädel.«
»Nein, Sie tun das.«
»Tss, tss. Ist das wahr?«
»Lassen Sie mich allein.«
Beauchamp verschränkte die Arme und blieb stehen. »Du glaubst wohl, du bist hier so etwas wie *eine feste Einrichtung*, wie? Du denkst, ich würde dich nicht entlassen, weil du für den Alten gearbeitet hast. Oder vielleicht gar, weil ich dich ein paarmal gevögelt habe!«
Mary Ann stieß ihren Stuhl zurück und stand auf. »Wenn ich ehrlich sein soll, denke ich über Sie so wenig wie nur irgend möglich nach.«
»Oh, gut gebracht! Unser kleines Farrah-Fawcett-Dummerchen hat ganz alleine einen Witz gemacht! Toll, toll!«
Mary Ann schaute ihm direkt in die Augen. »Gehen Sie mir aus dem Weg.«

Beauchamp blieb unbeweglich stehen. »Ach, du meine Güte, du bist ja der reinste Witz!«
»Ich gehe.«
»Da hast du aber wirklich recht, daß du gehst! Ach, du meine liebe Supergüte! Wie lange dachtest du denn, daß ich dich und deine putzigen *Snoopy Cartoons* auf den Aktenschränken ertragen würde? Oder diesen hinreißend widerlichen Frosch mit seinen Glotzaugen, den du als Übertopf nimmst ...?«
»Dann dekorieren Sie es doch selber. Vielleicht hilft Ihnen ja einer von Ihren superschicken heimlichen Freunden dabei.«
Beauchamps Augen wurden eisblau. »Du bist genauso widerlich gewöhnlich, wie es zu erwarten war.«
»Vielleicht.«
»*Vielleicht?* Ha, daß ich nicht lache! Was hat dich eigentlich je auf die Idee gebracht, du könntest Sekretärin sein, du blöde Kuh? Du bist eine dumme, kleine, spießbürgerliche Fotze. Meine Güte, schau dich doch bloß an! Du bist immer noch das gleiche langweilige Ding wie mit fünfzehn, und das wirst du auch bleiben, bis dir irgend jemand einen Satz Tupperware für zwanzigjährige treue Dienste schenkt ... Nur werde das nicht ich sein. Gott sei Dank!«
Sie starrte ihn an und versuchte, die Tränen wegzublinzeln. »Ich habe niemals jemanden getroffen, der so ... widerlich...« Sie drückte sich hinter ihm vorbei und hetzte auf die Türe zu.
»Ach, nur so ganz nebenbei«, fügte Beauchamp hinzu, »wenn du planst, da etwas an die Zeitung zu geben, kannst du die anderen Agenturen gleich vergessen. In einem

solchen Fall würde es wohl von Halcyon keine gute Referenz geben.«

Mary Ann blieb in der Tür stehen. Sie faßte sich, soweit es irgend möglich war, drehte sich dann um und reckte vor dem Vorsitzenden der Halcyon Communications ihren Mittelfinger empor.

»Fick dich doch selber in den Arsch«, empfahl sie ihm dann.

Bruno erledigt das schon

Fünf Minuten nachdem Mary Ann aus dem Büro davongestürmt war, wählte Beauchamp auf seinem Privatapparat die Nummer von Bruno Koski.

»Ich bin's, Bruno.«

»Ich kenn eine ganze Menge Ichs.«

»Ja. Na ... der vom Jackson Square. Sieh mal, ich habe nichts mehr von dir gehört.«

»Der erste Schritt liegt bei dir, erinnerst du dich nicht?«

»O.K., O.K. Hast du den Mann gefunden?«

»Ja, ich habe die ... Person gefunden.«

»Ist er zuverlässig und diskret?«

»Nein, er ist ein total verrückter Junkie, Mann. Der kann seinen Hintern nicht von einem Loch im Boden unterscheiden. Was, verdammt noch mal, glaubst du denn, Mann. Ich bin doch schneller dran als du!«

»Weiß er etwas über mich? Weiß er, daß ich derjenige bin, der ...?«

»Weißt du was, du Dummkopf! Wenn du mir nicht vertraust, warum suchst du dir dann nicht einen anderen Trottel, um deine ...«

»O.K. Versteh doch. Wann ist er denn ... verfügbar?«

»Hab ich dir doch gesagt. Sobald ich mein Geld hab.«

»Woher weiß ich, daß du nicht ...«

»Brauchst du auch nicht. Du meine Scheiße.«

»O.K. Schau. Sie geht morgen abend zu einer Modenschau von ihrer Liga ...«

»Liga?«

Beauchamp seufzte. »Ja, diese Society-Hilfsorganisation, Bruno. Muß man nicht wissen. Das Ganze findet im Palace of the Legion of Honor statt. Beginn ist etwa um acht, kannst du deinem Mann sagen ... na, dann kannst du dir ja ausrechnen, wann es vorbei ist. Sie wird den Mercedes ihrer Mutter fahren, da bin ich mir sicher. Auf der Nummerntafel steht FRANNI.«

»Kommt ihre alte Dame mit?«

»Nein. Die ist in Napa, glaube ich. Ich bin sicher, daß sie allein ist.«

»Ich dachte, daß ihr zwei getrennt seid.«

»Das *sind* wir auch, Bruno.« Beauchamps Geduld ging zu Ende.

»Aber wenn ihr zwei getrennt seid, woher, um Himmels willen, willst du das denn alles wissen?«

»Ich habe es gelesen.«

»Du hast es *gelesen?«*

»In den Gesellschaftsnachrichten, Bruno.«

»Oh.«

»Mach dir keine Sorgen. Sie wird da sein. Wenn irgendwo ein Photograph in der Nähe ist, wird sie da sein.« Sein Ton wurde jetzt geschäftsmäßiger. »Wie willst du das Geld haben?«

»Zehner und Zwanziger.«

»Wie im Film, was?«

»Das ist aber leider kein beschissener Film.«

»Sollen wir uns wieder am gleichen Ort treffen wie beim letzten Mal?«

»Ja. Acht Uhr morgen abend.«

»Ist das nicht alles ein bißchen eng?«

»Du gibst mir das Geld, und ich rufe unseren Mann an. Das ist keine große Sache.«

»Bist du sicher, daß er weiß, wie …?«

»Es wird passieren. Du gibst mir das Geld, und die Sache geht über die Bühne.«

»Ich möchte nicht, daß sie …«

»Ich weiß.«

»Ich werde keine Verantwortung übernehmen, wenn sie … wenn ein bleibender Schaden zurückbleibt. Das möchte ich endgültig klarstellen.«

»In Ordnung. Ich habe dich verstanden, du bist ja ganz schön anspruchsvoll.«

Nach einer Konferenz mit dem Texter für Tidy-Teen-Tampettes, die eine Stunde dauerte, ging Beauchamp in seinem Büro zehn Minuten lang auf und ab. Dann rief er in einer Praxis in der Sutter Street 450 an.

»Praxis Dr. Fielding.«

»Ist er da?«

»Einen Moment, bitte.«

Nach dreißig Sekunden Warten kam die Stimme: »Ja?«

»Was ist los, Blondie?«
Schweigen.
»Na ja«, sagte Beauchamp, »ich habe keine Trompetenfanfaren erwartet, aber nach all dieser Zeit ... könntest du ja wenigstens ein fröhliches Hallo zustande bringen.«
»Sie rufen wegen der Schwangerschaft Ihrer Frau an?«
»Offen gestanden, dachte ich, daß wir uns treffen könnten, um ein paar nette Babys zu machen. So als Erinnerung an alte Zeiten.«
»Ich hänge sofort auf.«
»Oh, stell dich doch nicht so an!«
»Ich denke, ich habe dir klar und deutlich gesagt, daß ich nicht wünsche, hier in diesem Büro – oder wo auch immer sonst – von dir angerufen zu werden, um das noch mal klarzustellen.«
»Um was klarzustellen? Bist du sauer, oder was?«
»Du bist ein altes Stinktier, Beauchamp.«
»Ich bin sicher, das sagst du allen.«
Der Doktor hängte auf. Beauchamp saß eine halbe Minute an seinem Schreibtisch und drehte sich in seinem Stuhl hin und her. Dann stand er auf, ging zum Kühlschrank und mixte sich einen Negroni, den er in einem einzigen Schluck hinunterspülte.
Manchmal war das Leben eine einzige Qual.

Das Mädchen mit den grünen Haaren

Manuel, der Gärtner, war so mürrisch, daß DeDe nicht die Nerven hatte, ihn darum zu bitten, den Schmutz aus dem Swimmingpool, der zu Halcyon Hill gehörte, herauszuholen. Statt dessen saß sie auf der Terrasse, mampfte Kekse und las *Angst vorm Fliegen*, das sie sich im Sommer des Vorjahres gekauft hatte.

Da ihre Mutter in Napa war, Beauchamp in der Stadt und ihr Vater nur noch eine Erinnerung, fühlte sie sich wie eine verwaiste Prinzessin in einem großen Haus. Wie gewöhnlich trieb die Einsamkeit sie zum Telefon.

Nur *dieses Mal* nicht, um Binky, Muffy, Oona, BoBo oder Shugie anzurufen.

»Hallo«, meldete sich die honigwarme Stimme am anderen Ende.

»Hallo, hier ist DeDe Day.«

»Die Affenfrau!«

DeDe lachte. »Ich verspreche dir, dich *nie wieder* zu so was hinzuschleppen!«

»Wenn ich mich genau erinnere, habe ich *dich* geschleppt, Liebes.«

»Du hast aber recht gehabt. Ein Affe in der Maske eines Mädchens wäre lustiger gewesen.«

»Ist egal. Hey ... was macht der Bauch?«

»Immer größer.«

»Und nicht besser?«

»Ich weiß wirklich nicht. Ich mach mir zu viele Sorgen.«

»Und worüber?«

»Über nichts Spezielles. Ich weiß, daß das irgendwie

krank ist, aber manchmal bekomme ich die miesesten Gefühle, daß irgend etwas schiefgeht. Mein Frauenarzt sagt, das sei typisch für das erste Mal, so daß ich glaube, ich sollte einfach nicht soviel darüber *nachdenken.*«

»Du solltest unbedingt mehr rausgehen.«

»Ich glaube nicht, daß ich noch mehr Affenfrauen vertragen könnte.«

»Na ja, mach bloß nicht auf einsamen Cowboy, Honey!«

»Offen gestanden, habe ich mir überlegt, ob du es schaffen könntest, heute abend zu der Modenschau meiner Liga mitzukommen?«

Schweigen.

»Ich weiß, es ist ein bißchen spät ...«

D'orothea lachte kehlig in sich hinein. »Du hast keine Ahnung, wie lustig das ist.«

»Ich weiß, daß es irgendwie langweilig ist, aber ich dachte, wir könnten vielleicht ein bißchen darüber lachen, wenn wir zu zweit ...«

»Ich war Fotomodell, DeDe. Für die Agentur deines Vaters. Bei Halcyon Communications.«

»Was?«

»Ich war eines der Mädchen für die Adorable-Kampagne.«

»Warum hast du mir das nicht erzählt?«

»Einmal, weil dein Ehemann mich rausgeschmissen hat ... und dann, weil ich nicht sicher war, ob du ihn für ein genauso großes Arschloch halten würdest wie ich.«

DeDe lachte. Zuerst noch reserviert, doch dann ließ sie sich so richtig gehen. »Oh, du meine Güte, D'orothea. Wir sind getrennt, erinnere dich daran?«

»Ja, aber heutzutage werden solche Dinge so gottverdammt lässig genommen. Ich meine damit nur, daß ihr zwei ja vielleicht immer noch gemeinsam irgendwelche Treffen der Oberschicht besucht oder zur Eheberatung geht.«
»Wie gut kennst du Beauchamp überhaupt?«
»Lang genug, um mir eine seiner widerlichen Tiraden verdient zu haben.«
»Warum hat er dich denn rausgeschmissen?«
»Oh ... ich bin zu ein paar Sitzungen nicht erschienen. Meine Haut war ... ich hatte mit der Haut zu tun und sah grauenhaft aus. Das ist eine lange Geschichte.«
»*Genau das gleiche* kann ich über mich und Beauchamp sagen!«
»Möchtest du immer noch, daß ich mit dir zu der Modenschau gehe?«
»Natürlich! Jetzt sogar noch mehr.«
»Bist du sicher, daß ich an der Eingangstür passieren kann, ohne daß sie zuerst eine Überprüfung meines Stammbaums verlangen?«
»Ganz sicher. Also abgemacht?«
»Abgemacht, Honey!«

Drunten in der Stadt war noch etwas anderes im Gange. Douchebag hatte die letzten Abmachungen mit Bruno Koski getroffen.
»Du hast mich genau verstanden?« fragte er am Telefon.
»Ja, ja. Ich weiß.«
»Du rührst dich nicht von der Stelle, bevor ich dich anrufe. Wenn ich mich melde, dann rennst du wie eine Irre

den Hügel hinauf zum Legion of Honor. Bist du sicher, daß du weißt, wo …?«

»Das hab ich dir doch *gesagt*, Mann!«

»Es wird etwas nach acht Uhr sein. Ich versprech dir eins, Punk – wenn du das verpfuschst, bekommst du auch den Zaster nicht!«

»O.K., O.K.«

Bruno hängte auf. Fünfzehn Minuten später war unsere Punkerin dabei, ihre Vorbereitungen zum Weggehen zu treffen. Ihre Mutter erschien in der Schlafzimmertüre.

»*Mußt* du immer diesen Müllsack tragen?«

»Was stimmt denn nicht damit?«

»Um Himmels willen, er ist ganz einfach widerlich! Er ist völlig verkrumpelt und … einfach widerlich.«

»Ich habe dir doch *gesagt*, daß du neue kaufen sollst.«

»Ich bin nicht bereit, mich mit dir rumzustreiten. Wo gehst du überhaupt hin?«

»Ich … ins Mab.«

»Wohin?«

»Ins Mabuhay!«

»Du wirst *The Brady Bunch* im Fernsehen versäumen.«

»Große Sache.«

»Verdammt … versprich mir, daß du heute abend keinen Kaugummi in die Nase steckst.«

»O.K.«

Douchebag lächelte ihre Mutter an, zog dann einen Kaugummi aus ihrem linken Nasenloch, stopfte ihn in den Mund und begann, rhythmisch zu kauen.

»Bis später«, verabschiedete sie sich und ging zur Tür hinaus.

Laut gedacht

In weniger als vierundzwanzig Stunden war Michael völlig gelähmt. Er konnte mit den Augen blinzeln und die Lippen bewegen, ansonsten war alles ganz schrecklich unbeweglich. Er betrachtete seinen Besucher, indem er einen Spiegel, der schräg über dem Bett hing, benutzte.

»Hi, Lover«, sagte er.

»Hi.«

»Solltest du nicht in der Praxis sein?«

»Ist schon O.K. Ruhiger Tag heute.«

Michael grinste. »Bei mir auch.«

»Ich habe mit Mary Ann gesprochen. Sie und Burke kommen später rüber.«

»Meine Güte, bin ich heute wieder beliebt! Hab ich im Schönheitswettbewerb gewonnen? Brian und die drei Grazien sind gerade gegangen.«

»Wer?«

»So nenne ich sie mittlerweile. Mona, Mrs. Madrigal und Mother Mucca.«

Jon lachte. »Sie sind wirklich ein Trio.«

»Ja. Und für Mona ist es auch gut. Da bin ich froh.«

»Bist du ... alles O.K., Michael?«

»Na ja ... ich habe mich heute an etwas Lustiges erinnert.«

»Ja?«

»Als ich ein Kind war, vierzehn oder so, habe ich mir ständig Sorgen darüber gemacht, was wohl passieren würde, wenn ich nicht heiraten würde. Mein Vater hatte mit dreiundzwanzig geheiratet, und so dachte ich, daß ich noch neun oder zehn Jahre hätte, bevor die Leute herausfinden würden, daß ich schwul sei. Danach ... na ja, da gab es nicht allzu viele gute Entschuldigungen. Und weißt du, worauf ich danach gehofft habe?«

Jon schüttelte den Kopf.

»Daß ich gelähmt würde.«

»Michael, um Himmels willen!«

»Nicht so natürlich. Nur von der Hüfte abwärts. So, daß ich in einem Rollstuhl hätte sitzen können und die Leute mich mögen, ohne daß ich mir Sorgen darüber zu machen bräuchte, was sie sagen würden, wenn ich nicht heirate. Das erschien mir zu der Zeit eine wirklich gute Lösung zu sein. Ich war halt so ein *dusseliges* Geschöpf.«

»Und du bist genauso ein dusseliger Erwachsener. Du kannst dich in solchen Gedanken nicht herumsuhlen, Michael. Das ist nicht gesund für dich, wenn du ... Ach, ich hab ja fast vergessen, daß *Chorus Line* wiederaufgeführt wird. Ich habe heute für uns Karten bestellt.«

»Lustig, was?«

»Gott verdammt noch mal, Michael! Wirst du endlich aufhören, so ... melodramatisch zu sein! Ich hasse es ja, dich enttäuschen zu müssen, aber so, wie es aussieht, wirst du nicht ...«

»Das Wort heißt sterben, Engelchen.«

»Das wirst du *nicht*, Michael. Ich bin Arzt. Ich weiß das.«

»Du bist Frauenarzt, mein Lieber.«

»Du *liebst es*, diese Szene durchzuspielen, was? Dich als kleine Butterfly zu fühlen ...«

»Hey, hey.« Michaels Stimme war sanft und tröstend. Der flippige Leichtsinn war wie weggewischt. »Nimm mich nicht ernst, Jon. Ich muß einfach nur reden, das ist alles. Hör besser nicht auf das, was ich sage. O.K.?«

»O.K.«

»Weißt du was? Ich habe das Gefühl, daß sie mir die Pille geben. Ich meine, sie nennen das zwar Steroide oder so irgendwas, aber es ist einfach nur die Pille. Ich habe mir den ganzen Morgen darüber Gedanken gemacht. Sie haben mich auf Pille gesetzt, und mein Frauenarzt verbringt mehr Zeit mit mir als jeder andere Arzt. Ist das nicht ein Alarmzeichen?«

Jon lächelte. »Das ist wirklich gut, ganz in Ordnung.«

»Vielleicht spricht diesmal sogar einiges für all das hier. Zumindest in einer Hinsicht. Ich kann stundenlang ohne Schwierigkeiten als Kerl durchgehen. Geschickt arrangiert und festgebunden in der dunklen Ecke einer Lederbar, könnte ich dort die *absolute Sensation* sein.«

Mary Ann erschien eine halbe Stunde später. Michael blinzelte ihr im Spiegel zu.

»Hallo, du siehst ja toll aus. Wo hast du nur diese wunderbare Acapulcobräune her?«

»Hey, Mouse. Burke ist auch dabei.«

»Ich sehe es. Hallo, Großer.«

»Hallo, Michael.«

»Alles klar hier, Kumpel. Keine Rose weit und breit.«

Das Pärchen lachte nervös auf. »Mouse«, sagte Mary Ann, »ich habe deine Post mitgebracht. Soll ich sie dir ... vorlesen?«

»Was ist es denn? Eine rosa Benachrichtigung von der Tripperklinik?«

Mary Ann kicherte. »Ich glaube, ein Brief von deinen Eltern.«
Michael sagte nichts. Jon warf Mary Ann einen warnenden Blick zu, die daraufhin auch gleich versuchte abzuwiegeln. »Ich lasse ihn hier, Mouse … und vielleicht kann Jon ihn dir später …«
»Nein. Schieß los.«
Mary Ann schaute erst auf Jon, dann wieder zurück zu Michael. »Bist du sicher?«
»Aber ja.«
So öffnete sie den Brief.

Rettet unsere Kinder

Mary Ann begann zu lesen:

»Lieber Mikey,
wie geht es Dir. Ich nehme an, daß Du mittlerweile von Mexiko zurück bist. Bitte schreib uns. Papa und ich sind wirklich ganz wild darauf, alles darüber zu hören. Und wie geht es Mary Ann? Und wann werden wir sie mal zu sehen bekommen?
Hier ist alles in Ordnung. Es sieht so aus, als ob wir mit der diesjährigen Ernte gut zurechtkommen trotz des Frostes und all solcher Sachen. Der Boykott durch die Homosexuellen läßt den Verkauf von Orangensaft vielleicht etwas zurückgehen, aber Papa sagt, daß das auf Dauer gesehen keinen Unterschied macht, und außerdem dient es sowieso …«

Mary Ann sah auf. »Mouse ... ich glaube, das sollten wir uns für ein anderes Mal aufheben.«
»Nein. Es ist O.K. Lies weiter.«
Mary Ann sah Jon an. Der zuckte die Achseln.
»Ich bin ein halbes Leben lang damit klargekommen«, erklärte Michael. »Noch ein Tag mehr macht da keinen Unterschied.«
So fuhr Mary Ann fort zu lesen:

» ... und außerdem dient es sowieso nur dazu, Jesus zu zeigen, auf welcher Seite wir sind.
Du erinnerst Dich, was ich in meinem letzten Brief geschrieben habe, daß wir in unserer Resolution nichts über das Vermieten an Homosexuelle gesagt haben, weil Lucy McNeil ihre Garage an diesen schwulen Mann vermietet hat, der Teppiche im Dixie Dell Mall verkauft? Ich dachte, daß das in Ordnung sei, weil Lucy von der ruhigen Sorte ist und Magenprobleme hat und es nicht christlich ist, sie übermäßig zu belasten.
Ich glaube, daß derjenige, der behauptet hat, die Straße zur Hölle sei mit guten Vorsätzen gepflastert, wohl recht hatte, weil Lucy aus heiterem Himmel wegen der Homosexuellen richtiggehend militant geworden ist. Sie sagte, sie würde unsere Resolution ›Save Our Children‹ nicht unterzeichnen, und bezeichnete uns alle als Heiden und Heuchler. Sie behauptete, daß Jesus uns noch nicht einmal erlauben würde, seine Füße zu küssen, wenn er heute auf die Erde zurückkäme. Kannst Du Dir so was vorstellen?

Ich war richtig wütend darüber nach dem Meeting, bis Dein Vater es mir erklärte. Du weißt, ich habe niemals viel darüber nachgedacht, aber Lucy hat *niemals* geheiratet, dabei war sie wirklich hübsch, als wir noch in die Oberschule in Orlando gingen. Sie hätte leicht einen wirklich guten Ehemann finden können, wenn sie sich das nur vorgenommen hätte. Na ja, jedenfalls deutete Dein Vater an, daß Lucy mittlerweile Kurse für Moderne Kunst besucht, außerdem Indianerblusen und Hippiekleider trägt, so daß ich annehme, daß die Lesbierinnen sie möglicherweise verführt haben. Es ist wirklich schwer zu glauben. Sie war immer so hübsch.

Etta Norris hat am Samstag abend in ihrem Haus eine Party für ›Save Our Children‹ gegeben. Es war wirklich nett. Lolly Newton hat sogar einen Red Devil's Food Cake von ihr gekauft, den sie nach Mrs. Oral Roberts Rezept aus Anita Bryants Kochbuch gemacht hatte. Das brachte uns auf die Idee, eine ganze Menge verschiedener Rezepte aus dem Kochbuch auszuprobieren und die Ergebnisse auf einem Wohltätigkeitsbasar zu verkaufen, um Geld für unsere Kampagne zusammenzubringen.

Wir beten alle, daß das Referendum in Miami durchgeht. Wenn es den Homosexuellen in Miami erlaubt wird, unterrichten zu dürfen, dann kann das auch in Orlando passieren. Reverend Halker sagt, daß die Dinge in Miami so schlimm geworden sind, daß sich Homosexuelle sogar öffentlich küssen. Dein Papa glaubt das nicht, aber ich sage, daß der Teufel sehr viel mächtiger ist, als wir es annehmen.

Mikey, wir haben Blackie einschläfern lassen müssen. Es tut mir leid, Dir das mitteilen zu müssen, aber er war ja schon ziemlich alt. Ich weiß, daß sich Gott um ihn genauso kümmern wird, wie er das mit all seinen Wesen tut.

Bubba läßt grüßen.

In Liebe,

Mama«

Mary Ann trat neben Michaels Bett. Sie sah ihn direkt an, ohne sich des Spiegels zu bedienen. »Mouse ... das tut mir wirklich leid.«

»Vergiß es. Ich finde, das ist doch eine tolle Sache.«

»Nein. Es ist schrecklich. Sie weiß nicht, was sie sagt, Mouse.«

Michael lächelte. »O ja, das weiß sie. Sie ist christlich, und zwar mit großem C geschrieben. Die wissen *immer*, was sie sagen.«

»Aber sie würde es nicht sagen, Mouse, nicht, wenn sie es wüßte. Nicht über ihren eigenen Sohn.«

»Sie würde es über den Sohn von anderen sagen. Wo, um Himmels willen, ist da der Unterschied?«

Mary Ann schaute sich nach Jon und Burke um. Die Tränen rollten ihr übers Gesicht. Dann streckte sie die Hand aus und berührte die unbewegliche Gestalt, die da im Bett lag.

»Mouse, wenn ich irgend etwas für dich tun könnte ...«
»Das kannst du, Engelchen.«
»Wie bitte? Was?«
»Hast du deinen Parker zur Hand?«
»Aber sicher.«
»Dann kommen Sie zum Diktat, Miss Singleton.«

Brief an Mama

Liebe Mama,
es tut mir leid, daß es so lange gedauert hat, bis ich zum Schreiben kam. Jedesmal wenn ich versuche, Dir und Papa zu schreiben, wird mir klar, daß ich nicht das sage, was in meinem Herzen ist. Das wäre ganz in Ordnung, wenn ich Euch weniger lieben würde, als es nun mal ist, aber Ihr seid immer noch meine Eltern, und ich bin noch immer Euer Kind.
Ich habe Freunde, die glauben, daß ich einen Fehler mache, indem ich diesen Brief schreibe. Ich hoffe, daß sie im Unrecht sind, hoffe, daß sich ihre Zweifel auf Eltern beziehen, von denen sie weniger geliebt werden und die ihnen weniger vertraut haben, als ich das bei meinen erlebt habe. Ich hoffe ganz besonders, daß Ihr das als einen Akt der Liebe meinerseits seht, als Zeichen meines andauernden Bedürfnisses, mein Leben mit Euch zu teilen.
Wie ich annehme, hätte ich wohl kaum geschrieben, wenn Ihr mir nicht mitgeteilt hättet, wieweit Ihr Euch mit dieser »Save Our Children«-Kampagne

eingelassen habt. Das, mehr als alles andere, machte mir meine Verantwortlichkeit klar, Euch die Wahrheit zu sagen, daß nämlich Euer eigener Sohn homosexuell ist und vor nichts gerettet werden muß, außer vor dieser grausamen und verständnislosen Frömmigkeit von Leuten wie Anita Bryant.

Es tut mir leid, Mama. Aber nicht, daß ich so bin, wie ich nun mal bin, sondern darum, wie Ihr Euch in diesem Moment fühlen müßt. Ich weiß, was das für ein Gefühl ist, weil ich es über weite Teile meines Lebens hinweg verspürt habe. Beschämung, Unglauben – Zurückweisung durch die Furcht vor etwas, von dem ich schon als Kind wußte, daß es eine Grundlage meiner Natur ist und genauso zu mir gehört wie die Farbe meiner Augen.

Nein, Mama, ich bin nicht »verführt« worden. Kein brünstiger Homosexueller hat mir je als Mentor gedient. Aber weißt Du was? Ich wollte, es hätte einen gegeben. Ich wünschte mir, daß jemand, älter als ich und klüger als die Leute in Orlando, mich beiseite genommen und gesagt hätte: »Du bist in Ordnung, Junge. Du kannst aufwachsen und Arzt werden oder Lehrer genau wie jeder andere auch. Du bist nicht verrückt, krank oder böse. Du kannst Erfolg haben und glücklich sein und deinen Frieden finden mit Freunden – mit jeder Art von Freunden –, die sich nicht im geringsten darum kümmern, mit *wem* du ins Bett gehst. Vor allem aber kannst du lieben und geliebt werden und mußt dich nicht selbst dafür hassen.«

Aber das hat niemals jemand zu mir gesagt, Mama. Ich mußte das selber herausfinden mit Hilfe dieser Stadt, die meine Heimat geworden ist. Ich weiß, daß es Dir schwerfallen muß, das zu glauben, aber San Francisco ist voll von Männern und Frauen, sowohl heterosexuellen als auch homosexuellen, die nicht glauben, daß die Sexualität den Maßstab für den Wert eines anderen Menschen darstellt.

Dabei sind das keine Radikalen oder Verrückten, Mama. Es sind Verkäufer und Bankangestellte, nette alte Damen und Leute, die dir zunicken und lächeln, wenn du sie im Bus triffst. Ihre Haltung ist weder herablassend noch voller Mitleid. Und ihre Botschaft ist so einfach: Ja, du bist ein Mensch. Ja, ich mag dich. Ja, es ist in Ordnung, daß du mich auch magst.

Ich weiß, was Du jetzt denken wirst. Du fragst Dich selber: Was haben wir denn falsch gemacht? Wie konnten wir das nur geschehen lassen? Wer von uns beiden ist dafür verantwortlich?

Ich kann das nicht beantworten, Mama. Auf lange Sicht gesehen, ist mir das, glaube ich, völlig gleichgültig. Wie es auch sei: Wenn Ihr, Du und Papa, dafür verantwortlich seid, wie ich nun mal bin, dann danke ich Euch aus ganzem Herzen, denn darin finde ich Licht und Freude meines Lebens.

Ich weiß, daß ich Euch nicht schildern kann, was es heißt, schwul zu sein. Aber ich kann Euch sagen, was es nicht ist.

Schwul sein bedeutet, sich nicht hinter Wörtern

verstecken zu müssen, Mama, wie zum Beispiel hinter solchen wie Familie, Anstand und Christentum. Man muß sich nicht vor seinem Körper oder den Freuden, die Gott dafür gemacht hat, fürchten. Es bedeutet, deinen Nachbarn nicht zu verurteilen, es sei denn, er ist grob oder unfreundlich.

Schwul sein hat mich Toleranz, Mitgefühl und Demut gelehrt. Es hat mir die endlosen Möglichkeiten des Lebens gezeigt. Es hat mich mit Leuten zusammengebracht, deren Leidenschaft, Freundlichkeit und Empfindungsfähigkeit mir eine ständige Quelle von Kraft gewesen sind.

Ich habe Aufnahme in die große Menschenfamilie gefunden, Mama, und es gefällt mir. Es *gefällt* mir.

Es gibt wenig, was ich noch sagen könnte, außer daß ich der gleiche Michael bin, den Ihr immer gekannt habt. Nur, jetzt kennt Ihr mich besser. Ich habe niemals bewußt etwas getan, um Euch zu verletzen, und ich werde das auch nie tun.

Bitte habt nicht das Gefühl, Ihr müßtet mir sofort darauf antworten. Es ist genug für mich, zu wissen, daß ich nicht länger Menschen belüge, die mir den Wert der Wahrheit beigebracht haben.

Mary Ann sendet Euch liebe Grüße.

In der Barbary Lane ist alles in Ordnung.

Euer Euch liebender Sohn,

Michael

Das Ende

Mary Ann war ernsthaft erschüttert, als sie und Burke St. Sebastian's verließen. Sie hatte vorgehabt, den größten Teil des Abends dort zu verbringen, aber ihre Tränen hatten sich als unkontrollierbar erwiesen. Jon hatte versprochen, sie auf jeden Fall anzurufen, »wenn sich irgend etwas ändert«.

Zurück in der Barbary Lane, versuchte sie, unter dem Heißwasserhahn ein Steak aufzutauen.

»Aber bitte nicht für mich«, bat Burke.

»Ich dachte, du magst Steak.«

»Ich bin nicht hungrig. Wirklich nicht.«

Sie seufzte und warf das Fleisch auf den Geschirrständer. »Ich auch nicht.« Sie schaute Burke ins Gesicht und zwang sich ein Lächeln ab. »Weißt du eigentlich, wo ich Michael getroffen habe?«

»In einem Supermarkt, oder?«

»Habe ich dir das schon mal erzählt?«

Burke nickte. »In Puerto Vallarta.«

Mary Ann trocknete ihre Hände an einem Küchenhandtuch und setzte sich Burke gegenüber an den Küchentisch. »Er war so nett, Burke ... aber ich war *wütend* auf ihn, weil er mit diesem Typen zusammen war, den ich wirklich mochte, und die ganze Nacht sagte ich mir immer wieder: ›Was für eine Verschwendung ... was für eine Verschwendung.‹ Ich habe diesen ganzen Mist damals auch noch geglaubt. Ich habe wirklich geglaubt, daß er verloren ist, daß er irgendwie auf dem falschen Weg ist. Natürlich habe ich mir selbst *versichert*, daß er mir leid tut, aber in

Wirklichkeit habe ich mir nur selbst leid getan. Ich habe herausgefunden, daß all die richtigen Männer nicht für mich da waren, und damit konnte ich nicht umgehen.«

»Das ist in Ordnung. Die Leute ändern sich.«

»Ich nicht. Wenigstens lange Zeit nicht. Ich hatte das Gefühl ... ich weiß nicht. Ich glaube, daß ich dachte, ich könnte ihn ändern, seine Freundin werden und ihn dazu bringen, sich bei Frauen zu entspannen, oder so was in der Art. Ich hatte nicht erwartet herauszufinden, daß *ich* es war, die sich entspannen mußte.«

»Sei nicht so hart mit dir.«

»Es ist die Wahrheit, Burke.«

»Michael mag dich, Mary Ann. *Irgend etwas* mußt du ja richtig gemacht haben.«

»Ich hoffe.«

»Du hoffst? Verdammt noch mal, Mary Ann, es gab Momente in Mexiko, da hat mich die Eifersucht schier aufgefressen.«

»Eifersüchtig? Auf Michael?«

»Auf dich und Michael, euch beide zusammen. Michael und du, ihr mit eurem Lachen und euren Verschwörungen, wie ihr beide Arnold und Melba hereingelegt habt. Michael und du, wie ihr vorgegeben habt – verdammt noch mal, ihr habt es nicht nur vorgegeben –, *verheiratet zu sein.* Ihr wart so verheiratet, wie zwei Leute das überhaupt nur sein können.«

Sie blinzelte ihn erstaunt an und fingerte unbewußt an dem sonderbaren kleinen Schlüssel herum, der an ihrem Hals hing. »Burke ... ich liebe dich. Ich habe nie beabsichtigt ...«

»Ich klage dich nicht an. Ich will nur, daß du dich nicht weiter quälst. Nicht wegen Michael. Ihr zwei habt etwas Wunderbares zusammen gehabt.«

Sie ließ den Schlüssel los und langte nach seiner Hand. »Können wir ins Schlafzimmer gehen?« fragte sie.

Dort auf dem Bett lag sie in seinen Armen und weinte.

Später sahen sie fern. Beide bemühten sie sich darum, dem anderen zuliebe so zu tun, als wären sie an der Sendung interessiert. Dann stand Burke auf und machte den Apparat aus.

»Willst du im Krankenhaus anrufen?«

»Nein … ich … nein.«

»Vielleicht fühlst du dich dann besser.«

»Jon ist da. Ich glaube nicht, daß ich …«

»Ich glaube, Michael würde sich freuen.«

»Na ja, was könnte ich …?«

Das Telefon klingelte. Beide sprangen hoch.

»Soll ich rangehen?« fragte Burke.

Sie zögerte. »Nein … ich gehe ran.«

Sie drehte ihm den Rücken zu, als sie sich meldete. Sie wollte nicht, daß Burke ihr Gesicht sah.

»Hallo, Jon … In Ordnung, ich denke … Ja … O Gott! O mein Gott! … Nein, ich bin in Ordnung. Wann ist er … ? Danke … . Ja, das werde ich … Ich verspreche es dir, Jon. Ich liebe dich, Jon.«

Sie legte auf.

Burke legte seinen Arm um sie.

»Gott sei Dank«, sagte sie sanft. »Es war nicht Michael, Burke. Es war Beauchamp Day. Jon und Michael haben es gerade im Radio gehört. Beauchamps Auto streifte eine Wand des Broadway Tunnel und ist explodiert. Sie konnten ihn nicht mehr herausholen, Burke. Er ist bei lebendigem Leibe verbrannt.«

Endlich sechzig

Der anregende Kräuterduft von Vitabath stieg Frannie in die Nase, als sie sich in der riesigen Marmorwanne zurücklehnte und die Auswirkungen der Vitamin-Q-Tablette genoß.

»Aaaach du meine Güte! Das Ding ist ja groß genug für zwei.«

Birdsong hörte auf, ihre Füße zu massieren. »Möchten Sie, daß ich reinkomme, Mrs. Halcyon?«

»Oh, nein.« Sie kicherte. »Nein, das sollte keine Aufforderung sein, Birdsong.«

»Es ist kein Problem.«

»Nein. Da bin ich mir sicher ... Birdsong?«

»Ja?«

»Wie lange arbeitest du hier in Pinus?«

»Seit zwei Jahren.«

»Und wie alt warst du damals?«

»Oh ... zwanzig.«

»Es gefällt dir also hier?«

»Ja.«

»All diese alten Damen. Macht es dir Spaß ... sie zu bedienen?«

»Sie sind nicht alt für mich.«

Frannie lächelte vergebend. »Ich weiß, daß Sie dir Anweisungen geben, dich so zu verhalten, aber sicherlich ... na ja, ich meine, wir sind alle über sechzig, nicht? Ein junger Mann muß sich doch irgendwo ein bißchen ... komisch vorkommen ... verstehst du mich.«

»Nein. Ich mag erfahrene Frauen.«

Unter den schwerlidrigen Augen breitete sich auf ihrem Gesicht ein Grinsen aus. »Sie sind ein Diplomat, junger Mann.«

Birdsong zwinkerte ihr zu und bewegte ihren großen Zeh hin und her.

»Wie ist denn dein richtiger Name?« fragte sie.

»Es ist uns nicht erlaubt, das zu sagen.«

»Nicht erlaubt?«

»Nein.«

»Würdest du mir den Rücken schrubben?«

»Wenn Sie es möchten.«

»Ich möchte es«, lächelte Frannie und drehte sich im Seifenschaum herum.

Die Stammesmutter der Halcyons schlief geräuschvoll bis sechs Uhr abends. Dann klopfte Helena Parrish an die Tür. »Der Zeitpunkt ist nahe«, tönte sie freudig und schielte in das Zimmer. Sie war aus ihren Straßenkleidern in den altrosa Kaftan, der hier üblich war, geschlüpft. Sie hatte ihre Frisur von vorhin gelöst, und ihr Haar floß jetzt in einem einzigen verwegenen und prächtigen Zopf zusammen.

Frannie rieb sich die Augen und schwang die Füße aus dem Bett. »Ich bin nicht besonders nervös. Oder sollte ich das vielleicht sein?«

»Darling … das wird die außergewöhnlichste Nacht deines ganzen Lebens werden.«
»*Jetzt* bin ich nervös.«
»Es wird schon alles in Ordnung gehen.«
»Ich fange an, mich wie eine verrückte alte Närrin zu fühlen.«
»Unsinn. Du wirst hier die Jüngste sein.«
Frannie kicherte. »So habe ich das noch gar nicht betrachtet.«
»Du mußt nicht *denken,* Liebes … sondern *fühlen.* Das ist das Geheimnis von Pinus. Laß deine Gefühle zu.«
»Ich werde es versuchen.«
»Gut. Jetzt … jetzt noch eine Vitamin-Q-Tablette, und dann geht's los.«

Das Amphitheater raubte Frannie den Atem. Gegen die sich verdunkelnden Hügel hoben sich an die hundert Frauen ab, die sich in altrosa Liegestühlen rekelten und ihren Blick auf die Freilichtbühne gerichtet hatten, die vor ihnen lag.
Im Zentrum der Bühne brannte ein Freudenfeuer, das ein geheimnisvolles Licht war auf das gigantisch große goldene »P«, das darüber hing. Als Helena eintrat, stimmte das Publikum Lady Janes Freudenschrei an.
»Aaaahhhhaaaahhhheeeeaaaahhhh!«
Das Geräusch war donnerartig, machte fast taub. Über Frannies Rückgrat liefen kleine Schauer. Sie zog den Kaftan enger und fingerte an ihrem Haar herum. Sie wartete auf ein Zeichen von Helena.
»Meine Damen«, sagte Helena strahlend und ohne dabei

ein Mikrofon zu benutzen, »wir alle wissen, warum wir heute abend hier sind. Wollen wir also beginnen. Ohne weiteres Drumherum darf ich euch ... die neueste Empfängerin der Geheimnisse von Pinus vorstellen ... Frannie Halcyon!«

Dieses Mal brachte der Freudenschrei beinahe die Bäume zum Wanken. Frannie ging mit hocherhobenem Kopf auf die Bühne und nahm neben Helena am Feuer Platz. Dann – die Frauen hatten sich alle auf einmal erhoben – wurde ein riesiger Kuchen auf die Bühne gerollt. Das Publikum ließ erneut seinen Lady-Jane-Schrei ertönen und brach in einen jubilierenden Glückwunsch aus: »Happy Birthday.«

Der Tortendeckel flog in einem Durcheinander von Fleisch und Feuerschein beiseite.

Das nackte Wesen, das sich da erhob, brachte die Zuschauerinnen dazu, vor Entzücken und Wiedererkennen aufzustöhnen. »Blue Grass«, quiekte eine Frau nahe an der Bühne. *»Sie hat Blue Grass bekommen!«*

Frannie hob die Augen und blickte auf einen riesigen goldhaarigen Mann, der wie Joe Palooka aussah. Er lächelte auf das Geburtstagskind herunter und sprang mit einem spannungsgeladenen Schwung aus dem Kuchen.

In einer einzigen mühelosen Bewegung nahm er Frannie in die Arme und rannte mit ihr in den Wald.

Und wieder erhob sich Lady Janes Freudenschrei.

Letztes Gedenken an Beauchamp

Als Bruno endlich anrief, war Douchebag außer sich.
»Verdammt noch mal, Mann! Du hast gesagt um acht!«
»Yeah? Na, dann hab ich eben gelogen. Geh nach Hause, Punk.«
»Was soll das heißen, geh nach Hause? Ich hab mir hier schier den Arsch abgefroren, damit ich …«
»Ich sagte, geh nach Hause!«
»Und was ist mit meinem Geld?«
»Es wird kein Geld geben, weil es auch keinen Job gibt. Der Kunde ist gerade im Broadway Tunnel gegrillt worden.«
»Wie?«
»Ich werde es dir erklären, wenn du erwachsen bist.«
»Warte, verdammt noch mal …«
»Sieh mal, Kindchen, wenn du ein blaues Gesicht brauchst, passend zu deinen grünen Haaren, dann mußt du mich nur noch etwas weiter belästigen, hast du mich verstanden?«
Douchebag legte sich eine hartgesottene Antwort zurecht, entschied sich dann aber dagegen und hängte auf. Sie fummelte die Sicherheitsnadel an ihrem Müllsack wieder zurecht, schlurfte aus der Telefonzelle heraus und setzte sich Richtung Heimat in Bewegung.
Vielleicht gab es ja unterwegs eine Katze, die sie ein bißchen treten konnte.

Als sie den Palace of the Legion of Honor verließen, blieb DeDe einen Moment lang stehen, um die Golden Gate Bridge zu betrachten, die in der Dunkelheit glitzerte.
»Es haut immer wieder hin, nicht?«

»Was?« fragte D'orothea.

»Das. Ich finde … sie wird niemals älter. Ich bin hier geboren und hab nie aufgehört, den Atem anzuhalten, wann ich sie auch immer sehe. Manchmal denke ich, daß ein riesiger Magnet in der Brücke verborgen ist, der mich davon abhält, die Stadt zu verlassen.«

»Möchtest du weggehen?«

»Ich denke darüber nach. *Jeder* denkt daran, seine Heimat zu verlassen, oder? Das Problem ist, wenn du am Ende des Regenbogens geboren bist, gibt es eigentlich keine Möglichkeit mehr, wohin man noch gehen könnte.« Sie wandte sich ihrer neuen Freundin zu und lächelte sie an. »Es ist nicht ganz fair, oder?«

»Vielleicht gibt es eine Stadt, die du noch nicht gesehen hast.«

»Oh, es gibt viele Städte, die ich noch nicht gesehen habe. Athen … Wien …«

»Nein. Ich meine hier.« D'orothea lächelte, eine Augenbraue hochgezogen. »Diese Leute von der Junior League da drinnen sind mir so fremd wie … Marsmenschen. DeDe, es gibt eine erstaunliche Anzahl von Leuten in dieser Stadt, deren Schuhe nicht zu ihrer Handtasche passen.«

DeDe dachte auf dem Weg zu D'orotheas Haus in Pacific Heights schweigend darüber nach. Als sie vor dem zimtfarbenen viktorianischen Haus angekommen waren, bedankte sich D'orothea bei ihr für den »so erbaulichen Abend«.

DeDe lächelte entschuldigend. »War ganz schön langweilig, oder?«

»Nicht mit dir, Liebes.« Sie lehnte sich plötzlich vor und küßte DeDe auf die Wange. »Wo, nur mal beiläufig gefragt, werden wir unsere Babys denn bekommen?«

»Im St. Sebastian's Hospital«, sagte Dede. »Und, danke für das *wir.*«

D'orothea zuckte mit den Schultern. »Du kannst es doch nicht alleine über die Bühne bringen, oder?«

»Ich dachte, daß ich das wohl tun müßte.«

»Unsinn.« Sie wand sich aus dem Auto, schlug energisch die Türe zu und warf ihr von der Vordertreppe her noch eine Kußhand zu. »Ich werde dich bald anrufen«, rief sie.

Vierzig Minuten später kam DeDe alleine am Halcyon Hill an. Ein Polizeiauto parkte in der kreisförmigen Auffahrt. Als sie den Mercedes abschloß, sah sie einen stämmigen Polizisten, der neben der schmiedeeisernen Negerfigur stand, die Mutter nach den ganzen Rassenunruhen hatte weiß lackieren lassen.

»Mrs. Day?« Der Polizist war an sie herangetreten.

»Ach, du meine Güte! Nicht schon wieder ein Einbruch?«

»Nein, meine Dame. Es tut mir leid. Wir konnten keine anderen Mitglieder Ihrer Familie finden, und so wurde ich gebeten, Sie ... Es hat einen Unfall gegeben, Mrs. Day.«

»Mutter! Ist was mit Mutter?«

Der Polizist nahm ihren Arm. »Nein, meine Dame, da ist alles in Ordnung. Warum setzen wir uns denn nicht irgendwohin?«

Drinnen nahm sie die Neuigkeiten stoischer auf, als der Polizeibeamte es erwartet haben mochte.

»Wann ist es passiert?« fragte sie.

»Vor einigen Stunden. Sein Auto streifte offensichtlich eine Wand des Broadway Tunnel. Es gab ein ... Feuer.«
»Ach, du meine Güte.«
»Mrs. Day ... es tut mir wirklich leid. Wenn Sie irgendwo hinmöchten, wäre ich mehr als glücklich, Sie dorthin zu bringen.«
»Nein. Danke schön. Ich bin schon O.K.«
»Möchten Sie, daß ich noch eine Weile hierbleibe?«
»Ich glaube nicht, daß das nötig sein wird, aber vielen Dank.«
Mit offensichtlichem Unbehagen händigte ihr der Polizist einen Umschlag aus. »Ich bin beauftragt, Ihnen das zu geben. Es gehörte Ihrem Gatten – es sind seine persönlichen Sachen.«
Nach zwei schottischen Whiskys und einigen hundert Keksen zog sich DeDe in ihr Schlafzimmer zurück und nahm ihren Mut zusammen, um den Umschlag zu öffnen. Alles, was von ihrem Ehemann übriggeblieben war, landete mit einem häßlichen Geklappere auf der Spiegelplatte ihres Toilettentisches.
Eine goldene Gürtelschnalle, die aus zwei ineinandergreifenden »G« bestand.

Burkes böser Traum

Aus verschiedenen Gründen schliefen sowohl Mary Ann als auch Burke in der Nacht von Beauchamps Tod schlecht und unruhig. Als sie erwachte, rief Mary Ann im Krankenhaus an und erkundigte sich nach Michaels Befinden.

Es hatte sich nichts geändert, teilte ihr Jon mit. Später am Vormittag wurden Mona und Mrs. Madrigal erwartet. Dann rief die Sekretärin bei Halcyon Communications an und verlangte Mildred aus der Produktionsabteilung zu sprechen.

Es war noch nicht halb neun; die altjüngferliche Stimme klang müde und weit entfernt. »Wann hast du es erfahren?« erkundigte sie sich.

»Heute nacht«, sagte Mary Ann, die ihrer Stimme absichtlich einen Ton verlieh, der für ein Begräbnis hätte geeignet sein können. »Ein Freund hat mich angerufen.«

»Es ist fürchterlich. Die Medien machen einen solchen Wind davon. Ich fürchte mich *jetzt schon* vor den Fernsehnachrichten heute abend.«

»Soll ich kommen, Mildred?« Die *eigentliche* Frage war natürlich, ob Beauchamp Mildred – oder sonst irgend jemandem von Bedeutung – etwa erzählt hatte, daß er Mary Ann gefeuert hatte.

»Nein«, antwortete Mildred. »Wir haben eigentlich geschlossen. Ich nehme nur die Anrufe entgegen und kümmere mich um die Presse. Oh, eine Sache?«

»Und?«

»Ich habe heute morgen mit DeDe gesprochen. Sie hält sich gut, wenn man die ganzen Umstände betrachtet. Es muß *schrecklich* für sie sein, jetzt kurz vor der Entbindung. Und – was das Schlimmste ist – ihre Mutter wird vermißt.«

»Mrs. Halcyon wird vermißt?«

»Nun ja, nicht direkt vermißt. Sie haben sie bislang nur nicht ausfindig machen können. Sie hat DeDe erzählt, daß sie in ihr Haus in Napa fährt, aber bislang ist sie dort nicht aufgekreuzt. Ich nehme an – das ist aber einzig und allein *meine* Theorie, erinnere dich daran –, daß sie, tiefreligiös wie sie ist, das weißt du doch, vielleicht genau wie Angelina Alioto von Missionsstation zu Missionsstation pilgert.«

»Weiß die Presse, daß sie ...«

»Um Himmels willen, nein! DeDe hat mir das unter dem Mantel der Verschwiegenheit erzählt! Sie hat einige diskrete Erkundigungen bei den Freundinnen ihrer Mutter eingezogen. Ich glaube, sie erwartet, daß sie umgehendst auftauchen wird. Behalte es für dich, versprich mir das, Mary Ann?«

»Natürlich. Mildred ... sind schon irgendwelche Vorbereitungen für die Beerdigung getroffen worden?«

»Oh ...« Mildreds Stimme stockte. »Das ist eine traurige Geschichte, fürchte ich. Beauchamp hatte eine Klausel in seinem Testament, nach der er verbrannt werden wollte. Aber wenn man die ... Natur des Unfalls betrachtet, so hat die Familie jedenfalls das Gefühl, daß eine Verbrennung nicht gerade von sonderlich gutem Geschmack zeugen würde.«

»Ich verstehe.«

»Ich denke, es wird irgendein Gedenkgottesdienst oder so was abgehalten werden. Dede hat heute morgen mit Beauchamps Eltern in Boston gesprochen.«

»Danke, Mildred. Ich will dich nicht aufhalten.«

»Ich weiß, du wirst dich fragen, was jetzt mit deinem Job los ist ... aber, mach dir darum keine Sorgen, Liebes. Ich bin sicher, daß es einen Platz für dich geben wird, wenn

sich der Staub erst mal gelegt hat. Warum nimmst du dir in der Zwischenzeit nicht ein bißchen Urlaub?«
»Danke, Mildred.«
»Nichts zu danken, Mary Ann. Ich bin sicher, Beauchamp würde es so gewollt haben.«

Wenn Mary Ann auch nur für einen Moment überlegt hätte, was sie mit ihrer Freizeit tun sollte, so war die Frage schon während des Frühstücks beantwortet.
»Ich habe heute nacht von unserem Freund geträumt«, sagte Burke. Mary Ann setzte ihren Becher mit Orange Cappuccino nieder. »Michael?«
»Nein. Von dem Mann mit der Haarverpflanzung ... auf dem Blumenmarkt.«
»Bäh.«
»Du hast recht. Ich hätte nicht davon anfangen sollen.«
»Nein. Du sollst darüber reden, Burke.«
»Es war nur ein Traum.«
»Es könnte auch eine *Erinnerung* sein, Burke. Erzähl mir davon.«
Er schaute sie skeptisch an. »Ich möchte nicht zu deinem ... Lieblingshobby werden, Mary Ann.«
»Schätzt du die Sache so ein?«
Er zögerte. »Nein. Eigentlich nicht.«
»Dann *erzähl* es mir.«
»Na ja, es kam ein Laufsteg darin vor, so einer in der Art, von der ich dir erzählt habe. Es war ein Metallgeländer da, und ich glaube, daß ich auf einem Betonboden gelaufen bin – nur, daß es ganz weit oben war.«
»Über was oben?«

»Ich weiß nicht. Über irgendwelchen Menschen vielleicht – aber ich konnte niemanden unten sehen. Da waren Leute mit mir auf dem Laufsteg zusammen – Leute, die ich kannte.«

»Wer?«

»Ich weiß nicht. Ich weiß nur, daß ich sie kannte.«

»Großartig.«

»Dann kam der Mann mit der Haarverpflanzung – ich meine, er kam auf mich zu – und plötzlich war da diese Rose, diese *gräßliche* Rose.«

»Warum war sie gräßlich?«

»Ich ... weiß nicht.«

»Hat er dir die Rose gegeben? Der Mann mit der Haarverpflanzung.«

»Nein, nicht direkt. Sie war einfach da. Und dann lehnte er sich vor und sagte: ›Mach schon, Burke, es ist doch ganz natürliches Material.‹ Und dann bin ich davongelaufen.«

»Und?«

»Das war alles. Ich bin dann aufgewacht.«

Mary Ann nahm einen Schluck aus ihrem Becher. »Na ja, ich nehme an, wir sollten uns nicht zu sehr auf diesen Typ mit der Haarverpflanzung versteifen. Ich glaube, wir haben beide über ihn gesprochen, und es könnte sein, daß du ihn jetzt in deine tatsächlichen Erinnerungen mit hineingenommen hast.«

»Hmm. Mit einer Ausnahme allerdings.«

»Und welche?«

»Er hatte in meinem Traum keine Haarverpflanzung. Er war kahl, so glatt wie ein Babypopo.«

Der Antrag

Michaels Nachtschwester hieß Thelma und kam ebenfalls aus Florida. Manchmal setzte sie sich hin und sprach mit ihm, nachdem sie ihm seine Acht-Uhr-Spritze Pentazocine gegeben hatte.

»Thelma?«

»Was, Honey?«

»Bin ich heute den vierten Tag hier?«

»Oh ... den fünften, glaube ich.«

»Wenn ich völlig gelähmt bin, wie kommt es dann, daß es weh tut? Ich meine ... ich kann *fühlen*, daß es weh tut.«

»Wo?«

»Meine Beine ... meine Oberschenkel und ... und meine Arme tun ein bißchen weh. Es ist komisch. Ich kann meine Beine sehen, wie sie da liegen, aber es fühlt sich so an, als ob irgend jemand sie zur Decke hochbiegen würde. Ich hätte dich beinahe schon gebeten, sie mir wieder herunterzudrücken.«

Sie streichelte ihn über die Stirn. »Das wird schon vorbeigehen.«

»Letzte Nacht wachte ich auf und war mir sicher, zwischen zwei Bankreihen eingequetscht zu sein.«

»Wie in der Kirche?«

»Ja, genau. Ich konnte die Kanten – du weißt schon – der Rückenlehne hinter meinen Knöcheln und hinter meinem Nacken fühlen. Meine Güte, ich konnte sie beinahe *sehen.*«

»Ob du es glaubst oder nicht, das ist ganz normal. Doktor Beery sagt, daß es bei Guillain-Barré immer irgendwelche sensorischen Verwirrungen gibt.«

»Kann es nicht sein, daß ich verrückt bin, Thelma? Ich fände es gar nicht schlecht, verrückt zu sein.«

»Hör auf damit!«

»Doch, wenigstens ein bißchen. Eine milde Schizophrenie mit einem leichten Schuß von Melancholie und gelegentlichem Sabbern.«

Thelma lächelte. »Du bist nicht verrückt, mein Lieber. Sieh der Sache ruhig ins Auge. Du bist normal.«

»Aber nicht in Florida.«

Thelma wurde rot. »Da würde ich nichts davon wissen.«

»Weißt du was?« sagte Michael.

»Was, mein Lieber?«

»Ich finde dich wahnwitzig süß.«

Sie zog sein Bettuch mit nervöser Betriebsamkeit glatt. »Ich war noch nicht einmal in Florida süß.«

»Ich möchte wetten, genau das warst du, Thel. Ich möchte wetten, daß du alle diese Kerle dort geil wie Schifferscheiße gemacht hast.«

»Nun aber still!«

»Ich möchte wetten, daß die immer draußen in ihren Autos gewartet und den Mond angewinselt haben ... um dich auf ein Cola und Apfelstrudel in die Stadt einladen zu dürfen ... und ich möchte wetten, daß du jede Sekunde davon auch genossen hast.«

»Und ich möchte wetten, daß du innerhalb von zwei Sekunden eine neue Spritze hast.«

»Ist mir völlig egal, selbst wenn du mir eine Lobotomie androhst. Ich weiß, was geil ist, ich hab ja Augen im Kopf.«

»Schau zu, daß du schläfst.«

»Du gehst nicht weg, oder, Thel?«
»Nein, Honey. Nicht, bis dein Freund kommt.«

Sein Freund kam kurz nach neun. Thelma entschuldigte sich, sobald sie Jon in der Tür sah.
»Hi«, grüßte Michael schläfrig.
»Hi. Ich werd nicht lange bleiben, Michael. Du klingst so müde.«
»Nein, bitte. Ich brauche Gesellschaft.«
»Na gut.« Jon zog einen Stuhl neben das Bett. »Ich hatte heute eine ganz großartige Idee.«
»Und was?«
»Wir werden deine Wohnung streichen!«
»Toll. Und mich nehmt ihr als Trittleiter.«
Jon lächelte. »Sieh dir das mal an. Ich habe hier einige Farbmuster aus dem Geschäft mitgebracht.« Er hielt Michael eine dieser Farbtafeln vor die Augen. »Irgendwie mag ich ja diese hellgraue Farbe sehr gern.«
»Hm. Tuntengrau.«
»Vergiß es.«
»Aber, aber, es ist ja *in der Tat* die Farbe des Jahres. Vor drei Jahren war es schokoladenbraun, dann waldgrün. Das war jedenfalls ganz praktisch. Wenn du in einem fremden Schlafzimmer aufgewacht bist, wußtest du wenigstens, welches Jahr es war ... Schauen Sie, lieber Herr Doktor, mein Appartement zu streichen ist definitiv nicht im Bereich ...«
»Quatsch. Wenn ich dort wohnen soll, muß dieses kosmische Orange von Mona unbedingt verschwinden!«
Der Sinngehalt von Jons Worten spiegelte sich umgehend

auf Michaels Gesicht wider. »Äh ... findest du das nicht vielleicht ein bißchen verfrüht, Jon?«

»Wolltest du nicht immer mal mit einem Doktor zusammen wohnen.«

»Jon, ich fühle mich so entsetzlich geschmeichelt, daß ich ...«

»Ich schmeichle nicht, du Arschloch. Ich frage dich, ob du mich heiraten willst.«

Schweigen.

»Und, was ist?«

»Jon, du kannst mich noch nicht einmal alleine ... zur Toilette transportieren.«

»Wer sagt das?«

»Hier geht's nicht zu wie in *Magnificent Obsession.* So wie dort funktioniert das nicht. Du bist dabei, unserer unnatürlichen Verbindung jedes Geheimnis zu nehmen.«

»Das will ich riskieren. Wie steht's also damit?«

Michael zögerte. »Wann werde ich ... wann werde ich hier rauskommen?«

»Ich ... ich weiß nicht. Das hängt von vielen Dingen ab, Michael.«

»Ach so.«

»Michael, sieh mal ...«

»Jedenfalls weißt du, wie man jemanden aufheitert. Das will ich dir zumindest in Rechnung stellen, mein Engel.«

Asche zu Asche

Der Gedenkgottesdienst für Beauchamp Talbot Day fand am Dienstag um elf Uhr vormittags in der St. Matthew's Episcopal Church in San Mateo statt.

In der ersten Reihe saßen Mitglieder der engsten Familie, darunter Mr. und Mrs. Richard Hamilton Day aus Boston, Massachusetts; Miss Allison Dinsmore Day aus New York City; Mrs. Edgar Warfield Halcyon (geborene Francis Alicia Ligon) und die Witwe, Mrs. Beauchamp Talbot Day (geborene Deirdre Ligon Halcyon).

In Begleitung der Witwe und ihrer Mutter befanden sich das Dienstmädchen der Familie, Miss Emma Ravenel; Miss D'orothea Wilson aus San Francisco; und ein junger Mann von nicht näher zu identifizierender Herkunft, der auf den Namen Bluegrass hörte.

Vier Reihen hinter der Familie saßen Miss Mary Ann Singleton, die Sekretärin des Verblichenen; daneben ihr Begleiter, Mr. Burke Christopher Andrew; und Dr. Jon Philip Fielding, der Gynäkologe der Witwe.

Als Freunde des Verblichenen waren Mr. Archibald Anson Gidde, Mr. Richard Evan Hampton und Mr. Peter Prescott Cipriani erschienen.

Der Gottesdienst wurde von Reverend Lindsey R. McAllister aus Boston abgehalten.

Auf Bitte der Familie des Dahingeschiedenen gab es keine Blumenspenden zur Beerdigung, mit Ausnahme einer einzigen roten Rose, die das Prozessionskreuz schmückte.

Kurz nachdem der Gottesdienst begonnen hatte, griff

sich Mr. Burke Christopher Andrew plötzlich in die Magengegend, ließ sein Gesangbuch fallen und übergab sich in die Reihe vor ihm.
Es gab keine Grabrede.

Stimme aus der Vergangenheit

Jon brachte nach dem Gottesdienst Mary Ann und Burke zurück in die Barbary Lane. Das Pärchen war außergewöhnlich ruhig, wie er bemerken konnte. Offensichtlich war der Grund dafür die unglückselige Begebenheit, die durch die Rose am Prozessionskreuz hervorgerufen worden war.
»Ich würde mir darüber keine Gedanken machen«, meinte der Doktor endlich.
»Ich hätte mehr Tempo-Taschentücher mitnehmen sollen«, sagte Mary Ann.
Jon schüttelte den Kopf. »Er war ein mieser Typ. Ich denke, es war völlig angemessen.«
»Wer?« fragte Burke.
»Beauchamp. Er war ein echtes Arschloch.«
Mary Ann schaute verwirrt. »Ich dachte, daß du nur DeDe kennen würdest.«
»Ja. Überwiegend schon. Aber ich hab ihn ein- oder zweimal getroffen.«
Es gab keine Veranlassung, ihnen etwas über seine kurze Affäre mit Beauchamp zu erzählen. Er hatte es noch nicht einmal Michael erzählt, weil er niemals stolz auf dieses kurze Zwischenspiel in seinem Leben gewesen war.

In Michaels Wohnung zurückgekehrt, überprüfte er das Schlafzimmer nach freiem Platz in den Schränken. Sobald Monas Sachen nach unten gebracht werden konnten – sie hatte schon ihre Absicht zum Ausdruck gebracht, zu Mrs. Madrigal zu ziehen –, wäre da genug Platz für seine Kleider und Möbel. Michaels Besitztümer waren minimal. Er stand einen Moment lang vor Michaels Toilettentisch und betrachtete die Dinge, die um den Spiegel herum dekoriert waren.

Einige Polaroidfotos von Mona, die nackt am Devil's Slide herumschmuste, und andere von Mary Ann, die prüde im Hof posierte. Ein goldener Anhänger in der Form von Jockey-Shorts – offensichtlich Michaels Preis, den er in dem Tanzwettbewerb im »The Endup« gewonnen hatte. Ein Photo, das aus einem Magazin herausgerissen war, zeigte einen Jan-Michael Vincent mit freiem Oberkörper. Da war nichts von Jon, nichts, was an sie beide erinnerte. Sie waren noch nicht lange genug zusammengewesen. Der einzige Beweis für ihre Verbindung war eine Serviette aus dem »Sans Souci«, die flott hinter eine Ecke des Jan-Michael-Vincent-Photos gesteckt war.

Plötzlich begann Jon zu weinen und ließ sich auf Michaels Bett sinken.

Michael hatte wie üblich recht gehabt. Der ganze Wirbel über Farbmuster *war* verfrüht gewesen. Es gab kein Anzeichen – wirklich keines –, daß Michaels Befinden sich bessern würde. Und er konnte diesen munteren kleinen Romantiker, der sich da am Rande des Todes bewegte, nicht auf den Arm nehmen, wenn es zum Äußersten kommen sollte.

Jon stand wieder auf und rieb sich gerade die Augen, als das Telefon klingelte.
»Hallo«, sagte er, als er in der Küche ans Telefon ging.
»Wer ist da?« Es war eine Frauenstimme. Sie klang wie Messing.
»Jon Fielding. Ein Freund von Michael.«
»Ist das nicht Mona Ramseys Wohnung?«
»Oh ... na ja, in gewisser Weise schon. Sie ist ...«
»In gewisser Weise?« Die Stimme klang, offen gesagt, nicht nach Messing, sondern nach Bronze.
Jon ließ alle Mühe, herzlich zu sein, fallen. »Sie ist dabei umzuziehen. Sie können Sie unten in der Wohnung ... der Vermieterin erreichen.«
Die Anruferin murmelte schwer atmend. »Verdammte Idiotin.«
»Möchten Sie die Nummer haben?«
»Ja. Bitte.«
Jon gab sie ihr.

Der Anruf kam, während Mrs. Madrigal und Mother Mucca in North Beach beim Einkaufen waren. Mona war allein in der Wohnung.
»Hallo?«
»Mona?«
»Hallo, Betty.«
»Ich dachte, du seist gestorben.«
»Oh, ja? Na ja ... eine echte Überraschung.«
»Das ist wohl kaum die richtige Art, mit deiner Mutter zu sprechen!«
»Ich hab dir aus Nevada eine Postkarte geschickt.«

»Ich hab mich zu Tode geängstigt. Was hast du denn in Nevada getan?«

»Einfach ... nur so.« Mona dachte, es sei das beste, das Thema zu wechseln. »Wie ist das Wetter in Minneapolis?«

»Der Winter war schrecklich.«

»Tut mir leid. Ich hoffe, daß deine Immobilien dadurch nicht im Wert gesunken sind. Hey ... woher hast du überhaupt diese Nummer?«

»Ich hab in deiner Wohnung angerufen. Ein junger Mann hat sie mir gegeben.«

»Das muß Jon gewesen sein.«

»Mona, hör mir zu ... ich muß mit dir reden.«

»In Ordnung. Schieß los.«

»Nein. Persönlich. Du machst einen schwerwiegenden Fehler, Mona.«

»Inwiefern?«

»Das kann ich dir am Telefon nicht sagen. Ich komme, um mich mit dir zu treffen.«

Schweigen.

»Hörst du mich, Mona?«

»Das haut nicht hin, Betty. Hier ist nicht genug Platz.«

»Ich kann in der Wohnung einer Freundin wohnen. Ich habe das schon ... geklärt. Du mußt einfach zwei Stunden deiner Zeit für mich aufbringen, Mona. Ich frage dich da gar nicht um Erlaubnis ... ich komme. Das zumindest schuldest du mir.«

»Ja«, sagte Mona resignierend. »Ja, ich denke schon.«

Kleine Wunder

Jon kehrte ins Krankenhaus zurück. Er hatte Michaels Post bei sich: eine Postkarte von einem Freund aus Maui, die Postwurfsendung eines Politikers und die Benachrichtigung eines Werbepreisausschreibens mit der Mitteilung, daß er jetzt schon ein Gewinner sein könnte.

Michael schlief, und so setzte sich der Doktor ruhig auf einen Stuhl neben dem Fenster.

Fünf Minuten später kam die Nachtschwester herein.

»Gerade erst gekommen?«

»Ja.«

Die Schwester deutete mit dem Kopf auf den Patienten. »Er ist ein netter Junge.«

Jon nickte.

»Sie und er sind ... gute Freunde, oder?«

»Äh, ja.«

»Er spricht viel von Ihnen.«

»Ich weiß.«

»Er und ich, wir haben uns heute eine ganze Zeit unterhalten. Wir sind beide aus Florida, wissen Sie. Ich bin aus Clearwater. Ich meine, meine Familie hat dort gewohnt, als ich ein Teenager war, und ich habe meinen Mann dort getroffen und all das, aber dann sind wir nach Fort Bragg, North Carolina, gezogen, als er zur Armee gegangen ist.«

»Ich verstehe.«

»Ich mache mir nichts daraus, offen zuzugeben, daß wir beide, mein Mann und ich, wirklich konservativ sind, Dr. Fielding. Wir haben 1964 Goldwater gewählt, und

Earl behauptet immer, daß der Sozialismus dieses Land ruinieren wird, und ich glaube, daß ich ihm da zustimmen muß. Ich finde nicht, daß das reaktionär ist, völlig egal, was die Leute sagen. Ich bin so erzogen worden, daß ich an die Verfassung, die Bibel und die freie Marktwirtschaft glaube, und ich denke, so wird es auch immer bleiben.«

Die Schwester trat näher an Michaels Bett heran. Jon fühlte sich leicht unbehaglich. Worauf wollte sie hinaus?

»Manchmal«, fuhr sie fort, »glaube ich, daß die Dinge sich zu schnell entwickeln. Die Welt ist dabei, verrückt zu werden, und die Leute haben keine ... haben einfach keine Maßstäbe mehr dafür, *wie sie sich benehmen sollen.* Man kann sich nicht mehr auf Dinge *verlassen,* so wie es früher war. Familien und Ehen fallen auseinander, und die Liberalen sind dabei, alles zu zerstören, was für die Leute jemals wichtig war.«

Jetzt stand sie am Kopfende des Bettes. Sie schaute für einen Moment auf Michael hinunter. Als sie wieder aufsah, hatte sie Tränen in den Augen.

»Ich weiß, daß das alles wahr ist. Ich *weiß* das, Dr. Fielding. Es gibt viele Dinge auf dieser Welt, die ich ändern würde, aber ... ich ...« Sie rieb sich die Augen und sah dann wieder auf Michael hinunter. »Ich wäre stolz ... ich wäre wirklich *stolz,* wenn dieser Junge meine Kinder unterrichten würde. Ich schwöre zu Gott, genau das wäre ich!«

Jon versteckte seine Gefühle hinter einem Lächeln. »Danke«, sagte er ruhig.

Die Schwester wandte sich ab und putzte ihre Nase. Sie beschäftigte sich damit, Michaels Decken geradezuziehen, und vermied es, Jon in die Augen zu sehen. Sie sah ihn nicht an, bis sie soweit war, daß sie gehen konnte.

»Doktor, ich hoffe, ich bin Ihnen nicht ... zu nahe getreten?«

»Nein. Natürlich nicht, das war sehr nett, was Sie gesagt haben.«

»Sind Sie nicht fürchterlich müde?«

»Ein bißchen.«

»Warum gehen Sie dann nicht nach Hause. Ich werde mich um ihn kümmern.«

»Ich weiß. Ich werde bald gehen.«

»Doktor?«

»Ja?«

»Wenn das vorbei ist ... wenn es ihm wieder besser geht ... würde ich mich freuen, Sie ... ich meine, Sie beide ... einmal zum Essen einzuladen. Rote Bohnen mit Reis mache ich wirklich gut.« Sie lächelte und zeigte mit dem Kopf auf Michael. »Er hat gesagt, daß er das mag.«

»Danke schön, das werden wir sicher gerne machen.«

»Earl ist wirklich nett. Sie werden ihn mögen.«

»Da bin ich sicher. Danke schön.«

»Gute Nacht, Doktor.«

»Gute Nacht. Vielen Dank.«

Er saß noch eine weitere Stunde da und döste in seinem Stuhl dahin. Eine insistierende Stimme weckte ihn.

»Psst, psst.«

»Wa ...? Michael?«

»Nein, Marie Antoinette.«

»Was ist los?«

»Komm her.«
Jon trat neben das Bett. »Ja?«
»Schau.«
»Was?«
»Da runter, Dummerchen. Auf meine Hand.«
Jon sah Michaels Zeigefinger, der sich ganz leicht bewegte.
»Steh nicht einfach nur rum«, grinste Michael. »Klatsch in die Hände, wenn du noch an Märchen und Wunder glaubst.«

Der Laden im St. Sebastian's

Ein plötzliches auftauchendes erstes Frühlingsanzeichen in der Luft ließ Mrs. Madrigal leichtsinnig werden, als sie den Hof in ihrem Haus in der Barbary Lane fegte.
Der Frühling war wieder da! Kapriziöse Narzissen erhoben sich zwischen den Müllbehältern, der Geruch von Katzenfell und Flieder mischte sich mit dem der sonnendurchwärmten Eukalyptusrinde ... und der liebe, gute Brian sonnte sich wieder auf dem Steinboden
Das erste Mal seit Wochen schien ihre Familie wieder intakt zu sein. Michael hatte sich, wie Jon sagte, gut gemacht, und es war lediglich eine Frage von Tagen, bis er nach Hause kommen würde. Mary Ann und Burke machten es sich in ihren Wohnungen gemütlich, obwohl es so aussah, als würden sie nur eine brauchen.
Brian, natürlich, bewohnte immer noch sein kleines Haus auf dem Dach.
Und Mona – ihre herzallerliebste Tochter – war nun für

ständig nach unten gezogen, seitdem Mother Mucca nach Winnemucca zurückgekehrt war.
Es war Frühling und alles in Ordnung.
Bis auf ... irgend etwas in Monas Gehabe, das sie verwirrte.

»Brian, mein Lieber?«
Er reckte den Nacken hoch und lächelte sie an. Er war eingeölt und sah in seinem grünen Speedo-Höschen recht geschmeidig aus. Dieser Junge, dachte Anna, ist eine eigenartige Mischung aus Bedrohung und Verletzlichkeit. Ein Kojote, der danach bettelt, gestreichelt zu werden.
»Ja?« antwortete er. »Bin ich Ihnen im Weg?«
»Nein, nein. Ich kann um dich herum fegen. Ich wollte dich etwas fragen.«
»Sicher. Schießen Sie los.«
»Du und Mona ... seht Ihr euch oft?«
Brian lachte zynisch. »Ich glaube, sie würde die Frage eher so stellen, ob wir uns aufeinander beziehen.«
»Oh, mein Lieber, hat es da Ärger gegeben?«
Er nickte. »Nichts Dramatisches. Ich habe sie zum Essen eingeladen, und sie hat mir gesagt, daß meine *Energieaura* nicht in Ordnung sei. Sie könnte nicht mit jemand in Beziehung treten, der – ich zitiere wörtlich – seine besten Jahre damit verbracht habe, zu lernen, wie man Büstenhalter aufhakt.«
»Oh, du meine Güte! Das hast du ihr doch nicht durchgehen lassen, wie ich hoffe.«
Brian lächelte boshaft. »Ich habe ihr gesagt, sie hätte noch nicht mal genügend Energie, um einen Billigvibrator aus

dem Warenhaus zu versorgen. Das zu Ihrer Information. Sie hat Ihnen das erzählt, oder?«
»Nein. Ich habe mir nur gedacht, daß du vielleicht einen Hinweis hast, warum sie ... Sie ist irgendwie nicht ganz sie selbst, Brian. Irgend etwas quält sie ziemlich, aber ich kann sie nicht dazu bringen, mir etwas darüber zu sagen, und ich dachte, daß du vielleicht ... ich nehme an, daß es vorbeigehen wird.«
Brian bemerkte ihren Schmerz. »Sie ist glücklich mit Ihnen – mit ihrem neuen Heim, meine ich. So viel weiß ich zumindest.«
»Oh ... hat sie dir das gesagt?«
»Das sagt sie *jedem.«*
Die Vermieterin lächelte. »Sie ist ja die meiste Zeit eine so liebe Person. Du solltest das mit dem Essen nicht so schnell aufgeben.«

Also versuchte Brian es wieder. Er rief Mona an, sobald er in das kleine Haus auf dem Dach zurückgekehrt war.
»Warum haßt du mich?«
»Wer ist da?«
»Ist es deshalb, weil ich bei ›Perry's‹ arbeite? Oder weil ich Hetero bin?«
»Brian, ich bin nicht in der Stimmung ...«
»Ich bin kein Schwein, Mona. Ich bin promisk wie nur sonstwas, aber ich bin *kein* männliches Chauvischwein. Um Himmels willen noch mal! Ich war bei allen großen Antikriegsdemonstrationen dabei, Mona!«
»Erwarte bitte nicht von mir, daß ich dir das anrechne ... Du warst wirklich ...?«

»Ja, ja.«
»Das glaube ich dir nicht.«
»Ich habe einen Hackbraten gemacht.«
»Bei der letzten Demo?« »*Gestern*, du herzloses Weib! Ich habe zum erstenmal in meinem Leben einen gottverdammten Hackbraten gemacht, und du willst ihn noch nicht einmal essen!«
Sie lachte über sich selbst. »Das hast du mir nicht gesagt.«
»Ich sage es dir jetzt. Komm zum Essen, Mona. Heute abend.«
Sie nahm bereitwilliger an, als er erwartet hatte.
Er verbrachte den Rest des Nachmittags damit, den ersten Hackbraten seines Lebens zuzubereiten.

Mona und Mary Ann trafen sich um halb vier auf der Treppe. Mona war gerade dabei, einen letzten Sprung zur Wäscherei zu machen, und Mary Ann traf sich mit Jon, um ins Krankenhaus zu fahren.
Mona schien, wie Mary Ann bemerkte, weniger niedergeschlagen als sonst zu sein, sie *lächelte.*
»Gib Mouse einen dicken Kuß von mir, O.K.?«
»Das werde ich«, sagte Mary Ann.
Als sie und Jon im Krankenhaus ankamen, wurde Mary Ann bewußt, daß Küsse bislang *alles* gewesen waren, was sie Michael während dieser Zeit der Krise mitgebracht hatte. Burkes Phobie hatte auch den kürzesten Besuch beim Blumenhändler des Krankenhauses verboten.
Aber Burke war jetzt am Jackson Square und ließ sich bei Alexandre die Haare schneiden. Warum sollte sie demnach nicht eine schöne Azalee oder sonst irgend etwas holen?

Sie sagte Jon, daß sie ihn oben treffen würde, und stürzte auf das verglaste Geschäft in der Halle des Krankenhauses zu. Als sie eintrat, war niemand zu sehen, und so drückte sie auf die Klingel auf dem Ladentisch.
Plötzlich kam ein Mann aus der Kühlkammer im hinteren Teil des Ladens. »Brrr«, sagte er fröhlich, »hier draußen gefällt es mir besser.« Falls er seine Kundin erkannte, so ließ er sich das nicht anmerken.
Aber sie wußte, wer er war. Und zwar sofort.
Es war der Mann mit der Haarverpflanzung.

Hackbraten im Antikriegsdienst

Brians Essen war ein echter Erfolg. Mona lobte den Geschmack seines Hackbratens, rügte ihn aber wegen seiner Geringschätzigkeit der vegetarischen Prinzipien.
»Nun warte mal einen Moment«, entgegnete er. »Wenn du eine solche Vegetarierin bist, warum hast du mir das nicht vorher gesagt, damit ich ...«
»Du hast gesagt, daß du den Braten schon fertig hattest, Brian. Außerdem bin ich nicht mehr so ... strikt mit mir, wie ich es mal war.«
»Ich verstehe.«
»Hackfleisch ist ja auch nicht annähernd so persönlich zu werten wie ein solides Riesensteak. Ich finde, daß einem da die Verletzung der Heiligkeit eines Tieres viel weniger bewußt wird. Du weißt nicht, von welchem Teil der Kuh es stammt.« Sie grinste plötzlich, weil sie der Dummheit ihrer Bemerkung gewahr wurde.

Brian grinste sie an und ließ dabei erneut eine Scheibe Hackbraten auf ihren Teller fallen. »Das stammt auch nicht von einer *Kuh*, will ich dir nur sagen!«
»Na ja, dann eben Stier, oder was auch immer.«
Er schüttelte seinen Kopf. »Hund. Cockerspaniel, um genau zu sein. Glaubst du denn, ein Kellner bei ›Perry's‹ könnte sich *Rindfleisch* leisten?«

Nach dem Essen saßen sie auf der Kante seines Bettes und blätterten ein Fotoalbum durch. Ein Aufkleber mit MAKE LOVE NOT WAR prangte vorne auf dem Album.
»Weißt du«, meinte Brian unbehaglich, »wenn dir das zuviel ist, dann ...«
»Es war meine Idee, oder?«
»O.K. Na ja ...« Er flippte schon nach den ersten Seiten aus. »Das ist alles so ein langweiliger Mist.«
»Nein. Jetzt hör aber auf. Was ist das?«
»Die juristische Fakultät. Mein *Jahrgang* an der George Washington.«
»Welcher davon bist du?«
»Der Hänger mit der Nickelbrille.«
»Du trägst Brille?«
»Nicht mehr. Kontaktlinsen.«
»Grün eingefärbt, oder?« Sie lächelte neckend. Er gab vor, leicht eingeschnappt zu sein, aber innerlich freute er sich. Sie wußte, welche Augenfarbe er hatte. Das war immerhin schon ein Anfang.
Er deutete auf einen Zeitungsausschnitt. »Das ist die Demo, die so große Schlagzeilen gemacht hat bei AP. Das bin ich in Chicago 1968, der auf der linken Seite.«

»Woher weißt du das? Dein Gesicht ist doch nach unten gerichtet.«
»Ich wollte mich vor der Polizei unkenntlich machen.«
»Wirklich? Wo bist du denn noch weggeschleppt worden?«
»Oh ... in Selma, Washington ... Willst du mich auf den Arm nehmen?«
Sie lächelte. »Mich haben sie in Minneapolis weggetragen.«
»Kein Beschiß?«
Sie nickte strahlend.
»Antikriegsdemonstration wegen Vietnam?«
»Ja. Kennst du Jerry Rubin?«
»Ich habe ihn ein einziges Mal in Chicago getroffen. Wir haben uns, glaube ich, eine halbe Stunde lang unterhalten.«
»Ich habe gerade sein Buch gelesen. *Growing Up at 37.* Das hat mich wirklich umgeworfen.«
»Gut, was?«
Sie verzog ihr Gesicht und schüttelte den Kopf. »Wenn er behauptet, daß er auf diesen großen Powertrip – Militanz und all das – nur gekommen ist, weil er mit der Größe seines Schwanzes nicht zufrieden war, dann finde ich das schon ein ganz schön starkes Stück. So etwas zu sagen.«
Er nickte ernst. Sie machte keine Witze.
»Ach, du meine Güte«, sagte sie ärgerlich. »Soll es *das* gewesen sein, wofür wir alles getan haben? Mußten die sechziger Jahre dafür herhalten? Für die Größe von Jerry Rubins gottverdammtem *Schwanz?*«
Da gab es einfach keine tiefschürfende Antwort. Brian

hörte zu lachen auf. »Immerhin war es genug, um weggeschleppt zu werden«, sagte er.

Später standen sie nebeneinander am Fenster und schauten auf die Bucht hinaus. Brian zündete einen Joint an und gab ihn Mona. Sie nahm nur einen kurzen Zug, dann reichte sie ihn zurück. »Das ist alles, was ich möchte«, sagte sie. »Sonst flippe ich heute noch ganz aus.«

»Und weswegen?«

Sie seufzte und starrte auf das Leuchtfeuer von Alcatraz. »Meine Mutter kommt zu Besuch«, sagte sie endlich.

Brian brauchte eine Weile, bis er das verdaut hatte. Dann pfiff er durch die Zähne. »Weiß das Mrs. Madrigal?«

Mona schüttelte düster den Kopf. »Ich möchte versuchen, allein damit zurechtzukommen. Meine Mutter gibt manchmal wirklich verrückte Sachen am Telefon von sich. Sie behauptete, ich sei dabei, einen schrecklichen Fehler zu machen.«

»Glaubst du, daß sie etwas über Mrs. Madrigal weiß?«

»Ich bin mir nicht sicher. Aber wenn sie etwas weiß, dann muß sie auch annehmen, daß ich es weiß; und daß ich weiß, daß sie es weiß. Was sollte sie mir dann sagen können? Warum dann dieses ganze Getue um einen ›schrecklichen Fehler‹?«

Ihre Stimme zitterte. Brian schlang seinen Arm um ihre Taille.

»Ich brauche wirklich keine weitere Überraschung mehr, Brian. Ich habe Angst.« Sie weinte jetzt, zog sich von ihm zurück und durchquerte das Zimmer hin zum anderen Fenster, wo sie stehenblieb und sich die Tränen aus den Augen wischte.

»Mona …«
»Es ist schon wieder gut.« Sie schaute sich nach einer Uhr um. »Es ist spät. Ich sollte gehen.«
Er trat neben sie. Er war bereit, alles zu riskieren. »Du kannst bleiben … wenn du magst.«
»Nein. Aber frag mich wieder.« Sie umarmte ihn verlegen, dabei legte sie den Kopf an seine Brust. »Ich mag dich, Brian, in dir liegt ein echter Tom Hayden verborgen.«
Er küßte sie auf die Stirn. »Und wo ist meine Jane Fonda?« fragte er dann.
Sie hielten sich für eine Zeit eng umschlungen. Das Fenster rahmte sie ein wie auf einer Kitschpostkarte.
Lady Eleven sah ihnen weniger als eine Minute zu, dann legte sie ihr Fernglas weg und schloß die Vorhänge.

Ein Gedicht zum Nachdenken

Vielleicht waren es die Palmen oder diese komische tropische Nacht, vielleicht aber auch dieser dunkelhäutige Mann, der am Nebentisch Campari trank, jedenfalls ließ *irgend etwas* auf der Terrasse des Savoy-Tivoli Mary Ann wieder an Mexiko denken. Burke fühlte genauso. »Erinnert dich das nicht an Las Hadas?«
»Das habe ich so nicht vorgehabt, bestimmt nicht.« Sie hatte ihn aufgeregt vom Krankenhaus angerufen und dieses Lokal für ein Rendezvous vorgeschlagen. Sie hatte sich geweigert, ihre Entdeckung am Telefon zu enthüllen.
»So, was ist nun los?« fragte Burke, sobald ihr Kaffee und die Desserts gekommen waren.

Mary Ann lächelte geheimnisvoll, während sie ihren Löffel in ihren Karamelpudding tauchte. »Ich habe unseren Freund entdeckt«, antwortete sie zuletzt.

»Wen?«

»Den Mann vom Blumenmarkt. Den mit der Haarverpflanzung.«

»Du meine Güte. *Und wo?«*

»Im Krankenhaus. Ihm gehört das Blumengeschäft dort. Ich bin heute nachmittag dort hingegangen, um eine Azalee oder irgend etwas für Michael zu kaufen, und da war er hinter dem ...«

»Hast du mit ihm gesprochen? Hast du ihn nach mir gefragt? Hat er dich erkannt?«

Sie war über die Dringlichkeit in seiner Stimme erstaunt. »Ich habe ihn nicht gefragt, Burke. Ich hatte Angst.«

»Warum?«

»Weil ich glaube, daß er *mich* erkannt hat. Er benahm sich zwar so, als ob das nicht der Fall wäre, aber ich konnte das Gefühl nicht loswerden, daß er wußte, wer ich war.«

»Und wenn es so war? Sieh mal, Mary Ann, es macht mir nichts aus, *dort* hinzugehen, wenn du dazu zu zimperlich bist. Alles erscheint mir besser als diese ständige Spekulation und Angst. Dieser Mann ist vielleicht der Schlüssel zu allem.«

»Das weiß ich, Burke. Dessen bin ich sicher. Ich glaube nämlich, daß wir riskieren sollten ...« Sie langte über den Tisch und nahm seine Hand. »Irgend etwas ganz Fürchterliches war vielleicht die Ursache für deine Amnesie, Burke, und dieser Mann gehört vielleicht dazu.«

»Du hast zu viele Filme gesehen. Vielleicht habe ich für ihn gearbeitet oder so was.«
Sie schüttelte den Kopf. »Ich habe Jon gebeten, die Unterlagen des Krankenhauses für mich zu überprüfen. Du warst niemals auf der Gehaltsliste des St. Sebastian's Hospital, und du warst auch nie Patient dort. Es gibt keinen Beweis, daß du jemals vor diesem Monat deinen Fuß dorthin gesetzt hast.«
Er lächelte sie voller Gefühl an. »Du warst wieder mal der kleine Privatdetektiv, oder?«
»Ich will dir helfen«, sagte sie ruhig.
»Gut.«
Er langte in die Brusttasche seines Cordsamtjacketts und zog einen Notizzettel heraus, den er vor sie hinlegte. »Erkläre mir bitte, was *das* bedeuten soll.«
Sie nahm das Papier, auf das Burke einen Vers mit vier Zeilen geschrieben hatte:

Hoch auf dem Heiligen Fels,
Von wo die Inkarnation der Rose leuchtet,
Dort auf dem Berg der Flut,
Wo sich die Linien treffen.

»Was ist das?« fragte sie.
»Ich habe es geträumt. Ganz schön raffiniert, was?« Sein Ton war einfach zu aufgesetzt lässig. Einer seiner Abwehrmechanismen, wie Mary Ann herausgefunden hatte. Er war mehr erschreckt als je zuvor.
»Hast du das in deinem Traum *gehört,* Burke?«
»Ja. Da oben auf diesem verdammten Laufsteg mit dem

Geländer. Der Rest des Traumes ist wie immer. Es ist dunkel, der Mann mit der Haarverpflanzung ist da – und auch andere Leute, da unten in der Dunkelheit. Und der Mann mit der Haarverpflanzung sagt: ›Mach schon, Burke, es ist doch ganz natürliches Material.‹«

»Und wie hast du es gehört? Ich meine das Gedicht.«

»Sie haben es gesungen. Wieder und immer wieder.«

»Wie viele Leute?«

»Ich weiß nicht. Sie flüsterten in einer gewissen Art ... so, als ob irgend jemand in der Nähe es hören könnte.«

Mary Ann schaute auf den Notizzettel, dann fingerte sie an dem kleinen Schlüssel herum, den sie um den Hals trug. Paßten diese beiden Sachen zueinander? War sie dabei, Burkes Dämonen zu vertreiben oder einfach nur neue zu schaffen?

»Hast du das letzte Nacht geträumt?«

Er nickte. »Und was jetzt, meine Liebe?«

»Ich bin ... mir nicht sicher.«

»Ich denke, wir sollten uns einmal mit unserem Mann mit der Haarverpflanzung unterhalten.«

»Nein. Bitte nicht. Jetzt noch nicht. Laß da noch etwas Zeit verstreichen, Burke.«

Er stimmte ungern zu. Mary Ann war schon dabei, ihr Argument umzuformulieren, als eine bekannte Figur in ihr Gesichtsfeld trat.

»Burke, wir müssen gehen.«

»Ich hab meinen Kaffee noch nicht ausgetrunken.«

»Bitte, Burke, leg etwas Geld hin!«

Er gehorchte mit verdrießlichem Gesicht, schob geräuschvoll seinen Stuhl zurück und stand auf.

Mary Ann nahm seinen Arm und zog ihn die Grand Avenue hinunter. Sekunden später stieg Millie, die Blumenverkäuferin, mit einem Korb voller Rosen zu ihren Stammkunden hinunter.

Buße

Am Tag nach seinem Essen mit Mona segelte Brian richtiggehend durch seine Schicht bei »Perry's«. Er fühlte sich *angenehm* bei dem Gedanken an Mona, darauf vertrauend, daß er da auf etwas ganz Reales gestoßen war, das ihn stärker erfüllte – und auch um vieles sinnlicher war –, als alles, was er jemals zuvor kennengelernt hatte.

Daneben hatte er aber auch Schuldgefühle gegenüber Lady Eleven.

Wie konnte er sie nur so leicht vergessen? Er hatte sie jetzt fast einen Monat lang gesehen – ja, in diesem Falle war es wohl *tatsächlich* mal das richtige Wort dafür. Jeden Abend des Monats. Dadurch war ihre Verbindung zumindest mit Voraussagbarkeit gesegnet, wenn auch sonst mit nichts. Sicherlich war das doch auch etwas wert?

Er hatte natürlich geplant, das alles stufenweise zu einem Abschluß zu bringen. Die Phantasieaspekte ihrer Verbindung waren schließlich alle verschwunden, und er hatte kürzlich bemerken müssen, daß es unmöglich war, mit ihr zu einem Orgasmus zu kommen, ohne dabei an eine andere zu denken. Dennoch hatte er sie schäbig behandelt. Er hatte ihren ungeschriebenen Pakt gebrochen, wegen einer direkteren Aufregung gebrochen.

So saß er an diesem Abend um Mitternacht reuig in seinem Stuhl am Fenster und beobachtete den elften Stock im Superman Building.

Ihr Fenster aber blieb dunkel.

Sie bestraft mich, dachte er. Sie läßt mich für mein Vergehen büßen. Oder vielleicht – aber nur vielleicht – ist sie selber völlig fertig und quält sich nutzlos darüber, daß es ihr nicht gelungen ist, mein Interesse aufrechtzuerhalten.

Dann, um sieben Minuten nach Mitternacht, ging ihr Licht an, und Brian entdeckte eine leichte Bewegung ihrer Vorhänge. Er stand aufgeregt auf und hob sein Fernglas an die Augen. Die Vorhänge öffneten sich.

Es war Lady Eleven, unzweifelhaft, aber ihre Erscheinung hatte sich radikal geändert. Sie trug nicht mehr diesen lässigen Bademantel. Sie hatte einen, wie es schien, grauen Wollanzug an. Ihr Haar war zu einem kleinen Knoten hochgesteckt, und ihre Gesichtszüge – sogar auf diese Entfernung hin – erschienen streng und verurteilend.

Sie hob ihr eigenes Fernglas und beobachtete Brian für einen Moment.

Er kam sich plötzlich komisch vor, nur mit einem Bademantel bekleidet. Er überlegte, ob sie vielleicht genau das geplant hatte.

Sie verließ ihr Fenster für einige Minuten und kam dann mit einem großen Stück Papier wieder zurück. Sie legte es auf einen Tisch in der Nähe des Fensters und kritzelte irgend etwas darauf. Dann hielt sie es am Fenster hoch.

Es stand darauf: LASS SIE FALLEN.

Brian fühlte, wie ihm das Blut in den Kopf stieg. Wut, Verwirrung und Schuld kämpften in ihm. Er starrte hinaus über die mondbeschienene Stadt hinweg auf dieses Plakat, das ihn anklagte, dann ging er auf der Suche nach einer großen Papiertüte in die Küche.

Er fand eine, schlitzte sie auf und schrieb dann seine Botschaft mit einem dicken Filzstift.

Seine Antwort war: SIE IST NUR EINE GUTE FREUNDIN.

Er hielt das Papier für eine halbe Minute am Fenster hoch, während sie den Text mit ihrem Fernglas studierte. Als er es endlich herunternahm, stand Lady Eleven mit gefalteten Armen da und schüttelte den Kopf.

Brian murmelte »Gott verdammt noch mal« vor sich hin und büßte weiter, indem er ICH SCHWÖRE ES auf die Papiertüte schrieb. Er hielt sie hoch und schüttelte das Papier mit Nachdruck. Lady Eleven blieb für einige weitere Sekunden in ihrer Haltung stehen, dann beugte sie sich wieder über ihr Posterpapier.

Dieses Mal schrieb sie: ZIEH DICH AUS.

Wütend schüttelte Brian nachdrücklich den Kopf.

Lady Eleven bewegte ihr Poster.

Brian schüttelte den Kopf.

Lady Eleven kritzelte wieder auf ihrem Poster und hielt es hoch. Dem ZIEH DICH AUS hatte sie jetzt hinzugefügt: WENN DU MICH LIEBST.

Einen Augenblick der Aufgebrachtheit lang überlegte Brian, ob er die Vorhänge zuziehen und sich mit dem Playmate des Monats aus dem *Hustler* ins Bett legen sollte. Er brauchte diese Art von Kindereien nicht. Es gab ganze *Wagenladungen* von Mädchen, die seinen nackten Arsch auch ohne solche entwürdigenden Forderungen liebten. Warum sollte es denn dann ausgerechnet *die hier* sein?

Warum sollte er sich vor dieser anonymen, neurotischen, wildgewordenen Verrückten erniedrigen?

Natürlich kannte er die Antwort:

Weil sie ihn brauchte. War es denn nicht anrührender und demütigender, einem Fremden zu schreiben »Wenn du mich liebst«, als sich vor einem Fremden nackt auszuziehen. Sie brauchte ihn, weil sie verzweifelt war und niemand sonst sie retten konnte.

Deshalb löste er den Gürtel seines Bademantels. Lady Eleven hob ihren Feldstecher wieder, als Brian seinen Bademantel fallen ließ. Sie beobachtete ihn – lächelnd? –, bis sein Ständer sichtbar wurde. Dann begann sie, ihren Anzug aufzuknöpfen.

Als sie beide nackt waren, begann ihr Ritual. Es war noch fieberhafter und heftiger als je zuvor.

Mitten in der purpurfarbenen Welle seiner Leidenschaft hörte Brian jemand an seiner Tür klopfen.

Dann eine Stimme: »Brian, ich bin's, Mona. Ich habe gerade ein paar Linien Du-weißt-schon-was ausgelegt. Wollen wir uns die nicht teilen?«

Bewegungslos wie ein Satyr auf einem pompejanischen Fries wartete er schweigend, bis der Eindringling wieder verschwunden war.

Dann wandte er sich wieder seiner Geliebten zu.

Rätsel in der Morgendämmerung

Das dritte Mal in dieser Woche übernachtete Mary Ann in Burkes Appartement. Irgend etwas – ein Geräusch, ein schlechter Traum oder die Nachwehen der Forelle, die sie zum Abendessen gekocht hatte – weckte sie direkt vor dem Morgengrauen. Sie stützte ihren Kopf auf die Ellenbogen und zwang Burke, wach zu werden.

Er blinzelte sie an. »Was ist denn los, Sweetheart?«

»Er *muß* irgendwo auf dem Land draußen sein.«

»Wer?«

»Der Heilige Fels.«

»Um Himmels willen! Schlaf lieber noch ein bißchen.«

»Gleich, in fünf Minuten. Sag es mir nur noch einmal.«

Burke grunzte. Dann rezitierte er den Vers wie ein Erstklässler, der unter Nötigung das Einmaleins herausspuckte:

> Hoch auf dem Heiligen Fels,
> Von wo die Inkarnation der Rose leuchtet,
> Dort auf dem Berg der Flut,
> Wo sich die Linien treffen.

»Siehst du?« sagte Mary Ann. »Das Gelände ist hügelig.«

»Kluges Mädchen.«

Sie stupste ihre Finger in seine Seite. »Wie heißt der Berg in der Bibel?«

»Kalvarienberg.«

»Nein, mein Dummerchen. Der, auf dem die Arche Noah gelandet ist. Der Berg, der aus der Flut ragt, hast du mich verstanden?«

»Ararat.«

Sie kaute nachdenklich auf ihrem Zeigefinger. »Ich überlege, ob irgendwas diesen Namen trägt. Hier in der Gegend, meine ich.«

»Du hast mich überzeugt.«

Mary Ann warf die Bettdecke zurück und krabbelte aus dem Bett.

»Was, um Himmels willen, hast du denn vor?« fragte Burke.

»Ich sehe im Telefonbuch nach.«

»Verdammt noch mal, komm bloß wieder ins Bett zurück!«

»Das dauert ja nur eine Sekunde.« Sie fand das Telefonbuch auf dem Fußboden und blätterte es hastig durch. »Arabian ... Arante ... Araquistain ... Ararat! Ararat Armenian Restaurant, Tausend Clement Street! Hier hast du's, Burke!«

»So?«

»Das könnte irgendeine Verbindung sein.« Sie rümpfte die Nase, da sie verletzt war durch seinen völligen Mangel an Begeisterung. *»Willst* du das denn gar nicht herausfinden, Burke?«

Sein Lächeln zielte darauf ab, sie zu reizen. »In Ordnung, meine kleine Privatdetektivin. Und was bedeutet dann die inkarnierte Rose? Ist das eine Bauchtänzerin in dem Restaurant?«

»Könnte ja sein, du Tölpel.«

»Und das Zusammentreffen der Linien?«

»Dein Ton gefällt mir nicht.«

»Dann willst du wohl auch nicht *meine* Theorie hören, nehme ich an?«

»Hast du eine?«
»Ja.«
»Dann schieß los.«
»Das kostet eine Kleinigkeit.«
»Aber nicht *mit mir.*«
Er preßte seine Fingerspitzen leidend an seine Stirn. »Oh ... es verschwindet. Es tut mir leid, ich verliere es. Es ist nur noch ein schwacher, schwacher ...«
»Bitte, in Ordnung!« Sie grinste ihn an und kletterte wieder ins Bett zurück. Eine gewisse Dringlichkeit und eine Art Ränkespiel begleiteten ihr Liebesspiel und machten es so zu dem besten seit Wochen.

Danach wärmte Burke in der Küche etwas Milch. Sie tranken auf dem Bett sitzend beide aus der gleichen dampfenden Tasse.
»So, und wie ist nun deine Theorie?« fragte Mary Ann.
Burke nahm einen Schluck, bevor er antwortete. »Ich denke, es könnte vielleicht irgend etwas mit Kokain zu tun haben.«
»Kokain?« Sie war im Hinblick auf *diese* Droge immer noch ganz Cleveland in ihren Reaktionen.
»Ja. Eine Linie Koks, verstehst du mich? Das Zusammentreffen der Linien.«
»Oh.«
»Du magst diese Theorie nicht, oder?«
»Aber, warum sollte irgend jemand darüber singen?«
Er zuckte die Schultern. »Die Leute singen hier in Nordkalifornien über *wirklich alles.* Irgendeine kultische Vereinigung hat vielleicht ...«

»Du glaubst, daß es ein Kult war?« Dieser Gedanke war ihr schon gekommen, aber sie hatte ängstlich vermieden, das Thema anzuschneiden. Burke war so unwahrscheinlich empfindlich im Hinblick auf seine verschleierte Vergangenheit.

»Ich weiß nicht«, antwortete er.

»Doch, du weißt. Du denkst, es war ein Kult.«

»Ich *denke* überhaupt nichts«, keifte er zurück. »Ich rate. Ich rate hinsichtlich meines ganzen gottverdammten Lebens, und das ist nicht gerade die einfachste Sache der Welt.«

»Ich weiß. Tut mir leid.«

Er zog sie näher an sich heran. »Ich wollte nicht brummig sein.«

»Ich weiß.«

»Laß uns noch ein bißchen schlafen, O.K.?«

»O.K. Burke?«

»Ja?«

»In dem Traum ... erinnerst du dich, ob ... ach, ist ja auch egal, es kommt nicht drauf an.«

»Nun mach schon, was ist los?«

»Ich habe mir überlegt ... erinnerst du dich, ob du auch gesungen hast?«

»Nein.«

»Du hast nicht gesungen?«

»Nein. Ich meine, ich kann mich nicht erinnern.«

Das erste Mal überhaupt war sie nicht sicher, ob sie ihm glauben sollte.

Michaels Theorie

Mary Ann verließ Burkes Appartement gleich nach dem Frühstück. Sie erzählte ihm, daß sie sich darum kümmern müßte, wie es für sie bei Halcyon Communications weitergehen sollte. Sie hätte einige Telefonanrufe zu erledigen, um die Leitung der Firma auf die Erfordernis hinzuweisen, eine neue Position für sie zu finden. Dieser unerwartete Urlaub konnte ja nicht ewig dauern.

Sie erzählte ihm aber nur die halbe Wahrheit. Nach einem kurzen Anruf bei Mildred (die ihr versicherte, daß der Vorstand nächste Woche einen neuen Präsidenten wählen würde) wählte sie die Nummer des Ararat Armenian Restaurant und fragte, ob ein Burke Andrew jemals dort gearbeitet hatte.

Sie hatten niemals von ihm gehört, erklärte ihr der Manager.

Es war natürlich eine dumme Idee gewesen, aber dieses dümmliche Gedicht, dazu der Mann mit der Haarverpflanzung und dieses echte Durcheinander mit dieser doch recht schweren Prüfung hinsichtlich Burke und den Rosen hatte tatsächlich angefangen, sie nervös zu machen.

Burke selber war offensichtlich ganz schön am Ende. Seine Irritiertheit schien noch anzuwachsen, als Mary Ann tiefer in dem Rätsel seiner Vergangenheit herumstöberte. Erinnerte er sich mittlerweile so weit, fragte sie sich, daß er Angst vor der letzten Enthüllung hatte? Erzählte er ihr auch alles, was er wußte? Sie brauchte einen Verbündeten, wurde ihr klar, einen unparteiischen Dritten, der ihr helfen konnte, die Stücke dieses Puzzles zusammenzusetzen.

»Jemand zu Hause?«
Michael grinste sie aus seinem Krankenhausbett an. »Nur ich und das Fernsehen.«
»Oh ... ja.« Sie ging zum Bett, küßte Michael auf die Wange und heuchelte Interesse für die laufende Sendung. »Eva Gabor schaut immer noch so *jung* aus«, meinte sie lahm.
»Das kommt von den Wäscheklammern.«
»Was?«
»Sie hat Wäscheklammern.« Er benützte beide Hände und drehte die Kopfhaut hinter den Schläfen zusammen. »Hier ... und hier. Die passen genau unter ihre Eva-Gabor-Perücken.«
Mary Ann kicherte. »Oh, Mouse ... ich habe dich so *vermißt.«* Sie setzte sich auf die Bettkante und fummelte an seinem Haar herum. »Du wirst ganz zottelig«, sagte sie dann.
Mit der Fernbedienung machte er den Fernseher aus. »Wie geht's unserem alten Geheimniskrämer?« fragte er.
Mary Ann stöhnte leise. »Es wird jeden Tag verrückter.« Sie erzählte ihm von diesem Traumgedicht, über die leichte Veränderung in Burkes Benehmen und von ihrer wachsenden Furcht, daß Burke anfangen könnte, ihr Amateurdetektivgehabe übelzunehmen.
Michaels Augen leuchteten vor Begeisterung. »Sag mir das Gedicht noch mal.«
Sie wiederholte es. »Was hältst du davon?«
»Das klingt aber sehr nach einem Kult.«
»Ich habe schon befürchtet, daß du das sagen würdest.«
»Na ja, das würde eine ganze Menge erklären. Die Amne-

sie zum Beispiel. Vielleicht haben sie ihn deprogrammiert oder so was. Vielleicht haben ihn auch seine *Eltern* deprogrammieren lassen. Wie einen Mondsüchtigen.«

»Oh, Mouse!« *Diese* Möglichkeit war ihr noch nie gekommen.

»Das könnte doch sein.«

»Glaubst du denn, daß sie so etwas *tun* könnten? Ohne es ihm zu sagen, meine ich?«

Er zuckte lächelnd die Achseln. »Meine Eltern würden mich *mit Hingabe* deprogrammieren. Hmmm … ich überlege, was das nach sich zieht? Vielleicht sperren sie dich in eine gepolsterte Zelle ein, in der schreckliche Musik gespielt wird, und verpassen dir an den Genitalien immer dann einen Elektroschock, wenn du auf einen Film mit Bette Davis positiv reagierst.«

»Mouse, hast du von deinen Eltern *gehört?«*

»Ich nehme an, daß man es so nennen könnte. Meine Mutter hat mir geschrieben, um mir zu sagen, daß meine ›Sünde gegen den Herrn‹ meinen Vater umbringen würde. Und er hat mir geschrieben, um mir mitzuteilen, daß ich meine Mutter damit umbringe.« Er lächelte matt. »Sie machen sich fürchterliche Sorgen um einander.«

Im späteren Verlauf des Nachmittags kam Jon ins Krankenhaus.

»Rate mal, wer ganz bald Mutter sein wird?«

»Wer?« fragten Mary Ann und Michael unisono.

»DeDe Day. Sie ist schon eine Woche überfällig. Mit Zwillingen. Darunter tut sie's nicht.«

Mary Ann runzelte die Stirn. »Das ist ja auch irgendwie traurig.«

»Wieso?«
»Na ja, ohne Vater, meine ich.«
Jon zuckte darüber nur mit den Schultern. Beauchamp Day war sicher kein Verlust für institutionalisierte Vaterschaft. »Ich habe auf dem Parkplatz diesen Typen gesehen«, sagte er, um das Thema zu wechseln.
»Wen?«
»Den Typen, dem das Blumengeschäft gehört. Ich wundere mich nicht, daß du dich erschrocken hast.«
»Warum?« Mary Ann fühlte, wie sich die Härchen auf ihrem Unterarm aufstellten.
»Na ja, er schaute mich an, als hätte ich ihn gerade dabei erwischt, wie er eine Nonne schändete oder sonst irgendwas.«
»Was hat er denn getan?«
Jon zuckte die Schultern. »Nichts, was ich nicht hätte sehen können. Er hat einen Kühlbehälter auf die Ladefläche seines Autos gehievt.«
»Einen Kühlbehälter?«
»Du weißt schon ... mit Trockeneis. Wie für Bier zum Picknick.«
»Wenn wir schon davon sprechen«, beschwerte sich Michael, »hat mir mein Frauenarzt denn nicht versprochen, daß ich heute abgefüllt würde?«
Jon lachte. Dann versicherte er sich, daß die Türe geschlossen war. Er gab Michael einen Joint, der aus Mrs. Madrigals feinstem Gartengewächs gedreht war. »Ihr zwei könnt ja rauchen«, sagte er, »aber haltet die Türe geschlossen und wartet, bis ich außerhalb des Gebäudes bin.«

Mary Ann hörte ihn noch nicht einmal.
Ein Trockeneisbehälter?

Vater weiß es doch am besten

Mona spülte wie besessen Geschirr, als Mrs. Madrigal in die Küche kam.
»Bist du irgendwie sauer auf mich, meine Liebe?«
Mona runzelte die Stirn. »Nein. Natürlich nicht.«
»Aber du bist doch sauer wegen *irgend jemand.* Ist es Brian?«
Schweigen.
»Ich dachte, du hättest mir erzählt, daß ihr so ein schönes Abendessen bei ihm hattet.«
»Der spinnt total«, sagte Mona lustlos.
Mrs. Madrigal nahm ein Handtuch und begann, neben ihrer Tochter stehend, das Geschirr abzutrocknen. »Ich weiß«, sagte sie ausdruckslos. »Ich dachte, er würde einen wunderbaren Schwiegersohn abgeben – mit oder ohne das heilige Sakrament der Ehe. Du brauchst einen Freund, Mona.«
»Aber den brauche ich bestimmt nicht.«
»Was hat er denn *getan,* um Himmels willen?«
Mona drehte den Wasserhahn zu, trocknete ihre Hände und ließ sich auf einen Stuhl fallen. »Wir hatten wirklich ein nettes Essen zusammen. Es war wundervoll, O.K.? Deshalb bin ich also gestern nacht wieder hingegangen, um ihn zu sehen. Es war spät, wie ich zugebe, aber doch nicht *so* spät, und er hätte zumindestens durch die Tür

herausrufen können oder sonst irgendwas, wenn ...« Sie unterbrach sich.
»Wenn was?« fragte Mrs. Madrigal.
»Wenn er jemanden da hatte.«
»Aha.«
Mona drehte sich zur Seite. Sie kochte vor Wut.
»Woher willst du überhaupt wissen, daß er da war«, fragt Mrs. Madrigal.
»Er war da. Ich sah ihn gerade zehn Minuten vorher die Treppe hochgehen.«
»Hatte er da jemanden dabei?«
»Nein, aber er konnte doch ... ich weiß nicht. Hören wir auf damit, O.K.?«
Mrs. Madrigal lächelte ihre Tochter milde an, zog sich dann einen Stuhl heran und setzte sich neben sie. Sie legte ihre Hand sanft auf Monas Knie. »Du erinnerst dich an das Schild, das du so sehr haßt, das draußen vor Abbey Rents hängt?«
»Ja«, sagte Mona mürrisch. »›Krankenzimmer- und Partyausrüstungen‹.«
»Na ja, so ist es aber doch, oder?«
»Was?«
»Das *Leben,* meine Liebe.« Sie drückte Monas Knie. »Wir müssen uns mit den Krankenzimmern abfinden, wenn wir auf Partys gehen wollen.«
Mona rollte die Augen. »Das ist mir zu sehr vereinfacht.«
»Nein, Liebes«, lächelte Mrs. Madrigal. »Es *ist* einfach.«

Monas schlechte Laune legte sich. Später am Nachmittag bummelten sie und Mrs. Madrigal Arm in Arm zu »Molinari's Delicatessen«, wo sie Salami, Käse und eingelegte Pilze kauften. Am Washington Square machten sie Picknick und schauten den chinesischen Großmüttern zu, die dort im Gras ihre kriegerischen Selbstverteidigungsübungen vollführten.

Plötzlich gab sich Mona einen Stoß und entschloß sich, ins kalte Wasser zu springen. »Ich muß dir was erzählen«, sagte sie einschmeichelnd.

»Ja, mein Liebes?«

»Es hat irgendwas ... mit Krankenzimmer zu tun.«

Mrs. Madrigal lächelte. »Schieß los.«

»Meine Mutter kommt in die Stadt.«

Mrs. Madrigals Lächeln verschwand.

»Die liebenswerte Betty Ramsey«, erklärte Mona. »Ich glaube, du mußt sie schon mal getroffen haben.«

»Mona ... warum bloß?«

»Ich weiß nicht genau.« Sie streckte die Hand aus und ergriff Mrs. Madrigals Hand. »Tut mir leid. Wirklich. Ich habe sie gebeten, nicht zu kommen. Sie meinte, das sei ich ihr schuldig, und behauptete, ich sei dabei, einen schrecklichen Fehler zu machen. Ich habe alles versucht, sie davon abzuhalten.«

»Hast du ihr von mir erzählt, Mona?«

»Nein! Ich schwör's dir!«

»Was soll aber dann diese ganze Geschichte mit dem ›schrecklichen Fehler‹?«

»Ich habe gehofft, daß du mir das sagen könntest. Ich meine, gibt es da irgend etwas, was ich wissen müßte, außer deiner Operation und all dem?«

»Ich kann mir nicht vorstellen, was ...« Mrs. Madrigals

Stimme schwankte. Sie spielte beunruhigt mit den losen Haarsträhnen, die ihr eckiges Gesicht einrahmten. »Mona, wenn sie nicht weiß, daß du und ich zusammen sind, dann verstehe ich nicht, was ich möglicherweise wissen könnte, das auf ihre Bemerkung Bezug haben könnte.«

»Aber sie *weiß* es. Ich meine, ich *glaube*, daß sie es weiß. Ach, du meine Güte. Der Mond ist mal wieder total im Arsch!«

Mrs. Madrigal brachte ein glucksendes Lächeln zustande. »Und was sollen wir nun tun, meine Tochter?«

Mona lächelt schwach. »Sie zum Essen einladen?«

»Oh, Krankenzimmer, oh, Krankenzimmer!«

Mona lachte. »Vielleicht sollte ich zuerst mit ihr sprechen. Wenn sie nichts von dir weiß, dann gibt es keine Veranlassung, unsere Maske zu lüften.«

»Blendende Idee.«

Aber die Idee schien, während der Tag fortschritt, immer weniger und weniger toll zu sein. Am Abend, als Mona Michael im Krankenhaus besuchte, saß Mrs. Madrigal in ihrem Zimmer. Sie war voll trüber Gedanken über die Zukunft und brach damit eine ihrer grundlegenden Lebensregeln.

Sie wußte, wie dumm das war. Wenn sich eine Konfrontation mit Betty nicht vermeiden ließ, was für einen Grund gab es dann, sich jetzt schon darüber aufzuregen? Das Wichtigste war jetzt, all ihre Energie darauf zu verwenden, daß sich Mona glücklich fühlte.

Deshalb ging sie die Treppen nach oben und hatte eine kleine Unterhaltung mit Brian.

Er erzählte ihr mehr, als sie zu hören erwartet hatte.

Burke explodiert

Ein tiefhängender Frühlingsnebel kroch unter der Brücke hindurch auf die Stadt zu. Mary Ann füllte ihre Lungen mit Luft und las die Instruktionen für eine isometrische Hockstellung vor.

»Bäh. Das ist ja wohl das Letzte.«

Burke grinste. Den Rücken fest gegen einen Eichenpfahl gelehnt, ließ er sich langsam nach unten gleiten. »Erinnere dich daran, es war *deine* Idee.«

Sie streckte ihm die Zunge heraus. Er hatte natürlich recht. Wochenlang schon hatte sie diesen Ausflug zum Marina-Green-Trimmpfad vorbereitet. Angeregt worden war sie durch ihren halbschlaffen Bauch und die Lektüre eines sexy Illustriertenartikels über Paare, die zusammen Sport betreiben.

Burke weidete sich an ihren Höllenqualen. »Du kannst immer noch aufhören, bevor du dir irgend etwas zerrst.«

»Ha! Und wer hat dich beim Seitwärtshüpfen und beim Hüpfen über die Baumstämme geschlagen?« Sie wählte einen Pfahl, der dem von Burke genau gegenüberstand, und ließ sich trotzig in die vorgegebene Position hinuntergleiten. Burkes Gesicht war schon leuchtend rot von seinem Bemühen, die Hockstellung beizubehalten. »Das kommt alles daher, weil du im Mittelmaß Genüge findest. Ich aber will Champion sein.«

»Und du brichst am Ende ausgepumpt zusammen. Hast du denn noch nie etwas von Ausdauer gehört?«

Burke vollendete seinen Satz von dreißig Übungen und kam wieder nach oben. »Gesunder Körper, gesunder Geist!« rief er aus.

Mary Ann fiel darauf keine schlagfertige Antwort ein. Sie dachten beide an das gleiche.
»Na ja«, zuckte Burke mit den Schultern, »manche von uns können halt nicht beides haben.«

Als sie ihren Lauf beendet hatten, bummelten sie zurück zu einer Bank am Rande der Bucht. Mary Ann lächelte in den Wind hinein, sie fühlte, wie das Blut in ihren Gliedmaßen pulsierte. Dann hakte sie sich bei Burke ein und lehnte ihren Kopf an seine Schulter. »Rieche ich auch so streng wie du?«
Er küßte sie auf ihre schweißnasse Schläfe. »Jeder Quadratzentimeter, um genau zu sein.«
»Toll.«
»Wir werden nicht duschen, wenn wir nach Hause kommen. Ich möchte auf dem Boden im Wohnzimmer vögeln.«
»Burke!«
»Ich *mag* stark riechende Frauen.« Er küßte sie wieder und begann, den Refrain von »I Remember You« zu singen.
Mary Ann verschloß sich der Ironie. »Ich glaube nicht, daß ich dich jemals habe singen hören. Du hast ja eine fantastisch gute Stimme.«
»Ja, das stimmt?« Er fuhr fort zu singen.
»Hast du jemals ... berufsmäßig gesungen?«
Er wandte sich ihr zu und blickte sie an. Er zögerte. »Nicht berufsmäßig. Nur in der Kirche. Damals in Nantucket. Im Chor des guten Hirten. Worauf willst du denn hinaus?«

Ihr Ton wurde verteidigend. »Auf gar nichts. Kann ich denn nicht mal neugierig sein, wenn es um dich geht?«

»Das gleiche hat meine Mutter letzte Nacht am Telefon gesagt.«

»Sie hat dich angerufen?«

Er nickte grimmig.

»Sie drehen allmählich durch, oder?«

»Was erwartest du denn? Sie hassen diese Stadt. Ihr einziges Kind endete in einem Gebüsch im Golden Gate Park, und das dann noch mit Amnesie. Und jetzt ist er wieder dort; auf der Jagd nach den Geistern der Vergangenheit.«

»Erinnerst du dich daran, Burke?«

»An was?«

»Daß du unterm Busch im Park aufgewacht bist.«

»Nicht direkt. Ich erinnere mich, daß ich für eine Zeit im Krankenhaus war, dann ...«

»In *welchem* Krankenhaus, Burke?«

»Im Presbyterianischen.« Er lächelte wohlwollend.

»Na ja, woher weißt du dann, daß es überhaupt passiert ist? Die ganze Geschichte mit dem Park und so.«

Er starrte sie ungläubig an. »Was?«

»Woher willst du wissen, daß deine Eltern dir die Wahrheit sagen?«

»Was, um Himmels willen, willst du da ...?«

»Sie können dich deprogrammiert haben, Burke.« Mary Ann lehnte sich leicht zurück und wappnete sich gegen Rückschläge. Burke blinzelte sie für einen Augenblick an und explodierte dann mit einem spöttischen Lachen.

»Ich mag zwar verrückt sein, meine Dame, aber ich bin nicht *dumm!* Meine Güte, glaubst du denn, ich weiß nicht, wann Leute mich auf den Arm nehmen oder nicht? Glaubst du denn nicht, daß ich genügend Wahrnehmungsempfinden habe, um ... ach du meine Güte!«

Es gab nichts, um ihn zu beschwichtigen. »Burke, nimm es doch nicht so persönlich. Tut mir leid, O.K.?«

Er brütete schweigend vor sich hin, den Blick auf die nebelverschleierte Bucht gerichtet. »Ich bin kein Baby mehr«, sagte er endlich. *»Ich war immerhin bei AP, Mary Ann.«*

In dieser Nacht schliefen sie auf ihren Vorschlag hin das erste Mal seit seiner Ankunft in San Francisco getrennt.

Mary Ann träumte von Rosen.

Sie ging über eine Laufplanke mit einem Dutzend Rosen, die sie im Arm trug. Hinter ihr war der Mann mit der Haarverpflanzung, der eine ganze Gruppe von Blumenverkäufern anführte.

Sie waren alle da: Der Zwerg aus Las Hadas. Der Rosenverkäufer vom Blumenmarkt. Millie, die Blumenverkäuferin. Und Arnold und Melba Littlefield, die drohend das Prozessionskreuz von Beauchamps Beerdigung schwangen. Plötzlich erschien Burke am anderen Ende des Laufstegs. Er griff Mary Ann an den Schultern und schüttelte sie eindringlich-flehend. *»Ich war immerhin bei AP, Mary Ann. Ich war immerhin bei AP.«*

Als sie aufwachte, wußte sie, was sie als nächstes zu tun hatte.

Kultgeschichten

Das Büro von Associated Press befand sich, wie Mary Ann herausfand, im zweiten Stock des Fox-Plaza-Hochhauses, einem kalten Zementgrabstein, der die letzte Ruhestätte des alten Fox Theater markierte.

Das Theater war fünf Jahre, bevor Mary Ann in San Francisco angekommen war, abgerissen worden, aber Michael hatte ihr erzählt, wie schön es gewesen war und wie würdevoll seine antiquierte Würde mit den menschlichen Bedürfnissen übereingestimmt hatte.

Darüber dachte sie nach, als sie in dem neonbeleuchteten Büro stand und darauf wartete, daß dieser Mann namens Jack endlich einmal lang genug von seinem Computerbildschirm aufsehen würde, um ihre Gegenwart zu bemerken.

»Oh ... entschuldigen Sie mich. Der Bürochef hat mir gesagt, daß Sie mir vielleicht ...«

Seine Augen trennten sich nicht von den Zeichen auf dem Bildschirm vor ihm. »Verdammt, Scheiße, totaler Mist!«

»Tut mir leid, wenn ich ungelegen komme.«

»Nicht *Sie.*« Er schaltete das Gerät aus und wandte ihr mit dem müden Angebot eines Lächelns sein Gesicht zu. »Wie viele gottverdammte Worte können Sie über Patty Hearst schreiben, nur mal eine Frage?«

Mary Ann lächelte zurück. »Ich habe es nie probiert.«

»Dann *versuchen* Sie es besser auch nicht. Wenn man nur auf Zeilen und Spalten achtet, ist diese Geschichte eine größere Zumutung als Angela Davis, Charlie Manson und der Zodiac zusammengenommen!«

»Dennoch muß es ja irgendwie aufregend sein.«

Der Reporter schnaubte. »Ich habe mich für Buffalo beworben. Ich habe um Buffalo geradezu *gebettelt.* Aber, oh nein! Diese Arschlöcher in New York dachten, der alte Jack Lederer wäre genau der Richtige, der *unbedingt* nach San Francisco paßt.« Er fummelte sich eine Zigarette heraus, zündete sie an und warf das Streichholz auf den Fußboden. »Was kann ich für Sie tun?«

»Der Bürochef sagt, Sie haben mal mit ...«

»Ziehen Sie sich doch einen Stuhl rüber.«

Sie gehorchte und zwängte sich unbequem zwischen seinen Schreibtisch und einen Aktenschrank mit der Bezeichnung »Massenmorde etc.«

»Der Bürochef sagte mir, daß Sie mit einem Typen namens Burke Andrew zusammengearbeitet haben.«

Er dachte einen Moment lang nach. »Ja. Zwei ... nein ... *mindestens* drei Jahre ist das jetzt her, aber nicht lange, vier oder fünf Monate allerhöchstens. Er konnte es mit der Scheiße hier nicht aushalten.«

»Haben Sie ihn rausgeschmissen?«

»Nein, er ist gegangen. Er war ein bißchen langsam, das war alles. Er verbrachte *Stunden* mit der Arbeit an einer gottverdammt schäbigen Einleitung zu einem Artikel, selbst wenn die ganze Welt um ihn herum auseinanderbrach. Er war halt so gelassen, nehme ich an. Ein Freund von Ihnen?«

»Ja.«

»Verschwunden, oder so?«

»Nein, warum?«

Er zuckte die Schultern. »Das ist doch hier der richtige

Platz dafür, oder? Um endgültig vom Antlitz der Erde zu verschwinden?«

Mary Ann lächelte, fühlte innerlich aber ein Schaudern. Seit Ewigkeiten hatte sie nicht mehr an Norman Neal Williams gedacht. »Burke hat eine Amnesie, Mr. Lederer. Er kann sich nach seiner Zeit bei AP an nichts mehr erinnern. Ich dachte, vielleicht könnten Sie ...«

Der Reporter pfiff durch die Zähne. »Das ist eine verdammt rührselige Story!«

»Erzählen Sie es *mir.*«

»Sie wollen also, daß ich meine Teile in das Puzzle einsetze, oder?«

Sie nickte. »Hat er Ihnen irgend etwas gesagt, wohin er nach AP gehen wollte? Hat er über irgendwelche Pläne gesprochen?«

»Erfinden Sie das jetzt?«

»Nein! Warum, um alles auf der Welt, sollte ich das? Sehen Sie, der Bürochef sagte, daß Sie und Burke häufig zusammengearbeitet hätten.«

»Ja, wir haben gemeinsam ganze Nächte durchgearbeitet, aber wir haben niemals über persönliche Dinge gesprochen.«

»Als er hier war, hat er da jemals irgendwelche Storys über Kulte recherchiert?«

Jack Lederer schüttelte den Kopf. »Kulte gehören zu meinem Sektor, meine Liebe.« Er grinste aufreizend. »Sie glauben, daß ihn die Mun-Sekte gerafft hat, wie?«

Sie ignorierte das. »Glauben Sie, daß es irgendeine Möglichkeit gibt, daß er ...«

»Wann hat sich das mit der Amnesie denn ereignet?«

»Vor etwa drei Monaten fand ihn die Polizei im Golden Gate Park. Er war bewußtlos oder so etwas in der Art.«
Der Reporter zog eine Schreibtischschublade auf und holte ein spiralgebundenes Notizbuch hervor. »Ich denke, es war etwa … nein, es muß vorher gewesen sein … so etwa …« Er begann, das Notizbuch durchzublättern. »Ich habe Ihren Freund so etwa vor fünf Monaten eines Nachts in einer Kneipe getroffen. Er erzählte mir, daß er freiberuflich arbeiten würde und ich vor Neid erblassen könnte, weil er hinter einer total ausgefallenen Sache her sei.«
Mary Anns Gedanken begannen, wild zu rasen. »Sie meinen, er war immer noch *Reporter?«*
Der AP-Mann verzog das Gesicht. *»Freiberuflich.* Das ist ein Unterschied. Solche Leute reden immer verrücktes Zeugs.« Er schaute wieder in sein Notizbuch. »Ja. Da hab ich's. ›Transsubstantiation‹.«
»Wie bitte? Tut mir leid, ich …«
»Verstehe ich. Na ja, ich hab's auch nicht verstanden. Ich habe Ihren Freund gefragt, ob er irgendwelche schlagkräftigen Beweise für seine sogenannte aufregende Story hätte, und da lachte er und sagte, daß es eher um *Jenseits*substantiation ginge. Als ich ihn fragte, was das um Himmels willen bedeuten solle, leerte er seinen Drink auf einen Zug und empfahl mir, es nachzulesen.«
»Und?«
»Er verließ die Kneipe.«
»Aber was *bedeutet* es?«
Jack Lederer drückte seine Zigarette aus, dann deutete er auf ein Wörterbuch, das auf dem obersten Bord des mit

»Massenmorden etc.« bezeichneten Aktenschrankes stand. »Schlagen Sie's nach, meine Liebe.«

Heimkehr

Jon hielt Michael in seinen Armen. Er holte tief Luft und stellte sich vor der steilen Holztreppe auf, die zur Barbary Lane hinaufführte. »Bist du bereit?« fragte er.

»Ob *ich* bereit bin? *Du* bist derjenige, über den ich ich mir Gedanken mache. Was ist denn mit unserem Sherpa-Führer passiert, nur mal als Frage?«

»Er ist auf achttausend Fuß Höhe an Entkräftung gestorben.«

»Ach, du meine Güte! Man kriegt ja heutzutage wirklich keine guten Leute mehr.«

Jon schwankte unter Michaels Gewicht. »Bring mich bitte nicht zum Lachen, sonst lasse ich dich fallen.«

»Das wirst du dir aber überlegen; denn wenn ich gehe, dann gehst du mit.«

Jon nahm die Stufen mit langen stetigen Schritten. »Ich glaube, wir hätten doch besser Proviant einpacken sollen. Eine innere Stimme sagt mir, daß wir nicht allzu oft rauskommen werden.« Keuchend blieb er auf der Plattform, die den Eingang zu dem kleinen Weg bildete, stehen.

»Um Gottes willen«, stöhnte Michael melodramatisch. »Was immer du auch tust, *schau bloß nicht runter.* Stell dir einfach vor, du seist völlig schwindelfrei.« Er lächelte Jon tapfer an, als sich ihre Blicke trafen.

»Dann hilf mir, Michael, wenn du nicht …«
»Tut mir leid.«
Der Doktor schleppte sich den belaubten Weg entlang und fluchte ärgerlich, als Boris, der Nachbarschaftskater, aus dem Gebüsch herauskam, um seinen Rücken freudvoll an Jons Bein zu reiben. »Ach«, beruhigte Michael, »eine kleine Muschi schadet keinem.«
Mona erwartete die beiden im Hof. »Soll ich runtergehen und den Rollstuhl holen oder sonstwas tun?«
Jon schüttelte den Kopf. »Es ist einfacher, ihn zu tragen.«
»Beachte bitte: Er trägt mich über die Türschwelle.« Michael blinzelte Mona zu.
»Dann hättest du mir zumindest deinen Hüfthalter zuwerfen können«, witzelte sie.
»Seit wann strebst *du* denn in den Ehestand?«
»Ein *Witz,* Mouse.«
Mrs. Madrigal kam aus dem Haus gehuscht und hielt ihnen die Türe auf. »Willkommen zu Hause, mein Lieber. Ohne dich war es einfach nicht wie sonst.«
Michael blies ihr einen Kuß zu. »Hier ist es doch nie wie sonst, oder?«

Jon bereitete Schmorfleisch zum Abendessen. Danach schob er Michaels Rollstuhl zum Fenster und zog sich einen Stuhl daneben.
»Ich hab den Fisch vermißt«, sagte Michael.
»Welchen Fisch?«
»Den da unten. Den Neonfisch auf dem Kai. Der ist mir immer in so einer gewissen Art aufmunternd vorgekommen.«

Jon zündete einen Joint an, den er an Michael weiterreichte. »Der Fisch ist ein frühes christliches Symbol für die Hoffnung. Sie haben ihn in die Wände ihrer Katakomben geritzt, als sie sich dort versteckten.«
»Habe ich es nicht gesagt?« Michael grinste und nahm einen Zug. »Ich könnte eine ganze Menge von dir lernen.«
Jon hielt seine Augen auf die Bucht gerichtet. »Kann ich dann also bleiben?«
Schweigen.
»Nun ... sag doch *irgendwas.«*
»Ich liebe dich, Jon ...«
»Das ist ja für den Anfang schon mal gar nicht schlecht.«
»Aber ich möchte nicht, daß ein Doktorspiel daraus wird, so eine Doktor-Patient-Beziehung. Darum geht's.«
Jon wandte sich ihm zu und starrte ihn an. »Das ist es also, was du denkst?«
»Du bist Arzt, Jon. Es wäre nur natürlich, daß du darauf abfährst, irgend jemanden zu pflegen ...«
»Ich *hasse* es, dir den Arsch abzuwischen!«
»Schau, ich wollte dir nicht ... Was haßt du?«
»Du hast mich schon richtig verstanden!«
Michael lächelte. »Du weißt gar nicht, wieviel mir das bedeutet.«
Sie lachten, bis ihnen die Tränen kamen. Michael rutschte die Zigarettenspitze aus der Hand, und er ließ sie auf den Fußboden fallen. Jon trat die Zigarette mit dem Fuß aus, dann lehnte er sich vor und sah Michael direkt in die Augen.
»Ich will, daß es dir gutgeht, Kumpel, egal was dazugehört.«

»Ich weiß.«

»Andererseits *stimmt es natürlich*, daß ich auf Sex mit Paraplektikern geradezu scharf bin.«

Sie saßen zusammen im Bett und studierten alte Ausgaben des *Architectural Digest.*

»Hey«, sagte Jon, »wollen wir Mona morgen zum Brunch einladen?«

»Vielleicht ist sie nicht in der Stimmung. Sie trifft sich heute abend mit ihrer Mutter.«

»Ihre Mutter ist eine olle Hexe?«

»Nach Mona sind ihre Haare von L'Oreal, der Schmuck von Cartier und das Herz direkt aus dem Kühlschrank. Aber wer weiß?«

»Ja.« Jon versenkte sich wieder in sein Magazin.

Michael hörte auf zu lesen und genoß für einen Moment diese neue, seltene Art von Faulenzerei. Sein ganzes erwachsenes Leben lang hatte er nach jemandem gesucht, bei dem er im Bett *nichts* zu tun brauchte. Und jetzt hatte er ihn gefunden, diesen netten, großzügigen Typen, dessen Liebe so stark war, daß Sex schon wieder eine Perspektive darstellte.

Jon hielt sein Magazin hoch. »Ist das nicht hinreißend?« Es war eine alte Photographie des Pacific Union Club, dieses palastartigen Steingebäudes, das immer noch den Gipfel des Nob Hill schmückte.

Michael schüttelte zustimmend den Kopf. »Stell dir vor, ein Club mit so viel Geld!«

»Der Club hat das Haus nicht gebaut, das haben die Floods gemacht.«

»Die Floods?«
»Die Flood-Familie. Das war *großes* Geld in den alten Tagen.«
Michael runzelte die Brauen. »Glaubst du nicht …?«
»Was?«
»Ach, du meine Güte!« kreischte Michael. »Das könnte es sein, Jon. *Das könnte es sein.«*

Der Berg der Flut

Es war spät, aber Michael war viel zu aufgeregt, als daß er bis zum nächsten Morgen hätte warten können, um Mary Ann anzurufen.
»Hier spricht der Ajax Detektivservice.«
»Mouse?«
»Du dachtest doch, du hättest mich mit diesem verdammten Gedicht da reingelegt, oder?«
»Hast du irgendwas rausgefunden?«
»Mais naturellement! Kannst du runterkommen?«
»Kann ich!« Sie hängte ohne ein weiteres Wort auf.
Jon legte seinen *Architectural Digest* auf den Nachttisch. »Soll ich aufstehen?«
»Warum?« fragte Michael.
»Kommt sie denn nicht herunter?«
Michael schaute leicht verstimmt. »Ich denke, sie weiß, daß wir miteinander schlafen, Jon.«
»Ich weiß, aber …« Der Doktor lächelte über sich selber. »Ich fühle mich halt immer noch ein bißchen schüchtern.«

Michael zupfte am Revers von Jons Pyjama. »Es ist schon in Ordnung. Du trägst ja deinen Frisierumhang.«

Sekunden später hörten sie Mary Ann im Flur, wie sie prüde an die Tür klopfte. »Es ist offen«, schrie Michael.

Als Mary Ann vorsichtig in das Schlafzimmer lugte, sorgte Michael dafür, daß es nicht zu einem verwirrten Stillschweigen kam. »Es geht schon in Ordnung«, grinste er. »Stell dir einfach vor, daß wir Starsky und Hutch sind.«

Mary Ann kicherte. »Irgendwie schaut Ihr auch *wirklich* so aus.« Sie zog sich einen Stuhl neben das Bett. »Ich hoffe, daß dir mein Eindringen nichts ausmacht, Jon.«

Jon lächelte. »Ich kann es selber gar nicht erwarten, die Sache zu hören.«

»Tatsächlich«, fügte Michael hinzu, »ist er derjenige, der mir den Hinweis gegeben hat.«

Mary Ann hüpfte in ihrem Stuhl beinahe auf und ab. »Erzähl es mir, erzähl es mir!«

Michael lächelte geheimnisvoll und erhöhte die Spannung. »Ich vermute, daß Burkes kleines Traumgedicht vom PU-Club handelt.«

»Von was?«

»Vom PU-Club, du armes kleines Landkind! Dem Pacific Union Club; oben auf dem Nob Hill.«

»Diesem roten Ziegelsteingebäude?«

Michael nickte. »Es wurde von einem Mann namens Flood gebaut, und somit ist der Nob Hill der Berg der Floods oder auch der Flut, gesprochen hört sich das genau gleich an. Und der PU-Club ist nicht nur so etwas wie irgendein *Kult*, sondern er ist unser *ältester* Kult überhaupt. Denk nur an all diese alten übergewichtigen Säcke

von Bankiers, die dort in ihren dicken Clubsesseln herumsitzen!«
Mary Ann war das Kinn heruntergefallen. »Mouse, glaubst du denn, daß die das Gedicht in ihren Ritualen oder sonstwie zitieren?«
»Gibt das denn keinen Sinn?«
Mary Ann dachte für einen Moment nach. »Na ja, *der* Teil zumindest stimmt. Aber was ist mit dem Rest? Was bedeutet der Treffpunkt der Linien zum Beispiel?«
Jon, der aufmerksam zugehört hatte, konnte nicht widerstehen zu fragen: »Was bedeutet denn dieser Treffpunkt der Linien?«
»Es ist ein Teil des Gedichtes«, erklärte Michael. »Hoch auf dem Heiligen Fels,/Von wo die Inkarnation der Rose leuchtet,/Dort auf dem Berg der Flut,/Wo sich die Linien treffen.«
Jon grinste. »Vielleicht ziehen die sich im PU-Club Koks rein.«
»Das ist es, was Burke ja auch annimmt«, sagte Mary Ann.
Michael meldete Bedenken an. »Die haben doch dort nur noch Asthmaanfälle.«
»Warte mal!« rief Jon. »Was ist denn mit den Cable Cars?«
»Was soll denn mit denen sein?« fragte Mary Ann.
»Die Straßenbahnlinien. Sie kreuzen die California und die Powell Street lediglich einen Häuserblock vom PU-Club entfernt.«
Mary Ann und Michael kreischten unisono auf. »Das ist brillant«, lobte Michael. »Wirklich gekonnt!« Mary Ann strahlte vor Zustimmung. »Das *muß* es sein.«
Jon verneigte sich vornehm. »Das einzige, was wir nun

noch herauszufinden haben, ist, was das alles mit den Blumenverkäufern im St. Sebastian's Hospital zu tun haben soll?«

Mary Ann nickte, tief in Gedanken. »*Und* was all das wiederum mit Transsubstantiation zu tun haben soll.«

Michael zog die Luft ein. »Können Sie das noch mal wiederholen, meine Dame?«

»Hast du ein Lexikon?«

»Auf dem Bücherbrett neben der Tür«, sagte Michael. »Neben *Der persische Lustknabe.*«

Mary Ann fand das Lexikon und begann zu blättern. »Ich bin heute bei AP gewesen. Wo Burke mal gearbeitet hat. Ein Mann dort erzählte mir, daß er Burke vor etwa fünf Monaten getroffen hat. Er sagte, daß Burke an etwas gearbeitet hat ... da ist es. Transsubstantiation.« Sie reichte Jon das Buch.

Der Doktor begann laut zu lesen. »›Der Übergang von einer Substanz in eine andere.‹«

»Lies die zweite Definition«, sagte Mary Ann.

»›In der Messe der römisch-katholischen Kirche bedeutet es die Wandlung von Brot und Wein in den Körper und das Blut Jesu Christi, nur der äußerliche Anschein von Brot und Wein bleibt erhalten.‹ Aber, was hat das mit Burke zu tun?«

»Dieser Typ bei AP sagte, Burke hätte an einer wirklich bizarren Geschichte gearbeitet, die mit Transsubstantiation zusammenhing.«

Michael runzelte spöttisch die Stirn. »Hast du das schon mit Burke besprochen?«

Mary Ann schüttelte nüchtern den Kopf. »Ich glaube, er

fängt an, meine Neugierde zu verabscheuen, Mouse. Ich bin nicht sicher, was das bedeutet, aber ich versuche, hinsichtlich all dieser Sachen vorsichtig zu sein, bis ich etwas Ernsthaftes herausgefunden habe, womit man etwas anfangen kann.«

»Weißt du, was ich glaube?« sagte Jon.

»Was?« fragte Mary Ann.

»Ich glaube, du hast einfach *zu viele* Spuren.«

Mary Ann seufzte. »Ich fürchte, daß du recht hast.«

Betty

Das erste, was Mona an Betty Ramsey auffiel, waren ihre Kleider: einheitlich irisch-grün und weiß, die signifikanten Erkennungsfarben weiblicher Maklerinnen; egal wo. Und Monas Kleidung war auch das erste, was Betty bemerkte.

»Wo *hast* du denn bloß dieses Kleid her? Geschenkt? Von der Wohlfahrt?«

Monas Lächeln strahlte reinste Selbstgefälligkeit aus. »Um genau zu sein: ja.«

»Na wunderbar, es ist auch aufreizend unkleidsam.«

»Danke dir.«

»Die Hippiezeit ist vorbei, Mona. Das Pendel schlägt nach der anderen Seite aus.«

Mona ignorierte sie und ging aufs Fenster zu.

»Was tust du denn da?« fragte Betty.

»Ich sehe mir deine Aussicht an.« Sie drehte sich um und lächelte ihrer Mutter zu. »Das erste, was *jeder*, der in San

Francisco lebt, tut, wenn er jemanden besucht.« Sie zog die Vorhänge auseinander und schaute nach unten über die nächtliche Pracht der Stadt. »Hmm. Sehr hübsch. Wessen Wohnung ist das?«

Betty begann, Eiswürfel in ein Glas fallen zu lassen. »Die von Susan Patterson. Ich kenne sie seit *Jahren* aus Carmel. Sie ist während des Frühlings in der Schweiz.«

Mona überblickte das Zimmer. »Es sieht hier so aus, als seist du schon seit *letztem* Frühling hier.« Der Fußboden war bedeckt mit Schuhschachteln und Einkaufstüten von Saks; Bettys Yogamatte und ein Sortiment französischer Körperpflegemittel waren im Badezimmer.

Betty hielt die Ginflasche hoch. »So was oder lieber Bourbon?«

»Weder das eine noch das andere, danke.«

»Ich habe aber kein Perrier da.«

»Ist schon in Ordnung. Ich habe gerade erst ein Quaalude genommen.«

»Um Himmels willen!«

Mona setzte sich auf das Sofa. »Hätte ich besser eine von deinen Valium nehmen sollen?«

»Die hat mir immerhin ein *Arzt* verschrieben.«

»Tun sie das nicht alle?«

»Man sollte sich nicht darauf verlassen ... Mona, laß uns jetzt nicht streiten. Wir haben uns so lange nicht gesehen, Liebes. Das mindeste, was wir tun können, ist ...«

»Warum bist du hier, Betty?«

Betty antwortete nicht sofort. Sie beendete erst die Zubereitung ihres Gin Tonic, dann setzte sie sich neben ihre Tochter auf das Sofa. »Warum, glaubst du?«

Mona sah ihrer Mutter fest in die Augen. »Ich glaube nicht, daß es auch nur irgend etwas mit mir zu tun hat.«
»Das ist nicht fair, Mona.«
»Es ist die Wahrheit.«
Betty schaute auf ihren Drink nieder. »Du erinnerst dich an Andy, oder?«
Mona ließ ihr Gesicht maskenhaft erstarren. »Ich weiß, daß er dich verlassen hat. Das sind alte Geschichten.«
»Mach keine Spielchen mit mir, Mona. Ich weiß, daß er dein Vermieter ist. Ich weiß von der Geschlechtsumwandlung, und ich weiß, daß du es weißt.«
Mona blieb kühl. »Ich wiederhole. Warum bist du hier?«
»Weil ich, verdammt noch mal, ein *Recht* dazu habe, hier zu sein! Er hat mich verlassen, Mona! Er hat mich mit einem Kind, das ich ernähren mußte, verlassen! Er ist aus meinem Leben hinausgegangen, ohne auch nur einen Brief zu hinterlassen, und jetzt denkt er, wieder hineintanzen und das Kind für sich beanspruchen zu können, das er niemals auch nur ...«
»Ich bin kein Kind, und niemand hat mich *beansprucht*, Betty. Ich wußte bis vor zwei Wochen noch nicht einmal, daß er ... daß sie mein Vater war.«
Betty musterte sie voller Widerwillen. »Und jetzt wohnst du bei ihm!«
»Bei ihr.«
»Hat er dir gesagt ... oh, entschuldige mich, bitte, *sie* ... hat *sie* dir möglicherweise gesagt, was sie mit dem Privatdetektiv gemacht hat, den ich angestellt hatte?«
»Dem *was?*«
»Mona, Liebes, das ist alles so kompliziert ...«

»Sag mir bitte nur, worüber du sprichst.«

Betty hielt die Hand ihrer Tochter. »Im letzten Sommer, als du mir das Bild deiner Vermieterin geschickt hast, sah ich sofort die Ähnlichkeit und heuerte einen Privatdetektiv an, der für mich herausfinden sollte, ob es wahr ist.«

Mona starrte sie verwundert an.

»Und«, fuhr Betty fort, »er hat niemals einen Schlußbericht abgeliefert.«

»Wie bitte?«

»Ich habe niemals mehr ein Wort von ihm gehört. Er wohnte in eurem Haus. In der Barbary Lane Nr. 28.«

»Mr. Williams? Der Typ da auf dem Dach?«

Betty nickte. Sie hielt immer noch Monas Hand fest. »Wir standen telefonisch in Verbindung. Er rief mich wenigstens einmal in der Woche an. Er sagte mir, daß er glaube, daß aus Andy ... Anna Madrigal geworden sei, und er erzählte mir auch, daß Anna Madrigal ein Anagramm für irgend etwas sei. Dann ist er einfach verschwunden.« Sie ließ Monas Hand gehen und nahm einen Schluck ihres Drinks. »*Kanntest* du ihn, Mona?«

Verwundert schüttelte Mona den Kopf. »Überhaupt nicht. Er war ... verrückt.«

»Ich weiß, aber er war der Beste, den ich auf so kurze Zeit hin auftreiben konnte. Die Sache ist nur: Was ist mit ihm *passiert?«*

Mona nahm einen Schluck von Bettys Gin. »Darüber haben wir uns auch gewundert.«

»Wir?«

»Jeder. Eingeschlossen Mrs. Madrigal. Sie hat deswegen sogar die Polizei gerufen.«

»Ich will sie sehen, Mona. Wirst du das arrangieren?«
Ein Ausdruck gequälter Resignation zog über Monas Gesicht. »Du tust es ja sowieso«, seufzte sie.
»Da hast du allerdings recht«, bestätigte Betty. »Das werde ich.«

Die Inkarnation der Rose

Unter Beachtung ihrer neuen Strategie sagte Mary Ann Burke erst mal nichts über den Pacific Union Club. Auch das, was sie über die Transsubstantiation herausgefunden hatte, verschwieg sie ihm. Während des Frühstücks und eines geruhsamen Morgenspaziergangs über den Russian Hill hielt sie brav den Mund.
Am Mittag endlich entschuldigte sie sich.
»Jon ist in seiner Praxis«, erklärte sie. »Ich habe ihm versprochen, Mouse für eine Zeitlang Gesellschaft zu leisten.«
Als sie Michaels Appartement betrat, war der Invalide dabei, mit seinem Rollstuhl durchs Zimmer zu fahren. Seine Augen glitzerten vor Aufregung. »Weißt du was?« begann er ohne Umschweife. »Wir haben diese ganze Geschichte mit der roten Rose in unserer Diskussion letzte Nacht ja noch nicht einmal berührt.«
»Ich wurde das Gefühl nicht los, daß ihr zwei schon eine Überdosis hattet.«
Michael lächelte. »Ich nicht, Engelchen. Ich bin ganz *besessen.* Denkst du nicht auch, daß alles auf den Mann mit der Haarverpflanzung zurückgeht?«

»Vielleicht. Burke *glaubt* zumindest, daß dieser Typ ihn erkannt hat.«

»Mal angenommen, daß das stimmt, was hätten wir dann zu tun?«

»Er könnte vielleicht ein Mitglied des PU-Clubs sein.«

Michael schüttelte den Kopf. »Das hab ich schon zu Jon gesagt. Der meinte, daß der PU-Club *niemals* einen Krankenhausfloristen aufnehmen würde. Vielleicht hat Burke als Kellner oder so irgendwas dort gearbeitet.«

»Das kann man sich nur schwer vorstellen«, meinte Mary Ann.

»O.K., dann sind wir vielleicht alle zusammen auf der falschen Spur. Du weißt, mit Berg der Flut kann auch der ganze Nob Hill gemeint sein.«

»Was gibt es denn sonst noch *da oben?*«

»Eine ganze Menge. Das Mark, das Huntington, das Fairmont.«

»Toll. Alles Hotels. Vielleicht ist es ja ein Hotel-Kult.«

Michael grinste. »Du bist völlig fixiert auf Kult oder so?«

»Ich weiß nicht«, stöhnte Mary Ann. »Manchmal denke ich, ich hab das ganze Zeugs erfunden.«

Michael lachte. »Das ist möglich. Heute morgen habe ich einige meiner alten Literaturbücher aus den Schultagen durchgesehen – du weißt schon, *Silas Marner* und *The Great Gatsby* und all das – und bin schier zusammengebrochen, weil ich überall an den Rand fast jeder Seite ›Symbolismus‹ notiert hatte. Ach, du meine Güte! In *The Great Gatsby* hatte ich sogar das Wort ›Gelb‹ jedesmal unterstrichen, wenn es erschien.«

»Ja, ach, du meine Güte!« lächelte Mary Ann. »Ich kann

mich an diese gräßlichen Geschichten erinnern, aber ich verstehe nicht, Mouse, was das alles mit dem hier zu tun haben soll?«

»Weißt du, vielleicht sind *wir* viel zu sehr auf Symbolismus aus. Es muß nicht *alles* gleich etwas bedeuten.«

»Ja, aber, es wäre doch eigentlich ganz nett, wenn das wenigstens bei *irgendwas* der Fall wäre.«

»Was ist denn mit Transsub . . . wieheißtdasnochmalwieder?«

»Und weswegen?«

»Mal vorweg gefragt, ist Burke Katholik?«

Mary Ann schüttelte den Kopf. »Episkopalische Hochkirche.«

»Na, das ist ja fast das gleiche.«

»Wirklich?«

Michael nickte. »Die Leute von der Hochkirche sind päpstlicher noch als der Papst. Das kannst du mir glauben, das weiß ich. Ich hatte mal einen Freund, der auf einem episkopalischen Seminar war. Der hat sich ja fast auch noch mit Weihwasser *rasiert*. Ich bin mir sicher, *der* glaubte, daß sich Brot und Wein in den Körper und das Blut von Christus verwandelten.«

Mary Ann schauderte es etwas. »Ist das denn wirklich wahr, glauben sie das? So ganz wörtlich?«

»Ganz wörtlich. Du hast doch die Erklärung im Lexikon gesehen, Engelchen.«

»Ich weiß, aber irgendwie ist es doch ein bißchen gruselig, oder?«

Michael zuckte die Schultern. »Die Christen sind die einzigen Leute auf dieser Erde, die vor einem Folterinstrument knien. Wenn Christus in diesem Jahrhundert gemartert worden wäre, nehme ich an, daß wir alle kleine elektrische Stühle am Hals tragen würden.«

Mary Ann war schockiert. »Mouse, das ist ein Sakrileg!«

»Nein, das ist es nicht, sondern lediglich eine Beobachtung über die Natur von …« Plötzlich klammerte sich Michaels Hand um die Seitenlehne seines Rollstuhls. Sein Gesicht verfiel in den Ausdruck völliger Konzentration. »Ach, du meine Güte!« schrie er dann. *»Ach, du meine Güte!«*

»Mouse, um Himmels willen, was ist los?«

»Der Heilige Fels! Der gottverdammte Heilige Fels! Das ist die Grace Cathedral, das muß die Grace Cathedral sein!«

»Grace Cathedral?«

»Was sonst? Direkt neben dem Eingang zum PU-Club, Mary Ann! Auf dem Berg der Flut, dort wo sich die Linien treffen! Und rate mal, was die inkarnierte Rose ist?«

»Was?«

»Die größte Rose in dieser ganzen verrückt-beschissenen Stadt! Das Rosenfenster in der Grace Cathedral!«

Liebesdienste

D'orothea Wilson machte in der Halle des St. Sebastian's Hospital ein kurze Pause, um das altertümliche Porträt des Namensgebers dieser Einrichtung zu betrachten.

Der Heilige, an einen Baum gebunden, trug lediglich

einen Lendenschurz und ein verklärtes Lächeln. Sein blutender Körper war mit Pfeilen gespickt; mit mindestens einem halben Dutzend.

D'orotheas Gesichtsausdruck zog die Aufmerksamkeit einer vorbeigehenden Schwester auf sich. »Ich weiß«, wimmerte sie. »Ist es nicht fürchterlich?«

»Warum hängen Sie denn so etwas auf. Um Himmels willen. In einem Krankenhaus!«

Die Krankenschwester lächelte matt. »Der Vorstand regt sich jedes Jahr darüber auf. Ich glaube, es kam zusammen mit einer großen Zuwendung oder so was. Kein Mensch will die alte Vogelscheuche, die das gespendet hat, verärgern. Sie haben es schon zwei- oder dreimal umgehängt. Das ist der bislang am wenigsten auffällige Platz.«

»Irgend jemand sollte hier mal nachts mit einem Farbspray reinkommen«, schlug D'orothea vor.

»Ganz richtig!« pflichtete die Schwester bei.

Nachdem sie am Empfang nach DeDes Zimmer gefragt hatte, machte D'orothea einen kurzen Abstecher in das Blumengeschäft des Krankenhauses, wo sie ein Dutzend Rosen kaufte. Dann eilte sie in den zweiten Stock, um ihre Freundin zu besuchen.

»Du kannst nicht lange bleiben«, grinste DeDe. »Sie haben gerade meine Mutter hinausgejagt.«

»Werde ich auch nicht.« D'orothea legte die Rosen auf den Nachttisch, dann lehnte sie sich vor und küßte DeDe auf die Wange. »Du siehst *fabelhaft* aus, Liebes.«

»Danke. Und danke auch für die Rosen.«

»Und wie geht's unserem Wehweh-Bauch?«

DeDe rollte die Augen. »Der macht bumbudibum, budibum-bum-bum.«
»Du meinst ...?«
»Die Wehen sind nur noch fünfzehn Minuten auseinander.«
»Ach, du meine Güte! Als du angerufen hast, hast du noch so lässig geklungen. Ich dachte ... Oh, Liebes, bist du nicht aufgeregt?«
DeDe lächelte dünn. »Sicher.«
»*Natürlich* bist du aufgeregt! Hey, du hast mir noch nicht mal was über die Namen gesagt.«
»Namen?«
»Für die Babys. Hast du schon welche?«
DeDe zog das Bettuch über ihrem riesenhaften Bauch glatt. »Oh, Edgar, nehme ich an, wenn eines davon ein Junge ist. Nach meinem Vater. Und wenn eines ein Mädchen ist, dann werde ich es Anna nennen.«
»Das ist nett. Aus einem bestimmten Grund?«
»Daddy hat mich darum gebeten. Direkt bevor er gestorben ist.«
»Ein Name aus der Familie, oder?«
DeDe schüttelte den Kopf. »Nicht, daß ich wüßte. Daddy sagte nur, daß er den Namen mag.« Sie zupfte wieder an dem Bettuch herum und ließ ihre Augen weggleiten. D'orothea brauchte einen Moment, um festzustellen, daß DeDe weinte.
»Liebes? Hey, du. Was ist denn los?«
»Ich hab so Angst, D'or.«
D'orothea setzte sich auf die Bettkante und streichelte zärtlich DeDes Haare. »Warum?« fragte sie.

»Ich fühle mich, als sollte ich bestraft werden oder so was.«

»Bestraft? Wofür?«

DeDes Gesicht war voll von Tränen. Sie langte nach einem Kleenex und putzte die Nase, dann ließ sie das Taschentuch auf den Nachttisch fallen. Endlich sah sie zu D'orothea auf und seufzte. »Die Zwillinge werden Chinesen sein, D'or.«

D'orothea starrte sie ausdruckslos an, dann sagte sie: »Das ist ja eine tolle Sache.«

Ein Lächeln kämpfte sich seinen Weg durch die Verlassenheit in DeDes Gesicht. »Du hast leicht reden.«

»In Ordnung«, sagte D'or. »Dann werde ich es wiederholen. Eine gaaaaaanz, gaaaanz tolle Sache!«

DeDe lachte endlich. »Oh, D'or, ich danke dir!«

»Erwähne es bloß nicht. Aber Eurasier sind *immer* hinreißend, laß dir das nur gesagt sein.«

»Das sind sie, nicht wahr?«

»Weiß es die große Mutter schon?«

DeDe wimmerte, dann schüttelte sie den Kopf.

»Hab ich mir schon gedacht«, sagte D'or. *»Das* ist es also, worüber du die ganze Zeit brütest, oder?«

»Zum Teil, glaube ich.«

»Und was ist sonst noch?«

»Ich weiß nicht. D'or ... keiner meiner Freunde hat bislang überhaupt nur angerufen.«

»Nun ja, dein Glück wendet sich, Liebes.«

»Warum?«

»Weil ich die erste deiner *neuen* Freunde bin, DeDe. Und uns kriegst du nicht so leicht los.« Sie lehnte sich vor, um

DeDe noch mal zu küssen. »Schon gar nicht, wenn du Kinder bekommst. Dann werde ich geradezu übergewissenhaft. Ich bin auf jeden Fall hier. Direkt vor deiner Tür.«
»Das ist doch nicht nötig.«
»Ich will das aber.«
»Danke, D'or.«
»Soll ich das mit den Babys deiner Mutter sagen, oder wie ist es?«
»Nein. Das werde ich schon tun. Ich mag dich, D'or.«
»Ich dich auch, Liebes.«

Zurück nach Nantucket?

Natürlich war Burke am schwierigsten zu überzeugen.
»Es ist einfach schlichter Blödsinn, Mary Ann. Warum sollte eine *Kathedrale* jemanden dazu bringen, in Amnesie zu verfallen. Du scheinst zu vergessen, daß ich wirklich richtig krank werde, wann immer ich ...«
»Du hast dich auch bei Beauchamps Begräbnis übergeben, oder? Das war in einer Kirche.«
Burke gestikulierte ungeduldig. »Das war die Rose, um Himmels willen.«
»Aber verstehst du das denn nicht? Vielleicht ist es ja gar nicht eine Rose *als solche*, die dich zur Übelkeit treibt, sondern nur das Wort, die Verbindung mit dem Rosenfenster.« Als er sich auf die Kante seines Bettes setzte, schaute er trauriger denn je. »Es ist kein Fenster, das ich in meinen Träumen sehe, sondern eine rote Rose, keine rosafarbene

und keine gelbe, sondern eine *rote,* Mary Ann.« Er starrte sie aus Augen heraus an, die sich von einem lebendigen Grau zur tiefsten Zinnfarbe gewandelt hatten. »Ich glaube, es ist Zeit für mich, nach Hause zu gehen.«

Ihr erster Gedanke war, daß sie doch schon in seiner Wohnung waren. Dann traf sie die Bedeutung dieses Satzes wie ein Schlag mitten ins Gesicht. »Burke, das meinst du doch nicht so!«

Die Freundlichkeit seiner Stimme war vernichtend. »Doch, genau das tue ich«, sagte er sanft. »Ich muß das endlich hinter mir lassen, Mary Ann.«

»Aber, Burke ...« Sie setzte sich neben ihn und schlang ihren Arm um seine zusammengefallenen Schultern. »Du wirst das *niemals* hinter dir lassen können, bis du nicht den Grund für deine Amnesie herausgefunden hast. Du kannst doch nicht so weiterleben in dieser ständigen Angst ...«

»Ich habe keine Angst.«

Sie drückte sanft seine Schulter. »Ich weiß, aber was ist mit den Rosen?«

»Damit kann ich umgehen. Ich muß nur ... ich muß nur wieder mit meinem Leben beginnen.«

»Und was wirst du da im Osten tun?«

»Mein Vater hat mir einen Posten in seinem Verlag angeboten.«

Sie sah ihn seelenvoll an. »Könntest du so was nicht auch hier machen?«

Er lächelte und streichelte ihr Haar. »Ich *werde* dich vermissen. Das hätte ich vielleicht als erstes sagen sollen.«

Sie fühlte, wie ihr die Tränen in die Augen stiegen. »Verdammt noch mal«, sagte sie dann ruhig. »Ich bin so wütend auf mich selbst.«
»Warum?«
»Ich hätte dich nicht drängen sollen. Ich hätte dich nicht zum Ausflippen bringen sollen.«
Sein Gesicht nahm die Farbe einer tiefroten Rose an. *»Du hast mich nicht zum Ausflippen gebracht, Mary Ann.«*
Sie schaute ihn schweigend an und sah die Angst in seinem Gesicht. Dann stand sie auf und ging durchs Zimmer. Wenn es so war, wenn sie den Punkt zur Umkehr bereits versäumt hatten, dann gab es nichts zu verlieren, wenn sie ihm die ganze Wahrheit erzählte.
Sie drehte sich um und sah ihm ins Gesicht. »Burke, der Mann mit der Haarverpflanzung singt im Chor der Grace Cathedral.«
»Wie bitte?«
»Das habe ich heute morgen erfahren. Und ich glaube, daß du mit ihm zusammen dort gesungen hast.«
»Warte eine Minute! Wie hast du das herausgefunden?«
Sie wich seinem Blick aus. Sie wollte nicht zu stolz auf sich selber erscheinen. »Ich ... na ja, zuerst habe ich Jon gebeten, im Krankenhaus anzurufen, um seinen Namen herauszufinden. Dann habe ich in der Grace Cathedral angerufen und mit einem Typen, der dort Küster ist, gesprochen, und der hat mir gesagt, daß der Mann mit der Haarverpflanzung – er heißt übrigens Tyrone –, daß Tyrone im Chor der Grace singt.«
Irgend so etwas wie Hoffnung flimmerte in Burkes Augen auf. »Und du glaubst ... du glaubst, daß ich zusammen mit ihm gesungen habe?«

»Du könntest mit ihm zusammen gesungen haben«, meinte sie vorsichtig. »Du hast mir erzählt, daß du früher in Nantucket im Chor gesungen hast. Du hast mir auch erzählt, als wir in Mexiko waren, daß du deinen Eltern geschrieben hast, daß du Messen in der Grace Cathedral besucht hast.«

Mary Ann mußte wie ein erschreckter Hase ausgesehen haben, weil Burke plötzlich lächelte und auf den Platz neben sich deutete. Sie kam zu ihm und setzte sich neben ihn aufs Bett. Ihr Blick war immer noch unheilschwanger.

»Ich bin ja wohl die reinste Plage?« fragte sie dann.

Er küßte sie auf die Nasenspitze. »So, du glaubst also, daß Burke Andrew, der junge Reporter, in irgendwelche unheimlichen Vorkommnisse in der Grace Cathedral hineingestolpert ist?«

Sie grinste dümmlich. »Das ist lediglich die Theorie des *heutigen* Tages.«

»Ein *episkopalischer* Kult also?«

Sie schlug ihm auf den Hintern. »Nimm's nicht zu ernst.«

»Offensichtlich scheine ich ja irgendwie drauf zu stehen«, sagte er lächelnd.

Als sie zu ihrem eigenen Appartement zurückkehrte, traf Mary Ann Mrs. Madrigal, die den Flur saugte. Die Haare der Vermieterin waren auf Lockenwickler gedreht.

»Versuchen Sie eine neue Frisur?« erkundigte sich Mary Ann.

»Wir werden sehen. Vielleicht ende ich damit, daß ich wie Medusa aussehe. Wo willst *du* denn so eilig hin?«

»Burke nimmt mich mit in die Kirche.«

»Wie schön«, sagte Mrs. Madrigal ernst.
»Ich erwarte irgendwelche Erleuchtungen. Das ist das erste Mal, daß ich zur Kirche gehe, seitdem ich vor zehn Monaten nach San Francisco gekommen bin.«
Die Vermieterin lächelte. »Dann sprich auch ein Gebet für mich.«
»Sie brauchen keines.«
»Heute abend aber ganz bestimmt.«
»Warum?«
Mrs. Madrigal lehnte sich heimlichtuerisch vor. »Heute abend, mein liebes Kind, erwartet mich ein schwieriges Zusammentreffen mit meiner Exfrau.«

Fragen und Antworten

»Hallo, Betty.«
Mrs. Madrigal sprach diese Worte mit einer Wärme und Selbstsicherheit, die Mona erstaunte. Außerdem hatte die Vermieterin noch niemals so gut ausgesehen: eine sanft schimmernde Haut, leuchtende Augen und ein blaßgrüner Kimono, der sie umflatterte wie Schmetterlingsflügel. Heute abend trug sie auch nicht ihren üblichen Glockenhut, sondern ihr Haar fiel in weichen, romantischen Locken ins Gesicht. Betty war sichtlich erstaunt.
»Hallo. Ich hoffe nicht, daß ... wie geht es dir?«
Mrs. Madrigal lächelte wie eine gütige Hindu-Gottheit. »Nenn mich Andy, wenn du willst. Ich weiß, Anna muß dir ein bißchen hart über die Lippen gehen.«
»Nein, das geht schon in Ordnung ... das ist ja eine *ganz*

zauberhafte Gegend hier. Ich kann verstehen, warum Mona so verrückt danach ist.«
Mrs. Madrigal nahm den Mantel ihres Gastes. »Soweit ich weiß, wohnst du ja nur ein Paar Blocks entfernt.«
»Ja. Na ja, das ist ein Hochhaus. Aber dies hier ist einfach ... reizend. Diese Treppen, die von der Straße direkt hierherführen, sind wie aus einem ... ich weiß nicht woher.« Sie trat ins Wohnzimmer und fing nervös an, alles zu loben, was ihr unter die Augen kam. Außer natürlich der Person, die einmal ihr Ehemann gewesen war.
Mrs. Madrigal brachte einen Sherry aus der Küche. »Der ist nicht für dich, Mona, meine Liebe. Ich glaube, deine Mutter und ich sollten uns ein bißchen alleine unterhalten.«
Mona sprang wie von einer Tarantel gestochen auf. »In Ordnung. O.K. Ich werde spazierengehen oder so.«
»Es wird nicht lange dauern«, meinte Mrs. Madrigal. »Warum gehst du nicht ins Tivoli. Vielleicht können wir dort später dazustoßen.«
»Schön«, sagte Mona stockend, als sie auf die Türe zuging.

Mrs. Madrigal saß da und nippte schweigend an ihrem Sherry, wobei sie Betty Ramseys schnell verschwindendes Lächeln beobachtete. »Das muß man dir ja lassen«, sagte sie endlich, »du hast dich auf jeden Fall gut gehalten. Deine Figur ist immer noch so wie vor dreißig Jahren.«
Betty zog an ihrem Kleid, um sicherzugehen, daß ihre Knie bedeckt waren. »Yoga ist eine gute Unterstützung«, sagte sie lustlos.
»Hmm. Und ein paar Schnipseleien hier und da.«

Betty versteifte sich. »Ich sehe nicht ein, was das …«

»Ich bin nicht boshaft, Betty.« Sie lachte herzhaft. »Ich bin die *allerletzte*, die den Wert der Chirurgie verunglimpfen würde!« Ihre Lustigkeit verschwand ebenso schnell, wie sie gekommen war. »So, was kann ich für dich tun?«

Die Maklerin schaute auf ihr Glas nieder. »Ich habe ein Recht, meine Tochter zu sehen«, sagte sie dann, jedes Wort abwägend, als wäre sie kurz davor zu explodieren. »Ich habe ein Recht zu wissen, was du mit ihr tust.«

Ein mattes Lächeln bewegte das Gesicht der Vermieterin. »Das ist geradezu monströs pervers. Ich biete ihr eine Heimat. Und Liebe.«

»Und ich habe das wohl nicht vermocht. Willst du das damit sagen?«

»Was soll das, Betty? Mona ist über dreißig.«

Eine große Ader begann jetzt an Bettys sehnigem Hals zu pulsieren. »Ich weiß, was ich tue. Du willst sie vorsätzlich gegen mich aufhetzen. Du benutzt sie, um irgendwelche ungesunden mütterlichen Bedürfnisse zu befriedigen, damit du dich wie eine *echte* Frau fühlen kannst! Ach, du mein Gott! Das ist alles so gräßlich verwickelt, daß ich kaum …«

»Es tut mir leid, daß du mich so sehr verachtest. Es mag dir vielleicht helfen, daß ich dir eine gewisse Berechtigung für die Art deiner Gefühle zuspreche.«

»Eine gewisse Berechtigung! Hör mir zu, Andy! Ich will mehr als ein lächerliches Glas Sherry und ein paar schwache, hinfällige Entschuldigungen. Ich verlange einige Antworten, verdammt noch mal!«

Mrs. Madrigal setzte ihr Glas ab und faltete die Hände im Schoß.

»In Ordnung«, sagte sie ruhig. »Ich werde mein Bestes versuchen.«

Ihre Gelassenheit brachte Betty aus der Fassung. »Vor allem einmal möchte ich wissen, was mit Norman Williams passiert ist.«

Mrs. Madrigals blaue Wedgwood-Augen wurden groß wie Untertassen. »Du kanntest ihn?«

»Komm mir bloß nicht so!« keifte Betty.

»Betty, ehrlich, von was *redest* du denn überhaupt?«

»Ich habe ihn angestellt, und du weißt das! Was hast du getan? Ihn bestochen?«

»Er ist vor einigen Monaten verschwunden. Er kam einfach nicht mehr zurück, Betty. Meine Güte, war er ein *Detektiv?«*

»Wie *brav* du lügen kannst.« Betty sprang auf die Füße. »Ich hätte es besser wissen und nicht die Wahrheit von dir erwarten sollen. Ich glaube, es ist jetzt Zeit, daß Mona endlich die Wahrheit über ihren *richtigen* Vater erfährt!«

»Betty, bitte ...«

»Wenn du es ihr natürlich nicht schon erzählt hast in all deiner freizügigen Aufrichtigkeit.«

Schweigen.

Betty lächelte wild. »Ich habe mir schon gedacht, daß du das nicht getan hast.«

»Wie kannst du nur so rachsüchtig sein? Du wirst sie nur verletzen.«

»Du hast es selbst gesagt. Mona ist über dreißig. Sie kann es aushalten. Sie ist jetzt ein großes Mädchen.«

Der Heilige Fels

Es war dämmrig, als sie den Nob Hill erreichten. Vor dem Mark und dem Fairmont Hotel marschierten in bunten Pastellfarben gekleidete Touristen nach allen Richtungen durcheinander. Sie erinnerten Mary Ann an kleine Küken, die für Ostern eingefärbt worden waren und nach ihren Müttern suchten.

Aber diese Leute hier suchten eher nach ihren Kindern.

Wie Monas Mutter. Wie Michaels Eltern und die von Burke und auch ihre eigenen. Und sogar wie Mother Mucca. Verwirrt und von Skandalen erschüttert, vielleicht auch heimlich erregt, waren sie in dieses moderne Sodom gekommen, um das Schicksal ihrer längst entsprungenen Nachkommenschaft aus erster Hand zu überprüfen.

Angst war in ihren Augen. Und Verwirrung. Und eine Art von stummer Verzweiflung, die Mary Ann wünschen ließ, ihre Arme auszustrecken und sie zu umarmen. Einige von ihnen waren kurz vor dem Ende ihres Lebens und dabei in so vieler Hinsicht selbst wie *Kinder*. Sie wirkten wie die Kinder ihrer eigenen Kinder.

Die Verkehrsampel zeigte grün. Burke und Mary Ann drängten sich durch die Menge auf dem Bürgersteig und gingen westwärts die California Street hinauf. Zu ihrer Rechten thronte die schlammbraune Festung des Pacific Union Clubs mißbilligend in der Mitte dieses amerikanisch-provinziellen Chaos. Schweigend, mißbilligend und unzugänglich.

Mary Ann ließ ihre Finger über das massive Bronzegitter,

das das Grundstück beschützte, gleiten und suchte die Ornamente nach einem Rosenmotiv ab. Nichts. Nur in Büchern fand man seine Hinweise so leicht.

Als sie den Huntington Park erreichten, setzten sie sich mit dem Rücken zum PU-Club auf eine Bank neben dem Brunnen. Ihre Augen waren auf das riesige Rosenfenster der Grace Cathedral gerichtet.

»Hast du bei denen angerufen?« fragte Burke.

Mary Ann nickte. »Eine Frau im Kirchenbüro sagte, daß heute abend noch eine heilige Kommunion stattfinden würde.«

»Um wieviel Uhr?«

Sie schaute auf ihre Uhr. »In fünfundvierzig Minuten.«

»Wir sollten jetzt hineingehen. Ich möchte nicht dort sein, wenn so viele Leute da sind.«

»Warum?«

Er lächelte und deutete auf seinen Mund. »Ich habe für diese Woche schon genug Vorstellungen gegeben.«

»Du glaubst doch nicht, daß du ...?«

»Woher soll *ich* das denn wissen?« fragte er achselzuckend. »Ich denke, wir sollten lang genug bleiben, um zu sehen, ob das alles irgend etwas auslöst, dann aber ab wie der Teufel.« Er lächelte über seine Wortwahl und entschuldigte sich vor dem riesigen Fenster. »Tut mir leid.«

»Burke, bevor wir reingehen ...«

»Ja?«

»Ich habe nur überlegt. In Nantucket, als du dort in die Kirche gegangen bist, hast du da geglaubt, daß sich der Wein in Blut und das Brot in Fleisch verwandelt?«

Er lächelte. »Tut das nicht jeder?«

Sie schüttelte den Kopf. »Wir sind Presbyterianer. Für mich ist und bleibt es Traubensaft.«

»Ich nehme an, daß wir da ganz schön auf dem Hochkirchentrip sind«, grinste er.

»Findest du denn das nicht ein bißchen grotesk?«

»Vielleicht. Wenn du lange genug darüber nachdenkst. Aber nicht grotesk genug, um eine heiße Illustriertenstory daraus zu machen, wenn es das ist, woran du denkst. Sieh mal, Mary Ann, für die meisten Gläubigen der episkopalischen Kirche sind es einfach nur Worte. Wenn du aber wirklich einen von ihnen in die Ecke drängen würdest, dann würde er vielleicht *sagen*, daß er glaubt, er würde das Blut Christi trinken oder sein Fleisch essen. Aber ich nehme eher an, die meisten Leute sehen das in einer Art weltlicher Symbolik.«

»Hast du darüber nachgedacht, warum du darüber eine Story schreiben wolltest?«

Er gluckste in sich hinein. »Du nimmst es ja noch wörtlicher, als die Hochkirchler. Weißt du, du hast gesagt, daß Jack Lederer dir erzählt hat, ich hätte in Verbindung mit der Story, die ich schreiben wollte, das Wort ›Transsubstantiation‹ *erwähnt*. Im weitesten Sinne bedeutet das Wort einfach nur Umwandlung oder Verwandlung. Meine Güte, vielleicht habe ich einfach über meine Karriere ... oder *sonst irgend etwas* gesprochen. Der einzige Grund, warum Lederer dieses Wort aufgeschrieben hat, war, weil er selber nicht wußte, was es bedeutet.«

Ein kalter Abendwind peitschte durch den kleinen Park. Mary Ann schlug ihren Mantelkragen hoch und schaute wieder auf die große Kathedrale. Sie hängte sich bei Burke ein.

»Sie ist so wunderschön«, sagte sie achtungsvoll. »In diesem Licht sieht sie fast blau aus.«
Er nickte und drückte sie fester an sich.
»Warum fühle ich mich nur so unheimlich, Burke?«
Er wandte sich ihr zu und lächelte sie an. »Du bist halt doch eher in kleinen Landkirchen *zu Hause.«* Er stand plötzlich auf und zog sie mit sich. »Jetzt komm, du Heidin, laß uns ein bißchen auf Religion machen.«
Die Ironie dieses Umschwungs entging ihr nicht. Jetzt war sie diejenige, die gerne ausgewichen wäre.

Showdown

Mrs. Madrigal saß auf dem Rand ihres roten Samtsofas. Sie war für einen Moment völlig verblüfft. Das Entsetzliche, was ihr die Knie weich machte und die Kehle trocken, war, daß Betty ihre Rolle offensichtlich genoß.
»Sie würde noch nicht einmal *bei dir* sein«, keifte die Maklerin, »wenn sie nicht glaubte, dein Blut würde in ihren Adern fließen.«
»Das ist nicht wahr«, verteidigte sich Mrs. Madrigal kraftlos. »Jeder kann dir erzählen, daß das nicht wahr ist.«
Bettys Augen verengten sich. »Warum wollen wir nicht Mona fragen? Hmm?«
»Was soll es denn bringen, wenn wir das tun? Was würdest du denn gewinnen, Betty?« Bettys Lippen kräuselten sich. »Nicht soviel, wie du verlieren würdest, nehme ich an.«
»Nein. Du liegst falsch. Mona wäre die Verliererin, Betty. Sie braucht jetzt eine Familie. Sie braucht ein Zugehörig-

keitsgefühl. Das *allerletzte,* was sie nötig hat, ist die Geschichte deiner längst erstorbenen kleinen Eskapade mit einem sexgeilen Klempner.«

»Er war *Bauunternehmer.* Und ich finde es *reichlich* merkwürdig, Andy, daß du glaubst, die Identität von Monas *wirklichem* Vater könnte für sie nicht von Interesse sein.«

»Es war zumindest für *ihn* ohne jedes Interesse. Damals soviel wie heute. Es war eine Affäre für eine Nacht, erinnere dich daran!«

»Und *du* hast mehr Anspruch auf sie, nehme ich an? Du, der du sie *völlig* vaterlos zurückgelassen hast!«

Mrs. Madrigals Augen wurden feucht. »Ich habe versucht, das wiedergutzumachen, Betty. *Siehst* du das denn nicht?« Sie deutete fieberhaft durch das Zimmer, als ob das Haus in der Barbary Lane irgendwie die Reinheit ihrer Absichten beweisen könnte. »Siehst du denn nicht, was ich versucht habe, für sie zu tun?«

»Es ist zu spät dafür, Andy. Nach dreißig Jahren ist es zu spät.«

»Willst du, daß ich dich darum bitte, ist es das, was du wünschst?«

»Ich sage es dir, Andy, du wirst mich nicht zurückhalten.«

»Sie wird nicht mit dir nach Minneapolis zurückkommen, das kann ich dir versprechen.«

»Das ist mir egal.«

»Was kannst du denn dann *gewinnen,* außer daß du Mona verletzt? Auf lange Sicht gesehen, macht es doch keinen Unterschied für sie. Sie wird dich nur weniger lieben, Betty, sonst nichts.«

Die Gesichtszüge der Maklerin blieben unbeweglich. »Das werden wir ja sehen.«
»Nein«, antwortete Mrs. Madrigal kühl. »Nein, das werden wir nicht.«
»Wie bitte?« Der Ton der Vermieterin hatte sie aufgerüttelt.
»Du wirst die Stadt verlassen, Betty. Du wirst morgen die Stadt verlassen, oder ich werde allen Beteiligten mitteilen, was du in dem Gebäude an der Leavenworth, Ecke Green Street getan hast.«
Betty bemerkte die Veränderung der Machtverhältnisse. Es hing in der Luft wie Ozon nach einem Wirbelsturm. »Was«, fragte sie gereizt, »meinst du denn?«
»Ich meine«, verkündete Mrs. Madrigal, die an ihrem Sherry nippte, »daß du eine ganze Zeit länger in der Stadt bist, als du Mona erzählt hast.«
»Und was ist, wenn das zutrifft?«
»Du bist eher schon einen Monat als nur wenige Tage hier«, lächelte die Vermieterin.
»Sieh mal, Andy. Ich *wußte*, daß irgend etwas nicht in Ordnung war. Norman Williams war verschwunden, um Himmels willen!« Sie ging hektisch im Zimmer auf und ab und warf wütende Seitenblicke auf ihren Exehemann. »Ich mußte etwas *unternehmen.«*
»Hmm. Und deshalb dachtest du, daß du ein bißchen auf eigene Faust herumstöbern solltest.«
»Was sonst konnte ich denn tun?«
»Ja, wirklich«, erwiderte Mrs. Madrigal ganz ruhig. »Wie ist denn überhaupt der Blick vom elften Stock?«
Schweigen.

»Ich habe das Stockwerk doch richtig benannt, oder? Ich glaube, Mona sagte, es sei der elfte Stock.«

»Andy, ich habe nicht die leiseste Idee, was das ...«

»Du mußt vom elften Stock aus einen *traumhaften* Blick auf dieses Haus hier haben.« Mrs. Madrigals Augen nagelten ihre Beute fest. »*Besonders* um Mitternacht.«

Betty hörte auf herumzulaufen. Ihr entschlossen zusammengezogener Mund fiel herunter. »Hat dir Mona das gesagt?«

Die Vermieterin lächelte. »Ich habe außer Mona noch weitere Kinder.«

Betty blieb stehen und starrte sie an. Endlich seufzte sie: »Ach, du mein Jesus.« Es kam wie das Zischen einer Schlange.

»Und deshalb«, stellte Mrs. Madrigal freudvoll fest, »glaube ich, daß du mit mir darin übereinstimmen wirst, daß es eine *ganze Menge* Dinge gibt, von denen Mona besser nichts erfahren sollte. Außerdem, Betty, *braucht* sie diesen Jungen genauso, wie er sie braucht.«

»Sie ... weiß nichts über ... mich?«

Mrs. Madrigal schüttelte den Kopf. »Er auch nicht. Er glaubt, daß du die reinste Salome, eine Sirene auf dem Felsen bist!« Sie blinzelte der Maklerin zu. »Ich werde es ihm nicht erzählen, wenn du es nicht tust.«

Betty starrte sie schweigend an.

»Ich werde es *niemandem* erzählen, Betty, nicht, wenn du abreist; und zwar morgen.«

»Ich kann dir nicht vertrauen.«

»Doch, das kannst du. Ich war zwar eine Ratte von Mann, aber ich bin eine wahnwitzig nette Frau.«

»Du bist ein *widerlicher Bastard,* genau das bist du!«
»Bitte«, bat lächelnd Mrs. Madrigal, »nenn mich dann wenigstens Hexe.«

Der Mann, der nicht da war

Als Burke und Mary Ann die Kathedrale betraten, verkündeten ihre ärgerlich auf dem Steinfußboden klappernden Schuhe der Handvoll Andächtigen, die in dem großen Raum verstreut waren, ihre Anwesenheit.
»Ich fühle mich wie irgend so ein Tourist«, flüsterte Mary Ann.
Burke lächelte und drückte ihre Hand. »Es ist in Ordnung, kein Mensch würde dich als Presbyterianerin erkennen.«
»Sollen wir uns nicht besser hinsetzen oder so was?«
Er zuckte die Schultern. »Wenn du willst.«
Sie duckten sich in eine Bankreihe neben einer ehrfurchtgebietenden Steinsäule. Über ihnen auf der Linken löste sich die Technicolorpracht eines bunten Glasfensters in der einsetzenden Schwärze der Dunkelheit auf. Mary Ann setzte sich hin und fummelte in ihrer Tasche nach einem Pfefferminzbonbon.
»Willst du eines?« fragte sie. Burke schüttelte den Kopf. »Laß uns eine Weile nur ruhig sitzen.«
Gehorchend musterte Mary Ann den Raum und fragte sich unbehaglich, ob sie und Burke die gleichen Eindrücke aufnahmen. Zwei Reihen vor ihnen betete eine alte Frau, die ein rosafarbenes geblümtes Tuch an ihren grauen

Haarknoten geheftet hatte. Auf der anderen Seite des Ganges bekreuzigte sich gerade ein Mann, der ein T-Shirt mit der Inschrift »The Pines 75« trug, mit großer Inbrunst.

Diese Leute waren keine Katholiken, hielt Mary Ann sich vor. Sie waren Angehörige der Episkopalkirche, wahrscheinlich Hochkirche, die sich in diesem widerhallenden Raum zusammengefunden hatten, damit in ihren Mündern sich Wein zu Blut verwandeln konnte.

Sie zuckte zusammen und stopfte sich noch ein Pfefferminzbonbon in den Mund, dann schaute sie Burke an.

»Ist was?« fragte sie. Er schüttelte den Kopf. »Kannst du dich an diesen Raum hier erinnern?«

»Nicht wirklich. Es ist irgendwie so wie St. John the Divine in New York.«

»Es ist so riesig hier«, stellte Mary Ann mit leerem Blick fest.

Burke schaute um die Säule herum. »Ich nehme an, daß die Chormitglieder neben dem Altar sitzen. Vielleicht sollten wir dorthin gehen.«

»Äh ... warum?«

Er lächelte sie an. »Hast du Angst, Mary Ann?«

»Nein. Nur ... na ja, wir sind so ... aufdringlich, oder?«

Er nahm ihre Hand. »Jetzt komm, nur für eine Minute. Vielleicht erinnere ich mich an die Chorempore oder sonst irgendwas.«

So gingen sie zusammen den Gang hinunter. Für einen Moment vergaß Mary Ann ihre Angst und genoß den symbolischen Gehalt dieser Handlung. Fühlte man sich so bei der Generalprobe einer Hochzeit?

Als sie an der Kommunionbank vorbeikamen, verlangsamte er den Schritt, um zu lesen, was in Petit Point auf die Kniebänke gestickt war: JEDER, DER VON DIESEM BROT ISST, WIRD DAS EWIGE LEBEN HABEN. Sie zupfte an Burkes Ellbogen. »Schau«, wisperte sie. »Transsubstantiation.«
Er konnte seine Belustigung nicht verbergen. »Du verhältst dich, als würdest du eine Inka-Ruine oder so was Ähnliches besichtigen.«
Der Organist saß direkt unterhalb der Kommunionbank neben der Choreinfriedung. Er war der einzige Mensch in diesem Teil der Kathedrale. Würdevoll befestigte er seine Musiknoten, ohne dabei aufzusehen. Dann begann er zu spielen.
Mary Ann zuckte zusammen, als die Musik donnergleich durch die Kathedrale tönte. »Burke, vielleicht fangen sie jetzt an.«
»Er übt nur«, erklärte Burke. »Laß uns weitergehen. Ich brauche diese Chorempore nicht zu sehen.«
»Wenn du *wirklich* möchtest, daß ...«
Er schüttelte den Kopf. »Nichts kommt mir hier bekannt vor. Jetzt müßte ich es wissen, wenn dem so wäre.«
Sie machten kehrt und gingen durch den Gang auf den Ausgang zu. Die alte Dame mit dem rosafarbenen Tuch schaute hoch, als sie an ihrer Reihe vorbeikamen. Mary Ann lächelte sie entschuldigend an, dann blickte sie nach oben auf das große Rosenfenster. Der brillante Glanz war jetzt verschwunden. Es war so schwarz wie die Nacht draußen.
»Burke?«
»Hm?«

»Laß uns heute abend irgend etwas völlig Verrücktes und Lustiges machen. Etwas wie in einem Burt-Reynolds-Film, oder vielleicht gehen wir zu diesem Westernlokal mit Countrygesang in ... Oh, du meine Güte, bleib stehen! Schau dich nicht um, Burke!« Sie nahm seine Hand und zog ihn ohne lange Zeremonie in eine Reihe und drückte ihn auf die Gebetsbank nieder. »Beweg dich nicht«, wisperte sie. »Dreh dich nicht um.«

»Was, um Himmels willen, ist denn ...?«

Sie hielt ihren Kopf in vorgetäuschter Frömmigkeit gesenkt. »Pssst! Mr. Tyrone ist da.«

»Wer?«

»Der Mann mit der Haarverpflanzung.«

»Wo?«

»Neben der Tür. *Er stand neben der Tür, Burke.«*

Burkes Ton klagte sie wegen ihrer überdramatischen Art an. »Wenn er im Chor singt, Mary Ann, hat er doch Anlaß genug, hierher ...«

»Burke, er hatte irgend etwas bei sich.«

Burke schaute über seine Schulter.

»Tu das nicht, vielleicht sieht er dich.«

»Dann kann er mehr als ich.«

»Wie bitte?«

»Da ist niemand, Mary Ann.«

Sie drehte sich langsam um und schaute wieder auf die Tür.

Burke hatte recht. *Es war niemand da.*

Tränen im Tivoli

Mona war gerade dabei, ihren zweiten halben Liter Rotwein anzugehen, als Mrs. Madrigal im Savoy Tivoli erschien.

Alleine.

»Ist alles in Ordnung, Mrs. Madrigal?«

Die Vermieterin nickte. »Es hätte schlimmer sein können, nehme ich an.« Sie ließ sich in einen Stuhl fallen und ergriff Monas Hand über den Tisch hinweg. »Ich habe mein Bestes getan, Liebes.«

»Hat sie eine Szene gemacht?«

»Sie hat es versucht.«

Mona zögerte, dann quetschte sie die Frage heraus, die sie den ganzen Abend gequält hatte. »Hat sie mit dir über Mr. Williams gesprochen?«

»Ja.«

»Und?«

»Ich war platt. Ich hatte keine Ahnung davon, daß er Detektiv war, und noch viel weniger, daß er *ihrer* war. Und natürlich kann ich mir auch nicht erklären, was mit ihm passiert ist.«

Mona starrte in ihr Weinglas.

»Schau mich an, Liebes. Das ist die Wahrheit.«

»Ich glaube dir.«

»Das mußt du, Mona. Du *mußt es einfach.«*

»Das tue ich«, lächelte ihre Tochter. »Wo ist sie denn jetzt? War sie außer sich?«

»Völlig. Kann ich einen Schluck von deinem Wein haben, Liebes?«

Mona schob ihr Glas über den Tisch. »Es tut mir leid, daß du durch das alles hindurchgehen mußtest.«

»Sie fährt morgen ab. Du solltest Sie noch mal anrufen.«

»In Ordnung.«

»Und vergiß nicht, sie liebt dich, Mona. Sie hat zu ihrer Zeit eine Menge Opfer für dich gebracht.«

»Ich weiß.« Mona nahm einen Schluck. »Würde es dir etwas ausmachen, wenn ich dich noch etwas frage?«

»Schieß los.«

»Betty sagte, daß Mr. Williams ihr erzählt hat, daß dein Name ein Anagramm sei.«

»Wie interessant.«

»Und?«

»Und was?«

»Ist es wahr?«

Mrs. Madrigal lächelte geheimnisvoll. »Hast du noch nicht probiert, es herauszufinden?«

»Also ist es eines?«

Die Vermieterin nahm eine Salzlette und begann, daran herumzuknabbern. »Ich werde jetzt einen sehr fragwürdigen Handel mit dir abschließen, meine Dame. Ich werde dir sagen, wie das Anagramm heißt, wenn du einen Freund von mir zum Essen einlädst.«

»Wen?«

»Brian Hawkins.«

»Vergiß es.«

Mrs. Madrigal legte die Salzlette zimperlich auf den Tisch. »Na, dann auch gut.«

»Ich bin deine Tochter«, entgegnete Mona. »Ich habe ein Recht, das Anagramm zu erfahren.«

»Natürlich. Und als deine Mutter habe ich ein Recht, Enkel in Erwägung zu ziehen.«

»Scheiße.«

Mrs. Madrigal drohte mit dem Finger. »Mother Mucca wird dir den Mund mit Seife auswaschen.«

»Brian Hawkins ist noch nicht einmal *andeutungsweise* an mir interessiert.«

»Ich denke, daß wird sich *ändern.«*

»Hm?«

»Vertrau mir da, Mona.«

Mona schaute weg. »Er hat es fertiggebracht, daß ich mich wie eine gottverdammte Närrin fühlte.«

»Oh, Mona, das sind wir doch alle! Nur, manche haben mehr Spaß am Leben als die anderen. Sei locker, Liebes! Hab keine Angst zu weinen ... oder zu lachen, wenn es darum geht. Lache, soviel du willst, und weine, soviel du willst. Pfeife jedem gutaussehenden Mann auf der Straße nach und schicke jeden *zum Teufel*, der dich dann für eine verdammte Närrin hält.« Sie hob das Weinglas, um der jüngeren Frau zuzuprosten. »Ich liebe dich, mein Engel. Und deshalb kannst du dich frei fühlen und alles machen.«

Mona antwortete nicht. Tränen liefen ihr übers Gesicht herunter. Mrs. Madrigal langte über den Tisch und trocknete ihr die Augen mit einer Serviette.

»Naß genug für dich?« fragte Mona.

Plötzlich ragte der Kellner zwischen den beiden auf.

»Oh, Luciano!« rief Mrs. Madrigal. »Haben Sie meine Tochter schon kennengelernt?«

Der Kellner machte eine höfliche Verbeugung. Mona errötete und streckte ihre Hand aus. Der Kellner küßte sie und sagte: *»Bella.«*

Mrs. Madrigal lächelte stolz. »Natürlich ist sie *bella!* Sie gerät ja auch ganz nach ihrer … was weiß ich.«
Mona lächelte sie aus tränenumflorten Augen an. »Du bist so herrlich verrückt.«
»Grazie«, bedankte sich die Vermieterin.

Abstieg ins Nirgendwo

Mary Anns Augen wurden so groß wie Hostien, als sie auf die Stelle starrte, wo sie den Mann mit der Haarverpflanzung gesehen hatte. »Ich schwöre dir, Burke, er hat direkt neben der Tür gestanden.«
»Kann ja sein«, zuckte Burke mit den Achseln. »Aber dort ist er nicht mehr.«
»Ich nehme an, daß er wieder nach draußen gegangen ist.«
»Willst du mal nachsehen?«
Sie zögerte. »Ich finde, das sollten wir. Aber so, wie wir beieinander sind, können wir nicht nachschauen.«
»Richtig. Und was meintest du, als du sagtest, daß er etwas bei sich hat?«
Burkes Beispiel folgend, erhob sie sich aus der knienden Position und setzte sich auf die Bank. »Ich bin mir nicht sicher«, sagte sie unbehaglich. »Es sah wie eine Kühltasche aus.«
Er blinzelte sie an. »Sollte ich vielleicht wissen, was das bedeutet?«
Sie schüttelte den Kopf. »Ich habe es nie erwähnt. Jon sah ihn, wie er letzte Woche das Krankenhaus mit einer Kühltasche verlassen hat.«

»So?«
»So, gar nichts. Das war alles, was er gesehen hat. Draußen auf dem Parkplatz.«
Burke zog die Augenbrauen hoch. »Glaubst du«, hub er dramatisch an, »daß er zur Kommunion statt Wein lieber Bier nimmt?«
»Ich mache doch keine große Sache daraus, Burke.« Sie wußte seine flippige Lustigkeit ganz richtig als Verteidigungshaltung einzuschätzen, aber es brachte sie immer noch durcheinander.
Er stand auf und zog sie mit aus der Kirchenbank. Als sie auf die Tür zugingen, betraten gerade drei oder vier neue Andächtige das Gebäude. »Wieviel Zeit haben wir noch?« fragte Burke.
»Fünfzehn Minuten«, kam die Antwort.
Sie erreichten den Türdurchgang. »Ich gehe voraus«, sagte Mary Ann. »Wir werden ganz natürlich hinausbummeln, so als ob wir frische Luft schöpfen wollten oder sonstwas.«
Burke blinzelte ihr zu und ermutigte sie, indem er ihr den aufgerichteten Daumen zeigte.
Mary Ann zog an der schweren Türe und öffnete den Weg ins Dunkle. So lässig wie möglich musterte sie die Leute, die auf dem Hof vor der Kathedrale plauderten. Der Mann mit der Haarverpflanzung war nicht zu sehen.
Sie nahm Burkes Arm und ging wieder in die Kathedrale zurück. »Irgendwie ergibt das keinen Sinn«, wisperte sie. »Ich wüßte nicht, wohin er sonst hätte gehen können.«
»Es sei denn …« Burke drehte sich um und deutete auf den Fahrstuhl, direkt rechts neben dem Eingang. Zurück-

gesetzt und im Schatten gelegen, war er bislang ihrer Aufmerksamkeit entgangen. »Der muß zum Glockenturm hochgehen oder so.«

»Wohin?«

»Schlag mich. Zum Glöckner von Notre-Dame vielleicht?« Er streckte die Hand aus und drückte den Knopf.

»Burke! *Was tust du da?«*

»Wir können jetzt doch nicht aufhören, oder?«

Plötzlich öffnete sich die Fahrstuhltür und warf ihr profanes Neonlicht in diese tintenschwarze Ecke der Kathedrale. Burke ergriff Mary Anns Arm und zog sie in den Fahrstuhl. Die Tür schloß sich sofort hinter ihnen.

»Burke, das kann uns in Schwierigkeiten bringen.«

Er antwortete nicht. Er überprüfte die Kontrollknöpfe des Fahrstuhls. »Es gibt hier eine Zwei, eine Drei und TG«, sagte er. »TG muß Tiefgeschoß sein. Versuchen wir für den Anfang erst mal die Zwei. Es wirkt einfach himmlischer, wenn man nach oben fährt, meinst du nicht?« Er drückte den Knopf mit der Zwei, aber nichts passierte.

»Komm jetzt, Burke, öffne die Tür.«

»Warte eine Minute.«

Er probierte den Knopf mit der Drei. Wieder bewegte sich der Fahrstuhl nicht von der Stelle.

»Burke!«

»Eines noch.« Dieses Mal fuhren sie nach einem Druck auf den TG-Knopf nach unten. Die Fahrt dauerte weniger als zehn Sekunden, dann öffnete sich die Tür auf einen beleuchteten Flur hin. Burke trat hinaus und zog Mary Ann hinter sich her. Der Fahrstuhl verschwand.

»Das ist hier nur das Andenkengeschäft«, wisperte Mary

Ann. Eine ganze Reihe von Schaufenstern entlang des Flures bot einen Blick auf ein Warenhaus für Devotionalien. Überwiegend waren es Statuen des Heiligen Franziskus und Filzwandteppiche mit Peace-and-Love-Symbolen der Hippies.

Das Geschäft lag im Halbdunkel, aber dennoch probierte Burke die Tür. Sie war verschlossen, genauso wie die zwei anderen Türen auf dem Flur. Der Fahrstuhl war der einzige Ausweg. Burke grinste Mary Ann dümmlich an. Dann drückte er auf den Knopf nach oben. Nichts passierte.

»Aha!« sagte Burke. »Unser Mr. Tyrone Haarverpflanzung muß auf dem Weg hierher nach unten sein.«

Mary Ann erstarrte das Blut in den Adern. »Nach *hier unten?*«

Burke lächelte. »Nach unten vom zweiten oder dritten Geschoß aus. Offensichtlich ist er erst nach oben gefahren statt nach unten. Möglicherweise steigt er gerade im Erdgeschoß aus. So ist es, wenn nicht jemand anderes ihn benützt.«

»Aber wie sollen wir denn nach oben kommen, wenn wir nur abwärts fahren können?«

Die Antwort kam ihr in einer schnellen, blitzartigen Erleuchtung im selben Augenblick, als sich die Türe des Fahrstuhls öffnete.

Sie betraten schweigend den Fahrstuhl und fuhren zum Erdgeschoß. Als sich die Tür öffnete, trat Mary Ann an das Tastenfeld. Sie drückte auf den Knopf, mit dem man die Tür schließen konnte. Burke starrte sie verwundert an.

»Drück jetzt noch mal auf den Knopf mit der Zwei.«

Er tat es, aber nichts passierte.
Ihre Hände griffen nach ihrem Nacken und öffneten das Schloß der Goldkette, die er ihr in Mexiko geschenkt hatte. Sie übergab ihm den Schlüssel und deutete auf ein Schloß in der Armatur des Fahrstuhls.
»Schau mal, ob er paßt«, sagte sie.

Der Weg nach draußen

»Edgar und Anna, oder?«
D'orotheas Lächeln wirkte geradezu mütterlich, als sie neben DeDes Bett saß und der frischgebackenen Mutter die Hand hielt.
DeDe strahlte. »Du hast sie gesehen, oder?«
»Da kannst du drauf wetten. Sie sind hinreißend, Liebes. Eines wie das andere. Wie perfekt du das hingebracht hast?«
»Würdest du das bitte meiner Mutter erzählen?«
D'orothea runzelte die Stirn. »Sie konnte nicht damit umgehen, oder?«
»Das kann man wohl behaupten. Sie hat mir gesagt, daß ich besser eine Abtreibung gehabt hätte.«
»Ich dachte, sie sei katholisch.«
»Das ist sie ja auch«, murmelte DeDe. »Außerdem ist sie aus Hillsborough und Mitglied des Francesca-Clubs. Aber diese Angelegenheiten haben ihr eigenes Dogma. Und zu ihren anerkanntesten Grundsätzen gehört es nun mal, daß du kein Baby mit Schlitzaugen haben darfst.«
D'orothea drückte ihre Hand. »Du mußt gar nicht daran denken, Liebes.«

»Doch. Ich muß damit leben.«

»Mußt du das wirklich?« D'orotheas Augen forderten sie heraus.

»Ich kann nicht davonrennen, D'or.«

»Das vielleicht nicht. Aber du könntest auf etwas *zurennen.*«

»Auf was?«

D'orothea zuckte die Schultern. »Auf ein neues Leben. Ein Leben, in dem du dich nicht mit dieser Art Leuten abgeben mußt, mit denen du dich jetzt abgibst.«

»Ich glaube, das ist ein bißchen zu spät für mich.«

D'orothea schüttelte den Kopf. »Falsch, Liebes. Für mich war es auch nicht zu spät.«

»Das verstehe ich nicht.«

D'orothea lächelte verständnisvoll. »Wir sind gar nicht so weit auseinander, weißt du das. Ich mag zwar aus dem falschen Viertel von Oakland kommen, aber ich war schon *sehr früh* sehr berühmt. Ich verehrte die falschen Ideale, schon bevor ich meinen ersten Büstenhalter bekam. Verdammt noch mal. Ich war *schlimmer* als du, Liebes. Ich habe mich freiwillig dazu entschlossen. Bei dir war es eine Frage der Familientradition.«

»Unterschätze niemals die Macht einer Familientradition«, stellte DeDe kläglich fest.

»*Oder* die Macht des allmächtigen Dollars. Hör mir zu, ich war so schrecklich hinterm Geld her, daß ich mir die Haut schwarz gefärbt habe, nur um es zu kriegen.«

»*Was?*«

»Das ist eine lange und schäbige Geschichte. Ich werde sie dir irgendwann einmal erzählen, wenn du ... DeDe, sieh mal: Erinnerst du dich noch an den Abend, als wir zusammen zu der Modenschau im Legion of Honor gingen, als du gesagt hast, es sei ein hartes Leben am Ende des Regenbogens?«

»Aber sicher.«

»Na ja, vielleicht war dein Ausgangspunkt falsch.«

»Wie das?«

»Vielleicht ist es das gar nicht, Liebes. Vielleicht ist San Francisco nicht das Ende des Regenbogens.«

DeDe nahm diesen radikale Idee nur langsam auf. »D'or, meinst du, ich sollte *weggehen?«*

»Warum nicht?«

»Das *kann* ich nicht, D'or. Meine Familie ist hier, zumindestens meine Mutter. Und alle meine Freunde.«

»Und was haben sie bislang Gutes für dich getan?«

DeDe musterte einen Moment lang das Gesicht ihrer Freundin. »Warum werde ich nur das Gefühl nicht los, daß du versuchst, eine Sünderin zu bekehren.«

D'orothea lachte. »Ich bin in letzter Zeit *tatsächlich* recht häufig zur Kirche gegangen. Das gehört sicher dazu, wie ich annehme. Wir haben auf diesem Planeten nicht so viel Zeit, DeDe, und solange nicht ein paar wenige von uns den Versuch machen, sich zu ändern, und auch die Korruption um uns herum ... Na ja, solange passiert auch nichts, das ist alles.«

»Ich verstehe das, D'or. Ich *stimme mit dir überein*, aber ich verstehe nicht, inwiefern es helfen soll, wenn man davonläuft ...«

»Nicht *davon*, Liebes. Sondern hin. *Auf* etwas *zu.«*

»Worauf willst du hinaus?«

D'orothea lächelte. »Ich nehme an, ich sollte direkt damit herauskommen und es sagen, oder?«

Sie brauchte fünfzehn Minuten, um ihren Vorschlag auszuschmücken. Als sie geendet hatte, starrte DeDe sie in einer Mischung aus Zweifel und Faszination an.
»Du meinst, ich könnte die Babys mitnehmen?« fragte sie.
»Natürlich! Das ist ja das Wunderbare daran. Ein völlig neues Leben, auch für sie. Frei von der Bigotterie und Engstirnigkeit der Freunde deiner Mutter! Ein völlig neues Leben für uns alle, DeDe!«
DeDe errötete aufgeregt. »In einer verrückten Art und Weise ergibt das eine ganze Menge Sinn.«
»Das kannst du, verdammt noch mal, laut sagen!«
»Mutter kriegt einen Totalzusammenbruch.«
»Nein, sicher nicht. Na ja, vielleicht zuerst. Aber auf lange Sicht bewahrt sie das vor allen Schwierigkeiten. Du hast eine echte Chance, aus dieser Stadt herauszukommen, bevor diese ganze Hillsborough-Blase die Möglichkeit wahrnimmt, Jagd auf deine Kinder zu machen. Deine Mutter wird dir dafür *dankbar* sein, DeDe.«
»Ich muß darüber nachdenken«, bat DeDe.
»Ich weiß. Natürlich. Es ist genug Zeit.«
»Das *ist* alles so aufregend!«
»Darauf kannst du wetten!« bekräftigte D'orothea.

Burkes Hände zitterten, als er den Schlüssel in das Schloß steckte, das er im Armaturenbrett des Fahrstuhls fand. Mary Ann reckte sich über ihn. »Burke, dreh ihn halt oder mach was.«

»Das hab ich schon getan. Und das ist es.« Der Schlüssel steckte nur halb drin.

»Dann probier ihn andersrum.«

Burke zog den Schlüssel heraus und steckte ihn wieder hinein. Dieses Mal glitt er mühelos ins Schloß. Mary Ann ließ einen kleinen Schrei los, als Burke sich umdrehte und sie bewundernd anstrahlte. »Wir können ihn jetzt auf Zwei oder Drei stellen. Was darf's denn sein?«

Ohne zu wissen, warum, wählte Mary Ann die Drei.

Burke drückte den entsprechenden Knopf, und der Fahrstuhl begann, langsam aufwärts zu steigen.

Mary Anns Hochgestimmtheit machte wieder einer nagenden Furcht Platz. »Und was ist, wenn er oben ist, Burke? Der Mann mit der Haarverpflanzung.«

»Dann stellen wir uns dumm«, schlug Burke achselzuckend vor.

»Ja. Aber wir wissen doch noch nicht einmal sicher, ob er den Fahrstuhl überhaupt *genommen hat.*«

»Er hat ihn genommen.« Seine grimmig entschlossene Sicherheit machte Mary Ann Angst.

»Aber warum sollte jemand, der lediglich im Chor singt, einen Schlüssel zu diesem Fahrstuhl haben?«

»Offensichtlich«, preßte Burke heraus, »aus dem gleichen Grund, aus dem ich einen habe.« Der Fahrstuhl hielt mit einem leichten Rucken, dann öffnete sich die Tür. Sie traten in einen Raum hinaus, der etwa die Größe von Mary Anns Wohnzimmer hatte. Es gab keine Fenster, nur eine flackernde Neonröhre war auf die Wand neben dem Fahrstuhl montiert und warf ihr grünliches Licht auf die Stapel von Gebet- und Gesangbüchern, die in dem Raum aufgeschichtet lagen.

Der einzige weiterführende Weg war eine schmiedeeiserne Wendeltreppe.

Und diese ging nach oben.

Mary Ann schauderte. Sie trat in den Fahrstuhl zurück. »Burke ... laß uns lieber die Drei versuchen.«

Burke schüttelte den Kopf. »Das hier ist es.«

»Das ist *was?*«

»Ich weiß nicht, aber ich habe das Gefühl, daß ich hier richtig bin.«

»In diesem Raum?«

»Nein.« Er zeigte mit dem Kopf auf die Wendeltreppe. »Da oben.«

»O du mein Gott, Burke! Bist du dir auch sicher, daß wir da hinsollen?«

Sein Kinn war entschlossen vorgereckt, aber seine Stimme klang dünn und unsicher. »Ich muß da hin.«

»Vielleicht sollten wir später zurückkommen; oder was weiß ich.«

»Nein. Sonst verliere ich nur die Nerven.«

»Aber, was ist, wenn der Blumenverkäufer da oben ist?«

Burke sah sie nicht an. »Er hatte Zeit genug, um wieder herunterzukommen.«

»Aber, was ist, wenn ...?«

»Ich gehe rauf, Mary Ann. Du kannst tun, was du willst. Du hast mir schon genug geholfen.«
Sie nahm seine Hand und brachte ihn zum Schweigen.
»Ich komme mit«, beruhigte sie ihn sanft.

Burke ging zuerst. Mary Ann folgte ihm so dicht, daß der Rücken seines Cordjacketts ihr Gesicht streifte. Sie passierten die Decke des Raumes und gelangten in einen dunkleren Raum, sehr viel dunkler. Mary Ann zupfte an Burkes Jackett.
»Wir können noch nicht einmal was *sehen*, Burke.«
»Das ist schon O.K.«, wisperte er. »Unsere Augen werden sich daran gewöhnen.«
Die Wendeltreppe wand sich weiter aufwärts. In ungefähr fünf Metern Höhe über dem Raum mit den Gebetbüchern kamen sie auf eine Art Plattform.
»Wir können nicht mehr höher hinaufsteigen«, sagte Burke.
»Burke, um Himmels willen, laß uns ...«
»Warte.« Sie hörte, wie er mit irgend etwas herumfummelte. »Ich glaube, daß es hier irgendwo eine Tür gibt.«
Plötzlich *war* da auch eine Tür. Sie ging nach außen auf, und die beiden waren für einen Augenblick vom Licht geblendet. Sie zuckten vor dem Anblick, mit dem sie konfrontiert waren, zusammen: Ein Laufsteg aus Metall ragte auf den Altar zu. *Mindestens dreißig Meter über dem Boden der Kathedrale.*

»Ich *kann* nicht«, stöhnte Mary Ann, die gar nicht gefragt worden war.

»Wenn ich kann, kannst du das auch. Sieh mal, da ist ein Geländer. Es gibt gar keine Möglichkeit, daß du fallen könntest.«

»Es ist nicht wegen ...« Das Wort »Geländer« brachte sie zum Schweigen. »Burke! *Ein Laufsteg mit einem Geländer!* Das ist der Ort aus deinem Traum!«

»Ich wiederhole noch mal«, stellte er düster fest. »Wenn ich es kann, kannst du es auch.«

Er nahm sie an der Hand und zog sie auf den Laufsteg hinaus. Mary Ann sah auf die Uhr. Die Messe würde in zwölf Minuten beginnen. Acht Stockwerke unter ihnen war die Kirchengemeinde nur als Flecken von Rot, Blau und Gelb zu erkennen. Von dieser Höhe aus reduzierte sich alles auf die Primärfarben. Ein menschliches Rosenfenster entstand da unten.

Sie gingen etwa fünfzehn Meter weit, bis sie direkt über dem Querschiff der Kathedrale standen. Dort, entsprechend dem kreuzförmigen Schnitt des Gesamtgebäudes, wurde ihr Laufsteg von einem anderen gekreuzt.

Und genau da stand die Kühltasche.

Mary Ann schaute hinter sich, dann links und rechts in den anderen Laufsteg hinein. Der Mann mit der Haarverpflanzung war nirgends zu sehen. Burke stand regungslos da, die Augen auf die Kühltasche gerichtet. Sein kranker, grauer Gesichtsausdruck zwang Mary Ann, stark zu sein.

»Burke, ist das hier der Treffpunkt der Linien?«

Er nickte.

Sie langte nach der Kühltasche. »Willst du, daß ich sie öffne?«

»Bitte«, sagte er schwach.

Sie hob den Deckel. Eine dicke Wolke von weißem Rauch wogte über die Ränder der Kühlbox. Nein. Es war kein Rauch; es war Trockeneis. Sie kniete sich neben die Tasche und blies auf die Oberfläche der Wolke, die sich teilte.

Was sie sah, war blaßrot, beinahe mauvefarben. Ein dünner Rand von Haaren war oben zu sehen. An einem Ende war es schwarz, da, wo es abgetrennt worden war, und die Zehennägel hatten eine schrecklich gelbe Schattierung.

Es war unleugbar ein menschlicher Fuß.

Mary Ann ließ den Deckel fallen, kam auf die Füße und fiel in Burkes Arme. Sie versuchte zu schreien, begann statt dessen aber zu würgen und riß sich gerade noch rechtzeitig von ihm los, um sich über das Geländer zu beugen.

Die Leute unter ihnen wußten sicher kaum, was da auf sie herunterkam.

Der Kult

Als Mary Ann sich wieder aufrichtete, erfüllten sie Burkes verzogene Gesichtszüge mit neuem Entsetzen.

»Burke ... meine Güte, hast du das gesehen?«

Er nickte mechanisch, seine Augen immer noch auf den Deckel der Kühltasche gerichtet.

»Es war ein Fuß, Burke. *Es war ein menschlicher Fuß.*«

Er blinzelte verwirrt vor sich hin, den Blick hielt er weiterhin gesenkt.

»Wir müssen hier raus, Burke.«

Er griff nach ihrem Handgelenk. »Nein ... warte ...«

»Burke, um Himmels willen! Wir müssen das jemandem erzählen. Wir können nicht einfach ...«

»Es war kein Fuß.«

»Was?«

»Es war kein Fuß.« Seine Augen weiteten sich, als er diese Worte sagte, so als zöge eine wichtige geistige Erkenntnis über ihn hinweg. »Es war ... irgend etwas anderes.«

Mary Anns Stimme wurde schrill. »Ich habe es *gesehen*, Burke. Das *konnte* gar nichts anderes sein.« Sie versuchte, sich von dem schraubstockartigen Griff seiner Hand zu befreien. »Burke, was tust du da? *Laß mich gehen, Burke!«*

Seine Hand wurde schlaff. Entlang seines Haaransatzes bildeten sich wie Blasen große Schweißperlen. Er drehte sich ihr zu und schaute sie an. »Es war kein Fuß!« sagte er mitleiderregend. »Es war ein Arm.«

»Burke, um Himmels willen ...«

»Es *war*, Mary Ann. Damals, als ich schon mal hier war ... da war es ein Arm.«

»Du warst ...? Burke, du *erinnerst dich?«*

»Sie wollten, daß ich ... Sie haben mir gesagt ...«

»*Wer*, Burke?«

»Sie. *Er.«*

»Der Mann mit der Haarverpflanzung?«

Burke nickte.

»Was wollte er, daß du tun solltest?«

Schweigen.

»Burke?«

»Wir müssen hier raus.«

»Warte, Burke. *Was haben sie von dir verlangt?«*

Jetzt ging Burke den Laufsteg zurück, in Richtung Wendeltreppe. Er streckte seine Hand aus und griff nach der von Mary Ann, dann beschleunigte er das Tempo, bis sie fast rannten.

»Burke, was ist, wenn der Mann mit der Haarverpflanzung ...?«

»Wieviel Uhr ist es?« Er riß ihr Handgelenk hoch und schaute auf ihre Uhr. »Ach, du meine Güte! Wir haben nur noch drei Minuten!«

»Für was?«

»Sie werden in drei Minuten da sein! Die Messe beginnt in drei Minuten!«

Sie waren jetzt wieder an der Tür. Erneut tauchten sie in die Dunkelheit. Burke führte Mary Ann den Weg über die Treppe hinunter, er hielt sie die ganze Zeit fest an der Hand. Als sie den Raum mit den Gesangbüchern erreichten, drückte er den Knopf für den Fahrstuhl, fuhr aber zurück, als hätte er einen Schock erhalten.

»Scheiße!«

»Was ist los?« wisperte Mary Ann.

»Hör doch ... der Fahrstuhl! Sie kommen nach oben!«

»Auch das noch.«

Burke blickte sich krampfhaft um, dann zog er Mary Ann in die dunkelste Ecke des Raumes, hinter eine aufgetürmte Säule von Gebetbüchern. Sie kauerten in deren Schatten, als sich die Fahrstuhltür knirschend öffnete.

Es schienen fünf oder sechs Personen zu sein. Wenigstens zwei davon waren Frauen. Ihre Stimmen waren vergnügt und ganz normal, bis der Mann mit der Haarverpflanzung das Lied anzustimmen begann, das Mary Ann mittlerweile auswendig kannte.

Hoch auf dem Heiligen Fels,
Von wo die Inkarnation der Rose leuchtet,
Dort auf dem Berg der Flut,
Wo sich die Linien treffen.

Der Kupfergeschmack ihres Erbrochenen, der ihr im Mund zurückgeblieben war, verursachte Mary Ann erneut Übelkeit. Sie versuchte, an Wiesen mit Gänseblümchen, an betaute Rosen und die Schnurrbarthaare junger Katzen zu denken, aber das Bild dieses grauroten Fußes blitzte durch ihren Kopf wie das Blaulicht eines Polizeiwagens.
Instinktiv langte Burke nach ihrer Hand und drückte sie beruhigend. Dabei streifte er die aufgetürmten Gebetbücher und brachte sie bedrohlich ins Wanken. Mary Ann hielt die Luft an und tat ihr Bestes, um die schwankende Säule wieder zu besänftigen.
Sie warteten eine Ewigkeit lang.
Endlich begannen die gesichtslosen Zelebrierenden, die Wendeltreppe, die zu dem Laufsteg führte, hinaufzusteigen. Als ihre Schritte verklungen waren, sauste Burke zum Fahrstuhl und drückte auf den Knopf.
Die Türe öffnete sich unmittelbar.
»Wo ist der Schlüssel?« fragte Burke.
Mary Ann berührte ihren Nacken. »Ich muß ihn verloren haben ...«
»Ach, du meine Güte!«
»Schau auf den Fußboden, Burke! Vielleicht ist er ...«
»Warte mal! Vielleicht brauchen wir ihn gar nicht!« Er drückte den Knopf für das Erdgeschoß. Der Fahrstuhl gab

ein furchteinflößendes seufzendes Geräusch von sich, und die Türe schloß sich rumpelnd. Dann begann ihre Fahrt abwärts.

Als sie im Erdgeschoß der Kathedrale angekommen waren, begann mit dem Einsatz der großen Orgel die Messe. Ohne anzuhalten und ohne noch einmal zurückzusehen, flohen sie durch die riesigen Türen und legten den ganzen Weg bis hin zum Huntington Park laufend zurück.

Jetzt saßen sie zusammengeschmiegt und nach Atem ringend auf einer Bank.

»Die Erinnerung ist zurückgekommen?«

»Ja.«

»Alles?«

»Das meiste.«

»Warum weinst du?«

»Ich bin ... fühle mich befreit, das ist alles.«

»Kanntest du diese Leute?«

»Ja?«

»Sollen wir jetzt darüber sprechen?«

»Ich denke, das sollten wir, wenn es dir nichts ausmacht.«

»Mir macht es nichts aus.«

»Dieser Fuß, Mary Ann ... Diese Leute.«

»Und, was ist damit?«

»Sie essen ihn. Sie sind jetzt da oben und essen ihn.«

Alleingang

Eine Woche später.

Auf Jon gestützt, unternahm Michael einige wackelige Schritte aufs Badezimmer zu.

»Schau dich an!« strahlte Jon. »Du bist fabelhaft!«

»Ja wirklich, oder?«

»Ich glaube, du kannst jetzt einen Alleingang versuchen.«

»Oh, bitte, nein.«

»Jetzt komm, du Dummkopf. Versuche es.«

»Benimm dich bitte nicht wie in einem dieser rührseligen Herz-und-Schmerz-Schmachtfetzen! So weit bin ich noch nicht!«

»Ich laß dich jetzt los.«

»Wenn du das tust, erzähl ich deinem Vater, daß du mit Kerlen schläfst!«

»Mach dich bereit!«

»Jon!«

»Du hast deine Gefühle da unten lange genug von anderen erledigen lassen. Jetzt probier es mal alleine.«

Der Doktor schlüpfte unter Michaels Arm hervor und trat einige Schritte zurück. Michaels Arme fuchtelten wild durch die Luft, als er darum kämpfte, seine Balance zu behalten. Seine Knie waren wachsweich, aber er brachte es fertig, gerade und aufrecht zu bleiben.

»Und jetzt lauf los«, befahl Jon ruhig.

»Jetzt wird es aber wirklich kitschig. Ich hoffe, daß dir das bewußt ist.«

»Jetzt geh schon.«

»Du hättest dir aber auch einen besseren Ort für dieses

anrührend menschliche Drama aussuchen können. Wenn ich falle, knalle ich auf die Toilette und werde mit der Toilettenbürste in der Hand sterben.«

»Hör auf zu reden und lauf statt dessen lieber.«

Michael seufzte, dann hob er seinen linken Fuß, den er etwa fünfzehn Zentimeter weiter nach vorne setzte. Dann zog er seinen rechten Fuß nach. »Godzilla nähert sich Tokio«, ächzte er.

Er wiederholte den Vorgang, bis er vor der Toilette stand. Den Handtuchhalter als Stütze benützend, drehte er sich um. Er verzog das Gesicht und ließ los.

Und landete zielgerecht.

Jon lehnte, ganz Kavalier, im Türdurchgang und lächelte ihn an. »Siehst du?«

»Hat man denn als Dame nicht wenigstens mal eine Sekunde Anrecht darauf, ungestört zu sein?« tönte Michael.

»Aber auch nur eine Sekunde.« Jon ging ins Wohnzimmer und kam mit dem *Chronicle* zurück, den er in Michaels Schoß fallen ließ. »Damit du eine nicht allzu schwere Lektüre hast.«

Auf der Titelseite war ein großes Bild von Burke und Mary Ann, völlig verwirrt auf einer Pressekonferenz.

Die Überschrift lautete folgendermaßen:

KANNIBALISCHER KULT IN DER EPISKOPALISCHEN HOCHKIRCHE ENTHÜLLT

Später diskutierten Jon und Michael in der Küche bei Kaffee und Rosinenbrot die Wochenereignisse. Michael hielt die Zeitung hoch.

»Was ist jetzt damit überhaupt los? Ich habe gedacht, daß Burke die Story im *New West* rausbringen wollte.«
»Das wollte er ja auch, aber die Polizei hat ihm die Pistole auf die Brust gesetzt. Der Polizeichef hat offensichtlich gestern eine Pressekonferenz einberufen und ein bißchen Publicity für sich selber abgesahnt. Burke war wütend, weil man ihm versprochen hatte, sich ruhig zu verhalten, bis die Sache im *New West* herausgekommen wäre. Na ja, jedenfalls ist das Endergebnis in etwa doch das gleiche. Die reinste Hölle. Burke hat dann beim *New West* gestern am späten Nachmittag seine eigene Pressekonferenz einberufen.«
Michael lächelte. »Mary Ann muß völlig fertig sein.«
»Sie hält sich, offen gesagt, ganz gut. Sie hat versprochen, heute nachmittag vorbeizukommen, um dich zu sehen.«
»Das ist schön.«
»Aber bitte *keine* Witzeleien, Michael. Sie ist wegen der ganzen Geschichte noch ein bißchen durcheinander.«
»In Ordnung. Ich verspreche, meinen Fuß nicht in den Mund zu stecken.« Michael grinste. »Sozusagen.«
»Das ist genau *die Art von Witzen,* die ich gemeint habe.«
»O.K., O.K. Sieh mal, in gewisser Hinsicht bin ich in der Sache genauso drin wie Mary Ann.«
»Und wie das?«
»Na, was wäre denn gewesen, wenn ich im St. Sebastian's Hospital gestorben wäre? Diese Kulttypen hätten dann da oben auf dem Laufsteg an *mir* herumgemampft.«
Jon schüttelte den Kopf und lächelte. »An kompletten Leichen haben sie sich nicht vergriffen, mein Schatz. Nur an Teilen. An amputierten Gliedmaßen.«

»Sie hätten es aber tun *können.*«

»Nein. Amputierte Teile waren einfach leichter zu verstecken. Und zu transportieren. Sie hatten keinerlei Problem, sie aus der Chirurgie in den Kühlraum von Tyrones Blumengeschäft zu transportieren. Und diese Teile paßten in die Kühltasche für den letzten Trip in die Kathedrale.«

Michael verzog das Gesicht. »Wie oft haben sie das wohl *gemacht?*«

»Wer weiß«, antwortete der Doktor achselzuckend. »Vielleicht zweimal die Woche oder aber vier- oder fünfmal im Monat. Burke ist offensichtlich in den Kult hineingeraten, als der gerade im Aufbau begriffen war; zu der Zeit, als er im Chor sang.«

Michael verdrehte die Augen. »Dann spätestens wäre ich nach Nantucket zurückgekehrt.«

»Er auf keinen Fall. Burke ist Journalist, vergiß das nicht. Er wollte die Story unbedingt haben. Er war so wild darauf, daß er sich mit nettem Getue Zugang zu dem Kult verschafft hat und einen flüchtigen Blick auf die Vorgänge, die sich da auf dem Laufsteg in der Grace Cathedral abspielten, werfen konnte. Er erwartete irgend etwas Verrücktes, das sicherlich, aber nicht *so* etwas Verrücktes. Damit konnte er nicht fertig werden.«

»Dann ist er niemals in diesem Blumengeschäft im Krankenhaus gewesen?«

»Offensichtlich nicht. Er sagt, er wußte nichts von den Kontakten zum Krankenhaus, bis Mary Ann sie ihm aufgezeigt hatte.«

Michael runzelte die Stirn. »Das ergibt alles irgendwie keinen Sinn.«

»Warum?«
»Wegen der Rosenphobie. Was ist denn dann mit der verdammten roten Rose?«
»Gute Frage«, lobte der Doktor.

Eine Rose ist eine Rose

Michael stand in seinem Gehapparat, als er Mary Ann an der Türe begrüßte. »Hallo«, sagte er atemlos. »Willkommen im Barbary-Lane-Heim für Behinderte.«
Sie küßte ihn auf die Wange. »Ich finde dich unwahrscheinlich gutaussehend.«
»Rate mal, was ich heute morgen gemacht habe?«
»Was?«
»Ich bin *gelaufen,* Engelchen, und zwar *ohne* dieses verdammte Ding.«
»Mouse!«
»Ist das nicht Spitze?«
»Tu es jetzt noch mal, Mouse. Tu es für mich.«
Er grinste sie an. »Tut mir leid. Ich gebe ohne meinen Leierkastenmann grundsätzlich keine Vorstellung. Was ist überhaupt mit *dir* los? Wie fühlt man sich denn als Star von Presse und Fernsehen?«
Sie stöhnte auf und setzte sich aufs Sofa. »Ich bin völlig ausgepumpt. Ich habe mit allen drei Fernsehsendern gesprochen, außerdem mit *People, Time, Newsweek,* der *New York Times,* dem *National Enquirer* und meinen Eltern. Wobei meine Eltern die härteste Nuß waren.«
»Natürlich.«

»Sie sind total *hysterisch*, Mouse. Ihrer Vorstellung nach *wimmelt* die Stadt geradezu von episkopalischen Kannibalen. Ich versuchte, ihnen zu erklären, daß die Presse alles nur übermäßig aufgebauscht hat, aber sie haben mir noch nicht einmal zugehört. Sie verlangen, daß ich mit dem nächsten Flug nach Hause komme.«

»Und, fliegst du?«

Sie schüttelte den Kopf und lächelte. »Setz dich hin, Mouse, ich brauche jemand, der mich in den Arm nimmt.«

Er stieg aus dem Gehapparat und ließ sich auf das Sofa fallen. Dort hielten sie sich für eine lange Zeit fest umklammert.

»Wie geht's denn meinem Mädel?« fragte Michael.

»Es geht so.«

»Es wird wieder besser. Das verspreche ich dir.«

»Ich sollte nicht meckern, finde ich. Verglichen mit Burke bin ich noch ganz gut davongekommen. Er war den ganzen Vormittag auf der Polizei und mußte versuchen, sich an die ganzen Geschichten zu erinnern.«

»Die Namen angeben?«

Mary Ann nickte. »Bis jetzt ist er auf etwa vierzehn Leute gekommen. Dazu gehören drei Mitglieder des Chors, zwei Ärzte der Chirurgie vom St. Sebastian's und sogar einige Geschäftsleute.«

»Seine Erinnerung muß ja wieder völlig zurückgekommen sein, oder?«

»So in etwa. Er fand sein Gedächtnis zum größten Teil schon in der Nacht wieder, als wir ... du weißt schon was, gefunden haben. Obwohl er sich immer noch nicht daran erinnern kann, wie er im Golden Gate Park gelandet ist. Wenn du mich fragst, so haben sie ihn unter Drogen gesetzt, nachdem sie bemerkt hatten, daß er eine Amnesie hat.«

»Es kommt einem aber reichlich komisch vor, daß sie nicht ein bißchen gründlicher darauf geachtet haben, ihn loszuwerden.«

»Nicht unbedingt. In einer Hinsicht wollten sie ja kein Verbrechen begehen. Das ist die Geschichte, die die Polizei ganz verrückt macht. Den Ärzten kann man natürlich eine Art von ethischer Grausamkeit vorwerfen, aber vom Gesetz her ist die ganze Angelegenheit nicht besonders klar. Diese Körperteile waren eigentlich nur medizinischer Abfall, stell dir das mal vor, und es gibt kein Gesetz gegen den Verzehr von Abfall.«

Michael runzelte die Stirn. »Also das war es, was sie *tatsächlich* gemacht haben?«

Sie nickte. »Offensichtlich haben sie es in gewisser Weise ... gekostet. Es sollte irgendwie symbolisch sein oder so. Eine Stufe unterhalb der Transsubstantiation. Burke sagt, sie haben das im gleichen Moment gemacht, wenn unten die Leute Brot und Wein empfingen. Die Aufgabe des Mannes mit der Haarverpflanzung war es, dafür Sorge zu tragen, daß das Zeugs für die ausgesuchten Messen auf dem Laufsteg bereitgehalten wurde.«

»Was passiert mit dem Typen denn überhaupt?«

»Wer weiß? Burke meint, daß er möglicherweise ein Vermögen damit macht. Er hat sich schon einen Agenten für die Verwertung seiner Geschichte genommen.«

»Du willst mich wohl auf den Arm nehmen!«

»Bestimmt nicht. Es ist doch irgendwie widerlich, oder.« Sie schauderte ein wenig zusammen und drehte sich weg. »Ich wünsche mir nur, daß alles so schnell wie möglich vorbei ist.«
Michael schaute sie einen Moment lang zögernd an. »Würde es dir etwas ausmachen, wenn ich dich noch eine Sache frage?«
»Sicher nicht. Schieß los.«
»Was war das jetzt alles mit diesem ganzen Aufwand mit der roten Rose? War das jetzt nur dieses Rosenfenster ... diese inkarnierte Rose, von der sie gesungen haben?«
Mary Ann lächelte schwach. »Das habe ich am Anfang auch gedacht. Oder daß es irgend etwas mit dem Blumengeschäft im St. Sebastian's zu tun hat. Aber es war, wie es sich herausstellte, weder das eine noch das andere, sondern eine Tätowierung.«
»Eine *Tätowierung?«*
Sie nickte. »Die Nacht, in der Burke sein Gedächtnis verloren hat, war die erste Nacht, in der ihm die Mitglieder des Kults genügend vertrauten, um ihm zu gestatten, auf dem Laufsteg dabeizusein. Womit er wohl nicht gerechnet hatte, war, daß sie von ihm die Teilnahme an der Zeremonie erwarteten. Er wußte, daß sie zur Hochkirche gehörten, natürlich, aber ...«
Michael gluckste in sich hinein und unterbrach sie. »Höher als das geht es ja wohl auch kaum mehr«, stellte er dann fest.
Sie brachte ein Lachen zustande. »Na, jedenfalls wußte er *eigentlich* nicht, was da passieren sollte, bis sie mit dem Singen anfingen, Tyrone die Kühltasche öffnete und den Arm herauszog.«

»Bäh!«
»Ich weiß«, wimmerte Mary Ann. »Wer würde da nicht *versuchen,* eine solche Erinnerung auszuschalten?«
»Ach, du meine Güte! Dann war die rote Rose ...!«
Mary Ann nickte. »Auf den Arm tätowiert.«
»Hat Burke ... Ich meine, hat er ...?«
Mary Ann zuckte die Schultern. »Ich nehme an, daß er es *versucht* hat, der arme Junge.«

Das Anagramm

»Na, wie war's?« erkundigte sich lächelnd Mrs. Madrigal.
»Wie war was?« gab Mona zurück.
»Wie ist deine Verabredung denn nun verlaufen?«
»Das geht dich nichts an. Das gehörte nicht zu unserem Handel.«
Die Vermieterin zog schelmisch eine Augenbraue nach oben und blickte auf das Lacktablett mit dem Dope hinunter, das sie gerade saubermachte. »Es war also toll, oder?«
Mona errötete. »Du vermeidest das Thema.«
»Und welches soll das sein?«
»Das Anagramm. *Dein Anagramm.*«
»Aha.«
Mrs. Madrigal schaute auf. »Ach, du liebe Güte! Macht dich Liebe immer so gereizt?«
»Du willst es mir also nicht sagen?«
»Das habe ich nicht behauptet.«
»Also muß ich es *raten?*«
Mrs. Madrigal reckte den Hals, um das Stück Papier in den

Händen ihrer Tochter zu überprüfen. »Wir haben uns eine Liste gemacht, wie? Welch ein Spaß! Ich fühle mich wie Rumpelstilzchen.«

Mona ächzte und ließ sich neben ihren Vater auf das Sofa fallen. »Du bist *echt* pervers!«

Mrs. Madrigal richtete ihre Aufmerksamkeit wieder auf das Tablett vor sich. »Was ist deine erste Wahl?«

Unter lautem Seufzen las Mona: »DARLING AMANA.«

»DARLING AMANA? Was soll denn *das* bedeuten?«

Mona runzelte verdrießlich die Stirn. »Das bedeutet, daß du ein besonders netter Kühlschrank bist.«

»Ach, wirklich. Das nächste.«

»A GRANDMA IN LA.«

»A GRANDMA IN LA«, wiederholte die Vermieterin. »Oh-mei-oh-mei. *Das* ist bis jetzt aber noch ein dunkles Geheimnis, wann es soweit sein wird!« Sie schaute kurz auf Mona, die genauso vor sich hin kaute wie eine ganz bestimmte Dame aus Winnemucca. »Weiter, Liebes. Das ist ja wundervoll!«

»A GRAND ANIMAL.«

Mrs. Madrigal fing röhrend an zu lachen und warf beinahe das ganze Dope hinunter. »Das ist *ganz besonders* himmlisch! A GRAND ANIMAL! Das kannst du laut sagen, daß ich ein großes Tier bin!«

»Ist es das?«

»Nein.«

Mona verdrehte die Augen. »Ich hasse dieses Spiel.«

»Mach weiter. Was ist das nächste?«

»Das war's, verdammt noch mal.«

»Wie wär's denn mit LAD IN ANAGRAM?«

Mona ließ das Papier fallen und starrte ihren Vater an. »LAD IN ANAGRAM? Ein Kerl im Anagramm. Du willst mich wohl auf den Arm nehmen!«

Mrs. Madrigal lächelte schwach. »Ja, aber ich fürchte, es ist fast das gleiche.«

»Du bist nicht ganz bei Trost«, sagte Mona.

»Gib mir den Stift«, bat die Vermieterin.

Mona gehorchte ihr. Mrs. Madrigal kritzelte fünf Wörter unter die Liste ihrer Tochter: A MAN AND A GIRL.

Mona blinzelte ungläubig. »Das ... ist es?«

Mrs. Madrigal nickte.

»Meine Güte ... Das ist ja so ... sexistisch.«

»Was meinen Sie, meine Dame.«

»Girl, du und ein Mädchen?« japste Mona. »Du bist eine Frau!«

Mrs. Madrigal schüttelte den Kopf. *»Du* bist eine Frau, Liebes. Ich bleibe ein *Mädchen* und bin stolz darauf.«

Mona lächelte. »Mein eigener gottverdammter Vater ... ein Sexist!«

»Meine innig geliebte Tochter«, belehrte Mrs. Madrigal, »Transsexuelle können *niemals* sexistisch sein!«

»Dann ... bist du transsexistisch!«

Die Vermieterin lehnte sich vor und küßte Mona auf die Wange. »Du wirst mir vergeben, oder? Ich bin halt so schrecklich altmodisch.«

Ende gut, alles gut

Muttertag 1977.

Die Herrin auf Halcyon Hill saß im Arbeitszimmer ihres verblichenen Gatten, hörte eine Bobby-Short-Platte und nippte an einem Mai-Tai-Cocktail. Ihr Hausmädchen, Emma, betrat das Zimmer, einen Stapel Post in den Händen.

»Es ist eine Karte von Miss DeDe dabei, Miss Frances.«

Die Stammesmutter der Halcyons setzte ihren Drink ab. »Dem Himmel sei Dank!«

»Ich wußte, daß sie ihrer Mama schreiben würde«, verkündete Emma. »Sie ist ein braves Kind.« Sie händigte Frannie die Post aus und blieb neben dem Ohrenbackensessel stehen. Emma ist auch allein, dachte Frannie. Sie möchte sich über DeDe unterhalten.

Das Gesicht verziehend, legte Frannie die letzte Ausgabe von *New West* beiseite. Die Titelstory war »Ein Insiderbericht aus dem Kannibalenkult« von Burke Andrew. »Ich möchte da noch nicht einmal *reinschauen«*, wehrte sich die Stammesmutter der Halcyons. »Ich kann es einfach nicht glauben, was sich in dieser Stadt tut.«

Emma grunzte ihre Zustimmung. »Manche Leute nehmen die Religion ja reichlich ernst.« Diese Bemerkung war, wie Frannie wußte, mehr als alles andere eine Anklage gegen die Mitglieder der Episkopalischen Hochkirche. Sie weigerte sich, die Kirche zu verteidigen. Sie hatte schon zu viele Kreuze zu tragen.

»Wo ist die Karte, Emma?«

»Da, neben der Telefonrechnung, Miss Frances.«

Zu Frannies Enttäuschung war es keine Bildpostkarte, sondern eine von DeDes eigenen goldgrünen Karten mit Atlasseidenmuster. Die Mitteilung war gedankenlos kurz und bündig.

> Mutter,
> Wir haben uns jetzt glücklich niedergelassen. Die Babys sind in Ordnung, und ich fühle mich völlig gebräunt und gesund. Ich habe hier schon *so* viele nette Leute getroffen. Das ist die erste berufliche Stellung, die ich jemals hatte, und sie macht mir ungeheuer Spaß. Vermisse dich sehr, denke aber, es ist am besten so. D'or sendet Grüße.
>
> Alles Liebe,
> DeDe

Frannie seufzte laut auf und legte die Karte nieder. Emma streckte die Hand aus und berührte tröstend ihre Schulter. »Machen Sie sich keine Sorgen, Miss Frances. Sie wird das schon überwinden. Sie ist ein kluges Kind. Sie wird wieder zu Sinnen kommen.«
Die Matriarchin schüttelte den Kopf, tupfte dann die Augen mit einer Serviette. »Es ist einfach zuviel, Emma.«
»Was meinen Sie?«
»Es ist *Muttertag*, Emma. Edgar hat mir normalerweise an diesem Tag Pralinen oder sonst irgend etwas mitgebracht. Manchmal vergesse ich ganz, daß er nicht mehr bei uns ist, und das ist so, als würde ich ihn völlig verlieren. Und jetzt, wo auch Beauchamp von uns gegangen ist … und DeDe … und meine einzigen Enkel.«

Emma drückte die Schultern ihrer Herrin. »Sie müssen stark sein, Miss Frances.«
Frannie schwieg für einen Moment, dann lächelte sie ihr Mädchen an. »Du bist so *weise,* Emma.«
»Machen Sie sich nur keine Sorgen.«
Frannie nickte entschieden, als sie die Postkarte wieder aufnahm. Leicht blinzelnd, überprüfte sie die Briefmarke und den Stempel. »Ich weiß noch nicht einmal, wo Guyana *liegt«,* meinte sie dann.

In den Hof des Hauses in der Barbary Lane zurückgekehrt, testete Michael Tolliver seine Beine wie ein neugeborenes Füllen. Mary Ann kam aus dem Haus. »Ich habe gerade mit Mildred gesprochen«, rief sie gellend.
»Yeah?«
»Es geht in Ordnung, Mouse. Du kannst in zwei Wochen als Bote anfangen, wenn du bis dahin O.K. bist.«
Er ließ einen Freudenschrei los. »Zu guter Letzt ende ich dann ja doch noch als berufstätige Frau«.
»Du wirst unseren neuen Chef mögen, denke ich. Er war bis jetzt Leiter der Entwurfsabteilung.«
»Ui, ui«, grimassierte Michael.
Mary Ann nickte. »Schwul wie sonstwas. An dem kannst du dein Essen aufwärmen.«
»Oh, Ende gut, alles gut! Ein echtes Happy End!«
»Zumindest teilweise.«
»Teilweise? Die Welt war noch niemals so in Ordnung! Mona und Brian sind jetzt fast schon eine Woche zusammen. Mrs. Madrigal strahlt wie eine Katze, die in den Sahnetopf gefallen ist. Und du wirst vielleicht reich, wenn

du deine Lebensgeschichte verkaufst ... und Burke vielleicht noch *reicher*. Ich bin wieder ein gesunder strammer Junge, und Jon und ich können ... Na ja, darüber wollen wir nicht reden. Aber es kommt noch *hinzu* – Oh, Wunder über Wunder! –, daß mir meine Mutter gestern einen tollen Kuchen geschickt hat.«

Mary Ann lächelte. »Ich weiß, Jon hat mir was davon angeboten. Ich bin froh, daß sie damit zurechtkommt.«

»Wir wissen das jetzt noch nicht. Es war kein Brief dabei. Nur der Kuchen.«

»Sie *versucht* es, Mouse.«

Er lächelte. »Ein Früchtekuchen hätte mich auch ein bißchen nervös gemacht.«

Mary Ann lachte halbherzig.

»Was ist los?« fragte Michael. »Irgend etwas Bestimmtes?«

Schweigen.

»Ach, du meine Güte! Nicht schon wieder Mister Williams? Ist sein Körper aufgetaucht, oder was?«

»Nein! Um Himmels willen, Mouse, fang nicht wieder davon an! Es ist Burke, Mouse. Er zieht nach New York. Sie haben ihm einen Job beim *New York Magazin* angeboten.«

»O nein!«

»Ich *sollte* mich für ihn freuen, Mouse. Es ist eine so fabelhafte Chance. Die meisten Journalisten würden einen Mord begehen nur für die Chance, dort arbeiten zu dürfen.«

»Hat er dich gefragt, ob du mitkommen willst?«

Sie nickte. »Es war das *erste*, was er fragte.«

»Und ...?«

»Ich *kann* nicht, Mouse.« Sie schaute sich verzweifelt im Hof um. »Es ist einfach zu schön hier.«

»Braves Mädchen.«

»Nein. Dummes Mädchen. Dummes, *dummes* Mädchen.«

Er schüttelte den Kopf.

»Was ist bloß los mit mir, Mouse?«

»Nichts, mein Engelchen. Du bist es nur leid, immer wieder von zu Hause wegzulaufen.« Er nahm ihren Arm und führte sie langsam zum Haus hin.

»Wohin gehen wir?« fragte Mary Ann.

»In ›Vom Winde verweht‹ sind sie doch auch nach Tara zurückgegangen, nicht?« sagte er mit einem Grinsen. »Wir werden schon einen Weg finden, wie wir ihn zurückbekommen. Schließlich, meine Liebe, morgen *ist* auch ein Tag!«

Knaur

APHRODISIAC

Die Zeitschrift Christopher Street, 1976 als Forum für homoerotisches Bewußtsein gegründet, hat sich zum interessantesten und einflußreichsten literarischen Organ der Szene entwickelt. Dieser Auswahlband enthält die besten und interessantesten Geschichten aus Christopher Street. Auch wenn der gemeinsame Nenner die homosexuelle Thematik ist, die Bedeutung dieser Geschichten läßt sich darauf nicht reduzieren. Es sind hochkarätige literarische Aussagen über menschliche Realitäten und Gedankenwelten.
TB 1352

EDMUND WHITE
KATE MILLETT
ANDREW HOLLERAN
FELICE PICANO
JANE RULE
CHRISTOPHER BRAM
FRAN ROSS
DANIEL CURZON
NOEL RYAN

1

CHRISTOPHER STREET